중국의 괴담

安吉煥 編譯

명문당

머리말

 중국은 역사도 오래되었거니와 어느 나라보다도 기록(記錄)을 많이 남긴 나라이다. 그런 만큼 진기(珍奇)한 괴담(怪談)도 많이 전해 오고 그런 기록도 많이 있다. 특히 육조시대(六朝時代)까지는 괴담에 등장하는 신선(神仙)이라든가 귀신 등이 실재(實在)하는 것으로 생각했다.
 이런 괴담을 수록하고 있는 책 가운데 유명한 것으로는 진(晋)나라 시대의 《수신기(搜神記)》를 비롯하여 《수신후기(搜神後記)》, 당(唐)나라 시대의 《현괴록(玄怪錄)》《속현괴록(續玄怪錄)》《유의전(柳毅傳)》《광이기(廣異記)》《전기(傳記)》, 명(明)나라 시대의 《금고기관(今古奇觀)》《요재지이(聊齋志異)》 등이 있다.
 이 책에서는 그런 괴담들 가운데 인간미가 넘치고 메르헨적 색채가 짙은 것들을 가려 뽑는 데 주안점을 두었다. 또 그밖에도 청(淸)나라의 이여진(李汝珍)이 간행한 《경화연(鏡花緣)》에서, 가공국(架空國)의 탐방기(探訪記)인 〈세 사람의 여행자〉 등도 추가로 실었다. 〈세 사람의 여행자〉는 이여진의 창작이 아니라, 이미 기원전 3세기경에 쓰여진 아주 황당무계한 지리서(地理書)인 《산해경(山海經)》의 보완편이다.

어쨌거나 이런 괴담들도 중국 문화를 이해하고 또 중국인에 대한 식견을 넓혀 나가는 데 큰 도움이 될 것으로 생각한다. 워낙 방대한 양 가운데 선별한 이야기들이므로 그 취사선택에 만전을 기했다고는 할 수 없다. 판을 거듭해 나갈 때마다 보완할 것을 약속한다.

　이 졸편역(拙編譯)을 허물치 않고 상재(上梓)해 주신 명문당(明文堂) 김동구(金東求) 사장님과 관계 직원 여러분께 감사드리며 강호제현의 질정(叱正)을 삼가 기다리겠다.

2000년　월

編譯者 識

차 례

머리말 — 3

빨간 끈의 인연 — 7
원수 갚은 뱀 — 14
둔갑술을 하는 아가씨 — 18
불가사의한 배나무 — 27
모습을 보여주지 않는 친구 — 30
하늘을 날아다닐 수 있는 약 — 38
용녀(龍女)를 아내로 맞은 사나이 — 48
코끼리의 선물 — 69
죽음을 대신한 사람 — 75
저승에서 재판받은 사나이 — 80
점쟁이 명인(名人) — 94
목에 난 혹 — 96
술수를 겨룬 여우 — 100
사람 배 속에 살고 있는 자라 — 106
눈속의 소인(小人) — 108
선인(仙人)이었던 병사(兵士) — 113
기이한 이야기 두 편 — 119

제비나라의 모험 — *123*
산속의 친정집 — *134*
국수를 먹는 벌레 — *140*
곤륜인(崑崙人) 노예 — *147*
모란등(牡丹燈) — *154*
요괴에게 속은 현령(縣令) — *160*
청랑(倩娘)의 혼 — *164*
금방망이 — *167*
파란 학(鶴) — *170*
잉어가 된 사나이 — *173*
주막 여주인과 나귀 — *180*
선술집 여인 — *185*
궁술(弓術)의 명인(名人) — *189*
흰옷 입은 여인 — *194*
남가일몽(南柯一夢) — *210*
흰원숭이 요괴 — *228*
배고픈 유령(幽靈) — *236*
호랑이가 되어 버린 사나이 — *239*
용녀(龍女)의 시회(詩會) — *247*
여인의 한(恨) — *253*
멀고 험한 선인(仙人)에의 길 — *269*
일수쟁이의 딸 — *280*
세 사람의 여행자 — *286*

빨간 끈의 인연

장안(長安) 교외에 살고 있던 위고(韋固)는 어렸을 때 부모를 여의고 고아가 되었는데 다행스럽게도 부모가 남긴 유산이 있었으므로 부자유한 일 없이 성장할 수가 있었다. 청년이 된 다음에도 이렇다할 직업이 없이 과거에 응시할 준비를 계속하고 있었다.

나이도 찼으니 결혼을 하여 가정을 꾸려야겠다는 생각도 했었지만 친척이 없으니 중매도 들어오지 않아서 하는 수 없이 스스로 신부감을 찾아보았지만 마땅한 상대가 나타나지 않았다.

그러던 중 급한 용건이 생겨서 먼 시방에 가게 되었다. 가던 도중 송성(宋城)이라는 곳의 남쪽 마을에 묵었을 때다. 위고를 동정하던 어떤 사람이 이 지방 관리의 딸을 소개해 주었고, 새벽녘에 용흥사(龍興寺)라고 하는 절 문앞에서 만나기로 하였다.

조바심이 나서 어쩔 줄 몰라했던 위고는 새벽까지 기다릴 수가 없어서 여인숙을 나왔다. 사방은 아직도 캄캄한데 이지러진 조각달이 새파란 빛을 땅 위에 쏟아붓고 있었다.

절 문앞에 당도하여 보니, 노인이 돌계단에 앉아 달빛 아래서 커다란 자루에 기대어 책을 읽고 있었다. 가까이 가서 살피니 지금까지 한번도 본 적이 없는 구불구불한 문자로 씌어 있는 책이었다. 이상하다고 생각한 위고는 노인에게 말을 걸었다.

"노인께서 읽으시는 책은 어떤 나라의 문자로 씌어진 책인가요? 저는 외국어나 외국 문자에도 어느 정도 자신이 있습니다만 그런 문자는 처음 보겠습니다."

노인은 가볍게 고개를 끄덕이며 대답했다.

"그대가 읽지 못하는 것은 당연한 일이야. 이 책은 이 세상의 책이 아니거던."

"그러면 대체 어느 나라의……"

"저승 책이지."

"저승 책이라니요? 저승이라면 명계(冥界)가 아닙니까? 명계 사람이 어찌 이런 곳에서 책을 읽으시는 건가요?"

"그대가 너무 일찍 나왔기 때문에 저승에서 온 나를 만난 것이야. 나는 명계에서 일하는 관원(官員)이라구. 내가 하는 일은 살아있는 인간들의 행동을 단속하는 일이지. 그래서 때마침 그대들의 일에 끼어들기 위해 이 세상에 온 것이라구. 이 세상에는 살아있는 인간과 저승의 인간이 약 반씩 섞여있는데 살아있는 자의 눈에는 그것이 안보이는 것이지."

"그럼 노인께서는 인간계의 어떤 일을 단속하시는 건가요?"

"나 말인가? 나는 결혼에 관한 장부를 다루고 있지."

위고는 속으로 '옳다구나'라고 생각했다. 이 노인에게 부탁하면 자기에게 제일 잘 어울리는 아내감을 찾아줄는지도 모르겠다고 생각되었기 때문이다.

"저는 어렸을 때 부모님을 여의었으므로 빨리 결혼을 해서 가정의 따뜻함을 맛보고자 합니다. 그런데 아무리 찾아헤매도 제게 어울리는 상대를 찾을 수가 없었습니다. 오늘 이렇게 한밤중에 이곳에 온 것도 실은 맞선을 보기 위해서입니다. 어떻겠습니까? 혼담이 이루어질까요?"

서서히 고개를 끄덕이던 노인은 장부를 들여다보며 열심히 찾았으나 실망된다는 듯 말했다.

"안돼. 틀렸어. 이 혼담은 이루어질 수 없다고. 인연이 없으면 무슨 짓을 하더라도 소용이 없어. 그와는 반대로 인연이 닿으면 아무리 싫더라도, 또는 멀리 도망을 치더라도 나중에는 결국 맺어지게 되지. 이 장부에 의하면 그대의 아내가 될 아가씨는 지금 세 살밖에 안된 아기야. 이 아기가 열일곱 살이 되는 해에 그대에게 시집올 것이고 —."

"지금 불과 세 살이라구요."

"그렇다니까. 앞으로 14년 동안 기다려야 해."

이 노인이 자기를 놀리고 있는 게 분명하다고 생각했으나 자꾸 신경이 쓰여서, 위고는 끈질기게 물었다.

"그 자루 속에 들어 있는 것은 무엇인가요?"

"빨간 끈이지. 이 끈으로 부부가 될 사람의 발목을 묶는 거야. 태어나자마자 즉시로 묶는데 이 끈으로 한번 묶어놓으면 그 사람들은 반드시 부부가 되고 말지. 절대로 도망칠 수가 없어. 그대의 눈에는 보이지 않겠지만 그대는 그 세 살짜리 아이와 단단히 매어져 있다구. 그런즉 오늘 본다는 맞선은 포기하는 게 좋을 것이야."

"그 여자 아이는 어디에 살고 있습니까?"

"이곳에서 가까운 곳에 있지. 이 마을에 살고 있는 채소장수 노파가 기르고 있는 아이야."

"만나볼 수 있을까요?"

"그 노파는 아이를 안고 시장에서 채소를 팔고 있지. 나를 따라오면 아무 때든 만나게 해줄 수 있어."

동이 트고 날이 샜지만 맞선 보기로 한 여인은 끝내 나타나지 아니했다. 이윽고 책을 덮은 노인은 자루를 짊어지고 일어섰다. 위고는 그 뒤를 따라갔는데 어느새 시장거리에까지 왔다.
"저기 저 아이가 장차 그대의 아내가 될 사람이라구."
노인이 가리키는 쪽을 바라보니 한쪽 눈이 짓무른, 허술한 몸차림의 노파가 때묻어 푸석푸석한 머리를 한 여자 아이를 안고 채소를 팔고 있었다. 그런 아이가 자기 아내가 될 것이라는 생각만 해도 위고는 가슴이 털썩 무너져 내리는 것 같았다. 위고는 지금 저 아이를 죽여 버리면 다른 여인과 맺어질 것이 아니겠느냐는, 터무니없는 생각을 하게 되었다.
위고의 마음속을 샅샅이 읽어낸 노인은 단호하게 말했다.
"안돼. 저 아이는 하늘로부터 좋은 운명을 받아가지고 태어났어. 장차 저 아이가 낳는 아이는 훌륭한 벼슬아치가 될 것을 약속받고 있는 거야. 그대의 손으로 죽일 수는 없다고. 그 따위 생각을 하면 안돼!"
이렇게 꾸짖은 노인은 어디론지 모습을 감추고 말았다.
"엉터리 같은 영감이야! 그런 운명이 어디 있어. 나는 비록 고아이기는 하지만 한다하는 가문의 아들이라구. 저 따위 채소장수 딸을 아내로 맞아들일 수는 없지."
화가 난 위고는 노인이 사라진 쪽을 향하여 푸념을 해보았지만 그것만으로는 부아가 풀리지 않았다. 숙소로 돌아온 그는 즉시 하인을 불러놓고,
"내 말 잘 듣게. 나는 자네를 평소부터 쓸모가 있을 것으로 보아왔네. 그래서 부탁인데 시장에서 채소 파는 노파의 딸을 이 칼로 찔러서 죽여 주게. 성공하면 상으로 돈을 듬뿍 줄 것이야. 알겠나?"
라며 단검을 한 자루 주었다. 욕심에 눈이 어두운 하인은 이유도 묻지 않고 그 자리에서 응낙했다.

다음날, 단도를 품속에 넣은 하인은 변장을 하고 시장에 가서 노파에게 접근했고 틈을 보다가 어린아이의 가슴에 단검을 찌른 다음 줄행랑을 쳤다. 시장바닥에서는 큰 소동이 일어났다. 어린아이가 자상(刺傷)을 입었다고 외쳐대자 시장의 젊은이들은 손에손에 몽둥이를 들고 이 하인을 뒤쫓았다.

숨어서 상황을 지켜보던 위고도 대소동이 일자 하인의 뒤를 쫓아가며 도망을 쳤다.

"틀림없이 죽였느냐?"

가까스로 호구(虎口)를 벗어난 다음 한숨을 돌렸을 때 위고는 하인에게 물었다.

"가슴을 찌른다는 것이 그만…… 손이 부들부들 떨려서 이마에 상처만 입히고 말았습니다. 죄송합니다."

하인은 실수를 빌 뿐이었다.

그후, 위고에게 여러 군데에서 혼담이 있었지만 어찌된 일인지 그때마다 마가 끼어 혼사는 이루어지지 아니했다.

그리고 14년이 흘렀다.

과거를 보아 알성급제한 위고는 이전에 아버지가 관료로서 공로가 있었다 하여 안양(安陽)의 관청에서 근무하게 되었다. 안양 현령(縣令)인 왕진(王秦)은 위고에게 호적을 담당시키는 한편 재판 사무도 보게 하였다.

무슨 일이든 척척 처리해 나가는 위고에게 호감을 가진 왕진은 장래성이 있는 젊은이라며 자기 딸을 그에게 시집보냈다. 열일곱 살의 아리땁고 심성이 착한 신부였다. 위고는 이 아내를 끔찍이 사랑했다. 두 사람 사이는 누가 보더라도 시기할 만큼 금슬이 좋았다.

그런데 이상한 일이 한 가지 있었다. 이 신부는 유행되는 꽃장식을 언제나 이마에 붙이고 있었다. 잠잘 때도, 목욕을 할 때도, 그 꽃장식을 떼어놓는 일이 없었던 것이다.

처음에는 그저 좋아서 붙이고 다니는 것이려니 생각했던 위고도 1년 가까이나 그러고 다니자 그대로 넘길 수가 없었다. 그래서 어느 날 위고는 자기 손으로 그 꽃장식을 억지로 떼려고 했다. 그러자 아내는 엎드려 울면서 자신의 신상에 관한 이야기를 털어놓는 것이었다.

"저는 아직 당신에게 털어놓지 못한 비밀이 한 가지 있습니다. 제가 갓 태어났을 때, 송성(宋城)의 현령이셨던 아버지가 갑자기 돌아가셨는데 슬픔을 이기지 못하시던 어머니마저 아버지의 뒤를 따르셨답니다. 그때 저에게는 유산으로 밭뙈기가 조금 있었다는 것입니다. 유모가 그때부터 밭뙈기를 팔아가지고 채소장사를 하면서 저를 길러주었지요. 유모는 얼마 안되는 수입으로 고생고생하며 저를 길러준 것입니다.

그런데 제가 세 살 때 유모가 저를 안고 시장에서 장사를 하고 있는데 웬 악한이 갑자기 나타나서 칼로 제 이마를 찌르고 도망쳤다는군요. 그 상처가 지금까지 남아있어서, 보기가 흉하기에 저는 당신 눈에 띄지 않게 하기 위해 꽃장식을 일부러 하고 다닌 것입니다. 저는 7, 8년 전에 우연한 인연으로 이곳 현령님의 양녀가 되었고, 양아버지 덕택으로 지금 이렇게 당신의 아내가 되었습니다."

위고는 까맣게 잊고 있던 14년 전 그날 새벽녘의 일을 떠올렸다. 눈에 보이지 않는 빨간 끈으로 맺어지면 어떤 일이 있더라도 헤어질 수 없다고 말한 노인의 말이 확실하게 증명된 것이다.

"그랬구려. 그때 그 노파가 당신의 유모라는 것은 전혀 몰랐소……."

위고는 무의식중에 독백했다.
"뭐라고 하셨습니까? 그럼 당신께서는 우리 유모를 알고 계셨단 말입니까?"
이번에는 아내가 깜짝 놀라며 물었다.
"내가 무엇을 숨기리까. 당신의 생명을 노리도록 한 것은 바로 나였소."
위고는 송성 남쪽에 있는 용흥사 문앞에서 만났던, 불가사의한 노인의 이야기를 아내에게 들려주고, 운명을 거역하면서까지 어린아이의 생명을 없애려고 했던 자신의 죄를 사과하고 반성했다.
이윽고 두 사람 사이에 아들이 태어났다. 이 아이가 성장한 다음, 가난한 사람과 학대받는 사람들의 편에 서서 정치를 하여 숱한 사람들의 인망(人望)을 모으게 되었다고 한다.

원수 갚은 뱀

사냥꾼이 사냥을 하기 위해 깊은 산속으로 들어갔다가 오두막을 짓고 잠을 청했다.

어느 날 밤의 일이다. 노란색 옷에 하얀 허리띠를 맨, 헌칠한 키의 사나이가 문앞에 서서 사냥꾼에게 말을 걸었다.

"저는 내일 적과 싸우지 않으면 안되는 자입니다. 그래서 당신에게 부탁을 하러 왔는데 도와주시지 않겠습니까. 만약 도와주신다면 그 사례는 충분히 하겠습니다."

"나에게 도와달라고요……? 내가 할 수 있는 일이라면 기꺼이 도와주겠습니다. 사례 따위는 필요치 않습니다."

용기있기로 유명한 사냥꾼은 부탁을 거절할 수가 없어서 한마디로 승낙했다.

"그럼 부탁을 하겠습니다. 내일 아침 일찍, 저기 골짜기로 나와 주십시오. 적은 북쪽에서 쳐들어오고, 저는 남쪽에서 맞아 싸웁니다. 하얀 허리띠를 띤 것이 저이고, 적은 노란색 허리띠를 띠고 있으니 그 점만은 틀리지 않게 해주십시오."

사나이는 이 말만 남긴 다음 어둠 속으로 사라져 버렸다.

다음날 아침, 사냥꾼은 사나이가 시킨 대로 골짜기에 나가보았다. 골짜기를 흐르는 강에는 안개가 자욱하게 끼어 있었으며 어디에 누가 있는지 분간할 수가 없었다. 잠시 상황을 지켜보고 있자 북쪽에서 세찬 바람이 불어왔고 나무며 풀들이 흔들리기 시작했다. 문득 남쪽을 바라보자 그쪽 나무들도 흔들리고 있었다.

그때다. 돌연 천지가 진동하는 소리가 났는가 했더니, 하얀 뱀과 누런 뱀 등, 두 마리의 큰 뱀이 모습을 나타냈고 골짜기 한복판에서 물을 튀기며 대격투를 벌였다. 강에는 파도가 일고 물기둥이 솟구쳤다.

자기 눈을 의심하며 비비던 사냥꾼이 신경을 곤두세우고 살피자 아무래도 하얀 뱀이 당해내지 못할 것만 같았다.

'그랬구나. 하얀 허리띠를 띠고 있노라며 다짐을 두었던 것은 이 때문이었구나.'

고개를 끄덕이던 사냥꾼은 활시위를 당기자 노란색 뱀의 목을 겨냥하고 쏘았다. 괴로운 듯 고개를 쳐들고 용틀임하던 노란색 뱀은 불길과 같은 혀를 내밀며 사냥꾼을 노려보았으나 이윽고 힘이 다한 듯 그 자리에 쓰러지고 말았다.

그날 서녁때, 하얀 허리띠를 맨 사나이가 다시 사냥꾼의 오두막에 나타났다. 그는 고맙다는 인사말을 한 다음 이렇게 덧붙였다.

"당신은 이 산속에서 1년간만 사냥을 하십시오. 그리고 1년이 지난 다음에는 어떤 일이 있더라도 이 산에서 내려가지 않으면 안 됩니다. 그리고 두번 다시 이 산에 올라오지 마십시오. 그것만 지키시면 당신은 큰부자가 되십니다."

사냥꾼은 시키는 대로 그 산속에서 1년 동안 열심히 사냥을 했는데 매일 큰 사냥감을 잡을 수 있었다. 그래서 얼마 안되어 상당한 재산을 모을 수가 있었다.

그로부터 몇해가 지났다.

갑자기 큰부자가 된 사냥꾼은 차츰 사치스런 생활을 하다가 다시 가난하게 되었다. 마침내는 하루하루 살아가기가 어려워지고 말았다.

사냥을 나가도 짐승이 잡히지 않았다. 그래서 그는 내일의 끼니를 걱정해야 할 지경에 이르렀는데, 문득 하얀 뱀이 생각났다.

'그래. 그때 그 산속으로 두번 다시 들어오지 말라고 다짐을 받았던 것은 제딴에는 신세를 갚는답시고 한번 해본 말임에 틀림없어. 다시 한번 그 산속으로 가서 사냥을 하고 짐승을 산더미처럼 잡아다가 또 부자가 되는 거야.'

그렇게 생각하니 가만히 있을 수가 없었다. 그는 하얀 뱀과 한 약속을 깨고 그 산속으로 다시 들어갔다.

그러자 그때와 똑같이 하얀 허리띠를 띤 사나이가 나타났다.

"저는 당신의 도움을 받은 사례로 1년 동안은 짐승을 듬뿍 잡을 수 있도록 해드렸습니다. 그리고 두번 다시 이 산속으로 들어오면 안된다고 말했으며 다짐을 굳게 받았습니다. 그렇게 한 데는 나름대로 이유가 있었던 것입니다. 그때 당신에게 죽음을 당한 노란색 뱀의 새끼들이 이제 다 성장하여 아비의 원수를 갚겠다고 당신을 노리고 있답니다. 그 점 때문에 주의를 했던 것인데 산에 들어온 이상은 당신의 책임입니다. 이제 나는 당신을 도와드릴 힘이 없습니다."

이 말을 마치자 사나이는 분노를 띠고 어디론가 가버렸다.

겁이 덜컥 난 사냥꾼은 사냥을 할 처지가 아니라며 활과 화살을 그 자리에 팽개친 채 달음질치기 시작했다. 그러나 아무리 달려도 길이 나타나지 아니했다. 그는 마침내 지쳐서 풀 위에 텁석 주저앉아 한숨을 길게 내쉬었다.

그러자 검은 옷을 입은 세 명의 젊은이들이 나타났고 큰 입을 벌리며 사냥꾼에게 덤벼들었다. 불꽃과 같은 혀, 날카로운 어금니, 번쩍번쩍 빛나는 눈동자……. 아무리 보아도 그것은 인간의 것이 아니었다.

"우앗! 뱀 새끼들이다!"

사냥꾼은 비명을 질렀다. 그와 동시에 한 마리의 뱀이 어금니로 그 사냥꾼의 목줄기를 물어뜯었다.

둔갑술을 하는 아가씨

 당(唐)나라도 말기에 접어들자 세상이 문란해졌다. 정치를 한다는 정부의 고관들 중에는 자신의 지위라든가 권력을 이용하여 가렴주구(苛斂誅求)를 일삼는 자가 많아서 선량한 백성들을 괴롭히는 것이었다.
 그 무렵 어느 지방의 군대를 지휘하던 장군이 있었다. 일찍이 상처를 한 그는 은랑(隱娘)이라는 외동딸을 사랑하며 소중하게 기르고 있었다.
 어느 날, 허름한 차림의 비구니가 시주를 얻으러 왔다. 그때 아버지와 같이 나와 있던 은랑을 본 비구니는 한눈에 이 아이가 마음에 들었다. 그래서 장군에게 하필이면 이런 말을 했다.
 "장군나리, 이 아가씨를 꼭 저에게 맡겨 주십시오."
 보물 이상으로 귀여워하며 사랑해온 은랑을 거지 차림의 비구니에게 맡기는 일 따위는 상상도 못했던 장군은 안색을 바꾸며 격노했다.
 "이런 무례한 자 보았나! 어서 물러가지 못할까? 안물러가면 아이를 유괴하려 했던 죄로 당장 옥에 가둘 것이야!"
 그러나 비구니는 태연한 모습으로 가슴을 펴며 대꾸했다.
 "저는 한번 해야겠다고 마음먹은 일은 어떤 일이 있더라도 해내며, 한번 가지고 싶어하면 무슨 짓을 해서라도 손에 넣고야 마는 성격입니다. 비록 아가씨를 쇠상자 속에 넣고 지키시더라도 반드시 꺼내가고 말 것이니 두고보십시오."
말을 끝내자마자 비구니는 이쪽의 대답도 듣지 않고 물러갔다.
"저 따위 미친 여승(女僧)이 무엇을 할 수 있다는 게야?"
장군은 크게 노했지만 바쁜 일 때문에 이 일을 까맣게 잊고 말았다.
그런데 그날 밤, 은랑의 모습이 홀연히 안보이게 되었다. 기겁을 한 장군은 부하들을 동원하여 이곳저곳을 수색토록 했지만 어디에 갔는지 단서조차 잡을 수가 없었다. 장군은 은랑만을 생각하다가 마치 반미치광이가 되고 말았다.

그로부터 5년이란 세월이 흘렀다.
은랑에 대한 일을 겨우 잊게 된 장군 앞에, 그때 그 비구니가 돌연 나타났다. 그 옆에는 예쁘게 성장한 은랑이 그리웠었다는 눈매를 하고 아버지를 바라보고 서있었다. 너무 기쁜 나머지 장군은 입을 열어 말을 힐 수조차 없었고 그저 눈물을 뚝뚝 떨구며 딸을 바라볼 뿐이었다.
"장군나리, 아가씨를 분명히 돌려드립니다. 아가씨는 이제 완숙하셨으니 아무것도 가르칠 필요가 없을 것입니다."
비구니는 이 말만을 남긴 채, 은랑에게 눈인사를 하고 나가 버렸다.
그제서야 겨우 정신을 차린 장군은 은랑을 안다시피하여 방으로 데려가자 지금까지 어디서 무엇을 했느냐고 캐물었다. 어찌나 연거푸 물어대는지 은랑은 숨돌릴 사이도 없었다.
"날마다 경(經)만 읽으라고 해서 읽었고, 그밖에 주문(呪文) 외는 법을 배웠을 뿐 아무것도 하지 않았습니다."
"네가 끌려간 지 벌써 5년이나 되었어. 경을 읽고 주문만 외웠을 리 만무해. 숨기지 말고 어서 이야기해 보렴."

장군은 은랑의 말이 믿기지 않는다는 눈치였다. 처음에는 적당히 대답하던 은랑도 숨길 수가 없었던지, 지금까지 있었던 일을 이야기했다.

"그날 밤 정신을 차리고 보니 저는 비구니에게 손을 잡히어 산길을 걷고 있었습니다. 밤새 계속 걸었는데 어떤 큰문이 달려있는 동굴 앞에 다다랐습니다. 그 근방에는 인가(人家)라곤 하나도 없고 무성하게 자란 소나무마다 원숭이들이 놀고 있을 뿐이었습니다. 그곳에는 저와 나이가 비슷한 아가씨 두 명이 있었구요. 두 사람 모두 식사는 하지 않고 깎아지른 듯한 낭떠러지와 골짜기를 가볍게 뛰어넘는가 하면 원숭이보다 더 잘 나무에 기어오르는 것이었습니다.

'너도 곧 저 아가씨들처럼 몸이 가벼워질 것이야'라고 말한 그 비구니는 환약 한 알을 제게 주어 먹도록 하더니 날이 시퍼렇게 선 검을 호신용이라며 주었습니다. 저는 그 두 아가씨 뒤를 따라 산을 뛰어다니고 나무 위에 오르는 동안에 점차 몸이 가벼워졌으며 1년이 지나자 그 검으로 원숭이를 찔러 잡는 데 실수가 없게 되었습니다. 그후 호랑이라든가 표범과 싸워도 반드시 이길 정도의 실력이 되었습니다."

"뭐라고…… 여자인 네가 호랑이와 표범을 잡았다는 게냐?"

"예, 그리고 3년째에는 제 뜻대로 하늘을 날 수 있게 되었습니다. 공중에서 매라든가 독수리하고 싸워도 이길 정도가 되었답니다. 4년째가 되자 비구니께서는 저만 데리고 도시로 나갔습니다. 어디에 있는 어떤 도시인지는 기억이 나질 않습니다. 그곳에서 어떤 사람을 가리키며 비구니께서는 '저 사나이는 이러저러한 악행을 저질러서 사람들을 괴롭힌단다. 네가 가서 저 사람을 붙잡아 나에게 데리고 오라'고 하며 양뿔의 자루가 달린 단도를 건네주었습니다.

저는 그 사나이의 가슴을 단도로 찌르고 끌어왔는데 대낮이건만 지나가던 사람들은 누구 한사람 그것을 알아차리는 사람이 없었습니다. 비구니께서는 그 사나이에게 약을 먹였는데 그 사람은 그 자리에서 물로 녹아 버리고 마는 것이었습니다.

5년째 되던 해, 비구니께서 저를 부르더니 죄없는 여러 사람을 사형에 처한 어떤 관원의 이름을 알려주면서 한밤중에 그 사나이의 방에 숨어들어가 잡아오라고 명했습니다. 저는 그 사나이네 집 천장에 숨어들어가, 아무도 모르게 붙잡아왔습니다. 그런데 제가 하는 일이 너무 늦다며 화를 냈습니다. 그 관원이 귀여운 사내아이를 어르고 있기에 어르기가 끝날 때까지 기다리다가 늦었노라고 말하자 '그렇게 마음이 약해서는 큰일을 할 수가 없다'며 꾸짖었습니다. 저는 잘못했다고 사과했습니다.

그랬더니 겨우 화를 풀면서 '네 뒷머리를 조금 뚫어서 단도가 들어가도록 해주마. 상처는 나지 않을 것이니 안심해라. 난도를 사용할 때는 그곳에서 꺼냈다가 사용한 다음에는 넣어두면 돼. 아무도 알아차리지 못할 것이다'라며 순식간에 수술을 해주었습니다. 그리고 '이제 너는 배울 것을 다 배웠으니 집에 돌아가도 된다. 언젠가 다시 만날 때가 있을 것이야'라며 집에까지 데리고 온 것이랍니다."

이 뜻밖의 이야기에 장군은 대답도 하지 못하고 그저 멍하니 듣고 있을 뿐이었다. 이 귀여운 외동딸이 어느 사이에 사람을 찔러 죽이는 둔갑술까지 익히고 있다는 것이니 그럴 수밖에 없는 일이었다.

그러나 집에 돌아와서 생활하게 되었으니 옛날의 얌전한 은랑으로 되돌아갈 것이라며, 방을 하나 깨끗이 치우고 살게 했는데 밤이

둔갑술을 하는 아가씨 21

되면 행방을 감추었다가 새벽녘이 가까워서야 돌아오는 날이 계속 이어졌다. 무슨 짓을 하러 다니는지 몹시 궁금했지만 딸의 신경을 건드릴까봐 물어볼 수가 없었다.

어느 날, 거울을 닦는 젊은이가 찾아왔다. 그 무렵의 거울은 구리로 만든 동경(銅鏡)이었기 때문에 거울닦이가 이따금 찾아와서 약으로 닦아주고 수고료를 받곤 했다. 그 젊은이를 한번 본 은랑은,

"저 사람이라면 제 남편감이 되겠습니다."

라며 아버지에게 결혼을 승낙해 달라고 졸랐다. 장군은 그처럼 가난뱅이 티가 나는 거울닦이가 아니라도 사윗감은 얼마든지 있을 것이라고 생각했지만 보통 딸과는 다른 은랑인지라 허락하지 않았다가는 또 어떤 일이 생길는지 모르겠으므로 승낙했다.

그러나 이 젊은이는 거울 닦는 일말고는 아무 일도 할 수 없었으므로 장군은 두 사람을 위해 따로 집을 지어주고 다달이 생활비를 보내주어 살림을 꾸려나가도록 했다.

몇년 후, 장군이 세상을 떠났다. 두 사람의 생활을 돌봐줄 사람이 없게 되자 은랑 부부는 다시 빈곤한 거울닦이로 전락하지 않을 수 없었다.

그런데 은랑이 불가사의한 힘을 가지고 있다는 소문을 들은 위박(魏博) 지방의 장관이 그 힘을 빌어 자신의 정권(政權) 확장을 꾀하려고 했다. 그래서 거울닦이를 자기 비서라는 명목으로 관리(官吏)에 채용했다. 그리고 이전부터 정적(政敵)이자 사이가 안좋았던 허주(許州) 지방의 유장관(劉長官)을 죽여 달라고 은랑에게 부탁했다.

무능한 남편을 고급관리로 써준 은혜를 입은 터라 은랑은 거절할 수가 없었다. 마음에 안드는 일을 떠맡은 은랑은 남편과 함께 허주로 향했다.

그러나 유장관은 점을 잘 치는 사람이었으므로 자신을 암살하기 위해 은랑이 온다는 것을 이미 꿰뚫어 알고 있었다. 유장관은 부하 관원을 불러놓고 이렇게 말했다.

"내일, 이 성읍 북쪽에 가서 철저히 살피도록 하라. 남녀 두 사람이 흰 나귀와 검은 나귀를 타고 올 것이다. 그때 그들의 앞쪽에서 까마귀가 울 것이고…… 사나이는 까마귀에게 활을 쏘겠지만 맞추지 못할 것이야. 그 대신 여자가 화살 한 개를 쏘아 까마귀를 떨어뜨릴 것이다. 그러는 그들을 발견하거든 공손히 인사를 하고 유장관이 정중히 모셔오라고 했다면서 이곳까지 안내하도록…… 알겠느냐?"

다음날, 그 부하가 성읍 북쪽에까지 나가니 과연 나귀를 탄 두 사람이 나타났고 유장관이 예언한 일들이 그대로 나타났다. 유장관의 부하는 고개를 숙이면서 공손히 인사를 했고 유장관이 모셔오란다고 말했다.

유장관의 부하로부터 그런 말을 들은 은랑은 귀신과 같은 유장관의 점술(占術)과 앞일을 꿰뚫어보는 신통력에 감탄할 뿐이었다.

"잘 오셨소이다. 긴 여행길에 많이 피곤하시겠소"

마중나온 유장관은 두 사람에게 따뜻하게 대해주었다.

"당신을 죽이기 위해 찾아온 우리에게 그런 위로의 말을 해주시니 몸둘 바를 모르겠습니다."

은랑은 당혹스런 표정으로 인사를 했다.

"그런 일은 신경쓰지 않아도 좋습니다. 주인의 명령이니 어쩌겠소이까? 어차피 이곳에까지 왔으니 얼마동안 편안히 머물다가 가시지요."

은랑은 자신이 섬기고 있는 장관과 유장관의 인격적 차이를 실감할 수 있었다. 그리고 주인의 명령이긴 하지만 이처럼 훌륭한 사람을 죽이려고 했던 자기 자신이 부끄러워지고 말았다. 잠시 생각하던 은랑은 결심을 하고 나서 자신의 심경을 유장관에게 털어놓았다.

"나리는 공평한 정치를 하시는 분이라고 생각됩니다. 그러나 유감천만인 것은 나리를 보좌할 인물이 이 허주에는 없다는 점입니다. 바라옵건대 저를 써주십시오. 틀림없이 도움이 될 것입니다. 위박의 장관을 버리고 나리를 섬길 각오입니다."

은랑의 청은 그 자리에서 받아들여졌다. 즉 은랑은 유장관의 고문이 된 것이다.

그 순간 두 사람이 타고 온 나귀가 자취를 감추었다. 유장관이 수색을 했던바 은랑의 짐 속에서 흰색과 검은색 종이로 만든 나귀가 나왔다. 유장관은 은랑의 비술(秘術)을 처음으로 확인할 수가 있었다.

한 달쯤 지난 어느 날, 은랑은 유장관에게,

"위박의 장관은 지금도 나리를 암살코자 하는 계획을 포기하지 못하고 있습니다. 다른 자객(刺客)을 틀림없이 또 보낼 것입니다. 내 머리를 자르고 그것을 빨간 끈으로 묶어가지고 오늘 밤 그것을 위박 장관의 머리맡에 두고 오겠습니다. 그렇게 함으로써 내가 두번 다시 위박에 돌아가지 않을 것임을 통고해야겠습니다."
라고 말했다.

그날 밤 2시쯤에 돌아온 은랑은,

"머리를 위박 장관 머리맡에 두고 왔습니다. 그것을 발견하면 그는 화를 내면서 정정아(精精兒)라는 둔갑술자를 보내어, 변심한 나를 죽이고 나리의 목을 가져오라고 할 것이 틀림없습니다. 그러나 내가 나리 곁에 있는 이상 정정아를 꼼짝못하게 할 것이니 걱정마십시오."
라고 보고했다. 대담한 유장관은 걱정하지 않고 잠을 잤다.

문득 어떤 기미를 알아차리고 눈을 떠보니 빨간 깃발과 하얀 깃발이 침대 주위를 날아다니며 싸우고 있는 모습이 보였다.

'드디어 싸움을 하는구나. 은랑, 힘을 내서 잘 싸우시오!'

유장관이 실눈을 뜨고 그들의 싸우는 모습을 살피고 있노라니 갑자기 한 사나이가 위쪽에서 떨어졌고 마룻바닥에 쓰러지더니 그대로 숨을 거두고 말았다. 그와 동시에 은랑도 모습을 나타내더니,

"정정아를 무찔렀습니다."

라며 미소지었다. 이어서 주머니 속에 넣어두었던 약을 꺼내어 뿌리자 그 사나이는 그 즉시 물이 되어 흘러나갔는데 머리카락 한 개도 남지 않았다.

은랑은 목소리를 낮추며,

"이처럼 정정아가 패하여 죽은 이상 위박 장관은 정정아보다 둔갑술이 더 나은 묘수(妙手) 공공아(空空兒)를 보낼 것임에 틀림없습니다. 공공아의 기술은 대단하여 그의 둔갑술은 보통사람의 눈에는 보이지 않을 만큼 잽싸며 공중 높은 곳을 날기도 하고 모습을 감추는 능 자유자재입니다. 미숙한 내 기술로는 승산이 전혀 없습니다. 나도 최선을 다해보겠습니다만 나리께서는 소중하게 아껴오던 서국(西國)의 보석을 목에 거시고, 이부자리를 머리에서부터 뒤집어쓰신 다음 가만히 계십시오. 나는 등에로 둔갑하여 나리의 배 속에 숨어 있겠습니다."

라고 귀엣말로 작전계획을 알려주었다.

다음날 밤, 유장관은 은랑이 시킨 대로 서국의 보석을 목에 걸고 이불을 뒤집어쓴 다음 상황을 지켜보았다. 한밤중이 되자 목줄기에 딱딱한 것이 닿는가 했더니 큰 굉음이 났다. 깜짝 놀라서 깬 순간 등에로 변신한 은랑이 유장관의 입속에서 날아 나왔다.

"나리, 걱정마십시오. 공공아는 독수리와 같은 성격인 까닭에 첫

공격을 하다가 실패하면 깨끗이 포기하고 두번 다시 승부를 겨루는 일이 없습니다. 지금쯤 천리 밖 먼 곳을 날아가고 있을 것입니다."

유장관이 목에 걸었던 보석을 끌러 보니 단도로 자르려 했던 흔적이 뚜렷하게 남아있었다. 이 보석이 막아주지 않았더라면 틀림없이 죽었을 것으로 생각한 유장관은 은랑의 현명함을 새삼스럽게 느끼며 혀를 내둘렀다.

그후 유장관과 은랑은 서로 힘을 합치어 선정(善政)에 힘썼으므로 허주 지방은 다른 지방에서는 찾아볼 수 없을 정도로 밝고 평화로운 나날이 이어졌다.

어느 날, 은랑은 무엇인가 생각나는 것이 있다는 듯 유장관에게 말했다.

"허주는 평화롭게 다스려지고 악당들도 많이 줄었습니다. 저는 당분간 자유롭게 이 근방 각처의 정치상황을 두루 돌아보고 오겠습니다. 제 남편은 정직하게 거울닦이만 해왔던 사람이어서 다른 직업을 가질 수 없을 것인즉 제가 간 다음에도 계속해서 돌봐주시기 바랍니다."

그리고 어디론지 떠나 버렸다. 그후 은랑의 모습을 본 사람은 아무도 없었다.

불가사의한 배나무

어떤 사나이가 자기 과수원에서 딴, 아주 불가사의한 배를 수레에 싣고 시장에서 팔고 있었다. 그 배는 크고 맛이 있어서, 다른 배보다 값이 비쌌지만 불타나게 팔렸다.

때마침 배장수 앞을 지나가던 도승(道僧)이 있었다. 색동 두건에 누더기 옷을 걸친 도승은 배가 몹시 고픈 듯 수레에 쌓여 있는 배를 곁눈질하고 있었다.

"그 배 한 개만 적선(積善)하십시오."

노승은 때가 묻은 시커먼 손으로 배를 집으려고 했다.

"안돼요, 안돼! 이건 돈을 받고 파는 배요. 그냥 줄 수는 없소이다. 먹고 싶으면 돈을 내고 사먹구려."

배장수는 퉁명스럽게 말하며 노려보았다. 그러나 도승은 배가 심히 먹고 싶은 듯 집요하게 조르며 그 자리를 떠나려고 하지 않았다.

"이보시오, 거지 도사! 그러고 있으면 장사에 방해가 되오. 썩 꺼져요. 안가면 이 저울대로 정강이를 부러뜨리고 말겠소!"

배장수는 마치 개·고양이를 내쫓듯 도승을 쫓아버렸다. 도승은 돌아서면서도 배에 미련이 남는다는 듯,

"아직도 수레에 배가 많이 남아있잖소. 한 개만 적선을 하구려. 한 개쯤 준다고 해서 큰일날 것도 아닌데…… 그렇게 괄시하지

마오."

라며 다시 돌아섰다. 도승을 딱하게 여긴 통행인이,

"여보시오, 배장수, 좀 상한 배를 한 개 주시구려. 배가 몹시 먹고 싶은가 보오."

라며 참견을 했다. 그런데 배장수는 고개를 가로저으며,

"아무리 썩은 배라도 이런 거지 도승에게는 줄 수 없소이다!"

라며 한마디로 거절했다.

이런 장면을 보다 못한, 그 근처 상점의 점원이 자기 돈으로 배를 한 개 사가지고 도승에게 내밀었다. 도승은 공손히 머리를 숙여 그 점원에게 감사하더니 여러 사람들에게 말했다.

"나와 같은 도사가 되어 세상을 버린 사람은 무엇을 아쉬워하거나 부러워하지 않는답니다. 실은 나에게도 이 배장수의 배 이상으로 단 배가 있습니다. 그 배를 여러분에게 그냥 나누어 주겠습니다."

이 말을 들은 배장수는 얼굴을 붉히고 화를 버럭 내며,

"이 거짓말쟁이 도사야! 내 배보다 단 배가 있다고? 그 따위 엉터리말 하지 마! 그런 배가 있다면 왜 내 배를 그토록 탐낸 거야!"

라고 소리쳤다.

"나는 당신의 배씨를 얻어서 심고 길러보려고 했을 뿐이오."

도사는 점원이 준 배를 반으로 가르고 그 속에서 씨를 꺼내자 땅 위에 구멍을 파고 씨를 심은 다음 흙을 덮었다. 그리고 구경하던 사람들을 향하여,

"이 씨에 더운물을 부으면 싹이 바로 나올 것입니다. 누가 더운물 좀 갖다주지 않으렵니까?"

라며 아리송한 말을 했다. 구경꾼들은 머리가 어떻게 된 도승이 아

니냐며 고개를 갸웃거렸는데 한 구경꾼이 밑져야 본전이라며 도사가 시키는 대로 한 상점에 가서 더운물을 얻어가지고 왔다.

도승은 입속으로 주문을 외면서 그 더운물을 땅에 조금씩 붓기 시작했다. 그러자 흙이 꿈틀꿈틀 움직이더니 배나무 싹이 머리를 내밀었다.

구경하던 사람들이 웅성거리고 있는데 이번에는 그 싹이 점점 자라났고 가지를 치더니 잎이 나와 무성해지면서 꽃을 피우는가 했더니 어느 사이에 숱한 열매를 맺는 것이었다. 그것도 지금까지 본 일이 없는 크기의 배가 주렁주렁 익어갔다.

"자아, 얼마든지 가지고 싶은 대로 가져가시오."

"나도……"

"저에게도……"

모두들 손을 내밀었다. 나무에 주렁주렁 매달렸던 배도 금방 바닥이 나버렸다.

그러자 도승은 배나무를 뿌리채 베어서 그것을 가볍게 짊어지자 어안이벙벙하는 사람들을 뒤로하고 어디론가 사라져 버렸다. 제정신을 차린 배장수가 자기 수레를 바라보니 수레에는 배가 한 개도 없이 텅텅 비어 있었다.

"당했구나. 내가 그 도승에게 당한 거야. 술수를 써서 내 배를 모두 뺏어갔다구!"

배장수가 가슴을 치며 자세히 살펴보니 수레 손잡이 나무 한쪽이 부러져 있었다. 화가 치민 배장수가 도승의 뒤를 따라가 보았으나 도승은 흔적도 없었고 다만 담장 모퉁이에 수레의 손잡이 나무 한쪽이 세워져 있을 뿐이었다. 사람들 모두가 배나무로 보았던 것은 바로 수레의 손잡이 나무였던 것이다.

불가사의한 배나무 29

모습을 보여주지 않는 친구

 산동(山東)의 장허일(張虛一)은 어떤 일에든 구애받는 일이 없는 대담하고 폭넓은 마음을 가진 청년이었다.
 어느 때, 자기네 집에서 가까운 저택에 여우가 살고 있다는 이야기를 들은 그는 어떤 여우인지 한번 만나서 이야기를 하고 싶다는 생각에, 일부러 그 저택을 찾아나섰다.
 그 저택에 도착하여,
 "이리오너라!"
라며 큰소리로 불러 보았지만 아무도 나오지 아니했다. 문까지 굳게 닫혀 있었으므로 문틈을 통해 명함을 들여밀었더니, 문이 저절로 열렸다. 그리고 하인인 듯한 사나이가 나타나,
 "여우가 나타났다!"
라며 외치면서 도망쳐 버렸다. 장허일은 하인 따위는 상관치도 않고 매무시를 바로잡고 안으로 들어갔다. 살펴보니 방안에는 탁상과 의자는 가지런히 놓여 있는데 조용했으며 인기척이라곤 천혀 없었다.
 그러나 장허일은 보이지도 않는 상대방을 향하여 공손히 인사한 다음 이야기를 걸었다.
 "나는 이 저택에 살고 있는 분을 만나뵙고 싶어서 왔습니다. 문전박대하지 않으시고 이렇게 방에까지 들어오도록 해주시니 감사합

니다. 여기까지 들어온 이상 꼭 주인양반을 만나뵙고 싶습니다."
그러자 이게 웬일인가. 아무도 없을 것으로 생각했던 방안에서 목소리가 들려오는데,

"잘 찾아오셨습니다. 너무나 갑자기 찾아오셔서 아무 준비도 하지 못했습니다. 실례가 많습니다만 어서 거기에 앉으십시오. 손님과 얘기를 나누면서 여러 가지를 배우고 싶습니다."

라고 정중하게 인사말을 하는 것이었다. 이어서 의자가 스스로 움직이더니 두 사람이 마주앉도록 놓여졌다.

"그럼 실례하겠습니다."

라며 장허일이 앉자, 그와 동시에 차 두 잔이 담겨진 예쁜 쟁반이 저절로 와서 탁상 위에 놓여졌다. 장허일은 그것을 마시면서 초면인사를 끝냈다. 그런데 상대방도 차를 마시는 소리가 분명하게 들려왔건만 마시고 있는 장본인의 모습은 어쩐 일인지 볼 수가 없었다.

차를 마시고 나자 주연(酒宴)이 시작되었다. 장허일이 상대방의 신분에 대해서 묻자, 성(姓)은 호(胡)이고 자기는 넷째아들이므로 하인들이 호사(胡四) 도련님이라고 부른다며 부끄립다는 듯 대답했다. 그런 다음 이런저런 이야기를 했는데 하는 말이 조리가 있었고 상당히 훌륭한 사고방식의 소유자였다.

마음에 든 장허일은 상대방을 신용하면서 자기 생각을 피력하는 등 숨김없이 대화를 했다. 잠시 후 진귀한 자라고기와 사슴고기 등이 나왔는데 접시를 늘어놓는다든가 술을 따르는 하인들이 여러 명임을 느낄 수는 있었으나 모습은 하나같이 안보였다.

술이 끝나고 차나 한잔 더 마셨으면 하는 생각을 하고 있자니 어느 사이에 차가 또 나오는 것이었다. 장허일이 마음속으로 생각한 것은 입밖에 내기도 전에 그의 눈앞에 진설되었다. 장허일은 사양치 않고 먹은 다음 기분 좋게 집으로 돌아왔다.

그후, 장허일은 3, 4일만에 한 번씩 이 호사 도령을 찾아가서 담론을 하여 이제는 죽마고우처럼 절친한 교제를 하기에 이르렀다.

어느 날, 장허일은 호사 도령에게 말했다.

"성읍 남쪽에 살고 있는 노파가 여우를 부리어, 점을 쳐주기도 하고 중병 환자라든가 곤궁한 사람들을 마구 속여서 많은 금품을 긁어모은다고 들었는데 그 여우를 알고 계십니까?"

이 말을 들은 상대방은 깜짝 놀란 목소리로 말했다.

"아니, 그런 일이 어떻게 있을 수 있단 말입니까? 그런 악한 여우가 있다면 내 귀에 들어오지 않을 리가 없을 텐데요."

그는 도저히 믿을 수 없다는 것 같았다. 잠시 후 장허일이 화장실에 갔을 때다. 누군가가,

"선생이 아까 말씀하신, 성읍 남쪽의 여우 말인데요, 대체 어떤 놈일까요? 신경이 자꾸 쓰이는데 제가 장선생과 함께 그곳에 가서 상황을 확인해 보고 싶습니다. 미안합니다만 선생께서 도련님에게 부탁해 주시지 않으시렵니까?"

라며 낮은 목소리로 말을 걸어왔다.

'이는 호사 도령을 섬기고 있는 작은 여우로구나.'

라고 판단한 장허일은,

"언제라도 부탁해 주리다."

라고 간단히 대답해 주었다. 화장실에서 돌아온 장허일은 호사 도령을 향하여 지나가는 말처럼,

"도련님의 하인 한 사람을 데리고 그 문제의 노파에게 가서 상황을 알아보려고 하는데 괜찮겠습니까?"

라고 물었더니, 호사 도령은 처음에는 반대를 했지만 장허일이 진지하게 청하자,

"그럼 선생 마음대로 하시지요."

라며 승낙해 주었다.

　장허일이 저택 밖으로 나오자 이미 말이 준비되어 있었다. 그 옆에는 아무 모습도 보이지 않았지만 누군가 한 사람이 딸려 있는 것 같았다. 장허일은 일부러 모른 체하면서 말 위에 올라타고 고삐를 잡았는데 뒤에서 누군가가 이야기를 걸어왔다.

　"이제부터 가는 도중에 자디잔 모래가 선생의 몸에 뿌려질 것입니다. 그런 것을 느끼시거든 제가 옆에 따라간다고 생각하시고 안심하십시오."

　그런 이야기를 하고 있는 사이에 예의 여우를 부리는 노파네 집에 도착했다.

　"아니 장씨댁 도련님이 아니십니까? 무슨 바람이 불었기에 이 노파의 집까지 오셨습니까?"

　노파는 간살을 부리면서 장허일을 집 안으로 안내했다.

　"듣자하니 할멈네 집에서 기르고 있는 여우는 굉장한 신통력을 가지고 있다던데 사실이오?"

　노파는 놀란 표정으로 장허일의 얼굴을 쳐다보다가 입속으로 얼버무리면서 대답했다.

　"도련님께서 그런 소문까지 들으시리라고는 꿈에도 생각하지 못했습니다. 저희는 황공하여 함부로 여우라고 부르지 못한답니다. 화자(花姊)란 말로 부르며 여우님을 존경하고 있습지요."

　노파의 말이 채 끝나기도 전에 돌연 반쯤 깨진 기왓장이 날아와서 노파의 어깨를 때렸다. 노파는 어깨를 움켜잡으며 원망하듯 장허일을 치켜보면서,

　"도련님! 이런 늙은이를 어쩌자고 기왓장으로 치십니까?"
라며 불평했다. 장허일은 웃으면서,

　"천만의 말을 다 하는구려. 내가 그런 짓을 할 이유가 없잖소. 할

멈이 보다시피 이렇게 주머니 속에 손을 넣고 있었어. 내가 어찌 기왓장 따위를 던진단 말이오!"
라고 말했다. 노파는 뭐가 어떻게 되어가는 것인지 통 감조차 잡지 못한 채 사방을 두리번거리면서 안절부절못했다.

이어서 자갈과 진흙이 날아왔다. 견디다 못한 노파는 두 손을 모으며,

"도련님, 아니 나리, 제발 목숨만은 살려 주십시오."
라며 울부짖었다. 보다 못한 장허일이,

"이봐 작은 여우, 그 정도로 참아주게나."
라고 말하자 갑자기 사방이 조용해졌다. 노파는 아직도 불안한 듯 방안을 뛰어다니더니 틈을 보아 밖으로 나가려고 했는데 문마다 모두 굳게 닫혀 있어서 도망칠 수가 없었다. 장허일은 껄껄 웃으면서 말했다.

"할멈네서 부리는 여우와 내 친구인 여우와, 어느 쪽의 신통력이 더 나은지 경쟁을 시켜봅시다."

"천만의 말씀을 하십니다. 어찌 감히……. 그저 죽을죄를 지었으니 용서해 주십시오."

노파는 파랗게 질려서 사죄할 뿐이었다.

그후 어느 날, 장허일이 혼자 걷고 있노라니 자디잔 모래가 자신에게 뿌려지는 것을 느낄 수 있었다. 그런 때는 작은 여우를 부르면 금방 응답을 하곤 했으므로 여우가 틀림없이 가까이 있다는 것을 알았다.

따라서 악당이 나타나더라도 여우가 옆에 있다고 생각하면 마음이 든든하여 어디를 가든 불안하지 않았다. 장허일과 여우는 어느 사이에 친구 사이처럼 되어 있었다.

어느 때, 장허일은 호사 도령과 함께 술을 마셨다. 문득 정신을 차리고 보니 뒤에서 누군가가 코를 골고 있었다. 이상하다고 생각한 장허일이 묻자,

"그건 내 형임에 틀림없습니다."

라고 대답했다.

"형님이라면 불러서 함께 마시지 않고……."

장허일이 말하자,

"아닙니다. 그건 안됩니다. 형은 아직 수행이 덜 돼서 민가(民家)에 들어가 닭이나 뺏어오는 게 고작이랍니다."

라며 상대하지 않았다.

문득 생각이 났다는 듯 장허일이,

"이처럼 장기간 서로 사귀고 있는데 아직 한번도 도련님의 모습을 보지 못하는 것이 유감입니다."

라며 불평을 털어놓았다.

"모습이야 보지 못하더라도 이렇게 서로 마음만 통하면 되지 않겠습니까?"

호사 도령은 이렇게 말하면서 웃었다.

어느 날, 호사 도령은 주연을 열고 장허일을 불러 이별의 인사를 했다. 깜짝 놀란 장허일이,

"이별이라니요? 왜 이별을 하는 겁니까? 갑작스럽게 왜 그런 말을 하는 것입니까?"

라며 원망하듯 말했다.

"나는 섬서(陝西) 지방 태생인데 이제는 고향으로 돌아가렵니다. 선생은 장기간 사귀어 왔는데 왜 모습을 보여주지 않느냐며 유감의 뜻을 표하셨는데 이별하는 마당에 제 모습을 보여드리기로 하지요."

장허일은 사방을 두리번거렸지만 어디에도 호사 도령 비슷한 사람의 모습은 없었다.
　　"장선생, 어서 내 침실을 열어보시지요. 나는 침대 옆에 서있을 테니까요."
　　장허일이 문을 열자 멋진 청년이 미소를 띠며 이쪽을 바라보고 있었다. 이것이 호사 도령의 모습인가 생각하며 한 발짝 다가서자 그 순간 그는 연기처럼 사라지고 말았다. 장허일이 서둘러 밖으로 나가자 발짝소리가 그에게 다가왔다.
　　"선생의 희망대로 이별인사로 모습을 보여드렸습니다."
　　아무리 생각해도 장허일은 호사 도령과 헤어진다는 것이 괴로워서, 어떻게든 붙잡으려고 했지만 상대방은 뜻밖에 강경했다.
　　"만나는 것도 헤어지는 것도 각자의 운명입니다. 자연에게 맡기는 수밖에 도리가 없습니다."
　　호사 도령은 초연하게 말했다.
　　그날 밤 둘이는 이별의 잔치를 베풀고 밤늦게까지 술을 나누며 이야기를 했다. 이튿날 일어나자마자 호사 도령을 찾았으나 집은 텅 비어 있고 인기척이라고는 느낄 수가 없었다. 물론 언제나 따라다니던 그 작은 여우도 없어졌다.

　　그후 장허일은 변함없이 학문에 열중했는데 어느 날 갑자기 돈이 필요해서 사천(四川)에 사는 동생에게 돈을 꾸러 갔다.
　　그런데 그 필요한 돈이 상당한 액수여서 동생도 마련해 줄 수가 없었다. 한편 워낙 먼 거리까지 갔던 터라 동생은 형을 붙잡아놓고 한 달쯤 정담을 나누었다. 한 달 후에야 장허일은 고향길을 재촉했다.
　　돈 마련이 안되어서 장허일은 낙담한 표정으로 말 위에 올라타고 터벅터벅 가는데 백마를 탄 젊은이가 나타나더니 장허일과 앞서거니 뒤서거니하며 같은 방향으로 가는 것이었다. 신경이 쓰인 장허일이 무심코 그 얼굴을 보니 품위가 있는 젊은이였다.

계속해서 여행을 하는 동안 어느 사이에 장허일과 젊은이는 말머리를 나란히 하고 이야기를 나누는 사이가 되었다.

장허일의 축 늘어진 어깨를 본 젊은이는 그 까닭을 물었다. 장허일이 돈 마련이 안되서 걱정된다고 털어놓자 젊은이는 잠자코 고개만 끄덕이더니, 갈림길에 오자,

"그럼 나는 이곳에서 작별해야겠습니다. 그런데 선생은 저 길로 조금만 더 가시면, 한 사나이가 길가에서 선생을 기다리고 있을 것입니다. 그 사나이는 선생의 옛 친구가 전해 달라고 부탁한 선물을 선생에게 드릴 것인데 선생은 그것을 사양치 말고 받으셔야 합니다."

라며 묘한 말을 했다. 장허일이 무엇을 물으려고 뒤돌아보자 젊은이는 타고 있던 백마에 채찍을 가하더니 쏜살같이 달려가 버렸다.

장허일이 말을 몰며 얼마를 가자 과연 어떤 집 하인인 듯한 사나이가 길가에 앉아 있다가 조그만 상자를 장허일 앞에 비치는 것이었다. 그리고 공손히 허리를 굽히면서,

"호사 도련님께서 나리께 드리라고 했습니다."

라고 말했다. 그렇다면 그 백마를 타고 있던 그 젊은이는 호사 도령이었단 말인가. 수수께끼를 푼 장허일이 안심하고 상자를 열어 보니 필요했던 돈 액수의 갑절이나 되는 은화(銀貨)가 들어 있었다.

"이게 대체 어떻게 된 일인가?"

사나이에게 물어보려는데 그는 이미 눈앞에 있지 아니했다.

장허일은 호사 도령의 깊은 우정에 감사하면서 밝은 마음으로 말머리를 고향쪽으로 돌렸다.

하늘을 날아다닐 수 있는 약

　멀리 떨어져 있는 도읍으로부터 위자동(韋自東)이라는 호걸이 와서, 태백산(太白山) 기슭의 촌장(村長) 집에 묵고 있었다.
　이 마을에서 위자동에 대한 평판은 대단했다. 힘이 장사일 뿐 아니라 곤경에 처한 사람을 보면 그대로 지나치지를 못하는, 즉 인정이 많은 사람이었으므로 남자들은 물론, 마을 여자들로부터도 눈길을 모으고 있었다.
　어느 날, 위자동은 촌장과 함께 산행길에 나섰다. 이곳저곳을 돌아다니다가 나지막한 언덕에 앉아서 쉬노라니 산으로 통하는 오솔길이 눈에 띄었다.
　"저 길로 가면 건너편에 있는 산에 오를 수 있겠지요?"
　위자동이 무심코 묻자 촌장은,
　"아아, 저 길 말이오? 저 길로 가면 안되오. 그 길로 갔다가는 무시무시한 곳에 이르게 된다오."
라며 기겁을 하듯 목소리를 낮추었다.
　"오래된 얘기인데 저 산 중턱에는 수행(修行)을 많이 쌓은 스님이 도읍에서 와서 절을 지었다오. 그 스님이 입적(入寂)한 후 얼마동안은 아무도 살지 않았었지요. 그런데 어느 사이엔가 나그네 스님 두 사람이 절에 와서 정착하였고 조석으로 열심히 염불을 하면서 부처님을 공양했었다오. 그리고 아마 3년쯤 전의 일이지요. 그 절에 드나들던 나무꾼이 오랜만에 나무를 지고 가보니 스님들은 정체를 알 수 없는 도깨비에게 잡아먹힌 듯 백골만 뒹굴고 있더란 겁니다.

그 소문이 난 다음부터는 누구 한사람 저 산에 오르는 자가 없게 되었소이다. 그러니 그 절이 어떻게 되었는지 아는 사람도 없지요. 나무꾼과 사냥꾼들의 소문에 따르면 절에는 부부 귀신이 살고 있으면서 악행(惡行)만을 거듭하고 있다는 것입니다. 스님들을 죽인 것도 그것들의 소행임에 틀림없을 것이라는 풍문이오. 산에 가는 사람의 발길이 끊긴 다음에는 넓었던 참배길도 잡초만이 우거져서 저처럼 짐승밖에 안다니는 오솔길로 바뀌었지요."
"왜 그냥 내버려 두는 것입니까? 마을 사람이 모두 힘을 합치어 그 귀신을 몰아내지 않는 겁니까?"
위자동은 화를 내며 언성을 높였다.
"그건 안될 일이외다. 건드리면 그 귀신들은 도리어 노할 뿐이라오. 이렇게 조용히 있으면 마을까지 내려오지는 않거든요. 그것만도 천만다행이지요. 그것들이 난동하면 그야말로 어떤 재앙을 당할지 모르는 일이잖소."
"그렇게 약한 생각을 하고 있기 때문에 그 악한 귀신들이 우쭐대는 것입니다. 이야기를 들은 이상 나는 참을 수 없습니다. 귀신인 주제에 양민(良民)을 잡아먹다니 절대로 가만 놓아둘 수 없는 일입니다. 좋습니다. 이 위자동이 책임지겠습니다. 오늘 밤 안으로 반드시 그 귀신의 목을 베어다가 촌장님께 바치겠습니다."
"안되오! 그러지 마시오. 아무리 힘이 장사라 해도 당신은 인간이고, 상대방은 귀신입니다. 아무리 정의(正義)를 위한다 해도, 그리고 마을 사람들을 위하는 일이라 해도 그것은 너무나 무모한

짓입니다. 참으시오."
 촌장은 얼굴이 새파랗게 질렸다. 촌장이 극구 만류했지만 위자동은 듣지 않았다. 위자동은 검(劍) 자루를 힘있게 잡자 촌장을 그곳에 남겨둔 채 험한 산길로 달려 올라갔다.
 무성하게 뒤엉켜 있는 담쟁이와 칡덩굴들을 잡아 헤치면서 한참을 올라가니 갑자기 평탄한 장소가 나왔다. 그곳에 큰 절이 반쯤 허물어진 상태로 서있었다.
 잠시동안 상황을 살펴보았지만 아무런 기척도 없었다. 위자동은 거미집을 떼어내면서 한 방 안으로 들어갔다. 그곳에는 전에 침실로 사용했던 듯, 두 채의 낡아빠진 이부자리와 끝쪽에 고리가 달린 석장(錫杖)이 무너진 벽에 세워져 있었다. 오랜 세월 아무도 들어온 일이 없는 듯 마룻바닥에는 온통 먼지가 쌓여 있었다.
 본당(本堂)에 들어가 보니 더욱 낡아 있었다. 지붕도 없어졌고 한 길이나 되는 잡초가 제멋대로 우거져 있는데 여기저기에는 큰 동물들이 잠을 자고 나갔던 듯 잡초가 쓰러져 있었다. 기둥에는 멧돼지며 곰의 날고기가 걸려 있었고 어디서 가져온 것인지 솥이며 냄비에 땔나무까지 준비되어 있었다.
 '그렇구나. 여기가 사람 잡아먹는 귀신이 사는 곳일 게야. 나무꾼과 사냥꾼들의 이야기가 헛소문이 아니었어.'
 잠시동안 팔짱을 끼고 생각하던 위자동은,
 '좋다. 내 손으로 이 귀신들을 잡아 보이겠다!'
라며, 밖으로 나왔다. 그리고 자기 몸보다도 굵은 노송(老松)을 뿌리채 뽑아내어 튼튼한 몽둥이를 만들었다. 이어서 그는 문을 굳게 닫고 발 밑에서 뒹구는 석불(石佛)을 번쩍 들어다가 밖에서 문을 못열도록 받쳐놓았다.
 달빛이 대낮처럼 사방을 밝게 비추고 있었다. 한밤중쯤 되었을 때 여귀(女鬼)가 사슴을 잡아 등에 지고 돌아왔다. 아무리 밀어도 문이 안열리자 화가 난 여귀는 뜻모를 소리를 질러대기 시작하더니 문을 향하여 돌진해 왔고 힘껏 밀쳤다.

그것은 무서운 힘이었다. 튼튼한 석불도 그 진동에 머리 부위가 부러졌고 문은 쾅 소리와 함께 열렸다. 여귀는 문을 밀던 여세(餘勢)로 말미암아 본당 안으로 굴러떨어졌다.

기다리고 있었다는 듯 위자동은 나무 몽둥이를 들어올리자 여귀의 정수리를 향하여 힘껏 내리쳤다. 여귀는 심히 괴로운 듯 몸을 뒤척였는데 몽둥이가 다시 뒤통수를 내리치자 째지는 소리를 지르며 숨을 거두고 말았다.

잠시 후 이번에는 남귀(男鬼)가 돌아왔다. 문이 닫혀 있는 것을 알아차린 남귀는 여귀에게 자기가 왔다는 신호라도 보내는 듯, 발로 땅바닥을 쾅쾅 구르며 소리쳤다.

그런데 아무리 기다려도 마중나오지 않자 화가 치민 남귀는 문을 향하여 혼신의 힘으로 돌진했다. 이번에는 문을 받치고 있던 석불이 없었으므로 남귀는 그대로 본당 안에 나뒹굴고 말았다.

그때 위자동의 몽둥이가 그를 내리쳤다. 아무리 힘이 센 남귀라 하더라도 불의에 습격을 당했고, 그 큰 나무 몽둥이에 얻어맞았으니 견디어낼 수가 없었다. 그 역시 아무 반항도 하지 못한 채 죽고 말았다. 실로 어이없는 싸움의 일막(一幕)이었다.

사람을 잡아먹는다는 두 귀신을 퇴치한 위자동은 여귀가 짊어지고 온 사슴고기를 불에 구워 허기진 배를 채우자 동이 틀 녘에 촌장 집으로 돌아갔다.

틀림없이 잡아먹혔을 것으로 생각하고 있었던 촌장은 크게 기뻐했다. 촌장은 마을 사람들 모두에게 이 기쁜 소식을 전하고 오늘 하루는 일을 하지 말고 마을 광장에서 귀신 정벌의 축하연을 벌이자고 했다.

마을 사람들에게 둘러싸인 위자동이 귀신 퇴치를 한 과정을, 그들의 질문에 따라 설명하고 있는데 웬 도사(道士)가 사람들을 헤집고 다가오더니 귀엣말을 하였다.

"그대를 천하의 호걸로 인정하고 부탁을 하러 왔소이다. 나를 위해 힘을 좀 빌려주십시오."

도사는 두 손을 합장하며 부탁하는 것이었다.

"저는 곤경에 처한 사람을 보면 그대로 지나치지를 못하는 성격입니다. 걱정거리가 있으면 이야기하십시오. 제 힘으로 할 수 있는 일이라면 도와드리겠습니다."

위자동의 말에 눈빛을 반짝 빛낸 도사는 그의 귓가에 속삭이듯 말했다.

"실은 저……, 나는 도교승(道敎僧)인데 수행을 하고 있는 사이에 공중부양(空中浮揚)을 터득하고 싶어서 그것만을 오로지 생각해 왔습니다. 그러다가 3년 전의 어느 봄날, 길을 잘못 들어서 태백산(太白山) 깊숙한 곳에 이르렀다가 그곳에서 알게 된 노인으로부터 공중부양을 할 수 있는 약 조제법을 배웠었지요. 소원을 이루어 기뻐하던 나는 가까이에 있는 동굴 속에서 살아가며 약 달이는 가마를 만들고 돌과 바위, 약초 등을 모아다가 약을 만들기 시작했습니다.

그런데 어디서 그런 사실을 알아냈는지 그 산에 사는 마귀들이 약가마를 부수는 등 훼방을 하는 거예요. 내가 약 만드는 데 성공을 하여 그것을 사용하게 되면 저희들의 정체가 발각되고 신통력을 잃게 됨으로써, 산속에서 쫓겨나게 될 것이 두려워서 그런 짓을 하는 거랍니다."

"마귀가 훼방을 한단 말입니까?"
"그렇습니다. 만약 그것들의 생각대로 된다면 3년간 심혈을 기울여온 공중부양의 약이 아무 쓸모도 없게 될 뿐만 아니라 우쭐해진 마귀들이 인간계로 내려가서 어떤 악행을 저지르는지도 모릅니다. 그래서 귀신도 물리친 당신에게 부탁을 하면 이 마귀들도 퇴치할 수 있을 것으로 생각했던 것입니다.

 그렇게만 되면 나로서는 큰 힘이 되며 약도 곧 완성할 수 있습니다. 무사히 목적을 달성되도록 해준다면 실례의 말이 되는지 모르겠습니다만 그 사례로 당신에게도 그 약을 나누어 드릴 생각입니다. 아무리 세월이 흘러도 나이를 먹지 않으며 공중을 자유자재로 날아다닐 수 있는 선약(仙藥)을 말입니다."
"내가 새처럼 하늘을 날아다닐 수 있단 말입니까? 그렇다면 이 세상에서 무서울 게 없겠군요. 좋습니다. 내가 해보겠습니다. 그 마귀들의 손에서 기필코 당신의 선약을 지켜내고야 말겠습니다."
 마을 잔치는 아직도 계속되고 있었지만 위자동은 검(劍)을 꼭 잡사 도사에게 슬며시 눈짓을 히고 그 자리를 빠져나갔다.

 도사와 위자동은 골짜기를 건너고 바위를 넘어 태백산 깊숙한 곳에 들어왔다. 얼마동안 걸어가자 경사가 급한 언덕이 나왔다. 그 언덕을 올라가니 그곳에 도사가 말한 동굴의 입구가 있었다.
 "겨우 당도했습니다. 이곳이 내가 사는 곳입니다. 지금 제자 한 사람이 아궁이 불을 살피고 있군요."
 도사는 안심이 된다는 듯, 허리를 두드리며 하늘을 올려다보았다. 사방은 아직 캄캄한데 우유빛 안개가 자욱하다. 그러나 동쪽 하늘이 뿌옇게 밝아오는 것을 보니 동이 트기 시작하였나 보다.
 "머지않아 마귀들이 훼방을 하러 올 시각입니다. 앞으로 잠시동안만 그놈들이 동굴 안으로 들어오지 못하게 하면 약은 완성됩니다. 그대는 검을 들고 동굴 입구에 서있다가 수상한 자가 들어오려고 하거든 그 자리에서 쳐죽이십시오."

위자동은 시키는 대로, 방심하지 않고 동굴 입구에 버티고 서있었다.

그때다. 별안간 시끌벅적한 소리가 들려왔다. 그리고 무엇인가 묵직한 것이 땅바닥에 떨어지는 것 같은 소리가 났다. 검을 단단히 쥔 위자동이 소리나는 쪽을 바라보자 큰뱀 한 마리가 비늘을 곤두세우면서 다가오는 것이 보였다.

그 눈은 금색으로 광채가 나고 새하얀 이빨 사이로 불과 같은 혓바닥을 날름거리는데 입속 깊은 곳에서는 세찬 바람소리와 같은 숨을 내쉬고 있었다. 이 큰뱀은 위자동의 옆을 스쳐서 동굴 속으로 들어가려고 했다.

"이 마귀놈아! 감히 어딜 들어가?"

위자동은 기합 소리와 함께 검을 휘둘렀다. 큰뱀은 꼬리로 땅바닥을 세차게 두드리면서 고개를 반짝 들고 위자동에게 덤벼들었다. 위자동이 힘껏 내리친 검 끝이 큰뱀의 코 근처를 살짝 스치면서 가벼운 상처를 입혔다. 그러자 큰뱀은 별안간 조그마한 뱀으로 둔갑하여 풀숲 속으로 도망치고 말았다.

다시 아까와 같은 적막으로 돌아갔다. 동굴 속에서 연기가 피어나와 약의 완성이 가까워졌음을 알려주었다.

조금만 있으면 날이 밝는다. 그렇게 되면 자신도 저 독수리처럼 자유롭게 하늘을 날 수 있는 것이다……

그 순간 위자동은 눈을 지그시 감고 자기가 하늘을 날 때를 상상해 보았다. 그때 바로 옆에서 젊은 여인의 웃음소리가 나지막하게 들려왔다. 깜짝 놀라서 눈을 뜨자 언제 왔는지 미녀가 향긋한 연꽃을 입에 물고 서있었다.

'이처럼 깊은 산속에 웬 아가씨가 혼자…… 참으로 이상한 일이다.'

이런 생각을 하며 위자동이 검 자루에 손을 대는 순간, 아가씨는 살짝 몸을 기대면서 위자동의 오른손을 잡았다. 그렇게 세게 잡은 것도 아니건만 위자동의 오른손은 마비되어 움직일 수가 없었다. 위자동은 온몸이 움직여지지 않는 시늉을 하다가 살며시 왼손으로 검을 옮겨 잡고 상냥한 말투로 지껄였다.

"아름다운 아가씨, 당신의 미모에 내 가슴은 터질 것만 같고 내 마음은 어느새 당신의 노예가 되고 말았습니다. 부탁입니다. 그 연꽃을 나에게 주시지 않겠습니까?"

아가씨는 기쁘다는 듯 웃어대자 잡고 있던 손을 놓고 그 손으로 연꽃을 잡았다. 그때다. 위자동이 왼손에 쥐고 있던 검이 아가씨의 정수리 위에 번쩍였다. 그러나 아가씨는 한 줄기 연기가 되어 사라지고 말았다.

날이 밝아왔다. 이젠 됐다며 가슴을 쓸어내리는 위자동의 귀에 들어본 적이 없는 아름다운 음색(音色)의 비파 소리가 들려왔다. 쳐다보니 학(鶴)에 탄, 점잖은 노인이 여러 호위자들의 옹위를 받으며 이쪽을 향해 날아오는 것이었다. 지금까지 겪었던 괴이한 일도 있는 터라 위자동은 긴장을 풀지 않았다.

'또 나타났구나. 수상한 자가……'

라며 그는 두 다리에 힘을 주고 동굴 입구에 버티고 서서 한 발짝이라도 괴물이 동굴 안으로 들어가지 못하게 하겠다며 노려보고 있었다.

그러는 위자동에게 노인은 상냥한 목소리로 말을 걸어왔다.

"수고하는구려. 약 만드는 것을 용케도 잘 지켜 주었소. 그대 덕택에 한다하는 마귀들도 손을 쓸 수가 없었지. 자아, 이제 그럭저럭 약이 완성되어갈 걸. 그대에게도 꼭 한몫을 나누어 주리다. 우선 도사를 만나서 내가 그 부탁부터 해야겠소이다."
 노인이 타고 있는 학은 동굴 입구 가까이를 낮게 선회하면서 날이 밝기를 기다리고 있는 것 같았다.
 '저렇게 좋은 말만 하고 있어도 저놈 역시 마귀의 한패임에 틀림없어. 방심은 금물이지.'
 위자동은 눈꼽만한 허점도 보여주지 않으며 두 눈을 똑바로 뜨고 주시했다.
 "아니, 그대는 왜 그렇게 긴장을 하고 있는 게요? 그러다가는 지쳐버리고 말겠소이다. 이제 나는 내 제자가 약을 완성하는 것을 축하하여 시를 읊고 있었는데 그대도 따라서 노래부르지 않으려오?"
 노인은 비파를 고쳐들자 아름다운 목소리로 노래부르기 시작했다.

　　3년 동안의 노심초사 끝에
　　연구하고 만들던 약이 완성되도다
　　시험 삼아 한입 먹어 보자
　　나이를 안먹고 몸은 가벼워져
　　날 수도 있다네, 자유로이 저 하늘을.

 위자동은 갈피를 잡을 수 없었다. 학에 타고 시를 지어 비파 소리에 맞춰서 노래를 부른다. 그것도 저렇게 아름다운 목소리로 말이다. 이런 일을 마귀가 어떻게 할 수 있단 말인가? 어쩌면 이 노인은 동굴 안에 있는 도사의 스승인지도 모른다.
 만약 그렇다면 이 얼마나 실례인가. 위자동은 검을 숨기면서 무릎을 꿇고 공손히 머리를 숙였다. 그 순간 동굴 안쪽을 향하여 날아간 노인은 다 달여진 약 냄비를 힘껏 발길로 걷어찼다. 냄비는 콰당, 큰 소리를 내면서 산산조각이 났고 피어오르는 재와 연기에 섞여 한 방울도 안남고 없어졌다.

속았음을 알게 되었지만 위자동은 어떻게 할 수가 없었다. 땅바닥에 무릎을 꿇은 채 분통을 터뜨리며 이를 부드득 갈 뿐이었다.

　　외모에만 신경을 쓰다가
　　진짜 그 속사람은 보질 못했다
　　이겼다, 이겼어, 내가 이겼다구
　　핫하하하, 핫하하.

본성을 드러낸 마귀의 큰 웃음소리에 섞이어 억울하다며 울부짖는 도사의 울음소리가 동굴 속에서 들려왔는데 멎을 줄을 몰랐다.

용녀(龍女)를 아내로 맞은 사나이

　당(唐)나라 고종(高宗) 때의 일이다.
　유의(柳毅)란 청년이 과거를 보기 위해 몇 천리 길인 도읍에까지 올라왔다. 그러나 과거에 낙방을 한 그는 하는 수 없이 말을 타고 다시 고향으로 가는 긴 여정에 올랐다.
　도중에 친구가 이 근방에 산다는 것을 떠올린 유의는 샛길로 빠져나와 친구를 찾아가기로 했다. 인적이 없는 들판을 얼마쯤 가자 여러 마리의 새가 공중으로 푸드득 날아올랐다. 갑작스러운 날개소리에 놀란 말은 고삐를 당겨도 듣지를 않았는데 10리쯤 폭주(暴走)하고서야 겨우 멎었다.
　'대체 이곳은 어디일까?'
　사방을 돌아보자 들판 한가운데에 젊은 여자가 홀로 양무리를 돌보고 있는 모습이 눈에 들어왔다.
　'이렇게 적막한 곳에 여자가……? 그것도 혼자서 있다니…….'
　이상하게 생각한 유의는 말에서 내려 그 여인에게 다가갔다. 여인은 예쁜 얼굴에 고상한 티가 물씬 풍겼다. 그러나 그 아름다움 속에 어딘지 모르게 어두운 그늘이 깃들어 있어서 젊은이다운 밝음을 찾아볼 수는 없었다. 그리고 입은 옷이 너무나 허름하고 찌들어 보였다.

"무슨 걱정이라도 있으십니까?"

유의는 무의식중에 말을 걸었다.

여인은 고개만 끄덕일 뿐 무엇인가를 골똘히 생각하는 것 같았다. 그러다가 참을 수 없다는 듯 갑자기 눈물을 펑펑 쏟았다.

"이런 모습을 보여드려서 부끄럽습니다. 저는 슬프고 괘씸하여 도저히 견딜 수가 없어서…… 그만 창피한 것도, 소문이 나는 것도 다 잊은 채 이곳에서 이처럼 멈춰 서있었던 것입니다. 무엇을 더 숨기겠습니까. 저는 동정호(洞庭湖)에 사는 용왕의 딸이랍니다."

그녀는 뜻밖의 이야기를 해주었다.

"용왕의 따님이 왜 이런 들판에 혼자 와있는 겁니까?"

"예, 그럴만한 사정이 있습니다. 아버지는 저를 경천(涇川)에 사는 용의 둘째아들에게 시집보내셨습니다. 그런데 그 남편이란 용이 팔난봉꾼이지 뭡니까. 반반한 하녀를 건드리더니 제가 방해물이라며 학대를 하는 겁니다. 시부모에게 호소를 해보았습니다만 아들편만 드는 시부모는 제말은 믿지도 않고 남편 험담만 한다고 도리어 일몸으로 내쫓는 기예요. 내쫓긴 저는 갈 곳이 있을 리 없지요. 그래서 이렇게 들판을 헤매며 혼자 굴러다닌답니다."

여기까지 말하기도 힘에 겨운 듯, 그녀는 그 자리에 엎드리어 방성대곡을 하는 것이었다.

유의는 위로해 줄 길도 없었으므로 자기는 과거에 낙방하고 고향인 오(吳) 땅으로 돌아가는 길이라고 자신의 입장을 설명해 주었다.

"부모님에게 이런 처지를 알려드리고 싶어도 동정호는 여기서 너무 멀리 떨어져 있는데다가 여자인 저는 도저히 혼자서 그곳까지 갈 수가 없습니다. 지금 하신 말씀을 듣고 보니 당신께서는 오 땅으로 가신다면서요. 그렇다면 동정호와 가까운 곳이로군요. 염치없는 부탁말씀입니다만 아버지에게 제 편지를 좀 전해 주시겠습니까?"
용녀는 눈물을 훔쳐내면서 간곡히 부탁했다.
"나는 정의(正義)를 사랑합니다. 또 남의 어려운 처지를 보고는 그대로 지나치지 못하는 성격입니다. 방금 전에 당신이 한 이야기를 듣고는 그 경천의 용을 증오하는 마음으로 가슴이 두근거립니다. 만약 나에게 날개가 있다면 즉시로 날아가서 아버님께 편지를 전해 드리고 싶습니다만 그렇게 할 수 없는 것이 유감천만입니다. 그리고 동정호는 아주 깊은 호수라고 들었습니다. 나는 발로 땅위를 걸어다니는 인간입니다. 도와드리고 싶습니다만 용처럼 물속을 자맥질할 수가 없군요. 무언가 좋은 방법이 있다면 모르겠습니다만……."
용녀는 유의의 대답을 듣자 안심된다는 표정을 지었다.
"고맙습니다. 말씀을 듣고 나니 천군만마(千軍萬馬)를 얻은 기분입니다. 이 은혜는 백골난망입니다. 방법만 있다면 편지를 전해 주시겠다고 약속을 하셨으니, 제가 어떤 비밀을 말씀드리겠습니다. 실은 그 동정호 바닥도 당나라 도읍과 큰 차이가 없답니다."
"당나라 도읍과 같다니요?"
"예, 동정호 남쪽 끝에 큰 밀감나무가 서있습니다. 그 지방 사람들은 이 나무를 사당처럼 모시면서 고사를 지내곤 하지요. 그 나무 밑에 가신 다음, 당신께서는 허리띠를 풀고 그것으로 나무 밑둥을 세 번만 치십시오. 그러면 반드시 응답이 있을 것이고 누군가가 나올 것입니다. 그자가 안내하는 대로 따라서 가시면 물 바닥도 육지 위를 걷는 것과 똑같아서 아무 지장없이 걸을 수 있습니다. 용궁에 도착하시거든 제 편지를 아버지에게 전하시고 이 억울한 제 처지를 전해 주십시오. 꼭 약속해 주시는 거죠?"
"대장부가 일구이언을 하리까. 걱정하지 마시오."

유의가 가슴을 두드리며 자신만만하게 대답하자 용녀는 안심된다는 듯, 품속에서 편지를 한 통 꺼내어 놓고 공손히 재배한 다음, 동정호 쪽인 동쪽 방향을 향하여 방성대곡을 하는데 슬픔을 견디어낼 수 없다는 표정이었다.

유의는 편지를 받아 품속에 간직하면서 불가사의하다는 듯 물었다.
"나로서는 이해가 안되는 점이 있습니다. 당신은 용녀라면서 어찌하여 양을 치고 있는 것입니까? 인간과 마찬가지로 저 양을 잡아서 신(神)에게 제사를 지낼 생각인가요?"
"천만의 말씀이십니다. 제사를 지낼 리 만무하지요. 이것은 양이 아니라 우공(雨工)이라고 하는 것입니다."
"우공이라구요? 들어본 적이 없는데요."
"비를 내리는 신(神)이지요. 인간세계에서 천둥이라고 부르는 것이 바로 이 우공이랍니다."
"이것이 그 천둥……."
깜짝 놀란 유의가 자세히 살펴보니 힘찬 걸음걸이하며 풀을 뜯는 모습이 분명 양하고는 달랐다. 그러나 크기라든가 털, 그리고 뿔 등은 양과 똑같았다.
"내가 가서 편지를 부모님께 전해 드리고 당신이 동정호까지 무사히 돌아온 다음, 나를 잊거나 나를 피하면 안됩니다."
유의는 이 아름다운 용녀와 이대로 헤어지기 섭섭해서 이렇게 말했다.
"그럴 리 있겠습니까. 은인을 피하다니요? 저는 친척 이상으로 생각하고 있습니다."
용녀는 비로소 그 아리따운 얼굴에 미소를 지어 보였다.
작별을 고한 유의가 동쪽을 향해 말을 달렸다. 채 열 발짝이나 달렸을까, 유의가 뒤돌아보니 그곳에는 용녀도 우공도 이미 보이지 않았다.

한 달쯤 지난 다음, 무사히 고향에 도착한 유의는 용녀와 한 약속을 잊지 않고 동정호까지 달려갔다. 호수 남쪽에 가보니 과연 커다란 밀감나무가 한 그루 서있었고 그 지방 사람들이 사당도 그앞에 지어놓고 있었다.

용녀가 시킨 대로 허리띠를 끌러 그 나무 밑둥을 세 번 두드리자 지금까지 온화했던 수면에 갑자기 파도가 일면서 한 무사(武士)가 물속으로부터 모습을 나타냈다. 그리고 유의 앞에 와서 무릎을 꿇으며 무슨 용무가 있으냐고 물었다.

유의는 용녀에 관한 이야기는 한마디도 하지 않고 화급한 용무가 있어 대왕(大王)을 뵈어야겠노라고 했다. 무사는 알았다는 듯이 한 번 꾸벅 절을 하고 두 손을 뻗어 호수물을 가르는 시늉을 내자 호수 수면이 둘로 갈라지면서 넓은 길이 호수바닥에 나타났다.

"지금부터 용왕님에게로 안내하겠으니 제가 뜨라고 할 때까지 두 눈을 꼭 감아 주십시오."

그리고 무사는 유의의 손을 붙잡고 천천히 인도했다. 얼마쯤 갔을까, 무사는 유의에게,

"됐습니다. 이제 두 눈을 떠도 좋습니다."

라며 손을 놓았다. 유의가 눈을 뜨고 보니 어느 사이에 장엄한 궁전 앞에 와있었다. 궁전 주변에는 고루(高樓)가 즐비하게 서있고 풀도 나무도 지금까지 본 일이 없는 아름다운 꽃을 피우고 있었다.

"잠시만 이곳에서 기다려 주십시오."

무사는 안절부절못하며 주변을 둘러보고 있는 유의를 넓은 거실로 안내하고 말했다.

"이곳은 대체 어디요?"

유의로서는 전혀 감이 안잡히는 곳이었던 것이다.

"이곳은 용궁인데 이 건물은 영허전(靈虛殿)이라고 합니다."

옥(玉)이라고 부르는 값비싼 돌로 만든 기둥, 산호로 만든 탁상(卓上), 수정으로 만든 발 등등, 인간세계에서는 보물이라고 하는 귀중품들이 이곳에는 도처에 있었다.

오랫동안 기다렸지만 대왕은 나오지 않았다. 불안해진 유의가 무사에게 물었다.

"예, 대왕전하께서는 지금 원주각(元珠閣)이란 곳에서 태양도사(太陽道士)란 분과 불에 대한 학문을 토론하고 계십니다. 그것이 끝나면 곧 오실 것이니 그때까지만 기다리십시오."

무사는 이렇게 대답하면서 유의에게 의자를 권했다.

"불에 대한 학문이라니요? 그런 것을 왜 대왕께서 배우셔야 하나요?"

"대왕전하는 용(龍)이십니다. 용은 물을 신(神)으로 받들어 모시지요. 물은 성이 나서 파도를 일렁이면 육지도 골짝도 단숨에 뒤덮어 버릴 수 있습니다. 대양도사는 인간입니다. 인간은 잘 아시는 바와 같이 불을 신으로 받들어 모시지요. 불은 한번 붙으면 진(秦)나라 시황제(始皇帝)가 건축한 그 넓은 아방궁(阿房宮)도 삽시간에 다 태워 버릴 수 있습니다. 물과 불은 그처럼 무서운 힘을 가지고 있으면서도 그 성격은 완전히 상반됩니다. 그러므로 대왕전하께서는 불의 성격을 알기 위해 그 학문을 토론하고 익히시는 것이지요."

무사의 이야기가 끝나자마자 안쪽 문이 열렸고 자색 옷을 입은 사람이 손에 옥을 들고 나타났다. 그 좌우에는 여러 시종들이 옹위하고 있었다. 무사는 얼른 무릎을 꿇으며 유의의 옷자락을 잡아당겼다.

"대왕전하께서 납시었습니다."

대왕은 뚜벅뚜벅 걸어오다가 우뚝 서서 유의를 노려보았다.
"그대는 인간계의 분이 아니시오?"
대왕은 놀란 음성으로 물었다. 유의는 머리를 깊숙이 숙이며 귀인에 대한 예를 갖추었다. 대왕도 격에 맞는 답례를 한 다음 손님을 안으로 모시라고 시종들에게 명했다.
"이처럼 멀리 물속의 도읍까지 일부러 온 것을 보면 무언가 중요한 용건이 있을 것 같소이다만……"
권하는 자리에 유의가 앉자 대왕이 먼저 물었다.
"예, 저는 동정호 부근에 사는 자로서 유의라고 합니다. 도읍에까지 과거를 보러 갔다가 돌아오는 길에 경천(涇川) 가까운 들판에 홀로 서있으면서 무언가 깊은 생각에 잠겨 있는 여성을 발견했습니다. 비바람에 씻기어 지쳐있는 그 모습은 보기에도 안타까울 정도였습니다. 그 여성은 남편으로부터 버림을 받고 시부모에게 미움을 산 나머지 쫓겨났는데 오갈 데가 없다고 호소하더군요. 저는 동정한 나머지 그 여성으로부터 친정 부모님께 보내는 편지를 받아가지고 이렇게 물속 도읍에까지 왔습니다. 그 편지를 전해 드리기 위해서지요."
이렇게 말하면서 유의가 편지를 내놓자 대왕은 그것을 받자마자 봉투를 찢었다. 그리고 편지를 읽어나가는 동안 두 눈에서 눈물이 흘러내렸는데 그것을 씻어내려고조차 하지 않았다.
"아니, 이건 너무 심하지 않은가……. 내 딸이 이런 지경에 처하게 된 것은 사윗감에 대해서 깊이 조사해 보지도 않은 채 딸을 시집보낸 이 아비의 죄요. 머나먼 타국에서 얼마나 마음고생을 했을꼬, 얼마나 창피를 당했을꼬. 그런 딸을 나그네인 당신이 도와주셨다니…… 이 은혜는 목숨이 붙어 있는 한 잊지 못하겠소이다."
대왕은 몸부림을 치며 슬피 울었다. 좌우에 있던 신하들도 모두 통곡을 했다. 그들의 눈은 빨갛게 충혈되어 있었다.

이때 내궁(內宮) 쪽에서 여관(女官)이 나오더니 대왕의 귀 가까이에 입을 대고 수군거렸다. 대왕은 고개를 끄덕이며 그 여관에게 편지를 건네주었다. 그리고 이 사실을 용궁성 안 모두에게 두루 알리라고 명했다.

잠시 후 용궁성 이 방 저 방에서 울음소리가 터져나왔다. 그러자 대왕은 별안간 안색을 바꾸며 명했다.

"안돼! 어서 모두 울음을 그치라고 해! 만약 이 사실을 전당(錢塘)이 듣고 알게 되면 큰일이야!"

대왕의 고함소리가 너무 커서 유의가 질겁을 하며 얼굴을 찡그리자,

"전당이란 자는 내 동생이라오. 전에 전당강(錢塘江)이라고 하는 강의 관리를 천제(天帝)로부터 명받고 그 강의 주인이 되었었는데 지금은 그만두었답니다."

라고 설명했다. 그런데 설명을 하면서도 어딘가 안절부절못하는 기색이었다.

"동생이라면 괜찮지 않습니까? 왜 이 사실을 알리면 안된다는 것인지요?"

"내 동생은 너무나 고지식하오. 그리고 성질이 워낙 급하고 거칠답니다. 오래 전의 일입니다만 요(堯)라는 천자가 천하를 다스리던 무렵 9년 동안이나 홍수가 계속된 일이 있습니다. 그 홍수는 하찮은 일로 내 동생이 성질을 부린 끝에 일어난 홍수였지요. 지난번에도 천제의 신하인 대장군과 크게 싸워서 천계(天界)를 시끄럽게 했답니다. 그 일로 노하신 천제께서 내 동생을 처벌하려고 했는데 내가 이전에 조그만 공을 세웠던 것을 감안하시어 동생의 처벌을 거두시고 그 대신 우리 궁전에 맡아두고 근신시키라는 가벼운 형(刑)을 명하셨던 것입니다."

대왕의 이야기가 아직 끝나기도 전에 천지가 들먹일 정도로 큰 소리가 났다. 용궁은 마치 지진의 진원지 위에 세워진 건물처럼 마구 흔들렸다. 그와 동시에 돌연 몰려든 시커먼 뭉게구름 속에서 시뻘건 용이 모습을 나타냈다.

 눈은 불을 뿜어내듯 빛나고, 혀는 피보다도 빨갛고, 비늘과 지느러미는 타오르는 불꽃과 같았다. 목에는 금사슬을 감고 사슬 끝은 보석으로 만든 굵은 기둥에 매어져 있었다. 이 붉은 용 가까이에서는 헤아릴 수 없이 많은 우레가 치고, 비와 싸래기눈, 눈과 우박 등이 한꺼번에 뒤섞이어 쏟아지고 있었다. 용이 구름의 중심을 밀어서 나누었는가 했더니 금방 북쪽 하늘을 향하여 꿈틀거리며 올라갔다.

 그 무시무시한 모습에 유의는 탁상 위에 털썩 주저앉고 말았다. 대왕은 조용히 유의를 부축해서 일으키고,

 "무서워할 것 없습니다. 내 동생은 당신에게는 조금도 위해(危害)를 가하지 않을 것입니다."

라며 안심시켰다. 유의는 가까스로 일어나긴 했지만 아랫도리가 후들후들 떨리는 것은 마찬가지였다.

 "제 용무는 이제 끝났습니다. 그 붉은 용이 또 나타나기 전에 어서 돌아가게 해주십시오."

 유의는 파랗게 질려서 대왕에게 부탁했다.

 "아니오. 아직 가지 않아도 됩니다. 동생은 그렇게 험상궂은 형상으로 나갔습니다만 돌아올 때는 당신네들 인간과 조금도 다를 것 없는 모습으로 돌아올 것입니다. 부디 진정하시고 용궁 구경이나 두루 하십시오."

 대왕은 주식(酒食)을 준비시키고 여러 모로 대접을 하면서 유의를 안심시키고자 했다.

 얼마 있으니 무어라고 형용할 수 없는 향내가 풍겨오고 조용한

음악 소리가 들려왔다. 눈을 돌려 보니 여러 개의 깃발에 둘러싸인 채, 성장한 여성들이 나타났는데 그 행렬의 제일 뒤쪽에 얇은 비단으로 몸을 감은 미녀가 사뿐사뿐 걸어오고 있었다.

그런데 놀랍게도 이 여성은 유의에게 편지를 건네주었던 그 용녀였다. 기쁜 듯, 슬픈 듯한 표정을 짓고 있는데, 뺨에는 아직도 눈물자국이 남아있었다.

유의 곁을 지나간 용녀는 빨간 안개와 보라색 구름에 싸이면서 궁전 내궁 쪽으로 들어갔다.

"경천에서 봉변을 당한 딸이 무사하게 돌아왔습니다."

대왕은 안심이 된다는 듯, 유의의 어깨를 살짝 두드리더니 용녀의 뒤를 따라 내궁 쪽으로 사라졌다.

이윽고 돌아온 대왕은 유의와 식탁을 가운데 두고 마주 앉았다.

이때 아무런 전갈도 없이 한 사나이가 다가왔다. 자색 옷을 입고 손에는 파란 옥을 쥔, 기품이 있는 젊은이였다. 대왕은 그를 보자 기쁘다는 듯 말을 하다가 유의를 보고,

"이 자가 방금 전에 이야기했던 선낭강의 주인입니다."

라고 소개했다. 유의는 얼른 일어나서 무릎을 꿇고 인사했다. 젊은이도 같은 자세로 답례를 하며 말했다.

"조카딸은 불행한 일을 당했었지만 당신 덕택에 살아났습니다. 만약 당신을 만나지 못했더라면 그 아이는 경천가 들판에서 죽고 말았을 것입니다. 이 은혜에 대하여 무어라고 감사의 말을 해야 좋을지 모르겠습니다."

유의와 수인사가 끝나자 대왕에게 결과 보고를 하였다.

"오전 8시에 이곳을 나가서 10시에 경천에 당도했습니다. 그리고 12시에 경천의 용과 싸웠고 오후 2시에 돌아왔습니다. 도중에 천제폐하를 뵈었는데 사정을 자세히 말씀드렸더니 조카딸의 치욕을

갚기 위한 싸움임을 인정해 주셨고 그래서 제가 자의로 한 행동을 용서하셨습니다. 그뿐 아니라 천제의 대장군과 싸웠던 죄도 용서를 받았습니다. 아까는 화가 난 나머지 발광한 모습을 보여드렸고 또 은인을 놀라게 해드려서 죄송합니다."
대왕은 쓴웃음을 지었다.
"대체 어느 정도나 상대방을 해치웠나?"
"예, 61만 정도는 해치웠습니다."
"농작물에 준 피해는?"
"사방 8백 리 정도는 망쳐놓았을 것입니다."
"죄없는 농민들을 괴롭히는 것은 큰 잘못이야. 나중에 보상을 해주지 않으면 안돼. 그건 그렇고 경천의 용은 어떻게 됐어?"
"너무나 괘씸해서 그 대가리부터 모조리 물어 죽였습니다."
"뭐라고? 물어 죽였다고?……. 하는 수 없지. 용의 세계의 일이니까. 그 정도는 그쪽에서도 각오하고 있었을 것임이야. 그러나 너도 성질이 너무 급해. 조카딸을 위하는 일이 아니었다면, 그리고 천제폐하의 용서가 없었다면 나는 내 손으로 너를 처벌하지 않을 수 없었을 거라구. 앞으로는 정신차리도록!"
전당은 공손히 머리를 숙였다.
그날 밤 유의는 응광전(凝光殿)에서 묵었고 성대한 대접을 받았다.
다음날은 응벽궁(凝碧宮)에 초청되어 대왕의 일족(一族)과 친구들과 함께 연회석에 앉았다. 멋진 음악에 산해진미……. 유의는 어제부터 즐거운 꿈을 계속 꾸는 것 같아서 들뜬 기분이었다.
잔칫자리가 무르익어갈 무렵, 깃발을 등에 진 일단의 무사들이 검을 빼들고 피리와 북소리에 맞추어 웅장한 춤을 추기 시작했다. 한 사람이 유의 앞에 나오더니,
"이것은 전당왕의 출진무(出陣舞)입니다."

라고 설명했다.

진짜로 싸우고 있는 것과 같은 용맹스런 춤을, 유의는 손에 땀을 쥐고 구경했다. 무사들의 춤이 끝나자 그 다음에는 아름답게 꾸민 여성들이 밝고 경쾌한 음악에 맞추어 춤을 추었다. 한 여관(女官)이,
"이것은 용녀님이 다시 용궁으로 돌아오신 것을 축하하는 춤입니다."
라고 이야기했다.

먼저 춘 전투장면과는 다른, 맑고 청아한 곡조는 듣는 사람의 마음을 강하게 울렸는데, 모두가 쥐죽은 듯 조용한 분위기였다.

여흥이 끝나자 대왕은 무용수들에게 하얀 바탕의 비단을 상으로 내렸다. 그런 다음 서로 의자를 다가놓고 스스럼없이 담소하고, 먹고 마시는 등 잔칫자리는 점점 무르익었다. 술이 여러 순배 돌았을 때 대왕은 손으로 박자를 맞추며 노래불렀다.

　　하늘은 높고 땅은 넓은 것처럼
　　사람의 마음도 가지각색이로다
　　경친의 용치럼 악한 지기 있는기 하면
　　딸을 구해 준 정의의 사나이도 있도다
　　이 은혜를 어떻게 갚을 것인가
　　이 일을 잊을 수는 도저히 없지.

대왕의 노래가 끝나자 이어서 전당왕이 일어섰다.

　　생사(生死)에 정함이 있는 것처럼
　　하늘은 운명을 정해놓았도다
　　용녀는 남편을 잘못 만나서
　　고민하고 슬퍼하고 울었었지만

    인정 많은 분의 도움으로
    이렇게 지금은 웃고 있다
    자아, 축배를 듭시다, 건배합시다.

  노래를 끝낸 전당왕은 유의에게 공손히 술잔을 바쳤다. 유의는 답례를 한 다음 술잔을 비우고 화답하는 노래를 부르기 시작했다.

    미녀의 슬픔에 마음이 아파
    편지를 전해 준 인연이 있어
    모든 것을 잊고 즐거운 주연(酒宴)
    하지만 인간인 나는
    머잖아 지상으로 돌아가야 해
    그날을 생각하면 가슴이 메는구려.

  유의의 노래가 끝나자 일동은 잔을 높이 들고 만세를 불렀다.
  대왕은 파란 보석이 박힌 상자를 꺼냈다. 그리고 몸에 지니고 있기만 하면 물속에서도 자유롭게 움직일 수 있는 물소의 뿔을 그 상자 속에 넣어, 유의에게 주었다. 전당왕은 홍색 호박(琥珀)으로 만든 쟁반에, 아무리 어두운 곳에서도 환하게 비춰준다는 야광옥(夜光玉)을 담아서 선물했다. 그 장소에 있던 사람들은 모두 각각 진귀한 보물을 꺼내어 유의 앞에 쌓아놓았는데 어찌나 많았던지 유의의 몸이 파묻힐 정도였다.
  그날 밤은 응광전에서 묵기로 했다.

  이튿날은 청광각(淸光閣)에서 연회가 열렸다.
  그 연회석상에서 술에 취한 전당왕이 안색을 바꾸며 유의에게 다가왔다.

"굳은 돌은 쳐서 부술 수는 있어도 거적때기처럼 몸에 두를 수는 없고, 훌륭한 사람은 죽일 수는 있어도 그 사람을 놀려줄 수는 없다고 합니다. 지금 내가 생각하고 있는 바를 당신에게 털어놓으려고 합니다. 만약 들어주시면 그 이상 다행스러운 일이 없겠습니다만 들어주시지 않는다면 불운하다며 포기하겠습니다."

그는 따지듯 말했다.

"말해 보시지요. 일단 들어보겠습니다."

유의는 온화한 말투로 대답했다.

"당신께서 도와주신 그 경천의 용녀는 동정 용왕의 딸입니다. 우아하고 솔직한 성품이므로 친척간에 칭찬이 자자하답니다. 불행한 일을 당하기는 했었지만 이제는 상대방과 인연도 끊었습니다. 어떻습니까? 그 용녀를 당신의 아내로 맞아주시지 않겠습니까? 조카딸은 당신을 사모하고 있습니다. 그런 사랑을 받아들이는 것이야말로 당신과 같이 훌륭한 인물이 취해야 할 태도라고 생각합니다만……"

유의는 정색을 하며 자리를 바로잡아 앉자,

"전당왕이란 분이 이처럼 시시한 말씀을 하시다니요. 나는 그 옛날 온 중국 천하를 시끄럽게 한 분이라고 들었고, 또 며칠 전에 금사슬을 끊고 옥기둥을 쓰러뜨린 다음 용녀를 구하러 갔던 것을 내 눈으로 보았습니다. 용감하고 힘이 장사이며 성실한 분이었기에 나는 존경해 마지않았습니다. 그런데 아름다운 곡조가 흐르고 모두들 기분좋게 담소하고 있는 연회석상에서 안색을 바꾸며 따지듯이 말을 하는 것은 실로 뜻밖입니다. 만약 이곳이 큰 파도 속이라든가, 산속 깊은 곳이라면 비늘과 수염을 곤두세우면서 나를 잡아먹으러 덤빈다 해도 상대가 용임을 아는 이상 나는 단념할 것입니다.

  그러나 당신은 지금 고급 옷을 입고 예의와 도덕을 지키고 있습니다. 인간계의 신사(紳士)와 똑같지 않습니까. 그런데 술에 취하여 남에게 따지듯 덤비시다니 어찌된 일인가요? 나는 보다시피 무력하고 왜소하여 전당왕의 비늘 사이에도 들어가고 말, 하찮은 인간입니다. 힘으로는 당신을 이길 리 만무합니다. 그런 것을 잘 알고 있습니다만 도리에 안맞는 일에는 따를 수가 없습니다."
라며 분명하게 거절했다.

  전당왕은 조금 전의 그 기세는 어디로 갔는지 돌연 얌전해지면서,
"나는 용궁에서 제멋대로 자라났기 때문에 남으로부터 올바른 의견을 들은 적이 없습니다. 지금 당신의 말을 듣고 나서야 내 잘못을 분명히 깨닫게 되었습니다. 도리에 맞지 않는 이야기를 하여 사죄할 말조차 찾기 어렵습니다. 실례된 점을 용서해 주십시오"
라며 솔직하게 사과했다. 두 사람은 이런 일이 있은 후로 더욱 친해졌다.

  다음날 아침, 유의가 작별인사를 하려고 하자 대왕의 부인이 잠경전(潛景殿)으로 초청하여 송별연을 열어 주었다. 그 자리에는 남녀 모두, 심지어는 하인들까지 참석을 하여 북적거렸다.

  드디어 이별할 시각이 가까워졌다. 부인은 작별의 슬픔에 눈물을 흘리면서 말했다.

"우리 딸은 당신에게서 큰 은혜를 입었습니다. 그렇건만 이렇다할 사례도 하지 못했는데 인간계로 돌아가신다니 실로 마음이 아픕니다. 이제 이별을 하면 두번 다시 만나지 못할는지도 모릅니다."

  용왕의 부인은 심히 섭섭한 모양이었다. 용녀도 가까이 다가와서 작은 목소리로 작별인사를 했다. 유의는 그들의 정에 끌리어 어찌할 바를 몰랐다. 인간계로 돌아가고 싶기도 하고, 이곳에 언제까지나

머무르고 싶기도 하고……. 그는 갈피를 잡지 못하고 있었다.
　그러나 언제까지나 이렇게 망설이다가는 자신의 앞날이 어찌될지 모른다는 생각이 들자 마음을 굳히고 과감하게 뛰쳐나갔다. 여러 심부름꾼들이 선물이 가득히 들어 있는 자루를 어깨에 메고 뒤따라왔는데 유의가 무사히 자기 집에 도착하자 선물 자루만 문밖에 내려놓고 어디론가 사라지고 말았다.

　집에 돌아온 유의는 며칠 후 번화가의 보석상에 갔고 용으로부터 받은 돌을 보여주었다.
　"아니, 대체 이런 것들을 어디서 구하셨습니까? 이렇게 훌륭한 보석은 이 나이가 되도록 본 적이 없습니다. 만약 파시겠다면 옆 가게의 10배 값으로 저에게 파십시오."
　보석상 주인은 침을 꼴깍 삼키면서 말했다. 유의는 불과 몇개의 보석을 팔았는데도 이 지방에서 첫손가락을 꼽는 재산가가 되었다.
　재산도 있고 고급주택도 마련해서 살게 된 유의는 혼자 살아갈 수만은 없었다. 그래서 친구의 중매로 장가(張家)의 이기씨를 맞아들였는데 불행하게도 채 1년이 안되어 세상을 떠나버렸다. 그후 이번에는 한가(韓家)에서 신부를 맞아들였건만 그 부인도 몇달 후에 병사하고 말았다.
　이런 불행이 계속되는 것은 지금 살고 있는 곳이 자기와 안맞기 때문인지도 모르겠다고 생각한 유의는, 금릉(金陵)이란 곳으로 이사를 했고 믿을 만한 하인과 함께 조용한 생활을 하고 있었다.
　그러나 여기서도 유의를 중매해 주는 사람이 있어서 전현령(前縣令)이었던 노가(盧家)의 딸을 소개해 주었다.
　"이 아가씨의 아버지는 현령 자리를 물러난 다음, 선계(仙界)를 동경하여 단신(單身)으로 여행길에 나섰는데 아직 행방이 묘연하다는 게요. 아가씨는 지난해 어떤 집안으로 출가했었는데 불행하게도 남편이 일찍 세상을 떠나, 지금은 친정에 돌아와 있지요. 그대도 두 명의 부인과 사별(死別)한 몸이니 서로 어울릴 것으로 생각하오만은……"

이라며 중매쟁이는 강력하게 권했다. 상대방도 배우자와 사별했다는 말을 들은 유의는 어쩐지 마음이 동하여 세 번째로 배우자를 맞기로 했다.

쌍방 공히 재산가였으므로, 이 지방에 사람들이 살게 된 이후, 가장 성대한 혼인식을 치르었다. 이웃한 여러 동리와 마을에서까지 구경꾼이 모여들어 그야말로 인산인해를 이루었고, 거리에는 노점까지 즐비하게 생겨났다.

혼인식이 끝나고 한 달 남짓 되었을 때다. 유의가 아내의 방에 무심코 들어가보니 아내는 거울 앞에서 머리를 정성껏 빗고 있었다. 유의는 아내를 놀래주려고 살그머니 다가가서 문득 거울을 들여다보았는데 놀란 쪽은 오히려 그 자신이었다.

그도 그럴 것이 거울 속에는 한번도 잊은 적이 없는 경천의 용녀 얼굴이 비춰고 있었기 때문이다. 기겁을 한 유의는 다시 한번 눈을 크게 뜨고 들여다보았지만 그것은 분명 용녀였다.

유의는 거울에 비친 용녀가 아닌 진짜 아내의 얼굴을 꼼꼼히 뜯어보았다. 지금까지는 어찌하여 알아차리지 못했을까? 아내는 그때의 용녀가 환생했단 말인가?

"아니, 당신은…… 설마 경천의 용녀는 아니겠지?"

남편의 질문에 아내는 전혀 짚이는 바가 없다는 듯 눈만 깜박이고 있었다.

"무슨 말씀을 하시는 겁니까? 용녀라니요? 저는 모르는 일입니다."

겨우 제정신으로 돌아온 유의는 지금까지 아무에게도 말하지 않았던 용녀와의 사건을 아내에게 들려주었다. 그러나 아내는 아무래도 믿겨지지 않는다는 표정이었다.
"당신은 꿈을 꾸고 계시는 겁니다. 용궁에 가서서 놀으셨다니……. 그런 일은 옛날이야기에나 나오는 일이잖습니까. 과로하셔서 이상한 생각을 하시는 것 같군요. 푹 쉬도록 하세요."
라며 아내는 생긋 웃을 뿐이었다.
그러고 보니 용녀가 노가(盧家)의 딸로 태어났을 리 만무하다. 우연히 닮은 얼굴이든가 아니면 자신의 착각 정도일 것으로 판단한 유의는 더이상 신경쓰지 않기로 했다.

1년쯤 지난 다음 두 사람 사이에 아들이 태어났다. 아이들을 끔찍이 좋아하던 유의였으니 아들에게 쏟는 정성은 실로 대단했다. 아내와 이야기를 하는 시간보다 아들을 안고 어르는 시간이 훨씬 더 많았다.
아들이 태어나고 얼마 지난 어느 날, 아내가 유의를 자기 방으로 부르더니 평소와 달리 진지한 표정으로,
"당신께서는 옛날의 저를 기억하고 계시겠지요?"
라며 수수께끼와 같은 말을 했다.
"옛날의 당신이라니…… 결혼하기 전의 당신을 내가 알 리 만무하지 않소."
유의는 아내가 일부러 자기를 방으로 불러들이고 농담을 하는 것으로 생각하고 퉁명스럽게 대답했다.
"아닙니다. 결혼하기 전에도 우리는 만났답니다. 이제 와서 무엇을 숨기겠습니까. 저는 동정호 용왕의 딸이랍니다."
"뭐, 뭐라구?"

"숙부인 전당왕이 당신과 저를 맺어주려고 했지만, 당신께서는 한마디로 거절하셨다는 말을 듣고, 저는 병이 들고 말았습니다. 그후 여러 곳에서 혼담이 있었습니다만 저는 오로지 당신의 아내가 되겠다는 일념으로, 여성의 생명과도 같은 머리를 잘라 버리고 방안에 틀어박혀 있었습니다. 어떻게든 당신의 아내가 되어 곁에서 시중을 듦으로써 은혜를 갚고 싶었기 때문입니다.

한다하는 부모님도 완강한 제 결심에 그만 두손을 드시고 당신에게로 다시 청혼하러 가시자고 했지만 그때마다 당신께서는 장가(張家)·한가(韓家)의 규수를 아내로 맞아들이고 있었기 때문에 어쩔 수가 없었던 것이지요. 그런데 한가댁 부인이 세상을 떠난 다음 당신께서는 금릉으로 이사를 하시더군요. 그래서 부모님의 힘으로 노가(盧家)의 딸로 만들어 주셨고 이렇게 당신의 아내가 된 것입니다. 이처럼 애절한 제 마음을 이해해 주시고, 앞으로도 아내로 당신 곁에 있도록 해주십시오."

여기까지 말한 그녀는 옷소매로 눈물을 훔치면서 그 자리에 엎드려 버렸다. 이 뜻밖의 말을 듣자 유의는 그저 놀랄 뿐 대답조차 할 수가 없었다.

"처음부터 털어놓고 이야기하지 않았던 것은 내 마음대로 한 짓에 대하여 당신께서 노하실 게 두려웠기 때문입니다. 그리고 이제 모든 것을 밝히는 것은 당신께서 저와 우리 아기를 끔찍이 사랑해 주신다는 것을 확인했기 때문이구요. 옛날 당신께 편지를 전해 달라고 부탁했을 때 '저를 잊거나 저를 피하지 않겠다'고 분명 약속하신 것을 기억하시겠지요. 지금도 그때 그 마음이 변하지 않으셨겠지요?"

유의는 이전부터 아내가 용녀를 닮았다고 생각했던 것이 우연의 일치가 아니라는 것을 비로소 깨달았다.

"그때 불행에 처해진 당신을 동정하여 그런 말을 했던 기억이 나오. 그런데 그후 전당왕이 당신을 아내로 맞아들이라는 말을 했을 때는, 당신을 도와준 대가(代價)를 챙기는 것 같은 기분이 들어서 강력하게 거절했던 것이오. 그러나 용궁에서 작별을 고하던 날, 당신이 섭섭해하는 것을 보고는 당신을 맞아들이지 않은 것을 얼마나 후회했는지 모른다오. 이제 노가(盧家)의 딸로서 나에게 출가해온 것이니 무슨 문제가 있겠소? 당신이 지금까지 입을 다물고 있었던 것도 괘념치 않으리다. 걱정하지 말고 우리 세 식구가 행복하게 살아갑시다."

"용서해 주셔서 고맙습니다. 이제 제 마음속에 있던 응어리는 다 풀렸습니다. 그런데 당신께서는 알고 계신지 모르겠습니다만 용(龍)의 수명은 1만 년이랍니다. 이제부터 우리 세 식구가 용궁으로 돌아가고 당신과 아들아이도 용이 되기를 원합니다. 그렇게 하면 물속에서도 육지 위에서도 저 넓은 하늘에서까지도 마음대로 날아다닐 수 있을 겁니다."

자기도 용처럼 신통력을 가지게 될 것이란 말을 듣자 유의는 기쁜 나머지 소리를 질렀다.

"나는 정말로 운수대통한 사람이야. 전에는 손님의 자격으로 용궁에서 환영을 받았고 이제는 용이 된다니……."

용궁을 찾아간 유의는 대왕의 성대한 환영을 받은 다음, 용으로서 갖춰야 할 힘과 지혜를 받았다.

그후 유의 일가족은 오늘날의 광동성(廣東省) 남해(南海)란 곳으로 이사했고 40년 가까이나 살았지만, 전혀 나이를 먹는 것 같지가 않았다. 근방 사람들은 그들을 선인(仙人)이 아니겠느냐며 수군거렸다.

그로부터 다시 오랜 세월이 흘렀다.

당(唐)나라 개원연간(開元年間)에 당시의 황제인 현종(玄宗)은 선술(仙術)에 깊이 빠진 나머지 온나라를 뒤져서 선인을 찾아오라는 명령을 내렸다. 이에 불안해진 유의 가족은 인간세상을 버리고 모두 동정호의 수도(水都)로 갔고 용이 되었다.

그로부터 다시 여러 해가 지났다. 유의의 종형(從兄)이 동정호를 배를 타고 지나는데 물속에서 웬 시퍼런 산이 나타나더니 그곳에서 한 척의 배가 이쪽으로 다가왔다. 그리고 종형의 이름을 부르더니 유의공(柳毅公)이 뵙고 싶어한다고 전했다. 그 배에 옮겨 탄 종형이 섬에 상륙하자 으리으리한 건물로 안내해 주었다. 그리고 그곳에서 같은 연배인 유의를 만났다.

종형은 이미 노인이 되어 허리도 굽었고 백발이었는데, 같은 연배인 유의는 청년처럼 피둥피둥했다.

"아우님은 신선이 되어 이렇게 젊은 채로 있구먼. 나는 이처럼 늙어 꼬부러졌어. 이것이 모두 인간의 정해진 운명이란 것이구먼……."

종형은 자신과 너무나도 다른 유의를 보자 자기도 모르는 사이에 한숨을 길게 내쉬었다.

유의는 종형을 위로하고 손에 들고 있던 주머니 속에서 환약 50개를 꺼내주었다.

"이 약은 한 알 먹으면 1년씩 수명이 연장되는 약입니다. 이것이 떨어지거든 또 이곳으로 찾아오십시오, 형님."

유의는 잔치를 벌이고 종형을 성대하게 대접했다. 종형은 뭍으로 나온 다음 만나는 사람에게마다 이 이야기를 들려주며 자랑을 했는데 50년째 되던 해에 어디로 갔는지 행방이 묘연해졌다.

코끼리의 선물

　이것은 중국 남부에 흩어져 사는 소수민족 사이에, 예로부터 전해져 오는 이야기이다.
　마을 한쪽 끝에 홀로 살아가는 사나이가 있었다. 그는 산에 가서 땔나무를 해다가 마을 이집저집에 팔아서 겨우 연명해가는 사람이었다.
　어느 날, 강가에 무성하게 자라난 갈대를 베고 있노라니 어디서 왔는지 아기코끼리 한 마리가 이쪽으로 다가오고 있었다. 너무나 갑작스럽게 나타난 아기코끼리이기에 사나이는 도망치지도 못한 채 그 코끼리 코에 말렸고 이어서 코끼리 등에 올라타게 되었다.
　이 아기코끼리는 벌벌 떠는 사나이를 등에 태운 채 산속으로 들어가더니 어느 늪 가까이에서 멈추었다. 사나이가 바라보니 늪가의 풀섶 위에 늙은 코끼리가 누워 있는데 숨을 거칠게 내쉬면서 몹시 괴로운 듯 신음을 하고 있었다.
　아기코끼리는 이 늙은 코끼리 옆에까지 가자 사나이를 땅에 내려놓고 머리를 숙여보였다. 해코자 하는 것은 아님을 알아차린 그는 어느 정도 마음이 놓였다. 사나이가 늙은 코끼리 가까이에 다가가자 코끼리는 오른쪽 앞발을 들어 그에게 보여주었다. 왜 그런 행동을 하는지 궁금해진 사나이가 그 발바닥을 살펴보니 그곳에 굵은 대나무 가시가 박혀 있었다.

'그랬었구나. 이것을 빼달라는 거야!'

안심한 사나이는 허리에 두르고 있던 새끼줄을 그 대나무 가시에 붙들어맨 다음 단숨에 빼주었다. 그러나 가시에 찔린 지 오래되었던 듯, 상처가 곪아서 고름이 흘러나왔다.

사나이가 하는 행동을 지켜보던 아기코끼리는 얼른 풀섶을 헤치고 들어가더니 코로 쑥잎을 긁어모아 가지고 사나이 옆으로 왔다. 그리고 그것을 상처에 붙여 달라는 듯, 코를 좌우로 흔들어대는 것이었다.

"좋다, 알았어. 그냥 내버려두었다가는 발이 썩어 버릴는지도 몰라. 어서 낫도록 조치를 해줘야겠군."

마음씨 착한 사나이는 혼잣말을 중얼거리면서 쑥을 비벼 가지고 상처에 붙여 주었다.

얼마쯤 지나자 늙은 코끼리는 일어섰고 아픈 다리를 질질 끌면서 걸어 보이더니 사나이의 어깨에 코를 가볍게 대면서 자못 기쁘다는 듯 눈을 가늘게 떴다. 그리고 다시 누운 늙은 코끼리는 아기코끼리를 불러, 코로 산을 가리키면서 무엇인지 알아들을 수 없는 낮은 소리를 냈다. 그러자 알았다는 듯, 귀를 좌우로 크게 움직인 아기코끼리는 곧 어디론가 떠나 버렸다.

이윽고 아기코끼리는 상아(象牙) 한 개를 코로 말아가지고 돌아왔다. 늙은 코끼리는 그것을 보자 마음에 안든다는 듯 불만스런 표정을 지으며 소리를 질렀다.

아기코끼리는 또 어디론가 갔는데, 이번에는 아까 가져왔던 것보다 훨씬 굵고 멋진 상아를 가져왔다. 그리고 그것을 사나이에게 가지라는 듯 그 옆에 내려놓았다.

사나이는 아침부터 밥 한톨 먹지 못한 터여서 몹시 배가 고팠다.

그래서 손짓 발짓을 하며 부탁했다. 그 지방 사람들은 코끼리를 존경하여 장군(將軍)이라 부르고 있었다.

"장군, 이번에는 내 부탁 좀 들어 주게나. 아침부터 밥이라고는 한톨도 먹지 못해서 심히 배가 고프단 말야. 무엇이든 상관없으니 먹을 것 좀 주었으면 좋겠네."

아기코끼리는 그 뜻을 알아차렸다는 듯 귀를 크게 흔들면서 모습을 감추더니 잠시 후 산밤[山栗]이 주렁주렁 매달린 밤나무 가지를 꺾어다가 주었다. 사나이는 그것으로 겨우 시장기를 면할 수 있었다.

그런 다음 아기코끼리는 사나이를 등에 태우고 돌아가다가 문득 무슨 생각을 했는지 도중에서 갑자기 되돌아가는 것이었다. 어떻게 하려는 것인지 내심(內心) 걱정을 하고 있는데 아기코끼리는 사나이가 잃어버렸던 낫을 찾으러 갔던 것이다. 그는 가슴을 쓸어내리며 코끼리들의 슬기로움에 그만 감탄하고 말았다.

아까 갈대를 베던 장소까지 돌아온 아기코끼리는 머리를 땅에 박듯하면서 감사하다는 뜻을 나타냈다.

그후 얼마간 세월이 지난 다음, 사나이는 이 상아를 수레에 싣고 저잣거리로 나갔다. 마침 붉은 수염을 기른 서국(西國)의 장사꾼이 지나가다 상아를 보자 얼른 사겠다며 달려들었다. 어떻게 했으면 좋을까하여 망설이는 사나이 앞에서 그 장사꾼은 자기 멋대로 값을 올리더니 마침내는 뜻하지도 않았던 40만금이라는 고가(高價)를 불렀다.

이렇게 흥정을 하는 사이에 또다른 외국 사람이 찾아왔다. 그의 수염은 성글게 나있었다. 그를 본 붉은 수염의 장사꾼은 당황하며 상아에 거적을 뒤집어씌우더니 어디론가 가버렸다. 성근 수염의 사

사나이는 그것을 보자마자,

"왜 당황하며 물건을 감추는 거지? 나도 물건을 사러온 장사꾼이라구. 어서 그 물건을 보여주구려."

라며 사나이에게 졸라댔다. 나무꾼은 거적을 제쳐놓으면서,

"좋소이다. 찬찬히 보시구려. 어떻소? 굉장한 상아지요!"

라며 자신있다는 듯 코를 벌름거렸다.

성근 수염의 장사꾼의 눈빛이 별안간 빛나기 시작했다.

"아까 그 장사꾼이 얼마를 준다고 했는지는 모르겠으나 나는 백만금에 사겠소. 곧 가서 돈을 챙겨 가지고 오리다."

라고 하더니 이쪽 대답을 듣지도 않고 달려가는 것이었다.

성근 수염의 사나이가 백만금을 하인에게 지워가지고 오는 것을 본 붉은 수염의 장사꾼은 흥정한 사정을 알게 되자 얼굴을 붉히며 고함쳤다.

"처음에 흥정을 한 사람은 나라구! 그런 나를 제쳐놓고 자기네 마음대로 물건을 팔고 살 수는 없어! 꼭 사고 싶다면 나는 하는 수 없이 시장(市場) 관리인에게 호소하여 흑백을 가려야겠소! 나는 경우에 따라서는 백만금 이상이라도 주고 살 생각이었다구!"

두 장사꾼은 내가 먼저 흥정을 했다, 아니다, 내가 값을 더 주고 사기로 했다는 등 언쟁을 벌였고 나중에는 서로 멱살을 잡고 싸우기에 이르렀다.

이런 소동을 본 시장 관리인이 달려들어 두 장사꾼을 관소(官所)로 끌고 갔고 현령(縣令) 앞에 세웠다.

"굵은 것은 확실하지만 보통 상아와 다를 것이 없구나. 어찌하여 이 상아를 백만금이나 되는 터무니없는 돈을 주고 사려는 게야? 거기에는 무언가 이유가 있을 것 같구나. 너희는 이 상아가 특별한 보물이란 것을 잘 알고 있는 것이지? 그러고도 숨기는 것

이렷다!"

현령은 엄하게 다그쳤지만 두 장사꾼은 고개를 가로저으며,

"아닙니다요. 천만의 말씀을 하십니다요. 단지 굵고 큰 상아를 구하려다 보니 서로 경쟁을 하다가 끝내는 높은 가격을 매긴 것뿐입니다요."

라며 적당히 핑계를 댈 뿐이었다.

"좋다. 너희가 끝내 실토하지 않는다면 내게도 생각이 있다. 이 상아는 정부(政府)에서 사기로 하겠다. 그리고 황제폐하께 진상할 것이야. 그래도 너희는 진실을 자백하지 않겠느냐?"

현령의 고등 심문에 장사꾼들은 말려들고 말았다.

"실은 저……, 이 상아 속에는 뒤엉켜 있는 두 마리의 용이 들어 있는 것입니다요. 이 상아를 쪼개되 기술적으로 잘 쪼개면 그것이 부적이 되어 나옵니다. 우리 서국(西國)에서는 그것을 다시없는 보물로 치며, 아무리 싸게 쳐도 억대(億代)의 값이 나갑니다. 이 상아 한 개만 있으면 그야말로 억만장자가 되는 것입지요."

그들은 숨김없이 다 털어놓았다. 그말에는 한디허는 현령도 기겁을 하고 말았다. 이 일은 현령인 자기가 처결할 건이 아니라면서 나무꾼과 두 장사꾼을 상아와 함께 도읍으로 압송하고 천자(天子)로 하여금 직접 재판하게 하였다.

자초지종을 들은 천자가 도읍에서 첫손가락을 꼽는 상아 직공(職工)을 불러다가 그 상아를 쪼개도록 하자 과연 그 속에서 두 마리의 용이 뒤엉켜 있는 그림이 나왔다.

그래서 천자는 나무꾼을 불러놓고,

"아무리 봐도 너는 한평생 가난하게 살아갈 관상(觀相)이야. 이제 이 상아로 인한 상금을 너에게 주더라도 너는 금방 탕진하고 말 것이다. 그러는 것보다 좀더 좋은 방법으로 상금을 주도록 하

겠노라."
라며 측근에게 명했다.

그리하여 해마다 이 사나이의 생활에 필요한 만큼의 돈을 관소에서 지급하게 된 것이다. 나무꾼은 수중에 돈이 떨어지면 그 지방 관소에 가서 돈을 타오곤 하였다. 그리하여 나무장사를 할 때보다 훨씬 안락한 생활을 하게 되었던 것이다.

죽음을 대신한 사람

낙양(洛陽)의 현령(縣令)으로 있던 양현령(楊縣令)이 외출을 했을 때다. 회나무 그늘에서 돗자리를 깔아놓고 점을 치는 사람이 있었다. 현령의 행렬이 지나가는데도 일어서서 읍하며 마중하지 않고, 태연히 앉아 있었다.

"저런 괘씸한 놈 보았나! 이 점쟁이놈아, 사또님 행차시다!"

아전들이 혼을 냈지만 점쟁이는 미동도 하지 않은 채 못본 척하고 있었다. 화가 난 양현령은 부하에게 명하여 점쟁이를 결박해서 끌어나가 관아 뜰에 세워놓고 심문했다. 그러자 점쟁이는,

"당신은 앞으로 단 이틀 동안만 현령으로 있을 수 있을 것인데 어찌하여 나를 이렇게 다루는 거요?"

라며 아리송한 말을 하는 것이었다.

"내 임기는 아직도 많이 남아있다. 앞으로 이틀이라니, 그 따위 엉터리 말을 함부로 하는 게 아니다, 이놈!"

"나는 임기에 대해서 말하고 있는 것이 아니외다. 이틀 후에 당신은 죽게 되어 있어요!"

점쟁이가 너무나 침착하고 분명하게 대답하므로, 한다하는 현령도 그 말에 신경이 쓰여서 파랗게 질린 얼굴로 생각에 잠겼다. 병이 든 것도 아닌데 어찌하여 이틀 후에는 죽어야 한단 말인가. 자신의

신상에 도대체 어떤 일이 일어난다는 것인가……?

걱정되는 나머지 현령은 다시 한번 점을 쳐달라고 부탁을 했지만 그것은 받아들여지지 않았다. 점쟁이는 자기 점괘가 옳다고 믿는터라, 다시 점쳐봐도 결과는 마찬가지라며 고개를 가로저을 뿐이었다. 양현령의 가족들도 모두 걱정만 태산같이 할 뿐이었으며 손에 일이 잡히지 않을 정도였다.

"당신이 점치는 명인이라면 내게 닥칠 재난을 막는 방법도 알고 있을 것이 아니겠소. 그 방법을 좀 가르쳐 주시구려."

조금 전까지도 기세가 등등했던 양현령은 그 위풍이 어디로 갔는지 이제는 머리가 땅바닥에 닿도록 조아리며 부탁을 했다. 집요하게 매달리는 양현령의 간청을 뿌리칠 수 없다는 듯 점쟁이는 천천히 입을 열었다.

"재난을 피하려면……. 그것은 당신 자신의 행동으로 자신을 지키는 수밖에 없습니다. 그러나 재난을 꼭 면하게 될는지 면하지 못할는지…… 이 점에 대해서 지금으로서는 분명히 말할 수가 없습니다."

점쟁이는 말끝을 흐렸지만 어떻든 현령의 생명을 구해 보겠노라고 약속했다.

점쟁이는 양현령을 정원에 있는 정자에 데려갔고 머리를 풀어 산발케 한 다음 맨발로 토벽을 향하여 서있게 했다. 그리고 자기는 서안(書案) 앞에 앉아서 귀신을 쫓는 부적을 쓰기 시작했다.

한밤중이 지나, 현령 옆에 다가온 점쟁이는 한숨 돌렸다는 표정으로 말을 걸었다.

"저승에서 데리러 온 자를 오늘밤에는 일단 돌려보냈습니다."
"그럼 나는 안죽게 되는 거요?"
"아닙니다. 아직 뭐라고 단정지을 수 없습니다. 내일에는 저승에서도 통용되는 것으로 믿고 있는, 종이로 만든 돈의 모형, 즉 지전(紙錢)을 30장 준비하십시오. 그것과 떡과 고급술을 성밖 뽕나무밭 속에 놓아두시구요. 그리고 그 앞길을 지나가는 사람이 있거든 누구든간에 붙들어 앉히고 대접하는 겁니다. 만약 검은 옷을 입었으되 한쪽 어깨를 드러낸 자가 지나간다면, 그자가 바로 당신을 저승으로 데려갈 저승사자입니다. 당신이 권하는 음식을 한입이라도 받아먹는다면 당신은 죽음을 면할 수 있습니다."

"그렇다면 살아날 가망성은 있는 것이로군요."

"그러나 아무것도 받아먹지 않고 그냥 지나간다면 죽음을 각오해야 합니다. 그렇게 된 이상에는 내 힘으로도 어쩔 수가 없습니다. 당신은 변장하고 뽕나무밭 오두막 속에 가서 기다리고 있다가 잘 꾀서 음식을 대접하도록 하십시오."

다음날, 농부로 변장을 한 현령은 점쟁이가 시키는 대로 음식을 준비했다가 지나가는 사람들에게 식사를 대접했다. 해가 서쪽 하늘로 기울고 음식도 조금밖에 안남았을 때가 되어서야 그 사나이와 같은 사람이 나타났다.

양현령의 부하가 그를 불러세우고 술과 떡을 권하자 사나이는 사양치 않고 그 음식을 먹어치웠다. 가슴을 쓸어내린 현령이 나가서 공손히 예를 하자, 사나이는 양현령의 얼굴을 샅샅이 훑어보다가 호통을 치며 물었다.

"당신은 어젯밤, 어디 갔었소? 몇번씩이나 찾아갔지만 만날 수가 없습디다. 아마 어떤 사람이 당신을 수호하여 내가 볼 수 없는 곳에 숨겼던 것 같은데 염라대왕께서 당신의 소환장을 발부한 이상 어디에 숨더라도 죽음을 면할 수는 없을 것이오."

양현령은 땅바닥에 무릎을 꿇고 두 손을 모으며 어떻게든 살려

달라고 애걸했다. 그리고 준비해둔 지전을 저승사자 앞에서 불살랐다. 지전을 불태워서 연기로 피어오르게 하지 않으면 저승사람들의 것이 될 수 없다고 믿었기 때문이다.

"나를 위해 이처럼 많은 지전을 불태워 준 이상 어떻게 해서든 도와주지 않을 수 없구먼. 좋소. 내일 저승의 관소(官所) 사람들과 함께 와서 그들과 의논토록 하리다. 내 동료들인데 그들의 음식도 준비해 두시오."

저승사자는 여기까지 말하자 서쪽을 향하여 떠나가 버렸다.

다음날, 양현령은 여러 사람분의 요리를 준비해 가지고 저승사자 일행이 오기를 기다렸다. 사방이 어두컴컴해졌을 때, 어제 그 저승사자가 10여 명의 동료들과 함께 모습을 나타내더니 즐겁다는 듯 음식을 나누어 먹으면서 상담하기 시작했다.

"이처럼 많은 요리를 정성껏 대접하는 양현령을 위해 무언가 도움을 주어야 않겠소."

"글쎄올시다. 이것저것 여러 방법을 강구해 보았는데 역시 그 방법이 제일 좋겠소이다."

한 동료가 무언가 이해할 수 없는 손동작을 해보이면서 말했다.

"그 방법이라니요…… 아아, 역시 그것이 좋겠구려. 그 방법이 제일 안전하겠소이다. 실수할 리도 없구요. 그럼 당신이 그 양현령이 안심하도록 잘 말씀해 보시구려."

저승사자는 일어나서 다소 떨어진 장소로 양현령을 불렀다.

"저승에서는 지금 재능있는 사람이 필요한 까닭에 우리를 보내어 그런 사람을 잡아오라고 했다오. 실은 당신도 그중 한 사람으로서 저승의 고급관원으로 채용키로 한 것이오. 그야 어쨌든 당신네 집 건너편에 살고 있는 당신과 성명이 똑같은 고명(高名)한 학자가 있다고 들었소이다. 저승에 가더라도 당신의 역할을 대행(代行)

하기에 충분할 것으로 생각하오. 다행스럽게도 당신과 성명이 똑같아서 당신 대신 그 학자를 데려가기로 우리 동료들간에 뜻을 모았소이다. 당신은 내일 4시를 알리는 북소리와 동시에 그집 앞에 살며시 가서 구경하시오. 만약 그집에서 곡소리가 나면 당신은 죽음을 면하게 될 것이외다."

그후 저승사자 일행은 요리를 깨끗이 먹어 치우더니 어디론가 모습을 감추고 말았다.

이튿날 4시를 알리는 북소리가 울리기 전에 일어난 양현령은 살며시 건넛집으로 가서 살펴보니 그 검은 옷을 입은 저승사자가 보였다. 그 집의 개가 어찌나 짖어대던지 저승사자는 나무 위에 올라가서 몸을 숨기고 있었다. 그러다가 어떻게 빈틈을 알아차렸는지 저승사자는 토벽의 금이 간 곳을 통하여 집 안으로 들어갔다.

잠시 후 그 집 안에서는 울부짖는 소리가 일었다.

"어서 사람을 불러오너라. 주인나리가 갑작스럽게 돌아가셨다!"

그리고 이어서 슬피 우는 소리가 들려왔다.

양현령은 그후에도 10년이나 더 살았다. 그러나 남의 생명을 희생시키어 살아남은 일이 마음에 걸리어 마음편한 날은 단 하루도 없었다고 한다.

저승에서 재판받은 사나이

 오랜 세월 벼슬길에 있던 아버지가 세상을 떠난 다음, 장남인 최소(崔紹)는 남쪽 지방의 어느 관소(關所)에서 임시직으로 일하게 되어, 받는 녹으로 가족을 부양하고 있었다.
 최소네 이웃에 이씨(李氏) 성을 가진 사람이 있었다. 서로 뜻이 맞아서인지 이 두 사람은 형제처럼 사이좋게 지냈다. 그 이씨네 집에서는 두 마리의 암고양이를 기르고 있었는데 어찌된 셈인지 최소네 집에 와서 쥐를 잡아주는 것이었다.
 이 지방에서는 이웃집 고양이가 자기네 집에 와서 쥐를 잡아주는 것을 불길하다며 싫어했다. 그런데 이 암고양이는 최소네 집에서 새끼 두 마리를 낳았다.
 '이씨네 암고양이가 우리집에 와서 쥐를 잡는 것도 언짢았는데 새끼를 두 마리나 낳다니……. 혹 불길한 일이 생길 조짐이 아닐까. 어서 조치를 취해야겠어.'
 신경이 쓰인 최소는 하인에게 명하여 암고양이와 새끼들을 잡아 바구니에 넣고 돌을 달아매어 강물 속에 던지게 하였다.
 그리고 얼마 후 최소의 어머니가 세상을 떠났다. 그 당시의 관원(官員)은 부모가 죽으면 복상(服喪)하기 위해 일정기간 동안 휴직해야 하는 제도가 있었다. 최소도 일단 관소 일을 쉬기로 했다.

그러나 최소네 집은 워낙 대식구였으므로 관소에서 받는 녹이 없으면 당장 끼니를 걱정해야 할 처지였다. 그는 하는 수 없이 먼 곳에 사는 부자 친지에게 가서 신세를 질 생각으로 가족들을 데리고 떠났다.

한편 최소네 집에서는 일자천왕(一字天王)이라고 하는 신(神)을 받들고 있었는데 최소는 먼 길을 여행하는 중에도 조석으로 일자천왕을 제사지냈다.

그런데 뇌주(雷州)의 숙소에 묵었을 때, 최소는 갑자기 고열이 나서 고통을 호소하기에 이르렀다. 의원(醫員)을 불러오고 약을 쓰는 등 온갖 방법을 다 동원해 보았지만 효험이 없었다. 그는 자리에 누운 지 이틀만에 숨을 거두고 말았다.

최소가 숨을 막 거두려고 했을 때다. 생전 본 적이 없는 두 사람이 모습을 나타냈다. 한 사람은 노란색의 옷을 입었고 또 한 사람은 검은색 옷을 입었는데 손에 든 서류를 최소에게 내밀면서,

"대왕의 명령으로 너를 붙잡으러 왔다."

라고 말했다. 최소는 깜짝 놀랐지만 아무리 생각해봐도 체포되어야 할 짓을 한 적이 없었으므로,

"저는 평소 바르게 살아왔습니다. 붙잡아가시려거든 그 이유를 분명하게 말해 주십시오."

라며 단호한 태도로 말했다.

이 말을 들은 두 사람은 얼굴을 붉히며 버럭 화를 냈다.

"바르게 살아왔다고? 나쁜 짓을 한 기억은 하나도 안난단 말이지? 죄없는 자를 셋씩이나 죽여놓고도 뻔뻔스럽게 그런 말을 할 수 있나!"

그들은 언성을 높이며 꾸짖었다.

"잘 들어 두어라. 죽음을 당한 상대방이 고소를 했고 천제(天帝)

께서 너를 재판하기로 결정되었기 때문에 너를 부르러 온 것이야. 하고 싶은 말이 있거든 재판장에서 원고에게 직접 하도록 하라. 여기 있다. 이것이 그 고소장이다."

그들은 서류를 펴보였다. 최소가 언뜻 보니 자디잔 글씨가 빼곡하게 적혀 있는데 그것은 한자(漢字)가 아니었으므로 읽을 수가 없다. 두려움을 느낀 최소는 무의식중에 몸을 움츠리고 말았다.

그러자 갑자기 한 신(神)이 모습을 나타냈다. 그것을 본 두 사자(使者)는 무릎을 꿇었다.

신이 최소에게,

"너는 나를 알고 있느냐?"

라며 상냥하게 물었다.

"모릅니다. 처음 뵙는 걸요."

최소가 고개를 가로젓자 그 신은 웃으면서,

"나는 일자천왕이다. 너의 집에서는 대대로 나를 신앙하면서 우러러왔었어. 이제 그 보답으로 네가 처한 난관을 구해 주려고 이렇게 나타난 것이야."

라고 말했다.

일자천왕이란 것을 알자 최소는 그 자리에 꿇어 엎드리어 자신의 억울함을 호소했다.

"알겠다. 도와주지. 너는 그저 잠자코 나를 따라만 오면 돼. 걱정할 것 없다."

일자천왕은 그렇게 말하자 조용히 걷기 시작했다. 두 사자는 최소 뒤를 따르면서 그의 행동을 지켜볼 뿐이었다.

어느 사이에 넓은 길로 나왔다. 길은 끝이 없을 만큼 멀리까지 이어져 있어서 어느 쪽으로 걸어가야 할는지 전연 짐작도 할 수가 없었다. 일자천왕이 돌아보면서,

"어떤가? 지치지 않았나?"
라고 소리쳤다.
"저도 대장부입니다. 아직은 걸을 수 있습니다."
최소가 대답하자,
"곧 도착할 것이야."
일자천왕은 걸음을 서두르며 말했다.
이윽고 저 앞에 성문이 보였다. 성벽은 높이 솟아 있는데 그 위로 보이는 건물들은 실로 화려했다. 그 문을 지키고 있던 신(神)은 일자천왕을 보자, 얼른 자세를 바로잡으며 인사를 했다. 그곳을 지나 조금 더 가니 또다른 문이 있는데 그곳에는 네 명의 신장(神將)이 지키고 있었다.
이 신장들도 일자천왕에게 공손히 인사를 했다. 다시 그곳에서 조금 더 가자 또 한 개의 성문이 있었다. 그 문은 지금까지 지나온 문과는 달리 굳게 닫혀 있었다.
"너는 이곳에서 기다리고 있거라. 내가 먼저 들어가서 모두에게 알릴 것이니……."
일자천왕은 최소를 돌아다보면서 이렇게 말한 다음 공중으로 날아올랐고 그 성문을 가볍게 뛰어넘어 들어가는 것이었다.
잠시 후 성문이 열렸고 최소를 그 안으로 들여보냈다. 그곳에는 10명가량의 신(神)이 서있는데 일자천왕도 그 속에 섞여 있었다. 일자천왕은 무언가 마음에 걸리는 것이라도 있는 듯 안절부절못하는 모습이었다. 그곳을 지나가자 또 문이 있었고 그 안으로는 팔방으로 통하는 넓은 길이 있는데 양쪽으로는 생전 보지 못한 진기한 꽃들이 피어 있었다. 그리고 여기저기에 갖가지 복장을 한 신들이 서있었다.
최소는 팔방으로 통하는 길 가운데, 특별하게 넓은 길을 서쪽으로 향해서 걸었다. 그곳에는 또 문이 있는데 그 양쪽에는 커다란 2층 건물이 솟아 있었다. 건물에는 발이 드리워져 있었으므로 그 내부는 전연 볼 수가 없었다.

그 길에는 사람들이 북적거렸는데 수레와 여(輿), 말 등이 오갔으며 인간세상의 도읍에 있는 큰 거리와 같았다. 그리고 그곳에는 감시하는 신(神)은 없었다. 다시 한 개의 문을 통과하자 그곳에는 온통 높다란 건물뿐인데 수정과 보석으로 만든 발과 녹색 막(幕) 등이 드리워져 있어서 눈이 부실 정도로 아름다웠다.

그리고 이상하게도 건물 안에는 여자들만 있었고 남자는 한사람도 눈에 띄지 않았다. 여자들은 각각 치장을 하고 있는데 이 세상 사람으로는 볼 수 없을 만큼 아름다웠다. 문 주위에는 은(銀)으로 장식해서 세워놓은 깃발이 서있었고 그 아래로 보라색 옷을 걸친 사람들이 삼삼오오 걸어가고 있었다.

일자천왕은 최소를 문밖에서 기다리게 한 다음 혼자 안으로 들어갔다. 잠시 후 사자(使者)가 나오더니 최소를 어떤 관소(官所)로 안내했다. 이윽고 재판관이 나타났고 최소에게 가까이 오라고 손짓했다. 최소가 무릎을 꿇고 머리를 숙여 귀인에 대한 예를 차리자 재판관도 공손하게 답례했다.

최소는 자신의 출생지와 가족 등에 대한 질문에 대답한 다음 계단 위에 있는 방으로 들어갔다. 자리에 앉자마자 재판관은 최소를 향하여 묘한 말을 하였다.

"당신은 아직 살아난 것은 아니오."

무어라고 대답을 해야 좋을지 몰라서 망설이는 최소에게 재판관은 갑자기 웃으면서,

"아이구, 내가 깜박했소이다. 당신은 아직 인간세계의 사람이오. 죽음의 세계에서는 죽음이란 말을 싫어하기 때문에 죽음을 살아

난다고 말한다오. 즉, 지금 내가 한 말은 당신은 아직 죽지 않았
다는 뜻이오."
라고 설명한 다음 차를 준비하라고 명했다. 이윽고 차를 가져오자
재판관은 나직한 목소리로,
"이 차는 마시지 마시오. 살아있는 자가 마시면 안되니까요."
라며 주의를 주었다. 잠시 후 노란색 옷을 입은 사람이 다른 차를
담아가지고 왔다.
"이 차는 마셔도 상관없소이다."
재판관은 스스로 찻잔을 들어 권했다. 최소는 뜻하지 않은 광경을
연속해서 본데다가 마음도 들떠있던 터라 목이 말라서 연거푸 석
잔이나 마셨다. 한숨 돌린 다음 재판관은 서류를 꺼내들고 별실에
있는 대왕(大王)이란 분 앞으로 최소를 데리고 갔다.
대왕은 일자천왕과 마주앉아서 무언가 이야기를 하고 있었다. 일
자천왕은 최소가 나타나자 그를 가리키며,
"이 사람 때문에 일부러 여기까지 온 것이랍니다."
리며 웃었다. 대왕은 최소를 곁눈길로 보면서,
"피해자로부터 고소가 있었어요. 이 사나이가 직접적인 가해자는
아니지만 다른 사람에게 명하여 강물 속에 던져 죽였다는 겁니다."
라며 일자천왕에게 설명해 주었다.
"그럼 고소한 피해자를 이곳에 불러내도록 하시지요. 고소인은
이쪽으로!"
일자천왕이 뒤돌아보며 명하자 한쪽 구석에 도열해 있던 10여 명
의 관원들이 입을 모아 대답하고 서둘러 나가는 것이었다. 잠시 후
보라색 고급옷을 입은 자가 상아홀(象牙笏)과 서류를 들고 나타났
다. 그리고 그 뒤쪽에서 회색 옷을 입은 부인이 두 아이를 데리고
따라왔다. 부인과 두 아이는 목에서부터 아래쪽은 인간의 모습 그대

로였지만 목 윗부분은 고양이 모습을 하고 있었다.

　세 명의 피해자는 울먹이며, 죄없는 자기네들을 최소가 하인을 시켜 죽였노라고 호소했다. 일자천왕은 최소에게,

　"이것봐, 이 자들이 안심하고 죽을 수 있도록 어서 무슨 말을 해 주도록!"

라며 재촉했다.

　너무나도 갑작스러운 일인지라 최소는 무슨 말을 어떻게 해야 좋을지 몰라서 당황했는데 문득 이전에 외고 있던 경문(經文) 한 구절을 생각해 내고는,

　"속죄하는 마음으로 당신네들의 성불(成佛)을 기원하며 계속해서 독경(讀經)을 하겠습니다."

라고 약속했다. 그러자 그 말이 끝나기도 전에 세 명의 모습은 사라지고 말았다.

　대왕과 일자천왕은 고개를 끄덕이며 최소를 불러 자기네와 같은 자리에 앉혔다. 최소가 재배하고 대왕에게 축수를 하자 대왕도 이에 답하며 공손히 답례를 하는 것이었다. 이 뜻밖의 일에 최소는 그만 부들부들 떨고 있었다.

　"저는 보시다시피 보잘것없는 자입니다. 더구나 죄를 범하고 고소당한 몸이구요. 하온데 대왕님의 은혜로 이렇게 큰 도움을 받았습니다. 이처럼 큰 죄를 진 저에게 대왕님께서는 정중한 예를 취하시다니 몸둘 바를 모르겠습니다."

　대왕은 조용히 웃으면서 대답했다.

　"재판은 이미 끝났소이다. 당신은 무죄가 되었고 다시 살아있는 사람들의 세계로 돌아갈 수 있게 되었어요. 살아있는 자와 죽은 자는 그 살아가는 세계가 다르다오. 왕에 대한 예(禮)를 살아있는 그대가 했으므로 예(禮)로써 답례한 것뿐이오. 그런데 그대는 어

느 곳의 어느 가문에서 태어났나요?"

최소는 그 질문에 최가(崔家)의 가계(家系)와 조상들에 대해서 자세하게 설명했다. 그러자 대왕은 깜짝 놀라며,

"그렇다면 당신과 나는 먼 친척이 되는구려. 나는 살아있을 때 나라의 정치를 관장하는 상서성(尙書省)의 장관이었소이다."

라며 자신의 과거를 이야기했다. 최소는 일어나서 다시 손위 친척에 대한 예를 했다. 대왕은 예를 받자 추억에 어린 표정으로 최소를 바라보며 사과했다.

"이런 장소에 당신을 불러서 미안하오. 천제(天帝)의 명령이 있었으므로 부득이 당신을 재판하게 된 것이라오. 그야 어쨌든 재판도 무사히 끝났으니 이제 당신을 살아있는 사람들의 세계로 돌려보내야겠소."

그런 다음 대왕은 재판관에게,

"이 사람의 숙소는 어디에 정했는고?"

라며 물었다.

"예, 제 관사(官舍)에 묵게 할 예정입니다."

"좋아. 그럼 안심하겠군."

대왕은 마음을 놓겠다는 표정이었고, 너무나 이상한 일뿐이어서 납득할 수 없었던 최소는 계속 질문을 했다.

"대왕님께서는 인간으로 살아계실 때 좋은 정치를 펴셨다고 들었습니다. 그처럼 훌륭한 정치를 하신 분이 어찌하여 다시 한번 인간으로 태어나시지 않는 것인가요?"

대왕은 고개를 끄덕이며 대답했다.

"지금 내가 맡고 있는 관직(官職)은 죽음의 세계에서는 좀처럼 오를 수 없는 높은 자리라오."

"그렇다면 인간으로 환생(還生)하는 것보다 좋으시겠군요. 잘 알

겠습니다. 그럼 한 가지만 더 대답해 주십시오. 죽음의 세계에는 살아있는 인간이 장차 어떻게 될 것인지를 써놓은 호적(戶籍)과 같은 것이 있다는 말을 들었습니다. 저는 이렇다할 재능도 없고, 태어나면서부터 병이 있는지라 출세 따위는 포기하고 있습니다만 친척이라든가 친구들의 장래를 알고 싶습니다. 그것을 좀 보여주실 수 없겠습니까?"

"다른 사람의 부탁이라면 거절하겠소이다만 그대의 부탁이니 특별히 보여주도록 하겠소."

대왕은 재판관 쪽을 돌아보며 한번만 보여주라고 명한 다음 준엄하게 말하는 것이었다.

"그러나 이것만은 꼭 지켜주시오. 이런 일을 결코 인간에게 이야기하지 않겠다는 약속을 하시오. 만약 다소라도 이 사실을 누설한다면 당신은 그 즉시로 말을 하지 못하게 될 것이니까요."

"고맙습니다. 결코 남에게 누설하지 않겠다고 약속하겠습니다. 그런데 제 아버지도 오래 전에 이곳으로 왔을 것입니다만 지금 여기서 무엇을 하고 있나요?"

대왕은 재판관이 내민 장부를 조사해 보더니,

"걱정할 것 없소이다. 이곳에서 관원(官員)으로 일하고 있군요."

라며 가르쳐 주었다. 최소는 아버지 생각에 그만 눈물을 흘리면서,

"아버지의 모습을 한번 보고 싶습니다만 허락을 얻을 수 있을까요?"

라고 물었다. 대왕은 난처하다는 표정으로 팔짱을 끼고 있더니,

"죽은 지 오래된 사람은 만나볼 수 없는 것이 규칙이므로 그것만은 포기해 주시오."

라며 거절했다.

대왕은 최소를 관사로 보낸 다음 밖으로 나갔다. 최소가 관사에

가보니 그곳 실내의 가구라든가 나오는 식사 따위는 모두 인간세계의 것과 다를 바가 없었다.

그곳에서 잠시 쉬게 한 다음 재판관은 최소를 다른 건물로 안내했다. 그 방의 벽에는 금과 은, 철(鐵) 등으로 만든 명찰이 수없이 걸려 있었다. 장관과 장군은 금, 그 다음 관직인 사람들은 은, 일반사람들은 철로 만든 명찰에 이름이 씌어 있었다.

씌어진 이름은 모두가 현재 인간계에서 살고 있는 사람들로서 죽자마자 곧 그 명찰은 떼어낸다는 것이었다. 재판관은 최소에게 몇번이고 다짐을 받았다.

"명찰을 보는 것은 좋습니다만 이 사실을 살아있는 사람들에게 말해서는 안됩니다. 이것은 당사자가 장차 오르게 될 지위를 나타내고 있는 것인데 아직 그 지위에 오르지 않은 사람들에게 이야기하면 죽음의 세계에 대한 비밀을 누설한 것이 되며 대왕님의 분노를 사게 됩니다. 살아있는 사람들은 각각 그 양심에 따라 일해 나가면 반드시 그 보응을 받게 되는 것인데, 이 죽은 자의 관소(官所)는 생전에 나쁜 짓들을 한 자에 대하여 벌을 주도록 되어 있습니다."

최소는 이 관사에 사흘동안 머물러 있으면서, 살아있는 자들이 볼 수 없는 죽음의 세계를 두루 구경하였다. 그런데 아침저녁으로 시각을 알리는 북소리는 들렸지만 인간세계에서 북과 함께 불어대는 각적(角笛) 소리는 들려오지 아니했다.

"죽은 자의 세계에서 하는 행사는 거의 모두가 인간세계와 같은데 어찌하여 각적은 안부는 것입니까?"
라고 최소가 물었다.

"지금 당신이 물은 대로 죽은 자의 세계에서는 모든 일이 살아있는 인간세계의 것과 같습니다만 오직 각적만은 불지를 않습니다.

잘 아시겠지만 각적의 음색(音色)은 용(龍)의 소리와 비슷하지요. 용은 금(金)을 나타내는 생물이며, 금은 빛나고 밝기 때문에 살아 있는 것의 원기찬 모습입니다. 그것에 비하여 죽음의 세계는 그늘, 즉 음(陰)인 것입니다. 그런 까닭에 밝은 양(陽)의 각적 소리는 듣기를 싫어하는 것이지요."

라며 상세하게 설명해 주었다.

"우리는 죽음의 세계에 지옥이 있다고 배웠습니다만 사실인가요?"

"사실입니다. 그러나 한마디로 지옥이라고는 합니다만 여러 가지인데 그 지옥은 이곳에서 그다지 멀지 않은 곳에 있습니다. 지옥에 보내지는 자는 그 죄의 경중(輕重)에 따라 각각 다른 지옥으로 가게 된답니다."

"이곳 인구는 굉장히 많은 것 같은데 왜 그런가요?"

"이곳은 대왕님의 도읍이므로 주민도 많답니다."

"그럼 이곳 사람들은 지옥행을 면한 사람들이로군요."

"그렇습니다. 비록 죄를 범했다 하더라도 아주 가벼운 자들이지요. 이 도읍에서 생활하다가 다시 인간세계로 환생할 날을 기다리는 것이랍니다."

보고 듣는 것 모두가 최소로서는 신기하고 진기한 것들뿐이었다. 사흘째 되는 날 재판관은 하기 어려운 말을 꺼내듯 입을 열었다.

"이제 그만 돌아가는 게 좋을 것 같습니다. 살아있는 사람이 죽은 자의 세계에 오래 머무르는 것은 좋지 않을 것이니 말입니다."

일자천왕도 일부러 찾아와서 서둘러 인간세계로 돌아가라고 충고해 주었다.

귀로에 오른 최소는 올 때와는 반대로 여러 개의 문을 지나서 저승과의 경계점까지 이르렀다. 대왕은 여(輿)를 탄 채로 전송해 주었다. 최소는 여 앞에서 무릎을 꿇고 공손히 인사말을 한 다음 일자천왕과 함께 인간세계로 향했다.

얼마쯤 오자 깊숙한 구멍 옆에 서있는 네 사람과 만났다. 네 명 모두 그 몸은 인간인데 머리는 물고기이고, 녹색 옷을 입었는데 손에는 홀(笏)을 들고 있었다. 그들의 옷에는 군데군데에 핏자국이 있었다. 네 명은 최소를 보자 갑자기 소리내어 울면서 호소했다.

"우리는 지금 죽느냐 사느냐의 기로에 서있습니다. 이 구멍 속으로 떨어지면 끝장입니다. 부디 당신의 힘으로 도와주십시오."

그들은 최소의 옷소매에 매달리어 필사적으로 부탁하는 것이었다.

"하지만 나는 보는 바와 같이 보통인간에 지나지 않소이다. 당신네들을 도와줄 힘이 있을 리 만무하다구요. 다른 사람에게 부탁하시지요."

최소는 어쩔 수가 없어서 난감해했다. 그러자 네 명은 입을 모아서 외쳤다.

"당신이라면 하실 수 있습니다. 승낙만 해주시면 우리는 구원을 받게 된답니다."

최소는 갈피를 잡을 수 없었지만 상대방이 너무나 불쌍하다는 생각에,

"그래요? 승낙만 해도 되는 것이라면 몇번이라도 승낙하겠습니다."

라고 대답했다. 이 말을 들은 네 명은 갑자기 활기찬 목소리로 외쳐댔다.

"살았다. 됐습니다. 당신의 힘으로 목숨을 구했습니다. 한 가지 더 부탁드릴 것이 있는데 들어주시겠습니까?"

"내가 할 수 있는 일이라면 어서 말해 보시지요. 사양치 마시고……"

"당신의 손으로 우리 네 명을 위하여 금광명경(金光明經)이라고

하는 경(經)을 들어올리시면 그 경문(經文)의 힘으로 우리는 모두 구원을 받아서 새롭게 환생할 수 있습니다."

최소가 고개를 끄덕이자마자 네 명의 모습은 어디론가 사라지고 말았다.

최소는 무사히 뇌주(雷州)의 숙소로 돌아올 수 있었다. 방안에 들어가서 자기 침대를 보니 누군가가 누워 있었다. 그것도 자기와 똑같은 사나이가 새파랗게 질린 얼굴에 눈을 감은 채였다. 대체 어찌 된 일인지 몰라서 큰 소리로 사람을 부르는 순간, 잠시 전에 헤어졌던 일자천왕이 나타나서,

"그곳에 누워 있는 것은 그대의 육체야. 걱정할 일이 아니니 자기 몸속으로 서서히 들어가면 돼. 그렇게 하면 그대는 되살아나는 것인즉 조용히 들어가도록 하오."

라며 일러주었다. 최소는 일자천왕이 시키는 대로 자기 육체 속에 살그머니 들어갔다. 그러자 어떻게 되었을까. 신기하게도 원래의 몸으로 환생하게 된 것이다.

틀림없이 죽었다며 포기하고 있던 식구들은 크게 기뻐했다. 집안은 온통 축제 분위기로 들떠 있었다.

나중에 들어보니 죽은 지 7일만에 환생한 것 같았다. 시체에 손을 대보니 가슴에서 약하나마 맥이 뛰고 있었으므로 매장을 연기했었다는 것이다.

최소가 걸을 수 있을 정도로 회복된 다음 보니, 마루에 놓여 있는 목발(木鉢) 속에 네 마리의 잉어를 기르고 있었다.

"이 잉어는 웬 잉어인고?"

최소가 묻자 하인이 대답했다.

"끓여 먹으려고 산 것인데 주인님께서 갑자기 편찮게 되시어 그

대로 두었던 것입니다. 곧 끓여 올리도록 하겠습니다."

최소는 문득 죽음의 세계에서 있었던 일을 떠올렸다. 그때 그 구멍 옆에 서있으면서 도와달라고 호소했던 것은 이 목발 속의 잉어들이 아닐까?

"안돼. 나는 이 잉어들에게 도와주겠노라고 약속을 했어. 곧 연못에 풀어주고 오너라."

최소는 안색을 바꾸면서 큰 소리로 명했다.

그런 다음 최소는 금광명경을 자기 손으로 사경(寫經)하고 불전(佛前)에 바치면서 마음속으로 간절히 기도를 했다는 것이다.

점쟁이 명인(名人)

진(晋)나라 때, 예장(豫章) 태수를 지내던 장화(張華)는 정치와 법률에 뛰어났을 뿐만 아니라 점도 잘 치기로 유명했었다. 인정이 많았던 그는 사형판결을 받은 죄수를 언제나 일단 풀어주어 가족을 만나보도록 조처하고 있었다.

도둑질을 크게 하다가 붙잡히어 사형선고를 받은 사나이가 있었다. 사형집행일까지 결정된 그는 장화의 주선으로 옥에서 풀려나 가족을 면회할 수 있게 되었다. 면회가 끝나고 다시 옥에 갇히게 된 사나이는 슬픈 나머지 울면서 길을 걸어가고 있었다. 이 사람을 본 학자 조삭(趙朔)이 그 까닭을 물었다.

"살아가기가 너무 어려운 나머지 크게 도둑질을 하고 말았는데 그만 사형에 처해지게 되었답니다. 사또님의 배려로 가족들과 면회를 했습니다만 이제 곧 처형당할 것을 생각하니 두려움과 슬픔으로 가슴이 찢어질 것 같아서 끝내 울음을 터뜨리고 말았습니다."
사나이는 이렇게 털어놓았다.

"감시원이 뒤따르는 것도 아니니 그대로 도망을 치면 그만일 게 아닌가?"

조삭이 말하자 사나이는 고개를 가로저으며, 겁먹은 얼굴로 대답했다.

"천만의 말씀입니다. 그렇게는 할 수 없습니다. 장화 사또나리는 점치는 명인이시어서 어디에 숨든 반드시 찾아내신답니다."
그러자 조삭은,
"그렇다면 두번 다시 나쁜 짓을 하지 않겠다는 약속을 하면 내가 도와주지. 잘 듣게. 강을 건널 때 대나무를 잘라서 그 대나무의 3척(尺) 정도의 길이가 되는 곳까지 물을 넣고 그것을 배[腹] 위에 올려놓은 다음 강가에서 자는 게야. 사흘 동안 그런 자세로 있으면 돼. 사흘이 무사히 지나면 사형은 면할 수 있을 것일세."
라고 가르쳐 주었다. 지푸라기라도 잡고 싶었던 사나이는 조삭이 시키는 대로 해보았다.

기한이 되었건만 죄수가 돌아오지 않았다는 보고를 받은 장화는 얼른 점을 쳐보았다. 그러자 배 위에 3척 가까이나 물이 있고 모래 위에 엎어져 있는 점괘가 나왔으므로 죄수는 강에 몸을 던져 자살한 것이 틀림없다고 생각했다. 그래서 사고사(事故死)로 처리키로 하고 죄수 명부에서 그 사나이의 이름을 지워 버렸다.
사나이는 1년 정도 몸을 숨기고 있었는데 그후 이름을 바꾸고 고향으로 돌아갔다. 그러나 관청에서는 그를 붙잡으려고 하지 아니했고, 가족들도 모두 의심을 하지 않는 것이었다.
사나이는 목숨을 구해 준 사례로 많은 금품을 가지고 조삭을 찾아갔지만 그는 무엇 한 가지 받으려고 하지 않았다.

목에 난 혹

　오늘날의 섬서성(陝西省) 안강(安康)이란 곳에 준조(俊朝)라고 하는 음악선생이 살고 있었다.
　어느 때 준조 아내의 목에 혹이 생기기 시작했다. 처음에는 달걀 정도의 크기였는데 날이 갈수록 점점 커져서 5년 후에는 누가 보더라도 놀랄 정도의 크기가 되었다. 특별히 아프지는 않았지만 혹의 무게 때문에 걸을 수 없게 되자 그녀는 침대에 누운 채 꼼짝도 할 수 없게 되었다. 그런데 이상한 일은 이 혹 속에서 이따금 음악이 흘러나오는 것이었다.
　금(琴)이라든가 생(笙), 그밖에 여러 가지 악기가 훌륭한 음악을 연주해내므로 그때만은 준조의 아내도 괴로움을 잊고 음악을 듣곤 하였다.
　그로부터 몇해가 지났다. 다행스럽게도 혹은 그 이상 커지지 않았는데 이번에는 혹의 표면에 바늘로 찌른 것 정도의 구멍이 여러 개 생겼다. 그리고 신기하게도 날씨가 나쁘면 그 구멍 속에서 하얀 연기와 같은 것이 뿜어나오는데 그 연기가 가늘고 길게 올라간다. 올라간 연기는 가로퍼지다가 모여서 구름이 되고 비를 뿌리는 것이었다.
　지금까지 본 일도, 들은 일도 없는 이 이상한 혹을 보고 기분나빠

했던 집안식구들은 이 환자를 가까운 산속의 동굴에 갖다 버리자고 준조에게 졸라댔다. 그러나 아내를 가엾게 여긴 준조는 고개를 가로 저을 뿐이었다.

그러자 식구들은 환자를 산에 갖다 버리지 아니하면 자기네들이 가출하겠노라며 준조를 협박했다. 어떻게 해야 좋을지 모르는 준조는 아내에게 이런 사실을 털어놓았다.

"식구들이 기분나쁘다며 당신을 산속 동굴에 갖다 버리자고 아우성이구려. 그동안 여러 해 함께 살던 당신을 그렇게 하기는 싫소이다만 그렇게 하지 않으면 식구 모두가 가출을 하겠노라고 법석이니 이 일을 어찌하면 좋겠소?"

"식구 모두가 나를요?"

"나도 당신과 함께 갈 것이니 우리 두 사람이 동굴 속에서 같이 지냅시다."

준조는 단호하게 말했다. 그러자 아내는 대수롭지 않다는 표정으로,

"나 자신도 이런 환자인 나를 보기가 싫은데 식구들이 보기 싫어하는 것은 당연한 일이지요. 하지만 이렇게 쇠약해진 몸으로 동굴 생활을 하게 되면 금방 죽고 말 것입니다. 어차피 죽을 바에야 이 혹을 과감하게 잘라내는 게 좋을 것으로 생각합니다. 나를 산속에 버린 셈치고 당신 손으로 혹을 잘라 주십시오. 그리고 무엇이 원인이 되어 이런 혹이 생겼는지 확인하시기 바랍니다."

라며 호소하는 것이었다.

"좋소. 당신 생각이 정히 그러하다면 그렇게 해봅시다."

아내의 말에도 일리가 있다고 생각한 준조는 창칼을 시퍼렇게 갈아 혹을 자르려고 했다.

그때 혹 속에서 무엇인가가 찢어지는 듯한 소리가 나는가 했더니

혹 한쪽이 찢어지면서 작은 원숭이 한 마리가 그 속에서 불쑥 나왔다. 그리고 그 원숭이는 허겁지겁 밖으로 도망쳤다. 준조는 얼른 붕대를 상처에 감아서 지혈(止血)시켰는데 그의 아내는 이 황당한 일에 그만 놀라서 기절하고 말았다.

그리고 다음날 — . 노란색 관(冠)을 쓴 사람이 준조네 집에 찾아와서 준조를 불러내자 이렇게 말하는 것이었다.

"이렇게 해서 인간의 모습으로 되기는 했습니다만 무엇을 숨기겠습니까. 저는 어제 이댁 마님의 혹 속에서 튀어나와 도망을 쳤던 원숭이입니다. 실은 저는 원숭이의 정령(精靈)으로서 바람을 부르고 비를 내리게 하는 술(術)을 터득하고 있답니다. 그런데 우연하게도 한강(漢江)에 살고 있는 용(龍)과 알게 되었고 그 용과 한패가 되어 한강을 오르내리는 배를 습격하고는 그 짐을 뺏어다가 한가족을 부양해 왔었습니다.

이런 악행(惡行)은 숨길 수 없는 일이어서 이 사실이 하늘에 알려졌고, 하늘을 관장하면서 상제(上帝)를 섬기는 태일신(太一神)이란 신(神)이 한강의 용을 사형에 처한 다음 그 한패를 수색하기 시작했습지요. 그 때문에 저는 마님의 목을 빌어 몸을 숨기고 있었던 것입니다. 그러는 동안 나쁜 짓은 하지 않았습니다만 상당히 귀찮으셨을 것으로 생각합니다. 지금 봉황산(鳳凰山)의 신(神)에게서 어떤 병에도 효과가 있는 약을 구해가지고 왔습니다. 이것을 어서 마님의 상처에 발라드리십시오."

원숭이는 이렇게 말하면서 약 한 봉지를 내놓았다.

준조가 아내에게 약을 발라주자 상처는 씻은 듯이 나았고, 아무런 이상(異常)도 호소하지 않았다. 준조는 원숭이에게 고급술을 내고, 닭을 잡아 요리해서 대접했다.

그러자 원숭이는 맑은 목소리로 노래를 부르고 갖가지 악기 소리를 흉내내어 들려주었는데 그 어느 것이나 진짜와 똑같아서 마치 진짜 악기의 음색 그대로였다. 아내도 괴로웠던 질병의 일을 모두 잊고 즐거운 한때를 보냈다.

   얼마 후 원숭이는 작별인사를 하고 돌아갔는데 그후 두번 다시 모습을 나타내지 아니했다.

술수를 겨룬 여우

어떤 현령(縣令)이 돌연 출가(出家)하여 세상을 등지고 살겠다고 말했다. 그리고 지금까지 읽어본 일이 없는 경서(經書)를 펴놓고 큰 소리로 읽어나가는 것이었다.

그런 후 한 달쯤 지난 어느 날, 지붕 위에 오색 구름이 두둥실 떠 있는가 했더니 사자(獅子)를 타고 온 보살이 모습을 나타냈다. 보살은 현령에게 손짓을 하여 가까이 불러세우자,

"그대는 요즈음 부처님을 열심으로 믿고 있은즉 반드시 좋은 보응이 있을 것이오. 앞으로 더욱 불도(佛道) 수행에 힘쓰도록 하시오."

라는 말을 했다. 현령은 너무 기쁜 나머지 땅바닥에 무릎을 꿇고 합장했다.

"좋아, 좋소."

보살은 고개를 크게 끄덕인 다음 서쪽 하늘로 날아갔다.

그뒤로 현령은 방 안에 틀어박히어 부처 앞에 정좌한 채, 며칠이고 식사를 하지 않았다. 집안식구들은 여간 걱정되는 게 아니었다. 불도를 수행하는 것은 좋다 하더라도 이것은 너무 지나친다, 만약 저러다가 병이 나고 생명이 위태로워진다면……. 가족들은 걱정이 태산같았다.

"이대로 수행을 계속하시다가는 당신 몸이 견뎌내지를 못하겠습니다. 그렇게 되면 애써 하시는 수행도 수포로 돌아갈 게 아닙니까? 식사라도 제때에 하시면서 수행을 하십시오."
아내가 아무리 부탁을 해도 현령은 들은 체하지 않았다.
그 무렵, 나도사(羅道士)라고 하는 도교승(道敎僧)이 천자(天子)의 부름을 받고 가던 도중 현령네 집 가까이에 묵고 있었다. 이 도사의 기도가 아주 효험이 많다는 소문을 들은 현령의 아들이 도사를 자기 집으로 초청하고 아버지 일에 대해서 상담했다.
"알겠소이다. 이 일은 어쩌면 천호(天狐)의 소행인지도 모르겠는데 그 천호를 내쫓기만 하면 부친의 그 이상한 행동도 나을 것이외다."
"천호란 대체 어떤 것인가요?"
"장기간 수행을 쌓아서 신통력을 얻은 여우라오. 이 여우는 신통력이 있어서 보통사람은 맞설 수 없지만 내 법력(法力)으로 맞서면 당장에 퇴치할 수 있소이다."
도사는 자신만만하게 말한 다음 지필묵(紙筆墨)을 준비하라고 했다. 그리고 특수한 문자로 부적을 만들더니 그것을 이집 우물 속에 던져 넣으라고 했다.
"자아, 이제 됐소. 어서 아버지에게로 갑시다. 직접 상황을 살펴보아야겠으니……."
아들이 아버지의 방문을 열자 현령은 오랫동안 금식(禁食)을 한 터라, 겨우 숨만 할딱이면서 방바닥에 쓰러져 있었다. 도사는 나머지 부적 한 장을 잘게 찢은 다음 물과 함께 현령으로 하여금 마시게 했다.
그러자 지금까지 새파랗게 질려 있던 현령의 얼굴에 핏기가 돌면서 차츰 원기를 되찾았고 잠시 후에는 원래의 현령으로 돌아갔다.

그뿐 아니라 그토록 열심이었던 불도 수행의 건도 완전히 잊어버린 듯, 두번 다시 그 일에 대하여 말하는 일이 없었다.

그로부터 몇년 후, 현령은 벼슬을 내놓고 고향집으로 돌아갔다. 그집은 넓은 들 한복판에 있었으며 사방을 밭과 숲이 둘러싸고 있어서 아주 조용했다.

어느 날, 현령이 산책하기 위해 문을 나서자 저멀리 뽕밭길을 어떤 행렬이 지나가고 있었다. 말을 탄 종자(從者)를 10여 명이나 거느리고, 신분이 높은 듯한 사람이 지나가고 있었던 것이다. 결례하는 일이 있어서는 안되겠다고 생각한 현령은 얼른 뒤돌아가서 문안에서 행렬이 지나가기를 기다리려고 했다.

그런데 행렬은 현령의 집앞에서 멈추더니 행렬의 주인인 듯한 자가 말에서 내리자마자,

"저는 유성(劉成)이라고 하는 사람입니다. 이댁 주인어른을 뵙고 말씀드리고 싶은 것이 있습니다."

라며 집안에 들어오기를 청했다.

현령은 무슨 용건인지 감이 안잡히어 고개를 갸우뚱했다. 아무리 생각해봐도 '유성'이란 인물은 기억이 나지 않았기 때문이다. 그러나 신분이 높은 사람같아서 함부로 문전박대할 수는 없기에, 마음이 내키지는 않았지만 사랑방으로 안내했다.

주객이 좌정하자 유성은 진지한 표정으로,

"댁의 따님과 혼담이 이루어졌기에 이처럼 찾아뵙게 되었습니다."

라며 묘한 말을 했다. 현령에게는 방년 16세의 딸이 있기는 했지만 현령 자리에 있을 때는 아직 10세 정도였으므로 혼담 따위가 있었을 리 만무했다. 이 사나이가 거짓말을 함부로 한다는 것을 눈치챈 현령은 거칠게 대꾸했다.

"어서 돌아가오! 한번도 만나본 일이 없는 그대에게 딸을 줄 수는 없소이다!"
그러자 유성은 아주 자신만만하게 대꾸하며 일어섰다.
"따님을 안주시겠다면 어쩔 수 없습니다만 장차 당신의 신변에 어떤 일이 일어나든간에 그것은 모두 당신 책임입니다."
그리고 그는 오른손을 입에 갖다대는 것이었다.
그 순간 집안에 지진이 일어나면서 우물물과 변소의 오수(汚水)가 마구 뒤섞이더니 그것들이 소용돌이치면서 장롱과 탁상(卓上) 따위가 둥둥 떠다니기 시작했다.
겁에 질린 현령은 하는 수 없이 유성과 딸의 혼담을 인정했다. 그러자 지진은 멎었다. 약혼날은 다음날로 정해졌고 갖가지 예물을 유성에게 내놓았는데 유성은 만족하는 눈치였다.
그런데 약혼식이 끝난 다음에도 유성은 집에 돌아가지 아니하고 현령의 집에 그냥 눌러 있었다. 그리고 그는 이것저것 진귀한 물건들을 현령의 집 사람들에게 선물로 주었으므로, 식구들은 유성이 머무르고 있는 데 대하여 아무도 불평을 하지 않는 상태였다.
얼마 후 현령의 아들이 어떤 용건으로 도읍에 나갔다. 아들은 아무래도 유성의 일이 마음에 걸리던 터라 전에 신세를 진 일이 있는 나도사를 찾아가서 자초지종을 털어놓고 상담했다. 나도사는 무언가 짚이는 것이 있는 듯,
"그 악한 여우가 또 일을 저질렀구려. 전에는 그놈의 술수가 약했었기에, 내 힘으로 쫓아냈는데 그후 그놈은 세월이 흐르면서 더 어려운 술수를 익힌 것 같소이다. 그런즉 내 힘으로도 그놈을 쫓아내기가 쉽지 않을 것 같은걸······."
이라며 생각에 잠기는 것 같았다.
"그렇게 말씀하시지 말고, 어떻게든 좀 도와주십시오."

아들은 애타게 부탁했다. 그러자 도사도 그냥 있을 수는 없었던 듯, 천자에게 청원하여 휴가를 얻어 현령의 고향집으로 출발했다. 도사의 뒤에는 제자들이 즐비하게 따랐다.

현령네 집에 도착한 나도사는 문에서 열 발짝쯤 떨어진 곳에 흙을 쌓아 제단을 만들고, 주술(呪術) 준비를 하기 시작했다. 그러자 한 손에 단장을 든 유성이 안색을 붉히며 갑자기 나타나서,
"그대는 누구 허가를 받고 제단 따위를 만든 거야! 이곳은 내 영역(領域)이다. 어서 꺼지지 않으면 이 단장으로 두들겨 팰 거야!"
라며 호통을 쳤다. 그러나 나도사는 못들은 체하며 주술 준비를 계속할 뿐이었다.

아무리 호통을 쳐도 나도사가 상대하지 않자 유성은 하는 수 없다는 듯, 문앞의 돌계단에 앉아서 상황을 지켜보고 있었다.

이윽고 준비를 끝낸 나도사는 대(臺) 위에 앉아서 주문을 큰 소리로 외는 한편 몽둥이로 유성을 때리는 시늉을 냈다. 그러자 유성은 정말로 얻어맞기라도 한 듯이 땅바닥에 쓰러져 심히 아프다는 시늉을 내며 허리를 문지르더니 슬슬 일어섰다.

그러나 유성도 지고 있지만은 않았다. 마찬가지로 주문을 외면서 나도사를 두드리는 시늉을 냈다. 나도사도 아까 유성처럼 제단 위에 쓰러지면서 얼굴을 찡그렸다.

이번에는 나도사가 다리를 번쩍 들어 걷어차는 시늉을 했고, 유성은 주먹을 불끈 쥐고 나도사를 치는 시늉을 냈다. 그때마다 둘이는 쓰러지고 고꾸라지며 뒹구는데 무엇이 어떻게 되는 것인지 짐작조차 할 수 없어서 지켜보던 사람들은 그저 입만 벌리고 있을 뿐이었다.

그러는 사이에 나도사가 제자들을 가까이 부르더니,
"알겠느냐? 이번에 또 상대방이 나를 쓰러뜨리거든 너희는 '우

리 선생님이 당하셨다. 돌아가셨다'라고 외치면서 큰 소리로 울어대거라."
라며 귀엣말로 속삭였다.

유성은 다시 큰 소리로 주문을 외치자 손가락으로 가위바위보를 할 때의 가위 모양을 만들어, 나도사의 두 눈을 찌르는 시늉을 냈다.

"앗! 아파!"

눈을 감싼 나도사는 제단에서 굴러떨어지자 심히 괴로운 듯 몸을 뒤틀기 시작했다. 달려온 제자들은 스승이 시킨 대로,

"졌다. 우리 선생님이 졌어! 눈알이 뽑히고 돌아가셨다!"
하며 큰 소리로 울기 시작했다.

승리한 것으로 생각한 유성은 의기양양해졌다.

'어떠냐? 내 술수에는 당해낼 수 없지.'
라는 표정으로 나도사 쪽을 노려보는 유성이었다. 그 순간 죽은 시늉을 하고 있으면서 상대방의 허점(虛點)을 노리고 있던 나도사가 주문을 빨리 외면서 무엇인가를 유성에게 던지는 시늉을 했다. 방심하고 있던 유성은 머리에 손을 대사마사 ㄱ 사리에 숭크리고 주지 않았다. 그때 유성에게 다가선 도사가 다시 한번 주문을 외자,

"캭!"

소리를 지르면서 유성은 늙은 여우의 본성을 드러내고 말았다.

뒷짐 결박을 당한 늙은 여우는 큰 자루 속에 갇힌 채 말에 실려 먼 도읍으로 호송되었다.

선량한 사람들을 괴롭혀온 이 늙은 여우는 천자의 명에 따라 사형이 언도되었는데 나도사의 청원으로 다시는 나쁜 짓을 하지 않겠다는 약속을 하고 신라국(新羅國)으로 추방당했다. 지금도 이 옛 신라국의 시골에 가면 '유성'이라는 여우의 신(神)을 제사지내는 사람이 있고, 그 지방 사람들의 신앙을 모으고 있다 한다.

사람 배 속에 살고 있는 자라

 어떤 집에서 주인과 하인이, 거의 동시에 배에 응어리가 생기는 묘한 병에 걸렸다. 수많은 의원(醫員)들에게 진찰을 받았지만 어떤 의원도 고개를 가로저을 뿐이었다. 의서(醫書)에도 없는 이런 이상한 병은 치료할 수 없다며 포기하는 처지였다.
 주인보다 증세가 더 심했던 하인이 드디어 복통을 호소하며 데굴데굴 구르더니 죽고 말았다. 어느 의원도 병명조차 모르겠다는 이 병은 도대체 무슨 병이란 말인가.
 그래서 가족 중 한 사람이 관청에 신고를 하고 허가를 얻어서 죽은 하인의 배를 째고 조사해 보았다. 그러자 놀랍게도 눈이 새빨갛고 온몸이 하얀, 자라 한 마리가 슬슬 기어나오는 것이 아닌가. 그렇다면 이 자라가 그 병의 원인이었을까. 만약 그렇다면 이런 자라를 그냥 살려두었다가는 온집안 식구가 모두 그 무서운 병에 걸리지 말라는 보장이 없었다.
 가족들은 의논한 끝에 그 자라의 입을 억지로 벌리고 독약을 흘려넣었다. 그러나 자라는 끄덕도 하지 않으며 독물을 내뿜어 버렸으며 여전히 어슬렁거리며 기어가는 것이 아닌가. 가족들은 하는 수 없다며 마당 한구석에 있던 의자 다리에 자라를 묶어놓았다.
 이튿날, 집주인의 친구가 백마를 타고 문병을 왔다. 그리고 잠시 후 이 말이 소변을 보는데 그 소변 방울이 튀어 자라 몸에 닿았다. 자라는 그것이 꽤나 싫다는 듯 도망치려고 버둥거렸다. 그러나 의자 다리에 단단히 묶여 있었으므로 도망칠 수가 없었다. 자라는 목과 다리를 등딱지 속으로 우겨넣고 말았다.

이것을 보고 있던 주인은 문득 생각나는 것이 있다는 듯, 아들을 부르더니 말이 또 소변을 보거든 그것을 그릇에 받아오라고 명했다.

저녁때가 되자 항아리에 가득 말의 소변이 모아졌다. 그것을 넘겨받은 주인이 자라에게 끼얹자 자라는 괴롭다는 듯 몸을 뒤척이다가 마침내 물처럼 녹아 버렸다. 이 말 소변을 마시면 배 속에 있는 자라도 녹아 버릴 것이고, 그러면 병도 나을 것으로 생각한 주인은 항아리 속에 남은 말 소변을 모두 마셨다.

그러자 갑자기 배에서 천둥소리가 났고 지금까지 아팠던 배가 깨끗이 나았을 뿐 아니라 부었던 배가 홀쭉하게 되었다. 또 손에 잡히던 응어리도 어느 사이에 다 녹아서 깨끗하게 치유되었다.

눈속의 소인(小人)

 도읍 장안(長安)에 방동(方棟)이라는 사나이가 있었다. 갓 낳았을 때부터 머리가 좋고 재주가 많았으며 학문을 좋아하며 신동(神童)이라고 불렸다.
 그러나 예의범절 등, 세상의 규범을 지키기 싫어하는 성격이어서 매일 제멋대로 행동을 하며 인생을 즐기는 사람이기도 했다.
 어느 날 그는 교외를 산책하다가 아름답게 장식한 수레가 여성을 싣고 가는 행렬과 만났다. 수레 뒤쪽에는 비단옷으로 차려입은 시녀들이 말을 타고 따랐다. 그리고 수레 주변에는 조랑말을 탄 귀여운 하녀들이 따르고 있었다.
 '저 수레 속에 어떤 여성이 타고 있는지 꼭 확인해 보리라.'
 장난기가 발동한 방동은 일부러 수레 가까이까지 다가가서 휘장을 살짝 들어올리고 수레 속을 살폈는데, 그는 자기도 모르는 사이에,
 "우와!"
하고 소리를 질렀다. 그도 그럴 것이 수레 안에 앉아 있는 사람은 평소에 들어왔던 선녀(仙女), 바로 그 사람이었던 것이다. 그 여성의 위엄에 눌린 방동은 그답지 않게 머리를 숙이고 말았다. 그러나 남이 따르지 못하는 장난기가 발동한 방동이 그냥 잠자코 돌아설 리 만무하다.

어디에 사는 여성이며 무엇을 하는 사람인지 알아봐야겠다며 그는 종종걸음으로 수레 뒤를 뒤쫓았다. 얼마나 따라갔을까. 수레 안에 있는 사람이 조랑말을 타고 따르는 하녀를 부르더니,

"수레의 휘장을 단단히 내리고 붙들어매라. 아까부터 이상한 사나이가 뒤를 따르고 있어!"

라고 명했다.

하녀는 휘장을 확인한 다음 방동을 노려보면서 화를 냈다.

"이 수레 안에 타신 분은 아주 신분이 높으신 댁의 아씨이시오. 당신은 어쩌자고 그런 무례를 범하시는 겁니까? 어서 썩 물러가시오!"

그리고 수레바퀴에 붙어 있는 흙덩어리를 떼자 방동에게 던졌다. 흙덩어리는 운이 나쁘게도 방동의 두 눈속으로 들어갔고 눈이 욱신욱신 아파왔다. 배짱좋기로 유명한 방동도 비명을 지르며 그 자리에 웅크리고 앉았다.

잠시 후 눈을 살며시 떠보았지만 사람도 수레도 어디로 갔는지 선혀 눈에 띄시 아니했다.

아픈 눈을 누르면서 가까스로 집에 돌아오기는 했지만 통증은 점점 더했고 마침내는 아무것도 볼 수 없게 되었다. 통증이 너무 심했으므로 방동은 아내에게 눈꺼풀을 까고 들여다보라고 했던바 눈동자에 작은 별 같은 것이 있었고 그곳이 제일 아프다는 것을 알았다.

날이 감에 따라 통증은 점점 더 심했다. 그 별처럼 생긴 것이 눈을 자극했으므로 계속해서 눈물이 쏟아지는 비참한 상태였다.

이 의원(醫員) 저 의원 다 불러보았고, 이런 약 저런 약을 모두 써보았지만 효과가 없었고, 별처럼 생긴 것은 날로 더 커져갈 뿐이었다. 특히 오른쪽 눈동자에 난 것은 아주 심해서 마치 우렁이 껍질이 눈에 매달린 것과 같았다.

'이처럼 눈을 못쓰게 된 것은 평소 시건방지게 내 멋대로 살아온 보응인지도 모르겠어. 죄를 참회하고, 사과할 사람에게는 진심으로 사과를 해야지…….'

라고 생각한 방동은 《광명경(光明經)》을 사다가 남을 시켜 읽어 달라 했고, 그것을 외워가지고 아침저녁으로 암송했다. 그런 생활을 얼마동안 해나가는 사이에 어느 정도 마음이 안정되더니 1년쯤 지나자 지난날의 방동이라고는 생각할 수 없는 사람이 되었고, 모든 사람들로부터 존경받게 되었다.

그리고 어느 날, 방동의 오른쪽 눈속에서 파리가 날개를 치는 것과 같은 미세한 소리가 들려왔다. 무슨 소리인가 하여 귀를 곤두세우고 듣자 그것은 인간의 말과 똑같은 말소리였다.

"아이 어두워라. 이렇게 어두워서야……원, 견딜 수가 있나."

그러자 이번에는 왼쪽 눈속에서 대답하는 것이었다.

"글쎄 말야. 이렇게 꼼짝않고 있자니 답답해서……원. 잠깐이라도 밖에 놀러나가도 괜찮을 텐데……."

그때 갑자기 콧구멍 속이 간질간질하더니 벌레와 같은 것이 눈속에서 밖으로 나오는 것 같았다. 이윽고 또 콧구멍이 간질거리더니 아까와 똑같은 말소리가 들려왔다.

"얼마동안 나오지 않은 동안에 많이 변했군. 아까워라. 그 멋진 난(蘭)도 말라 버리지 않았나?"

방동은 난을 아주 좋아하여 진귀한 품종을 수집해다가 신중하게 길러 왔었는데 병이 든 후로는 그 난들을 돌볼 수가 없었다. 그래서 그대로 방치해 두었던 것이다. 그런데 방금 난 이야기를 들은지라 깜짝 놀라며 아내를 불러,

"여보! 그 진귀한 난을 어쩌자고 모두 말려 버린 거야!"

라며 화를 냈다.

"그러고 보니 4, 5일 전부터 난들이 시들시들해졌더라구요. 그런데 앞도 못보는 당신이 어떻게 그것을 아셨나요?"

아내는 이상하다는 듯 반문했다.

방동은 방금 눈속에서 지껄이는 말을 들었노라고 말했지만 아내는 웃기만 할 뿐 믿으려고 하지 않았다. 그러나 남편이 너무 자신있게 말하자 아내는 뜰에 나가서 난을 확인해 보았다. 그 진귀한 종류의 난들은 시들어서 잎이 노랗게 떠있었다.

'이상하기도 하여라. 신기하기도 하고……'

아내는 남편의 말을 반신반의하면서 방안에 들어와 방구석에 몸을 숨기고 상황을 지켜보았다. 그러자 잠시 후 남편의 콧구멍 속에서 소인(小人) 두 명이 나오는 것이었다. 겨우 콩알만 한 크기의 사람이었다.

그후 소인은 어깨를 나란히 하고 어디론가 가 버렸는데 잠시 후 되돌아와서 방동의 얼굴로 뛰어오르더니 마치 벌이 벌집으로 들어가듯 콧구멍 속으로 다시 들어갔다.

그리고 2, 3일 후, 또 왼쪽 눈에서 이야깃소리가 들려왔다.

"구멍이 이렇게 좁아가지고서야 원, 출입하기가 부자유스러워서 견딜 수 있나. 우리가 출입구를 좀더 넓히도록 하자구."

"안돼. 내가 있는 쪽의 벽은 아주 두껍다구. 그렇게 간단히 넓힐 수 없을걸."

오른쪽 눈에서 하는 대답이다.

"그렇다면 이쪽에서 파보도록 하지. 우리 둘이서 함께 출입할 수 있는 넓이는 돼야겠는데……"

오른쪽 눈이 그렇게 말하는가 했더니 돌연 눈동자가 쥐어뜯듯이 아팠다. 방동은 손으로 누르며 그 자리에서 뒹굴었다. 그러는 사이에 통증이 조금씩 가라앉았으므로 손을 살며시 떼보니, 지금까지는

눈속의 소인(小人) 111

보이지 않았던 책상 위의 물체가 분명하게 보였다. 그는 큰 소리로 아내를 불러 자기 눈속을 살펴보라고 했다. 아내는 방동의 눈 흰자 위에 작은 자갈만 한 구멍이 나있다고 했다.

　다음날이 되자 방동의 오른쪽 눈은 시력을 잃고 있었다. 그 별과 같은 것이 없어졌고 오른쪽 눈속의 눈동자가 두 개로 갈라져 있었다. 그러나 왼쪽 눈에 매달려 있던 우렁이 껍질과 같았던 것은 그대로 있었다. 곰곰이 생각해 보니 오른쪽 눈속에 있던 소인이 왼쪽 눈속으로 가서 함께 살고 있는 것 같았다.

　이렇게 해서 방동은 애꾸눈이 되었는데 왼쪽 눈은 두 눈을 가진 사람보다 사물을 더 잘 볼 수 있었다고 한다.

선인(仙人)이었던 병사(兵士)

어떤 주(州)의 주둔군 사령관의 조카에 자위(子威)라는 청년이 있었다. 자위는 조용한 성격으로 학문을 좋아하여 손에서 책을 놓는 일이 없을 정도의 독서가(讀書家)였다.

이 자위가 흥미를 가지고 조사·연구한 분야는 어떻게 하면 선인(仙人)이 될 수 있느냐는 것이었다.

사령관의 부하 병사 중 정약(丁約)이란 사나이가 있었다. 궂은날 마른날을 가리지 않고 일을 하는 아주 고지식한 사람으로서 자위의 마음에 들어 지위는 이 사나이의 뒤를 보살펴 주었다.

그런데 어느 날 정약은 근심어린 표정으로 자위에게 와서,

"이곳 일을 그만두고 다른 곳에 가고 싶습니다만……."

이라고 말하는 것이었다.

"다른 곳으로 간다 해도 자네의 적(籍)은 이 주(州)의 군대에 속해 있게 마련이야. 군에 들어온 자는 기한이 차기까지는 자기 멋대로 행동할 수 없다는 것 정도는 알고 있을 텐데……."

라며 만류했으나 정약은 납득하지 아니했다.

"저는 이곳에서 떠나려고 이미 마음으로 결정을 했습니다. 누가 뭐래도 이것만은 실행에 옮기겠습니다. 제가 이곳에 온 후 2년 동안 나리의 보살피심을 받은 그 은혜는 결코 잊지 않겠습니다. 실

은 지금까지 말한 적이 없습니다만 저는 선인(仙人)이랍니다. 그런데 복잡한 사연이 있어서 아직 인간계와 완전히 인연을 끊지 못하고 있는 것이지요. 그래서 이 주(州)의 병사로 근무하고 있었던 것입니다. 여기 환약 한 알이 있는데 이것을 나리께 드리고 싶습니다. 이것을 먹으면 병에 걸리지 않게 되고 언제까지나 나이를 먹지 않으며 장수할 수 있게 됩니다."

정약은 겉옷을 벗고 허리띠 속에서 주머니를 꺼내더니 좁쌀만 한 환약을 내밀었다.

"나리는 선인이 되기 위한 학문을 닦으시고, 남이 안보는 데서도 자신의 행동을 근신하시니, 언젠가는 인간계를 빠져나가서 선인의 무리에 합류하실 것임에 틀림없습니다. 그러나 그것은 바로 되는 것이 아니라 이진(二塵)이 지난 후의 일일 것입니다."

"이진이라니? 그것은 무슨 뜻인가?"

"유교(儒敎)에서는 세(世)라 하고 불교에서는 겁(劫)이라고 하는 것과 마찬가지로 선인계에서 오랜 시간을 가리키는 말입니다."

"……"

"앞으로 50년 후에 나리를 도울 가까운 곳에서 만나뵙게 될 것입니다. 그때 저를 보시고 이상하다는 생각은 마십시오."

이렇게 말한 정약은 방에서 나가 버렸다. 자위는 얼른 그 뒤를 따라나갔지만 정약의 모습은 어디에도 없었다. 자위는 그가 한 말이 마음에 걸려 이곳저곳을 찾아보도록 시켰으나 아무런 단서도 잡지 못했다.

그후 자위는 과거에 급제하여 여러 현(縣)의 현령(縣令)을 지내는 사이에 어느덧 70세의 나이가 되었는데 머리는 이제 백발이 되어 있었다. 그러나 그의 몸은 젊었을 때와 조금도 다르지 않았고 병에 걸린 적도 전혀 없었다.

어느 날, 여행을 갔던 자위는 도읍에 돌아오는 도중 온천이 솟는 산기슭의 여인숙에 묵었다. 별안간 밖이 시끄러워졌으므로 여인숙 주인에게 물으니, 나라에 모반을 일으킨 장군의 부하들이 붙잡히어 도읍으로 호송중인데 마침 이곳을 지나가는 중이라는 대답이었다.

어떤 자들이며 어떤 모습일까 궁금하여 밖에 나가 보니 손발이 묶이고 목에는 칼이 씌워진 죄수들이 삼엄한 경비병들에게 에워싸여 저쪽에서 오고 있었다.

문득 보니 그토록 찾았던 정약이 옛날과 조금도 변하지 않은 모습으로 끌려오는 것이 아닌가. 꿈이 아닐까하여 뺨을 꼬집어 보았으나 틀림없는 정약이었다.

정약 쪽에서도 금방 자위를 발견하고 낮은 목소리로 말을 걸어왔다.
"옛날 헤어지던 때의 일을 기억하고 계십니까? 그로부터 벌써 50년이 흘렀습니다. 수고스러우시겠지만 다음 숙소까지 저를 호송해 주십시오."

자위는 그저 고개를 끄덕일 뿐 말문이 열리지 않았다.

얼마 후 일행은 다음 숙수에 두착했다. 이곳에서 죄수들은 대오를 풀고 각각 할당된 오두막에 갇혀 있게 되었다. 그리고 단 한 개 나 있는 조그만 창문으로 물과 먹을 것을 공급받고 있었다.

자위가 들여다보니 정약은 아주 간단히 자기 목에서 큰칼을 풀고 그 위에 거적을 덮어씌운 다음, 자기는 조그마한 창문을 통해 밖으로 나왔고 자위를 안내하여 가까이에 있는 주막 2층으로 올라갔다.

"오랫동안 소식을 전해 드리지 못했습니다. 여전히 건강하십니다만 이렇게 가까이에서 뵈니 연세가 높으신 티가 나는군요."

자위의 손을 잡고 그는 한탄했다. 자위는 그런 것보다 왜 정약이 죄수가 되었는지 궁금하기 짝없었는데 영 감이 잡히지 않았다.

"그대는 전에 선인(仙人)이라고 말했었소. 선인이라면 자기 자신의 장래를 꿰뚫어볼 수 있을 게 아니오. 어찌하여 모반하는 자들과 한패가 되어 이처럼 붙잡히는 몸이 되는…… 그런 어리석은 짓을 했단 말이오?"
"전에 헤어질 때 말씀드렸을 것입니다. 50년이 지나 만나게 될 때 저를 보시고 놀라지 마시라고요. 그 건에 대해서는 너무 상세하게 묻지 말아 주십시오."
정약은 그 이유를 설명하기 싫어하는 눈치였다.
"그럼 끝내 사형을 당하게 되는 거요?"
자위의 의문은 점점 더해갈 뿐이었다.
"이 세상에서 벗어나 완전히 선인계(仙人界)에 들어가려면 시해(尸解)·병해(兵害)·수해(水害)·화해(火解) 등 네 가지 방법이 있습니다. 시해는 죽은 것처럼 보이고 모습을 없애는 방법이고, 병해는 이쪽에서 자진하여 죽음을 당하고 죽은 것으로 보이는 방법이지요. 수해·화해는 물에 빠지거나 불에 탄 것으로 보이고 모습을 없애는 방법이구요. 옛날부터 우리 동료들은 이런 방법들을 사용하여 이 세상에서 빠져나갔던 것입니다. 나는 지금 도망치려고 마음만 먹으면 아무 때라도 도망칠 수 있는데 병해를 받을 생각으로 이렇게 죄수들 틈에 섞여 있는 것이랍니다."
여기까지 이야기하자 정약은 더이상 말하기 싫어했다. 그러더니 단지 사형집행하기 전에 붓 한 자루만 있었으면 좋겠다고 말했다. 자위가 책을 담은 전대 속에서 붓을 꺼내어 건네주자 정약은 고맙다며 그것을 받았다.
"내일 아침 형장(刑場)으로 그대가 선인계에 올라가는 것을 구경하러 가겠소."
자위가 말하자 정약은 고개를 가로저었다.
"아닙니다. 내일은 안됩니다. 오늘 저녁때부터 큰비가 내릴 것이며, 그 때문에 사형집행은 중지됩니다. 비는 이틀 동안 계속해서 내리는데 그 다음에는 조정 안에 사소한 사고가 일어나서 사형집행은 또 연기될 것이고 19일이 되어서야 결행됩니다. 그날 작별하러 와주십시오."

말을 마친 정약은 죄수들의 오두막으로 돌아갔고, 큰칼을 스스로 목에 쓴 다음 자리에 누웠다. 자위도 안심하고 여인숙으로 돌아가서 온천에 몸을 담그고 푹 쉬었다.

과연 밤중에 큰비가 내리기 시작하더니 새벽녘에는 무릎에까지 물이 차오르는 홍수가 지고 말았다. 조정에서는 명령을 내리어 사형집행일을 연기한다고 포고(布告)했다.

이틀 후에 비는 멎었는데 이번에는 황족(皇族)의 아내가 급사하는 사건이 일어났다. 그래서 3일간 모든 관소(官所)가 휴무했기 때문에 19일이 되어서야, 정약이 예언한 대로 사형을 집행하게 되었다.

그날, 자위는 아침 일찍부터 형장에 나아가 제일 잘 보이는 장소에 자리를 잡았다.

한낮이 가까워지자 죄수들이 끌려나왔다. 구경꾼들이 어찌나 많은지 죄수와 얼굴을 마주 대해도 이야기할 수 없는 상태였다. 정약은 재빠르게 자위를 발견하자 눈인사를 하면서 미소지었다.

드디어 정약이 사형당할 순서가 되었다. 그런데 정약은 다른 죄수들처럼 울부짖거나 살려달라고 애원하지 않았다. 평상시와 다름없는 표정으로 사형대 위에 올라갔고 태연하게 구경꾼들을 둘러보았다. 사형집행관의 고함소리와 동시에 도끼로 내려쳤고 정약의 목이 떨어졌는데, 자위의 눈에는 붓 한 자루가 두 동강나는 것밖에 보이지 않았다.

누군가가 어깨를 툭 쳤다. 자위가 돌아보니 조금 전에 목이 잘린

선인(仙人)이었던 병사(兵士)

정약이 아무 일도 없었다는 듯 웃으면서 서있었다. 자위는 가슴을 쓸어내렸다. 두 사람은 어깨를 나란히 하고, 며칠 전에 갔었던 주막 2층에 올라가 서로 무사함을 축하하며 편안하게 술을 마셨다.

잠시 후 정약은,

"나는 이제 발길 가는 대로, 마음 쏠리는 대로 이곳저곳을 돌아다닐 생각입니다. 나리께서는 앞으로 선술(仙術) 수행에 전념해 주십시오. 어쩌면 앞으로 이진(二塵)쯤 지난 다음에는 선인들이 사는 곤륜산(崑崙山) 석실(石室)에서 만나게 될지도 모릅니다."

라며 웃었다.

"아아, 오래간만에 기분좋게 취했습니다. 그럼 이 정도 취했을 때 헤어지기로 할까요."

두 사람은 일어섰다. 정약은 노래를 중얼거리며 서쪽으로 향해 걸어갔는데 모퉁이를 돌아선 다음에는 감쪽같이 사라져 버렸다.

기이한 이야기 두 편

1. 병풍 속의 여인

당나라 때의 진사인 조안(趙顔)은 어느 화공에게서 천에 그린 병풍을 샀다. 그 병풍에는 아주 예쁜 여인이 그려져 있었다.

조안은 화공에게,

"세상에는 이런 여인이 없소. 어떡하면 생명을 불어넣을 수 있겠소. 생명만 불어넣을 수 있다면 나는 이 여인을 아내로 맞아들이리다."

라고 말했다. 그러자 화공은 이렇게 대답했다.

"나는 신(神)의 화공이오. 그림 속의 이 여인에게도 이름이 있소이다. 진진(眞眞)이란 이름이지요. 그 이름을 백일 동안 낮이고 밤이고 계속해서 부르면 반드시 응답이 있을 것이오. 이 여인이 응답을 하거든 백가채회주(百家彩灰酒 : 각 집에서 모아온 견직물을 태워서 재로 만든 다음 그 재를 넣고 빚은 술?)를 뿌리시오. 그러면 반드시 살아날 것이외다."

조안은 화공의 말대로 백일 동안 그 이름을 밤낮으로 불러댔다. 그러자 응답이 있었다.

"예!"

조안은 얼른 백가채회주를 뿌렸고 그 여인은 마침내 살아났다.

병풍에서 나온 여인은 걸음을 걸었고 이야기를 했으며 웃기도 했다. 음식을 먹고 물을 마시는 것도 보통사람과 조금도 다를 게 없었다.

"불러주시어 고맙습니다. 곁에 있으면서 수발을 들어드리겠습니다."

1년이 지나자 아들이 태어났다. 그 아이가 두 살이 되었을 때, 친구가 충고했다.

"그 여인은 요괴일세. 틀림없이 자네를 해코지할 것이야. 나에게 신검(神劍)이 있네. 그것으로 쳐죽이게."

그날 저녁때, 친구는 조안에게 검을 건네주었다.

검을 든 조안이 방으로 들어가자 그의 아내 진진은 눈물을 흘리면서 말했다.

"나는 남악(南岳 : 五岳의 하나. 衡山)의 지선(地仙)입니다. 당찮게도 어떤 사람이 내 모습을 그렸고, 또 당신이 내 이름을 부르기에 당신의 소원을 뿌리칠 수 없었던 것입니다. 그런데 당신은 이제 나를 의심하니 견딜 수가 없군요."

말을 끝내자마자 그 아들을 데리고 병풍으로 들어가더니 지난번에 마셨던 백가채회주를 토해내는 것이었다.

병풍을 자세히 살펴보니 아이가 한 명 더 그려져 있을 뿐, 모든 것이 그전의 병풍 그림과 똑같았다.

2. 아내의 꿈 이야기

측천무후(則天武后) 때 유유구(劉幽求)는 조읍(朝邑)의 승(丞)으로 있었다.

어느 날, 그는 임무를 띠고 외출했다가 밤이 되어서야 귀가길에 올랐다. 집까지 가려면 아직도 10여 리쯤 되는 곳에 불교 사원이 있었고 그 옆으로 길이 나있었다.

그때 절안에서 시끌벅적하게 웃으며 떠드는 소리가 들려왔다. 절터에는 낮은 담이 둘러쳐져 있는데 그나마도 무너져서 절안의 상황을 빠짐없이 들여다볼 수 있었다.

유유구가 고개를 디밀고 살펴보니 10여 명의 남녀가 뒤섞여 앉아서 요리상을 가운데 두고 회식을 하고 있었다. 그런데 그의 아내도 그 자리에 있으면서 담소를 하고 있는 게 아닌가.

그것을 본 유유구는 아연실색했는데 아무리 생각해도 까닭을 알 수 없었다.

그는 그곳에 잠시 서있었는데 아내가 저런 짓을 한다는 것이 심히 괘씸했다. 그러니 그대로 돌아설 수가 없었다. 유유구는 아내의 표정과 담소하는 모습을 유심히 관찰했는데 평소 때와 다를 바가 없었다.

그는 가까이 다가가서 살피려고 했는데 절 문이 굳게 닫혀 있어서 들어갈 수가 없었다. 그래서 기왓장을 집어던지자, 큰 술항아리와 물을 담아두는 그릇에 명중했고, 그릇들은 산산조각이 났으며, 사람들도 흩어져 가버렸다.

유유구는 담을 뛰어넘어 절안에 들어갔고 그의 종자들과 함께 절안을 살펴보았지만 본당에도 복도에도 인기척이라고는 없었다. 절은 평소와 같이 폐쇄된 채로 있었다.

유유구는 점점 더 이상했으나 말을 달리어 집으로 돌아왔.

집에 와보니 아내는 잠을 자고 있었다. 남편 유유구가 도착한 것을 알아챈 아내는 잠자리에서 일어나 인사를 했다. 그리고 웃는 얼굴로 말했다.

"좀전에 꿈을 꾸었는데 수십 명의 사람들과 어느 절에 있었습니다. 그들은 하나같이 모르는 사람들이었습니다. 그들과 함께 본당

앞뜰에서 회식을 했지요. 그런데 누군가가 밖에서 기왓장과 돌멩이를 집어던지지 뭡니까. 그릇들과 접시가 모두 깨졌습니다. 그럴 때 꿈이 깼고요."

유유구도 자신이 방금 보았던 일을 자세히 얘기했다.

아내가 꿈속에서 나오고, 유유구가 아내를 현실세계에서 만나 본 것이다.

제비나라의 모험

당나라의 왕사(王榭)는 금릉(金陵) 사람이다. 그의 집은 큰 부호였으며 대대로 항해(航海)를 가업으로 삼아왔다.

어느 날, 왕사는 큰 배를 준비하고 대식국(大食國 : 아랍 제국)에 가려고 했다.

한 달 남짓 항해를 계속하다가 폭풍을 만났다. 시커먼 구름이 하늘을 뒤덮고 산더미 같은 파도가 높이 치솟았다. 헤아릴 수 없는 고래와 큰거북 따위가 출몰했고 각종 물고기와 용이 보이는데 그들은 파도를 더욱 기세게 휘몰아쳤다.

바람은 더욱 세차게 불어오는데 큰 파도가 몰려오면 사람은 구천(九天)에 올라가는 것만 같고, 그 파도가 빠져나가면 배가 바다 바닥에 곤두박질하는 것만 같았다. 선원들은 모두 일어섰다가는 넘어지고 넘어졌다가는 다시 일어나려다가 바다속에 풍덩 빠졌다.

얼마 후 배는 크게 파괴되었다. 그리고 왕사만 혼자 살아남아서 널빤지를 붙잡고 풍파에 떠밀리어 가고 있었다. 눈을 떠보니 어괴(魚怪)가 왼쪽에 나타났고, 해수(海獸)가 오른쪽에 떠올라와 눈을 부라리며 입을 크게 벌렸다. 왕사를 집어삼키려는 것이다. 왕사는 눈을 감고 죽음을 기다리는 수밖에 없었다.

3일 만에 왕사는 어느 개펄에 당도했다. 그는 널빤지를 버리고 상륙했다. 한 백 보쯤 걸어가자 노인과 노파가 눈에 띄었다. 두 사람 모두 검은 옷을 입었는데 나이는 70세 남짓 되어 보였다.

왕사를 보자 그들은 기쁘다는 듯 이렇게 말했다.

"아니, 우리 주인의 아드님이 아니십니까? 어떻게 하다가 그런 몰골이 되셨습니까?"

왕사는 그동안 겪은 이야기를 했다. 그들은 자기 집으로 왕사를 안내했다.

자리에 앉자마자 노인 부부는,

"주인나리께서는 그 먼곳에서 오셨으니 틀림없이 시장하실 겁니다."

라며 식사를 내왔다. 요리는 하나같이 해산물이었다.

한 달 남짓 지나자 왕사는 건강을 완전히 회복했고 식사도 이전처럼 할 수 있게 되었다.

노인이 말했다.

"우리나라에 온 사람은 반드시 국왕을 알현하지 않으면 안됩니다. 서방님께서는 지금까지 몹시 지쳐 있었기 때문에 국왕을 알현하지 못했던 것입니다. 이제 알현하실 수 있으시겠지요?"

왕사는 승낙했다.

노인은 왕사를 안내하면서 30리쯤 갔다. 시장과 상점, 민가를 지났는데 굉장히 번영된 거리였다. 그리고 긴 다리를 지나자 궁궐과 누각이 보였다. 끊임없이 이어진 그 궁궐들은 왕공(王公)과 귀족들의 저택 같았다.

대전 문앞에 도착하니 문지기가 안에 들어가서 보고했다. 얼마 후 웬 여인이 나왔다. 아주 예쁜 옷을 입은 여인이었다. 그녀는 국왕의 명령을 전했다.

"들어옵시라 합니다."

왕은 대전에 앉아 있었는데 그 좌우에는 여인들이 서있었다. 왕은 검은 도포를 입었고, 검은 관을 쓰고 있었다. 왕사는 정전 계단으로 다가갔다.

왕이 말했다.

"그대는 멀리 북쪽에서 바다를 건너온 사람이므로 예의상 위아래의 관계가 없으므로 큰절을 할 필요는 없소."

왕사가 아뢰었다.

"귀국에 온 이상 큰절을 하지 않을 수 있겠습니까."

그리고 큰절을 하자 왕은 허리를 굽히어 답례를 했다. 왕은 기뻐하며 왕사를 전(殿) 위로 올라오게 했고 자리를 정하여 앉혔다.

"우리나라는 작고 또 거리가 멀리 떨어져 있거늘 그대는 어쩐 이유로 오시게 되었습니까?"

왕사는 폭풍을 만나 파선했기 때문에 여기까지 왔으니 왕께서 자비를 베풀어 달라며 간청했다.

"귀하는 어디서 묵고 계시오?"

왕사가 대답했다.

"현재 저를 구해 주신 노인댁에서 묵고 있습니다."

왕은 당장 그 노인을 불러오도록 했다. 노인이 들어와서 아뢰었다.

"이분은 제가 태어난 고향집 주인이십니다. 조금도 부자유스럽지 않도록 보살피고 있습니다."

왕이 말했다.

"필요한 것이 있으면 무엇이든지 아뢰도록 하오."

"예."

노인은 왕사를 안내하여 궁궐에서 나온 다음, 다시 자기 집에 가서 묵도록 했다.

이 노인에게는 굉장히 예쁜 딸이 있었다. 이따금 차라든가 과자를 가지고 오곤 했는데, 발과 창문으로 훔쳐보기도 했고 곁눈질로 보기도 하는 등 왕사를 피하지 아니했다.

노인은 어느 날, 왕사를 불러놓고 술을 들었다. 왕사는 몇잔 술을 든 다음 노인에게 이런 애기를 했다.

"저는 타향에 흘러와서 지금은 할아버지 할머니를 의지하고 살아가게 되었습니다. 객지 생활을 하면서도 집에 있는 것과 다름없는 생활을 하고 있으니 모두가 깊은 은혜를 베풀어 주시기 때문입니다. 그러면서도 이처럼 홀로 고향을 떠나 있으면 잠도 제대로 잘 수가 없고 먹어도 잘 넘어가지 아니하여 마음이 불안할 뿐입니다. 병이 들어 눕게 되었다가는 할아버지 속을 더 썩여드리지 않을까 하여 심히 걱정스럽습니다."

노인이 말했다.

"그렇잖아도 내가 그 애기를 할까 하던 참이었습니다. 실은 경솔히 애기했다가 실례가 될지 몰라서 심히 망설였던 것입니다. 저어, 우리에게는 딸이 하나 있는데 나이는 17세입니다. 그 딸아이도 서방님댁에서 태어난 아이이지요. 딸아이와 인연을 맺게 해드리어 객고를 다소나마 풀어드릴까 하는데 생각이 어떠신지요?"

왕사가 대답했다.

"아주 좋지요."

그래서 노인은 길일을 잡고 혼례 준비를 했다. 국왕도 술과 각종 안주 및 축의품 등을 보냈다. 두 사람의 혼례는 아주 성대히 치르어졌다.

부부가 된 다음 왕사가 자기 아내를 꼼꼼히 뜯어보니 예쁜 두 눈, 하늘거리는 허리, 살구 모양의 얼굴, 새카만 눈썹, 거기에다가 가벼운 몸은 당장에라도 날아오를 것 같았고 매혹적인 자태는 표정도

풍부했다.

왕사가 그 나라이름을 묻자 그녀는,

"오의국(烏衣國)입니다."

라고 대답했다.

왕사가 또 물었다.

"장인께서는 언제나 나를 주인댁 서방님이라고 부르셨는데 나로서는 그 이유를 알 수가 없구려. 우리집에서는 그런 분을 고용했던 적이 없었소. 왜 나를 주인댁 서방님이라고 부르는 거요?"

아내가 대답했다.

"살아가시다 보면 자연히 알게 되실 겁니다."

그후 식사를 하는 자리에서, 또는 잠자리에서, 아내는 눈물로 얼굴을 적시며 왕사에게 기대어 미간을 찌푸리는 일이 종종 있었다. 왕사가,

"왜 이러는 거요?"

라고 묻자 그녀는,

"머지않아 헤어지게 될 것이 섭섭해서 그럽니다."

라고 말했다. 왕사가,

"나는 부평초와 같은 신세인데 당신을 얻어 안정된 생활을 하다보니 돌아갈 생각조차 잊었소. 당신은 어찌하여 이별 이야기를 하는 게요?"

라고 물었다. 그러자 아내는,

"저세상에서 정해놓은 일이랍니다. 인간의 힘으로는 어쩔 수가 없지요."

라고 대답하는 것이었다.

왕은 왕사를 불러내어 보묵전(寶墨殿)에서 연회를 베풀었다. 잔칫상에 놓여진 기구나 식기 등은 모두 검은색이었으며 정자에서 연

주하는 악기도 그러했다.

술잔이 몇순배 돌자 음악 연주가 시작되었다. 그 곡들은 대단히 맑고 화려했는데 곡명(曲名)은 알 수 없었다.

왕은 검은색 술잔을 들고 술을 권하면서 왕사에게 말했다.

"우리나라에 왔던 사람은 고금을 통하여 두 사람밖에 없습니다. 한조(漢朝)의 매성(梅成)과 이번에 온 그대뿐입니다. 시 한 편만 지어주기 바랍니다. 그것을 전하여 후일 아름다운 이야기로 남기고 싶습니다."

그리고 시전(詩箋)을 내주었다. 왕사는 시를 한 수 지었다.

조상 대대로 항해 가업으로
만리, 해산(海山) 넘는 여행에 익숙했었지만
금년 운세는 아주 나빠서
도중 우연히도 이 재난을 당했네
광풍은 적군을 추적하듯 맹렬하여
음운(陰雲)이 먹처럼 검게 드리우네
어룡(魚龍)이 일으키는 파도가 얼굴에 부딪치고
배는 가라앉고, 전원 모두 어룡 배 속에 장사지냈네
불이 하늘에 연이었고 번개가 번쩍이는데
파도가 하늘과 맞부딪치는 것 같도다
고래 눈이 내뿜는 빛에 바다는 반쯤 빨개지고
큰거북 머리에 파도가 일어 하늘까지 흰색 일색이네
돛대가 넘어지면서 부러지고 바다밑이 뚫린 것 같다
굉음은 우레처럼 넘쳐 찢어지고
하느님의 도움마저 물속에 가라앉네
널빤지에 기대어 이 바닷가로 떠밀려왔다

은혜는 무겁고 잔치는 계속 열리지만
　　어쩔 수 없는 나그네몸은 괴롭고 슬프다
　　머리를 들어 고향 바라보니 눈물만 쏟아지고
　　이 몸에 날개 없는 것을 한탄할 뿐일세.

왕은 이 시를 읽고 기뻐했다.
"그대의 시는 정말로 훌륭합니다. 고향집을 그리워하며 너무 괴로워 마십시오. 곧 돌아가게 해주겠습니다. 날개는 달아줄 수 없지만 안개를 태워서 보내줄 것입니다."
연회가 끝난 다음 각자 시를 지었다. 아내가 그 시에 대해서 이렇게 말했다.
"말구(末句)는 왜 비웃는 구절로 지으셨나요?"
그러나 왕사는 그것을 알지 못했다.
잠시 후 바다에는 바람이 자고 햇살이 따뜻하게 비쳤다. 아내는 울면서,
"당신 떠나실 날이 정해졌습니다."
라고 말했다.
왕이 사람을 보내어 왕사에게 말을 전했다.
"그대는 모일(某日) 돌아가게 되었습니다. 집사람에게 작별인사를 하십시오."
아내는 술상을 준비했는데 비탄한 나머지 눈물이 비오듯 쏟아져 말도 하지 못한 채 비에 젖은 꽃처럼, 이슬맞은 버드나무 어린 가지처럼 허우적거렸다. 그녀의 얼굴에서는 색향마저 사라져 버렸다.
왕사도 슬퍼서 마음이 흔들렸다. 아내는 이별의 시를 지었다.

　　일찍부터 만날 기회 적은 것만 걱정했지만

옛부터 애정은 결국 그런 것입니다
오늘밤은 홀로 잘 수밖에 없는 섭섭함에
몽혼은 북풍을 따라 날아갈 것입니다.

그리고 이렇게 덧붙이는 것이었다.
"저는 이제 북쪽으로 갈 수 없습니다. 제 얼굴이 지금 이 얼굴이 아닌 것을 보면 미워하시겠지요. 귀엽게 봐줄 마음의 여유가 없을 것입니다. 저도 당신을 보면 질투심이 입니다. 두번 다시 북쪽으로 가지는 못합니다. 저는 고향에서 이대로 늙어 죽으렵니다. 기다리지 마세요. 여기 있는 것은 모두 가져가서는 안됩니다. 아까워서 그러는 것은 아닙니다."
그리고 환령단(丸靈丹)을 가져오게 하더니 말했다.
"이 단(丹)은 사람의 영혼을 다시 부를 수 있습니다. 죽은 지 한 달 미만이라면 부활시킬 수가 있답니다. 그 방법은 거울 한쪽 면을 죽은 사람의 가슴에 놓고, 단(丹)을 목에 놓고, 동남쪽 방향으로 향한 쑥대를 기둥으로 하여 뜸을 뜨면 그 즉시 다시 살아납니다. 이 단(丹)은 해신(海神)이 비장하고 있었던 것입니다. 곤륜의 옥상자에 넣으면 바다를 넘어 가지고 갈 수 있을 것입니다."
마침 옥상자가 있었으므로 단을 그 옥상자에 담아가지고 왕사의 왼쪽 팔에 잡아맨 다음 오장육부가 녹아내리듯 통곡하고 이별했다.
왕은,
"우리나라에는 선물로 줄만한 물건이 없습니다."
라며 시전(詩箋)을 꺼냈다. 왕이 쓴 시는 다음과 같은 것이었다.

일찍이 배를 타고 남해를 항해하다가
표류하여 우리나라의 손님이 되었는데

앞으로는 다시 만날 기회가 없겠지요
저 먼 망망대해와 하늘로 막혀 있으니.

왕사는 왕에게 작별인사를 하고 감사의 말을 곁들였다. 왕은 신하에게 명하여 비운헌(飛雲軒 : 운헌은 전설에 仙人이 타는 수레라고 함)을 가져오게 했다. 가져온 것을 보니 검은색 가마였다.
왕사에게 그 속으로 들어가라고 명령한 다음 또 화우지(化羽池)의 물을 가져오게 했고 그 물을 가마에 뿌렸다. 그리고 노인과 노파를 데려오게 하여 왕사를 호위하고 가도록 명령했다.
왕이 왕사에게 말했다.
"눈을 감고 계십시오. 잠시 후면 그대의 집에 도착할 것입니다. 그렇게 하지 않으면 망망대해에 추락합니다."
왕사는 눈을 감았다. 바람소리, 성난 파도 소리가 들려올 뿐이었다.
한참 있다가 눈을 떠보니 그는 자기 집에 돌아왔고 거실에 앉아 있었다. 사방을 두리번거리니 사람은 그림자도 없고 들보에 두 마리 이 제비가 앉아 지저귀고 있었다.
그 제비를 바라보던 왕사는 자기가 머물렀던 나라가 제비나라였다는 것을 깨달았다.
잠시 후, 집안사람들이 나와서 왕사를 위로했다. 그들은 이상한 일이라며 왕사에게 물었다.
"태풍을 만나 돌아가신 줄 알았습니다. 어떻게 해서 이처럼 갑자기 돌아오셨습니까?"
"나 한 사람만 널빤지에 의지하여 살아남았던 게야."
그는 자신이 머물렀던 나라에 대해서는 침묵을 지켰다.
왕사에게는 아들이 하나 있었는데 그가 항해하러 나갔을 때는 겨우 세 살이었다. 그의 모습이 안보이므로 왕사는 집안사람에게 물었다.

"예, 반 달쯤 전에 죽었습니다."

왕사는 너무나 큰 충격을 받은 나머지 눈물을 주루룩 흘렸다. 그러다가 그는 제비나라에서 가지고 온 영단(靈丹) 생각이 났다. 왕사는 곧 아들의 관(棺)을 열고 그 시체를 가져오게 했고 제비나라 아내가 가르쳐 준 대로 뜸을 떴다. 아들은 과연 다시 살아났다.

가을철이 되자 두 마리의 제비가 떠나려고 했다. 뜰과 문짝 위에서 그 제비들은 슬피 울었다. 왕사가 손을 내밀자 제비들이 날아와서 팔뚝 위에 앉았다.

왕사는 종이를 꺼내어 절구(絶句) 한 수를 잔 글씨로 써가지고 제비 꼬리에 붙잡아맸다. 그 시는 다음과 같은 내용이었다.

문득 오의국(烏衣國)에 도착하여
미인과 깊은 사랑 나누었네
운헌(雲軒)을 타고 온 후 소식이 없고
바람을 향하여 수백 번이나 눈물 뿌리네.

이듬해 봄, 제비가 날아오더니 곧바로 왕사의 어깨에 앉았다. 그 제비 꼬리에는 조그만 종이 쪽지가 붙어 있었다. 떼어 보니 거기에는 시가 적혀 있었다. 그 절구는 다음과 같았다.

옛날 만났던 것은 운명의 정함이었는데
이제 떨어져 있으니 생이별일세
내년 봄, 비록 연문(戀文)을 쓰더라도
3월, 남쪽 하늘에는 제비가 날지 않으리다.

왕사는 스스로 심히 섭섭해했다.

이듬해, 과연 제비는 오지 않았다. 왕사의 모험은 숱한 사람들의 입에서 입으로 전해졌고, 왕사가 사는 곳을 오의항(烏衣巷)이라고 불렸다.

유우석(劉禹錫)의 〈금릉오영(金陵五咏)〉에 '오의항(烏衣巷)'이란 시가 있다.

> 주작교 근처는 야초가 우거지고
> 오의항 모퉁이에 석양이 비치네
> 그해에는 왕사네 집앞에 있던 제비가
> 보통 민중의 집으로 오누나.

이 시로 볼 때 왕사의 이야기가 허망되지 않다는 것을 알 수 있겠다.

산속의 친정집

신도징(申屠澄)은 십방현(什邡縣)의 위(尉)가 되었다. 부임하던 도중 진부현(眞符縣) 동쪽 10여 리 되는 곳에서 폭설을 만나 말이 전진할 수 없게 되었다.

저멀리 길가의 초가집에서 피어오르는 연기가 아주 따뜻하게 느껴졌다. 신도징이 그집을 찾아가 보니 노인과 노파, 그리고 딸인 듯한 소녀가 화롯가에 앉아서 불을 쬐고 있었다.

그 소녀는 나이가 열네댓 살쯤 되었는데 머리 손질도 제대로 하지 못했고 의복도 남루했지만 눈처럼 하얀 피부에 꽃다운 얼굴, 그리고 언행이 아주 부드러웠다.

노인과 노파는 신도징이 들어오는 것을 보자 벌떡 일어섰다.

"손님께서는 눈속을 헤치고 오셨을 테니 얼마나 추우시겠습니까. 어서 이 화로 곁에 오셔서 불을 쬐십시오."

신도징은 화로 옆에 잠시 앉아 있었다. 하늘은 캄캄하게 어두웠는데 쏟아지는 눈은 멎지 않았다.

신도징이 말했다.

"서쪽 현성에 가려면 까마득히 먼데 여기서 자고 갈 수 없을까요?"

노인과 노파는 쾌히 승낙했다.

"누추한 집입니다만 그러실 생각이시라면 마음대로 하십시오."

신도징은 말 안장을 풀고 행리를 내려놓았고, 노파는 잠자리를 보아주었다.

소녀는 손님을 보자 자기 방에 가서 정성껏 화장을 했다. 그리고 발을 걷어올리며 나왔는데 아까보다 훨씬 더 예쁜 모습이었다.

얼마 있자니 노파가 술병을 들고 들어왔다. 그 술을 화로에 데워서 신도징에게 권했다.

"손님은 추위 속에서 오셨으니 먼저 한잔 드시지요. 한기가 다소 가실 것입니다."

그러자 신도징은 고맙다는 인사말을 하고 나서,

"주인장부터 시작하시지요."

라며 사양했다. 노인이 자리 순서대로 술잔을 돌렸다. 신도징은 끝자리에 앉았다. 신도징이,

"아가씨가 빠졌네요."

라며 입을 열었다.

노인과 노파는 함께 미소를 지으며 말했다.

"두메산골의 변변치 못한 것이 손님과 응대하기에는 턱없이 부족하지요. 상대할 처지가 못됩니다."

그때 소녀가 흘낏 돌아보며 곁눈질을 했다.

"술이 뭐 대수로운 건가요? 좌석에 합석도 할 수 없다니 섭섭합니다."

그러자 노파가 그녀의 옷자락을 끌어당기어 자리에 앉혔다.

신도징은 그녀의 재능을 시험해 보고 싶은 생각이 들었다. 그래서 주령(酒令 : 술자리에서 하는 유희. 한 사람을 令官으로 삼고, 술 마시는 자들은 그의 지시에 따라야 함)을 내어 시험하기로 했다.

신도징은 술잔을 손에 든 채로,

"고전(古典)의 어구(語句)를 인용해서 시를 짓기로 하죠. 눈앞의

광경에 맞도록 할 것을 조건으로 해서……."
라는 제안을 했다. 그리고 신도징이 먼저 한 수를 읊었다.

    이 기나긴 밤에 술을 마시니
    술 깨기 전에는 돌아갈 수 없네.

소녀는 머리를 숙이고 미소지으며 화답했다.

    이처럼 험악한 하늘 모양인데
    가시다니 어디로 가시겠어요.

잠시 후 술잔이 또 소녀에게로 돌아왔다. 그녀는 신도징의 주령에 다음과 같이 답했다.

    바람은 칠흑같이 어두운데
    닭은 계속해서 울어대누나.

이 두 구절은 《시경(詩經)》에 나오는 것으로, 신도징은 놀라며 감탄했다.
"아가씨는 참으로 현명하군요. 나는 다행하게도 아직 배필이 없습니다. 중매 절차를 생략했으니 약식이긴 하지만 아가씨에게 정식으로 청혼하고 싶습니다. 어떠십니까?"
노인이 대답했다.
"우리는 신분이 낮은 자들입니다만 저 애를 애지중지 길렀습니다. 돈이나 비단을 싸가지고 와서 청혼하는 나그네들도 꽤 많았었지요. 그러나 지금까지 매번 거절해 왔습니다. 그런데 뜻밖에도 손님이 거두어 주시겠다니 더이상 바랄 것이 없겠습니다."

노인은 선선히 승낙했다.

그래서 신도징은 사위로서의 예를 다하고 가진 돈을 남김없이 내놓았던바 노파는 그것을 한푼도 받으려 하지 않았다.

"신분이 낮은 것을 탓하지 않으신다면 그것으로 족합니다. 금품 따위는 문제도 안됩니다."

그리고 다음날, 노파는 이렇게 말했다.

"이곳은 인가에서 멀리 떨어져 있으므로 이웃도 없고 집이 너무 좁아서 오래 머물 수 있는 곳이 아닙니다. 그런즉 딸아이가 어차피 출가하기로 결정된 이상 어서 떠나요."

다시 하루가 지났다. 신도징은 자신이 타고 온 말에 소녀를 태우고 이별을 아쉬워하며 길을 떠났다.

임지에 도착한 다음, 녹봉은 적었지만 아내는 그런대로 고생을 하면서도 살림을 꾸려 나갔다. 손님과 교제하기를 잘하여 어느 사이에 명성도 얻게 되었는데 부부간의 금슬은 점점 더 깊어갔다. 친척들에게는 따뜻하게 대해주었고, 조카와 조카딸들을 비롯하여 하인들까지도 끔찍하게 돌봐주었으므로 모두가 기뻐하고 즐거워했다.

그후 임기가 차서 고향으로 돌아가게 되었는데 그때는 아들 하나 딸 하나가 태어나 있었다. 아이들도 역시 총명하여 신도징은 아내를 더더욱 존경했다.

어느 때 신도징은 아내에게 바치는 시 한 수를 지었다.

    하잘것없는 관직에 나아가
    3년 동안 그대가 한 고생 오죽하리요
    이 사랑을 무엇에 비유할까나

강물 위에 떠있는 원앙 비슷하구려.

그의 아내는 온종일 이 시를 읊으면서 암송하고 있었다. 무엇인가 마음속에서 화답하고 있는 것 같았지만 입밖에 내어 말을 하지는 않았다.

그녀는 언제나 남편 신도징에게 이런 말을 하곤 했다.

"아내의 길은 고전(古典)의 뜻을 터득하는 것도 중요합니다만, 시를 짓는다면 도리어 품격을 떨어뜨리고 맙니다."

신도징은 벼슬을 내놓은 다음 가족들을 데리고 진(秦) 땅으로 돌아갔다. 이주(利州)를 지나 가릉강(嘉陵江) 강변에 당도한 그는 흐르는 강물을 바라보며 풀밭에 앉아서 휴식을 취했다.

그의 아내가 돌연 슬픈 표정으로 신도징에게 말했다.

"지난번에 시 한 수를 지어주셨는데 그때 바로 화답시를 지었었습니다. 보여드릴 생각은 없었습니다만 지금 이 풍경을 보니 그냥 있을 수가 없군요."

그렇게 말한 아내는 다음과 같은 시를 읊어 나갔다.

　　부부의 정은 두텁지만
　　산속도 그립도다
　　시절이 변하는 것이 걱정스럽고
　　영원하자는 맹세 저버릴 수 없네.

그녀는 시를 다 읊고 나서 한참동안 울먹였다.

신도징이 말했다.

"시는 훌륭한데 산속은 여성이 그리워할 곳이 아니오. 아버지가 그리우면 이제 곧 만나뵐 수 있을 것이오. 슬퍼하며 울 필요는 없소이다. 인생의 인연과 업보는 모두 전생에서 정해진 것이라오."

그로부터 20여 일 지나서 신도징은 처가에 도착했다. 초가집은 지난날 그대로 있었지만 사람이 살고 있는 것 같지 아니했다.

신도징은 아내와 함께 그집에서 묵기로 했다. 아내는 옛추억을 더듬으며 온종일 울었다.

방 구석에는 낡은 옷가지가 놓여 있는데 그 아래에 먼지투성이가 된 호피(虎皮)가 한 장 있었다. 아내는 그것을 발견하자 갑자기 소리를 내어 웃어댔다.

"아니, 이것이 아직도 남아있었네!"

그녀는 그 호피를 집어서 입었다. 그러자마자 그녀는 호랑이로 변했다.

"어흥!"

그녀는 포효하면서 신도징에게 달려들려고 하더니 문밖으로 돌진해 나갔다. 신도징은 기겁을 하여 피했다.

한참 만에야 정신을 차린 신도징은 아들을 데리고 아내의 행방을 찾아 숲속을 여러 날 동안 통곡을 하며 돌아다녔다. 그러나 끝내 아내의 행방을 찾지는 못했다.

국수를 먹는 벌레

　소주(蘇州)의 육우(陸顒)는 장성(長城) 동쪽에 집이 있으며 조상 대대로 명경과(明經科 : 과거제도의 한 과)를 거쳐 임관했었다.
　육우는 어렸을 때부터 국수를 좋아했는데 많이 먹으면 먹을수록 몸이 점점 여위어갔다. 그는 어른이 된 다음 예부(禮部)에 들어가 벼슬했다. 예부의 과거에는 급제하지 못했으므로 태학(太學)의 생도로 재적하고 있었다.
　그로부터 몇 달 후, 호인(胡人) 몇 사람이 술과 안주를 가지고 태학을 방문했다.
　그들은 좌정한 다음 육우 쪽에 시선을 주면서,
　"우리는 남월(南越) 사람입니다. 만맥(蠻貊) 속에서 자라났지요. 당나라 천자께서 널리 천하에서 영재를 모아 문화로써 사방의 이민족을 감화시키신다는 말을 들었습니다. 그래서 우리는 바다를 건너고 산을 넘어 중화(中華)에 왔고, 문물의 광휘(光輝)를 배견코자 합니다.
　　그런데 선생은 높직한 관을 쓰시고 옷소매로 바람을 일으키고 계실 뿐 아니라 그 모습도 복장도 장중하시고 엄숙하시어, 실로 당조(唐朝)의 유자(儒者)이십니다. 그러기에 우리는 선생과 교제하고 싶어합니다."

육우는 겸손하게 대답했다.

"나는 다행하게도 태학에 적을 두게 되었습니다만 이렇다할 재능이 없습니다. 그런데 기대를 하시다니요."

그후 그들은 잔치를 베풀어 술을 나누고 환담하다가 헤어졌다.

육우는 신의를 지키는 인물로서 그 호인들은 자기를 속이지 않을 것이라고 생각했다.

10여 일이 지나자 호인들이 또 찾아왔다. 이번에는 황금과 비단을 가지고 와서 육우의 생일을 축하하겠다는 것이었다. 육우는 무언가 꿍꿍이속이 있지 않을까 의심하며 굳이 사양했다. 그러나 호인들은,

"선생은 장안(長安)에 계시면서도 굶주림과 추위로 심각한 표정을 짓고 계십니다. 그러기에 황금과 비단을 가지고 온 것입니다. 이것으로 말도 사시고, 하인도 구하시어 선생께서 기뻐하시는 모습을 보고 싶습니다. 다른 뜻은 하나도 없습니다. 바라건대 우리를 의심치 마십시오."

육우는 하는 수 없어, 황금과 비단을 받았다.

호인이 떠난 다음 태학의 생도들은 이 말을 듣자 모두 달려와서 육우에게 충고했다.

"그 호인은 대다수가 이익을 추구하되 자기 몸도 돌아보지 않는 무리들이야. 사소한 소금이나 쌀을 놓고 다투다가 서로 죽이기까지 한다네. 그런 그들이 자진해서 황금과 비단을 선뜻 내놓으며 자네 생일을 축하해 줄 것 같은가? 더구나 이 태학에는 생도가 아주 많은데 어찌하여 자네에게만 그처럼 후하게 대접을 한단 말인가? 자네는 어서 교외로 나가 몸을 숨기고 피하게. 그들을 안 만나는 게 좋아."

그래서 육우는 위수(渭水) 가에 임시 거처를 마련하고 문을 걸어 잠근 다음 은거에 들어갔다.

한 달쯤 지나자 호인들이 또 임시 거처로 찾아왔다. 육우는 크게 놀랐다.

호인들은 기뻐하면서 이렇게 말했다.

"전에는 선생이 태학에 계셨으므로 우리는 하고 싶은 말을 다 하지 못했습니다. 이제 선생이 이처럼 교외에서 은거하고 계시다는 것은 우리가 바라던 바입니다."

자리에 앉은 다음 호인은 육우의 손을 잡고 말했다.

"우리가 이곳에 온 것은 결코 우연한 일이 아닙니다. 왜냐하면 선생에게 청할 일이 있어서 온 것이니 꼭 승낙해 주십시오. 우리가 청하고자 하는 것은 선생에게 추호도 해(害)가 되는 것이 아닐 뿐더러 우리에게 큰 은혜를 베푸는 결과가 되는 것입니다."

육우가 입을 열었다.

"그럼 말해보시오."

그러자 호인이 물었다.

"선생은 국수를 좋아하십니까?"

"그렇습니다."

호인이 말을 이었다.

"국수를 먹는 것은 선생이 아닙니다. 선생의 배 속에 있는 벌레가 먹는 것이랍니다. 이제 약 한 알을 선생에게 드리겠습니다. 그것을 먹으면 벌레를 토해낼 것입니다. 그러면 우리는 그 벌레를 비싼 값에 사가지고 가겠습니다. 어떠십니까?"

육우가 대답했다.

"만약 그게 사실이라면 물론 드리겠습니다. 드리고말고요."

이윽고 호인은 약을 한 알 꺼냈다. 그 색깔은 진보라색이었는데 호인은 육우에게,

"어서 이 약을 드십시오."

라며 재촉했다.

육우는 그 약을 먹었고 잠시 후 벌레를 한 마리 토해냈다. 길이는 약 2치로, 색깔이 파랗고 모양은 개구리를 닮은 것이었다.

호인이 말했다.

"이 벌레 이름은 소면충(消麵虫)이라고 합니다. 천하에 아주 희귀한 보물이지요."

육우가 물었다.

"그것을 어떻게 분별할 수 있습니까?"

"우리는 지난날 하늘을 가로지르는 보물의 기(氣)가 태학에서 일고 있음을 보았습니다. 그래서 우리는 그것을 구하기 위해 태학까지 찾아갔던 것이지요. 그런데 한 달쯤 전부터 새벽에 하늘을 우러르면 그 기가 위수 가로 옮겨져 있음을 확인하게 되었지요. 과연 선생은 이곳에 와서 은거하셨습니다.

원래 이 벌레는 천지중화(天地中和)의 기(氣)를 받고 태어났습니다. 그러므로 국수를 잘 먹는 것입니다. 왜냐하면 맥류(麥類 : 보리라든가 밀 종류)는 가을철에 씨뿌리기 시작하고 이듬해 여름철이 되어야 열매가 익지요. 천지 사계(四季)의 모든 기를 받고 있으므로 그 맛을 좋아한답니다. 이 벌레에게 국수를 먹여 보십시오. 그럼 그것을 알게 될 것입니다."

육우는 한 말 이상의 가루로 만든 국수를 가져다가 벌레 앞에 놓아주었다. 벌레는 순식간에 그 국수를 먹어치웠다.

육우가 다시 질문했다.

"이 벌레는 무엇에 소용됩니까?"

호인이 설명해 주었다.

"본디 천하에 희귀한 보물은 어느 것이나 중화의 기를 받고 있습니다. 이 벌레는 중화의 정수(精粹)이지요. 가장 근본적인 보물을 손에 쥐었으니 소소한 보물을 찾아 손에 넣는다는 것은 시간이 걸리지 않을 것입니다."

이윽고 바구니에 그 벌레를 담더니 다시 황금 상자 속에 넣었다. 그리고 육우에게 그 상자를 침실로 가져가라고 했다. 그런 다음 호인은 육우에게 말했다.

"내일 또 오겠습니다."

이튿날 아침이 되자 호인은 10량의 수레에 금과 옥, 비단 등 수만 점을 싣고 와서 육우에게 건네준 다음 여럿이 그 상자를 들고 갔다.

육우는 대부호가 되었으며 과수원과 농장을 경영하며 생활을 영위해 나갔다. 날마다 과일과 고기를 먹는가 하면 고급 옷을 걸치고 장안에 놀러다녔다. 그는 호사(豪士)로 대접을 받았던 것이다.

1년 남짓 지나서 호인이 또 찾아왔다. 그들은 육우에게,

"선생, 우리와 동행하여 바다속으로 놀러가시지 않겠습니까? 바다속의 희귀한 보물을 찾아내어 천하에 자랑하고 싶군요. 그런데 선생은 호기심이 강한 분인 줄로 아는데 어떠십니까?"
라며 권했다.

육우는 그때 큰부자로서 여유작작하게 살아갈 것을 목표로 삼고 있던 터였다. 그러던 그가 지루했던지 그 호인들을 따라나섰고 바닷가에 당도했다.

호인들은 그곳에 집을 짓고 거주했다. 그리고 은으로 만든 솥에 유고(油膏)를 넣고 그 밑에 불을 피우더니 벌레를 그 솥 속에 집어넣고 삶았다. 그렇게 하기를 7일 동안이나 계속했는데 불을 피우지 않았다.

그러자 돌연 머리에 가르마를 타고 파란 옷을 걸친 동자가 바다속에서 나왔다. 그는 백옥 쟁반을 받쳐들고 있었는데 쟁반 속에는

지름이 대략 한 치나 되는 진주가 잔뜩 담겨져 있었다. 그것을 호인 앞에 들고 와서 바쳤다.

그러나 호인은 고함을 지르며 꾸짖었다. 그 동자는 겁먹은 표정으로 쟁반을 바치더니 사라지고 말았다.

조금 있자니 다시 한 사람, 부드러운 용모에 구름무늬 깃옷을 입고, 옥을 허리에 차고, 진주 귀걸이를 한 옥녀(玉女)가 바다속에서 너울너울 춤을 추듯 나왔다. 수십 개의 진주를 담은 자옥(紫玉) 쟁반을 받쳐들고 오더니 그것을 호인에게 바쳤다. 그런데 호인은 또 화를 냈고 옥녀도 쟁반을 바치고 그냥 돌아갔다.

이번에는 돌연 벽요관(碧瑤冠)을 쓰고 구름무늬 옷을 입은 선인(仙人)이 빨간 박적(帕籍)을 들고 나타났다. 적(籍), 즉 책에는 지름이 대략 3치가량 되는 진주가 한 알 있었는데 이상한 빛을 발하고 있었다. 그 빛은 수십 보 앞까지 비추는 것이었다.

선인이 진주를 호인에게 바치자 호인은 얼굴에 미소를 머금으며 받았다. 그리고 흥겨운 목소리로 말했다.

"시극한 보물이 왔습니다."

그는 그 즉시 불을 피웠고 그 불을 줄이라고 명하더니 솥 속에서 벌레를 꺼내어 금상자 속에 담았다. 그 벌레는 오랫동안 삶았는데도 불구하고 생생하게 뛰어다녔다.

호인은 그 진주를 삼킨 다음 육우에게 권유했다.

"선생은 나를 따라서 바다속에 들어가시지요. 조금도 두려워하지 마십시오."

그 바다는 바닷물이 몇 보(步) 폭으로 갈라지더니 물고기도 조개도 모두 놀라 도망갔다. 그들은 용궁으로 갔고 교룡(蛟龍)의 방안에 들어갔다. 그리고 진귀한 보물을 마음대로 골랐던 것이다. 불과 하룻밤이었지만 숱한 보물이 손에 들어왔다.

호인이 육우에게 말했다.

"이제 수억만의 재물을 모았습니다."

그는 잠시 후 진귀한 조개를 몇 개 육우에게 주었다. 육우는 그것으로 남월(南越)에서 황금 천 일(鎰)과 바꾸었다. 그는 점점 더 엄청난 부자가 되었다.

그후 그는 끝내 벼슬길에는 나아가지 않고 민월(閩越)에서 만년을 보냈는데 그곳에서 제일가는 부자였다.

곤륜인(崑崙人) 노예

 최(崔)라는 젊은이가 있었는데 아버지는 조정의 고관으로서, 명성을 떨치던 공신 일품관(一品官 : 최고의 벼슬)과도 가까이 지냈다.
 젊은이는 그 무렵 천우(千牛)라고 하는 궁정 경비의 관직에 있었다. 최생은 젊디젊은 데다가 관(冠)에 붙이는 옥(玉)과 혼동할 정도로 준수한 용모의 소유자였다. 내성적이어서 사양을 잘하는 기질이었는데 행동거지가 단정했고 말솜씨는 고상했다.
 어느 날, 아버지는 아들을 일품관직에 있는 공신의 병문안을 보냈다. 일품관은 기녀(妓女)에게 명하여 휘장을 걷어세지세 하고, 최생에게 방안으로 들어오라고 하였다.
 최생은 고개를 깊이 숙여 인사를 한 다음 아버지의 말을 전했다. 일품관은 크게 기뻐했다. 그는 이 젊은이가 마음에 들어, 편안히 앉아서 말벗이 되어 달라고 했다.
 그때 세상에서 보기 드문 미모의 기녀 세 사람이 그 자리에 있었다. 앞에 있던 기녀가 앵두를 황금 쟁반에 올려놓고 껍질을 벗기더니 달콤한 꿀을 얹어서 내놓았다.
 일품관은 빨간 비단옷을 입은 기녀에게 명하여 그 쟁반을 최생에게 권하라고 했다. 최생은 기녀들이 앞에 있는지라 수줍어서 먹을 수가 없었다.

일품관이 빨간 비단옷을 입은 기녀에게 명하여 숟갈로 떠넣어 주라고 했다. 최생은 하는 수 없이 그것을 받아먹었다. 그러는 젊은이의 모습을 보고 기녀는 웃었다.

최생이 일어나서 돌아가려고 하자 일품관이 말했다.

"틈이 나거든 꼭 찾아와 주게. 조금도 사양하지 말고……."

그리고 일품관은 빨간 비단옷을 입은 기녀에게 명하여 바깥에까지 나가 최생을 배웅하라고 했다.

바깥 뜰에 나가서 뒤돌아보자 여인은 손가락 세 개를 펴서 손바닥을 세 차례 뒤집은 다음, 가슴에 늘어뜨리고 있던 작은 거울을 가리키며 말했다.

"잊지 말아 주세요."

그러고 난 다음 말이 없었다. 젊은이는 집에 돌아오자 일품관의 말을 아버지에게 전한 다음 서재로 들어가 생각에 잠겼다.

마음은 갈래갈래 흐트러지고 말수가 적어졌다. 기운을 잃어가면서 멍청하게 있을 때가 많아졌고 음식도 입에 대지 아니했다. 이따금 겨우 시나 암송할 뿐이었다.

봉래산 정상에서 노닐다가
진주 귀고리한 선녀의 눈에 띄었다
붉은 칠을 한 문을 뚫고 비치는 깊은 궁의 달그림자에
눈같은 살갗, 옥같은 용모의·미녀는 번민할 것이다.

하인들은 누구 한 사람 그의 심중을 헤아리지 못했다.

그런데 이집에서 일을 하던 마륵(磨勒)이라고 하는 곤륜인(崑崙人 : 당나라 시대의 곤륜인은 흑인 노예를 가리키며 일정한 수의 곤륜인이 존재했었음) 노예만은 젊은 도련님의 언행을 유심히 관찰

하고 있었는데, 하루는,

"도련님, 무슨 걱정거리라도 있으십니까? 늘 슬픈 표정을 짓고 계시다니요……. 이 늙은것에게 말씀해 보십시오."

라고 말했다. 최생의,

"네가 알 일이 아니다. 내 가슴속의 이 답답함을 누가 알리요."

라는 말에 마륵이 말했다.

"이야기를 해주십시오. 도련님을 위해서라면 어떻게 해서든 해결을 해드리겠습니다. 해결할 곳이 멀고 가깝든간에 반드시 해결해 보이겠습니다."

마륵의 자신만만한 말에 놀란 젊은이는 저간에 있었던 일을 자세히 설명해 들려주었다. 마륵이 말했다.

"그런 일쯤은 간단합니다. 왜 좀더 일찍 말씀하실 일이지…… 그런 일을 가지고 혼자 고민을 하셨군요."

젊은이는 여자가 헤어질 때 보여준 그 이상한 행동에 대해서 자세히 설명했다. 그러자 마륵은 자신만만하게 말하는 것이었다.

"그것은 풀이하기 어려운 일이 아닙니다. 손가락 세 개를 세워보인 것은 그 일품관 저택에 기녀들이 살고 있는 별채가 열 채 있는데 그 여인이 거처하는 방은 세 번째 별채에 있다는 의미입니다. 손바닥을 세 번 뒤집어 보인 것은 열다섯 개의 손가락을 나타낸 것이며, 곧 15일을 가리키는 숫자였습니다. 가슴에 늘어뜨리고 있던 작은 거울은 달이 거울처럼 둥글어질 때 찾아오시라는 뜻이었구요."

최생은 너무 기쁜 나머지 자기 자신도 잊은 채 마륵에게 부탁해 보았다.

"그럼 이 가슴에 쌓여 있는 번민을 풀어줄 수 있겠는가?"

마륵은 웃으면서 대꾸했다.

"모레가 보름입니다. 댁에 있는 파란색 비단 두 필만 주십시오. 도련님 몸에 꼭 맞는 옷을 한 벌 짓도록 하겠습니다. 그런데 그 일품관 댁에는 맹견이 있으며 그 맹견이 기녀들의 별채를 지키고 있습니다. 그래서 보통사람은 도저히 들어갈 수가 없지요. 들어갔다가는 틀림없이 그 개에게 물리고 맙니다.

그 맹견은 귀신처럼 기민하고 호랑이 못지않을 만큼 흉포합니다. 조주(曹州)의 맹해공(孟海公 : 隋나라 말경에 봉기했던 군웅 중 한 사람)의 개입니다. 저말고는 그 개를 해치울 자가 이 세상에 없답니다. 오늘밤, 도련님을 위해 제가 그 개를 때려죽이겠습니다."

최생은 연석을 베풀어 술과 고기를 마륵에게 대접했다.

3경(三更)이 되자 마륵은 철퇴를 들고 나갔다. 그리고 채 반 시간도 되지 않아서 돌아왔다.

"개는 이미 잡아 죽였습니다. 이제는 장애물이 하나도 없습니다."

보름날 밤 3경, 마륵은 몸에 꼭 맞는 파란색 비단옷을 최생에게 입힌 다음, 그를 등에 업고, 담을 열 개나 넘어, 여인들이 살고 있는 곳으로 들어갔으며 세 번째 문앞에 멎었다.

조각이 되어 있는 그 문은 걸려있지 아니했다. 청동(靑銅) 등잔의 등불이 희미하게 비치고 있었다. 여인의 한숨소리가 들려왔다. 그곳에 앉아서 누군가를 기다리고 있는 모양이었다.

비취 귀고리를 갓 붙인 듯했고 화장도 갓 한 것 같았는데 아름다운 옥도 자신의 아름다움이 그 여인을 도저히 못따름을 부끄러워했고, 진주 역시 그 발광(發光)이 그 여인을 따르지 못함을 걱정할 정도였다. 여인은 시를 읊고 있었다.

골짜기의 꾀꼬리는 완랑(阮郞 : 후한 시대의 阮肇를 가리킴. 여기서는 최생을 비유함)을 저주하며 울고
꽃 아래로 살며시 다가와 귀고리 풀게 한 것을
구름도 흐트러지고 소식도 끊어지니
덧없이 통소나 부는 처지를 슬퍼한다.

그때는 하녀들도 경호하는 무사들도 모두 잠들어 있어서 사방은 쥐 죽은 듯 조용하기만 했다. 최생은 살며시 휘장을 열어제치면서 들어갔다.

한참 만에야 찾아온 사람이 최생이란 사실을 알게 된 여인은 침대에서 뛰어내렸고 젊은이의 손을 덥썩 잡았다.

"도련님은 총명하시기에 틀림없이 암호를 해독하실 줄 알았습니다. 그래서 손짓으로 암호를 전했던 것입니다. 믿고는 있었습니다만 도련님은 그런 신통력이 어디서 나셨기에 이곳에까지 오셨습니까?"

젊은이는 마륵이 계획을 세우고 자기를 등에 업고 온 이야기를 자세하게 들려주었다. 그러자 여인이 물었다.

"그 마륵은 어디에 있습니까?"

"저 휘장 밖에 있소이다."

여인은 마륵을 불러들이고 금술잔에 술을 가득 부어서 권했다. 그리고 최생에게 말했다.

"우리집은 원래 유복했으며 삭방(朔方)에 살고 있었습니다. 이 집 주인이 군대를 끌고 와서 우리를 억지로 자기 첩으로 삼은 것이지요. 자살을 할 수도 없어서 그럭저럭 살아오긴 했는데 얼굴에 분을 바르고 연지를 칠해도 가슴속에서 타오르는 불길은 끌 수가 없습니다.

옥젓가락으로 식사를 하고 금향로에 향을 사르며, 언제나 비단옷을 걸치고 운모(雲母) 병풍을 둘러친 다음, 진주와 비취 장식을 하고 예쁜 수를 놓은 침구에서 잠을 자도 제 본심과 달라서 수갑을 차고 족쇄를 찬 기분입니다.

도련님의 하인은 신비한 술(術)을 가지고 있을 것이니, 이 감옥 속에서 저를 구출해 내게 해주십시오. 이 소원만 이루어진다면 죽어도 후회하지 않겠습니다. 하녀가 되어 수발을 들어드려도 좋습니다. 하온데 도련님의 생각은 어떠하신지요?"

최생은 안색을 바꾸며 아무 말도 하지 못했다. 마륵이 말했다.

"그럴 각오시라면 문제없습니다. 그런 일쯤은 간단합니다."

여인은 크게 기뻐했다. 마륵은 우선 여인의 화장품을 비롯하여 그녀의 짐을 등에 지워 달라고 하더니 3회에 걸쳐 모두 운반했다.

"곧 날이 샐 것입니다."

그는 이렇게 말하면서 최생과 여인을 등에 업고, 10여 개나 되는 높은 담을 뛰어넘어 밖으로 나갔다. 일품관의 저택을 경호하던 무사들은 누구 한 사람 이 사실을 눈치채지 못했다. 이렇게 해서 최생네 서재로 돌아왔고 여인은 그 서재에 숨어 있었다.

날이 밝자 일품관의 저택에서는 그제서야 여인이 없어진 것을 알게 되었다. 그리고 죽은 개의 시체도 발견했다.

일품관의 놀라움은 대단했다.

"우리집은 지금까지 경계가 엄중했었다. 경비에 소홀한 점이 없었어. 하늘을 날아서 잠입한 것 같은데 흔적이 하나도 남아있지를 않구나. 이는 틀림없는 협객(俠客)의 짓일 게야. 절대로 소란을 부려서는 안된다. 그랬다가는 도리어 재난을 당하게 될 것이야."

여인이 최생의 집에 숨어 있은 지도 2년의 세월이 흘렀다. 그해 3월 삼짇날, 여인은 꽃구경을 하기 위해 작은 수레에 타고 곡강지(曲

江池)에 나갔던바, 그곳에서 일품관네 하인에게 들키고 말았다. 그 하인은 여인의 뒤를 밟아 최생네 집까지 알아냈고 이 사실을 일품관에게 보고했다.

일품관은 이상히 생각하고 최생을 은밀히 불러서 물었다. 최생은 두려운 나머지 한가지도 빼놓지 않고 소상하게 이야기했다. 그리고,

"…… 그 곤륜인 노예가 등에 업고 간 것이며, 짐도 모두 그가 등에 지고 간 것입니다."

라고 덧붙였다.

"그 여인의 죄는 실로 무거워. 그러나 그대가 이미 2년 동안 데리고 있었던 이상, 이제 와서 시비를 가리지는 않겠네. 다만 그 곤륜인 노예는 내버려두면 천하 사람에게 큰 해가 될 것인즉 엄벌에 처해야겠어."

그리고 50여 명의 무사에게 명하여 곧 무장을 하고 최생네 집을 포위하고 마륵을 잡아오라고 했다.

마륵은 비수를 들고 높은 담을 뛰어넘었다. 그에게는 마치 날개가 달려 있는 것처럼 보였다. 일품관네 무사들은 제비처럼 빠르게 비오듯 화살을 날렸지만 단 한 개도 마륵에게 명중되지 아니했다.

그후 일품관은 후회와 공포에 싸여 매일 밤, 집안의 여러 자제와 무사들에게 칼과 창을 들려 지키게 했는데 그렇게 하기를 1년이나 계속하였다.

그후 10년 남짓 지났을 때 최생네 집 사람이 낙양(洛陽)의 저잣거리에서 마륵이 약을 팔고 있는 것을 발견했다. 그의 용모는 10년 전과 비교하여 달라진 것이 없었다고 했다.

모란등(牡丹燈)

원나라 때 일이다. 교생(喬生)이라는 사나이가 있었는데 젊은 나이에 얼마 전 상처(喪妻)를 했다. 홀아비가 된 그는 마음이 심란하여 대보름날 밤이건만 거리에 나갈 생각도 들지 않아서 집에 틀어박혀 있었다.

대보름날 밤이면 마을마다 집집마다 아름다운 등불을 매달고, 사람들은 곧 맞이하게 될 봄기운에 들떠서 오고간다. 거리는 이런 사람들의 인파(人波)로 꽉 메워진다.

교생은 왕래하는 사람을 쓸쓸히 바라보았다. 밤은 점점 깊어져 한밤중이 가까워졌다. 왕래하는 사람도 많이 줄어들었으므로 교생도 슬슬 잠이나 자야겠다고 생각했다.

그런데 저쪽에서 갈래머리를 땋은 소녀를 앞장세우고 한 여인이 걸어오고 있었다. 하녀인 듯한 갈래머리의 소녀는 모란등(牡丹燈)을 들고 있었다. 뒤따르는 여인의 나이는 17, 8세쯤 되어 보이는데 파란 윗옷과 빨간 치마를 걸치고 있었고, 아주 우아한 모습으로 교생의 눈앞을 지나가는 것이었다.

교생은 달빛에 비치는 그 여인을 보자, 어찌나 예뻤던지 그만 마음이 동하여 자신도 모르는 사이에 그 여인의 뒤를 따라갔다. 이윽고 그 여인은 누가 뒤따라오는 것을 눈치챈 듯, 몸을 홱 돌리며 생긋 미소를 지어 보였다.

"여자 뒤를 졸래졸래 따라다니다니 정말로 점잖지 못한 분이군요."

그러나 그녀의 눈빛과 목소리에는 노한 빛이 없었다. 교생은 얼른 달려가서 허리를 굽신했다.

"아가씨가 너무너무 아름다워서 나도 모르게 뒤따라왔습니다."

예쁘고 아름답다는 말을 듣고, 싫어하는 여인은 없는 법. 여인의 얼굴이 더욱 부드러워졌다.

교생이 말했다.

"우리집은 바로 저기입니다. 다행히도 나 혼자 살고 있는 집이니 잠시 들렀다가 가시지요."

여인은 별로 망설이는 빛도 없이 하녀를 불러 앞장세우더니 교생의 집으로 들어갔다. 초대면의 상견례가 끝나자 여인은 묻지도 않았건만 자신의 신상에 대해서 말했다.

"저는 부여경(符麗卿)이라고 합니다. 아버지는 전에 봉화주(奉化州)의 판사(判事)로 계셨는데 지난해 그만 세상을 떠나셨답니다. 그후로 집안은 기울고 형제가 없는 이몸은 의지할 곳이 없었습니다. 그래서 이 금련(金蓮)이와 둘이 월호(月湖) 서쪽에서 쓸쓸하게 지내고 있답니다."

교생이,

"오늘밤 이곳에서 묵고 가시지요."

라고 권하자 여인은 사양하지도 않았다.

그래서 그날 밤을 교생의 집에서 보내게 되었다. 비록 처음 보는 사람들이긴 하지만 그들은 젊고 아름다운 남녀간이다. 고요한 밤에 하녀를 내보내고 단둘이 앉아 있으려니 서로 마음이 동했다. 결국 그들은 이야기만으로 끝나지 않았고 환애(歡愛)의 극치를 맛보았다. 새벽녘이 되어서야 여인은 돌아갔는데, 해가 지자 또 모란등을 든 금련의 안내를 받으며 교생의 집으로 찾아왔다.

이렇게 하기를 반 년 —. 그들은 사랑을 속삭이며 육체를 만족시켜 왔다.

한편 교생의 이웃집에 살던 노인은 수상쩍다는 생각이 들었다. 그래서 벽에 조그만 구멍을 뚫고 방안을 살펴보니 교생이 웬 해골과 함께 희미한 등불 아래서 사이좋게 속삭이다가는 부둥켜안고 시시덕거리는 것이었다.

노인은 기겁을 할만큼 놀랐고, 다음날 아침이 되자 교생에게 자기가 본 일을 말한 다음 어떻게 된 거냐고 물었다. 교생은 그럴 리가 없다며 펄쩍 뛰었다.

그러나 차츰 노인의 이야기를 자세히 듣고 보니 자신도 기분이 이상해져서 마침내 자세한 내용을 털어놓았다.

노인이 말했다.

"그러지 말고 만약을 위해 조사해 보도록 하구려. 그 여인들이 월호 서쪽에 살고 있다고 했으니, 그곳을 찾아가 보면 그 정체를 알 수가 있지 않겠나."

교생은 그렇겠다고 생각하고 곧 월호를 찾아가 그 서쪽을 두루 살펴보았다. 높게 놓인 다리 근처도 샅샅이 찾아보았으나 그런 집은 눈에 뜨이지 않았다. 그 지방 사람들에게 물어보니 아무도 그런 여인을 안다는 사람은 없었다.

그러는 동안 다리가 몹시 아파진 교생은 그곳에서 멀지 않은 호심사(湖心寺)라고 하는 옛 절에 들어가서 잠시 쉬기로 했다.

절 안에 들어온 교생은 잠시 쉰 뒤 이곳저곳을 살피며 돌아다니다 서쪽 복도의 막다른 곳에 발이 멈추었다.

그곳에는 어둠침침한 방이 있었고 그곳에는 관(棺)이 놓여 있었다. 중국 풍속에는 여행하다가 죽은 사람은 이처럼 관 속에 넣어 근방에 있는 절에 그 관을 맡겨두었다가 때를 보아 고향으로 운구(運柩)해 가는 법이 있었다. 그 관도 아마 그런 관 같았다.

교생은 관 위에 붙어 있는 흰 천을 보고 기절을 할만큼 놀랐다. 거기에는, '고봉화부주판녀(故奉化符州判女) 여경지구(麗卿之柩)'라고 쓰여 있었고, 그 관 앞에는 여러 차례나 본 일이 있는 모란등이 걸려 있는 것이었다. 또 그 밑에는 인형으로 만들어진 시녀가 서 있었고 인형의 등에는, '금련(金蓮)'이라는 두 글자가 쓰여 있었다.

이것을 본 교생은 소름이 오싹 끼쳤다. 그는 그곳을 뛰어나왔다. 그리고 달음질쳐서 집에까지 도망왔으나 그 여인들이 또 찾아오지나 않을까 겁이 나서 그날 밤은 이웃집 노인에게 가서 밤을 밝혔다.

노인은 교생을 보고 말했다.

"그렇게 겁만 집어먹고 있는다고 해서 해결될 문제가 아니야. 현묘관(玄妙觀)의 위법사(魏法師)는 덕망이 높고 주술(呪術)에 있어서는 당대 제일인자라고 하니 그분에게 가서 부탁을 해보게나."

다음날 아침, 교생은 노인의 말에 따라 위법사를 찾아갔다. 위법사는 교생을 보자마자 깜짝 놀라는 표정이었다.

"네 얼굴에는 요기(妖氣)가 가득차 있다. 이곳엔 왜 찾아온 게야?"

"저어 다름이 아니오라……."

교생은 그동안에 있었던 일을 낱낱이 말했다. 법사는 두 장의 빨간 부적을 써주면서,

"한 장은 집 대문 위에 붙이고, 또 한 장은 잠자리에 붙이도록 하여라. 그리고 두번 다시 그 호심사에는 가까이 가지 말도록. 알겠느냐!"

하고 단단히 주의를 주었다.

교생은 고맙다는 인사를 하고 집에 돌아왔고, 법사가 준 부적을 대문 위와 잠자는 침상 위에 붙여 놓았다. 그랬더니 과연 두 여인은

두번 다시 나타나지 않았다.

그로부터 한 달쯤 지난 어느 날 밤, 교생은 월호 근처에 사는 친구를 찾아갔다. 그곳에서 음식 대접을 받았는데 술도 곁들여서 마시게 되었다. 거나하게 취한 교생은 위법사의 말도 잊어버린 채 호심사 앞을 지나가게 되었다. 그러자 예의 금련이 문앞에 서있는 것이 보였다.

"대인(大人)은 실로 박정한 분이시군요. 우리 아가씨가 얼마나 기다리신 줄 아세요."

금련은 교생을 다짜고짜로 절 안에 데리고 들어가더니 서쪽 막다른 방 그 어둠침침한 방으로 안내했다. 그곳에는 여경이 기다리고 있다가,

"어떻게 그럴 수가 있습니까? 그동안 내가 당신을 얼마나 기다렸었는지 짐작이나 하십니까?"

라며 마구 책망하는 것이었다.

"미안하오."

교생이 얼버무리자 그 말이 채 끝나기도 전에 여경은 또 나무랐다.

"나는 당신의 외로워하는 마음을 간파했기에 최선을 다해서 당신을 섬겼건만 당신은 웬 돌팔이 도사(道士)가 시키는 대로 해 나와의 인연을 끊으려고 했습니다. 그러나 천지신명은 무심치 않으시어 이처럼 다시 만나도록 해주셨습니다. 이제는 당신과 헤어지는 일은 없도록 해야겠습니다. 당신을 돌려보내지 않을 겁니다."

여경은 교생의 손을 잡으며 관 속으로 들어갔다. 교생은 야릇한 생각도, 공포심도 없어진 듯 미소지으며 여경을 따라서 들어갔다. 관 뚜껑이 저절로 열렸고 두 사람의 모습은 그 속으로 사라졌다. 그러자 관 뚜껑은 저절로 덮였다.

교생이 돌아오지 않자 이웃집 노인은 이상하게 생각하고 이곳저

곳 찾아헤매던 끝에, 혹시나 해서 호심사에 가보았다. 호심사 안을 샅샅이 뒤지던 노인의 눈에 교생의 옷가지가 보였다. 옷가지는 관 옆에 있었다.

노인은 두려워하면서도 관 뚜껑을 열어 보았다. 교생은 죽은 시체로 웬 여인의 시해(屍骸) 위에 엎어져 있었다.

그때 호심사의 중이 왔다. 중은 여인의 시체에 대해서 그 사연을 말해 주었다.

"이 아가씨는 열일곱 살에 죽었는데 그 부모가 시체를 우리 절에 맡겨둔 채 저 북쪽으로 갔답니다. 그후로 아무 소식이 없군요. 벌써 12년이나 되었는데……."

그 말을 들은 노인은 그대로 돌아설 수가 없었다. 그래서 두 남녀를 절 서문(西門) 밖에 매장해 주었다.

그후 비가 축축하게 쏟아지는 어두운 밤에는 교생과 여경이 손을 마주잡고 금련이 밝혀주는 모란등 불빛을 따라 걸어다니는 것을 이따금 보게 되었는데 그것을 본 사람은 틀림없이 학질에 걸리는 것이었다. 그러면 절에 가서 공양을 많이 드리지 않는 한, 그 목숨은 살아남지 못했다고 한다.

그뒤 위법사가 이 두 남녀의 망령을 진혼(鎭魂)한 후에야 비로소 그런 일이 없어졌다고 한다.

요괴에게 속은 현령(縣令)

평양(平陽) 현령(縣令)인 주삭(朱鑠)은 성질이 아주 잔인했다. 그는 죄인을 극도로 괴롭히기 위하여 특별히 두꺼운 큰칼을 목에 씌웠고, 굵은 몽둥이로 매질을 했다.

그 가운데서도 여자 용의자에 대해서는 더 잔인했는데 이상하게도 몸을 파는 여자가 어떤 범죄에서 용의점이 드러나면 실오라기 하나 걸치지 못하도록 벌거벗겨놓고 온몸을 매질하는 것이었다. 또 얼굴이 예쁜 여자일수록 그 형벌을 무겁게 했으며 머리를 삭발시켜서 중머리를 만드는가 하면 심한 경우에는 창칼로 콧구멍을 후벼파는 예도 있었다.

"이렇게 하는 것은 세상의 도락자(道樂者)들을 훈계하기 위함이다. 미인에게 미(美)를 잃도록 하면 자연히 기생족들은 없어질 것이다. 그런데 이런 일은 색(色)을 보더라도 마음이 동하지 않는, 철석(鐵石)같은 마음의 소유자가 아니면 해낼 수 없는 일이다. 나야말로 이런 일을 해낼 수 있는 사람이야."

그는 으스대고 있었다.

어느덧 그의 임기가 만료되어 그는 산동(山東)의 군(郡)에 차석(次席) 자리로 영전하게 되었다. 그는 일가권속을 이끌고 부임하던 도중 임평(荏平)이란 곳의 여인숙에서 묵게 되었다.

그 여인숙에는 고루(高樓)가 있었는데 문이 굳게 닫혀 있었고 완전 봉쇄되어 있었다. 그것을 본 주삭은 주인에게 그 이유를 물었던바 주인이 대답했다.

"그속에서 무시무시한 일이 자주 일어났으므로 줄곧 폐쇄해 버렸습니다."

주삭은 그말을 듣자 껄껄 웃으며 흰소리를 쳤다.

"그래? 그럼 내가 저 고루에서 하룻밤을 자도록 하지."

"괜찮으실까요?"

"아무렴, 괜찮고말고……. 무슨 일이 일어나려고. 내 이름만 들으면 웬만한 요괴는 모두 기겁을 하며 도망치고 말걸."

그러나 주인은 한사코 말렸다.

"영감님, 혹 무슨 일이 있을지도 모르니 생각을 거두십시오."

주삭의 처자들도 완강히 만류했으나 고집불통인 그는 입밖에 냈던 말을 취소하지 않았다.

"너희는 내 방에서 자거라. 나는 무슨 일이 있어도 저곳에서 하룻밤을 자야겠다."

그는 끝내 고집을 부리며 처자들을 별실(別室)에서 자게 한 다음 자신은 허리에 칼을 차고 손에는 등불을 들었다. 그리고 고루에 올라가서 요괴가 나타나기를 기다리고 있었다.

낮 동안에는 아무런 일도 없었다. 그러나 한밤중이 지나자 문을 열고 슬며시 들어오는 것이 있었다. 그것은 백발을 길게 늘어뜨리고 빨간 관(冠)을 쓰고 있는 노인이었다.

이 노인은 주삭 앞에 가서 공손히 읍하며 인사를 했다.

"네놈은 누구냐? 네놈이 그 요괴인가 하는 놈이냐?"

노인이 대답했다.

"저는 요괴가 아닙니다. 이 근방의 토지신(土地神)이옵지요. 귀인

(貴人)께서 이곳에 오셨으니 이제 요괴들도 멸망할 때가 온 것으로 생각되옵니다. 그래서 저는 기쁜 나머지 경의(敬意)를 표하려고 온 것입니다. 조금만 더 기다리시면 요괴들이 나타날 것이온데 그것을 보시거든 칼을 뽑으시어 닥치는 대로 머리를 베소서. 그러면 요괴들을 전멸시킬 수 있을 것입니다."

"좋다. 잘 알았다. 안심하고 물러가 있거라."

주삭은 자신만만하게 말하였고 노인은 물러갔다.

주삭이 칼자루에 손을 대고 기다리고 있자, 과연 요괴들이 나타나기 시작했다. 파란 얼굴인 놈도 있고, 하얀 얼굴을 한 놈도 있는데 어쨌든 수상한 놈들이 띄엄띄엄 문을 열고 들어왔다. 그는 닥치는 대로 칼을 휘둘러서 그 목을 베었다.

마지막으로 어금니가 기다랗게 나고 주둥이가 시커먼 요괴가 나타났다. 주삭은 그 요괴마저 목을 쳐서 죽였다. 이제 더 들어오는 놈은 없었다.

주삭은 얼굴에 흐르는 땀을 닦았다. 요괴는 더 들어오지 않는 것을 보니 완전히 퇴치한 것 같았다. 이미 날이 밝아오고 있었다. 그는 만족스런 웃음을 띠면서 여인숙 주인을 불렀다.

주인을 앞세우고 종업원들까지 몰려왔다. 그들이 들어와 보니 고루 바닥에는 여러 구(具)의 시체가 뒹굴고 있었다. 그것을 본 사람들은 기겁을 하며 소리쳤다.

"이것 큰일났군. 대인(大人)께서는 큰 실수를 범하셨습니다."

주삭이 일어나서 보니 바닥에 쓰러져 있는 시체들은 그의 처첩(妻妾)과 자식들이었고, 제일 나중에 칼을 맞고 쓰러진 자는 그의 노복(老僕)이었던 것이다.

그들은 주삭의 안전이 염려되어서 은밀히 상황을 살피러 이곳에 들어왔다가 말 한마디 못하고 차례로 목이 달아났던 것이다. 그제야

사태를 짐작한 주삭은 발을 동동 구르며 절규했다.
"그 요괴란 놈! 나를 가지고 놀았었구나. 처음에 왔었던 그 토지신이란 놈이 진짜 요괴였어!"
그는 칼로 자기 가슴을 찌르고 죽고 말았다.

청랑(倩娘)의 혼

　청하(淸河) 땅에 사는 장일(張鎰)은 형주(衡州)에서 관리로 있었으므로 그곳에 거처를 마련했다.
　장일은 소박하고 조용한 사람이었으므로 친밀하게 지내는 친구가 적었다. 아들이 없었던 그는 슬하에 두 딸이 있었다. 큰딸은 어려서 세상을 떠났고, 작은딸은 이름이 청랑(倩娘)이었는데 드물게 보는 아름다운 소녀였다.
　장일에게는 왕주(王宙)라고 하는 생질이 있었다. 이 왕주는 태원(太原)에서 태어났으며 총명한 데다가 용모가 준수했다. 장일은 항상 왕주를 장래성이 있는 아이로 보고,
　"장차 청랑과 맺어주리라."
는 말을 입버릇처럼 되뇌었다.
　세월이 흘러 왕주와 청랑은 성장했다. 그들은 자나깨나 은밀히 상대방을 사모했는데 가족들은 그런 눈치를 채지 못했다.
　그러던 어느 날, 장일의 막료 중 장차 이부(吏部)에 발탁될 가능성이 많은 자가 청랑에게 구혼을 하자 장일은 그 청혼을 승낙했다. 청랑은 그 이야기를 듣자 우울해졌다.
　왕주 역시 분개했고 도읍인 장안에 가서 이부의 전형(銓衡)을 받겠다는 구실로 상경할 것을 청했다. 사람들이 아무리 말려도 듣지

않자 만반의 준비를 해주었고 왕주는 출발하였다. 원한을 품은 왕주는 비통한 마음으로 달려갔고 사람들을 뿌리치며 배 위에 올랐다.

해가 떨어진 뒤, 왕주는 어느 산성(山城) 밖 몇십 리 되는 곳에 도착했다. 그리고 한밤중이 되었는데 왕주는 잠을 이루지 못했다.

그때 갑자기 강가에서 누군가가 빠른 걸음으로 달려오는 발짝 소리가 들렸다. 그러더니 배에까지 도착했다.

"누구요?"

왕주가 물으며 살펴보니 그곳에는 맨발로 달려온 청랑이 서있는 것이었다. 왕주는 놀라는 한편 넋이 나갈 만큼 기뻐했다. 그는 그녀의 손을 잡으며,

"어디서 오는 길이오?"

라고 물었다. 소녀는 눈물을 펑펑 쏟으면서 저간의 일을 이야기했다.

"저를 이처럼 사랑해 주시는군요. 저도 잊을 수가 없었답니다. 꿈 속에서도 잊을 수가 없었다구요. 저는 제 의사가 무시당하는 것이 서러웠고, 도련님의 깊은 애정이 변할 리 만무하다는 것을 알고는 이 몸이 죽는 한이 있어도 도련님을······. 그래서 가족들을 버리고 이처럼 달려왔습니다."

왕주는 이 뜻밖의 일에 하늘을 날듯 기뻐했다. 그는 곧 청랑을 배 안에 숨긴 채 밤을 낮삼아 항해하여 도망했다. 그리고 밤낮으로 배를 몰기 몇 달 만에 촉(蜀) 땅에 도착했다.

그리고 5년의 세월이 흘렀다. 그동안 두 아들까지 두었는데 왕주의 아내인 청랑은 친정아버지 장일과는 소식을 끊고 말았다. 청랑은 오매불망 부모를 생각하고 있었다.

어느 날, 그녀는 눈물을 흘리면서 남편에게 호소했다.

"지난날, 서방님을 배신할 수가 없어서 저는 부모 자식간의 정의도 끊고 서방님에게 달려왔었습니다. 그리고 어언 5년이란 세월

이 흘렀건만 부모님과 일자서신 왕래도 못하고 지내는군요. 이는 자식된 도리가 아닌즉 하늘을 보고 살아갈 수가 없습니다."
왕주는 아내를 가엾게 생각했다.
"알겠소. 걱정마오. 우리 같이 부모님께로 갑시다."
그래서 부부는 동행하여 형주로 향했다.
형주 땅에 도착하자 왕주 혼자서 우선 장일의 집에 갔고, 멋대로 결혼하게 된 일을 사죄하였다. 그러자 장일은 고개를 갸우뚱거리는 것이었다.
"청랑은 벌써 여러 해 동안 병상에 누워서 지낸다네. 자네는 어찌 하여 터무니없는 거짓말을 하는 것인가?"
"아닙니다. 청랑은 지금 배에서 기다리고 있습니다."
왕주의 말에 장일은 크게 놀라며 곧 사람을 배에 보내어 확인하도록 했다. 사자(使者)가 배에 가보니, 왕주의 말대로 청랑이 배에 있었고 생글생글 웃으면서 사자에게 질문하는 것이 아닌가.
"아버지는 별고없으시겠지요?"
사자는 기겁을 하여 달려왔고, 보고 들은 바를 주인 장일에게 그대로 말했다.
한편 방안에 누워 있던 딸은 그 이야기를 듣자 싱글벙글하며 일어났다. 그리고 그녀는 화장을 하고 옷을 갈아입고, 아무 말도 하지 않은 채 밖으로 나와서 영접하는 것이었다.
두 명의 청랑은 곧 몸이 합쳐지면서 한몸이 되었는데 그들이 입고 있던 옷은 하나로 되지 아니하고 겹쳐져 있었다.
그로부터 40년이란 세월이 흐르는 사이에 왕주 부부는 세상을 떠났다. 두 아들은 모두 과거에 급제했고 현승(縣丞), 현위(縣尉)로 승진했다.

금방망이

김가(金哥)라고 하는 왕족이 있었다. 그의 먼 조상은 방이(旁㐌)라는 이름이었다. 방이에게는 동생이 하나 있었는데 굉장한 재산가였다. 형 방이는 동생에게서 분가했으며 옷과 먹을 것을 받고 있었다.

그 지방 사람들이 놀고 있는 빈 땅을 1무(畝) 주었으므로 형 방이는 누에씨와 곡물 씨를 동생에게서 얻었다. 동생은 씨를 쪄서 주었는데 방이는 그것을 알지 못했다.

누에씨가 나올 때가 되었건만 누에는 흰 마리밖에 부화되지 않았다. 그런데 그 누에는 하루에 한 치씩이나 커갔다. 10일 후에는 누에가 황소만큼 커졌고 여러 그루의 뽕잎을 먹어도 모자랄 정도였다.

방이의 동생은 이 사실을 알아차렸고, 틈을 엿보다가 그 누에를 죽이고 말았다.

그런데 하루이틀 지나는 사이에 사방 백리 안의 누에들이 날아와서 그집에 모여들었다. 나라 사람들은 이것을 '거잠(巨蚕)'이라고 불렀다. 누에의 왕인 줄 알았던 것이다. 동네 사람들은 일제히 실을 뽑았는데 공양은 하질 않았다.

곡물은 한 알만 심었다. 그 싹이 나오더니 1척(尺) 남짓 자랐다.

방이는 언제나 그 곡물 싹을 지키고 있었다.

그러나 뜻밖에도 새가 부리로 쪼아 부러뜨리더니 물고 도망갔다. 방이는 그 새를 추적하면서 산을 5, 6리나 올라갔다. 새는 어느 바위틈으로 들어갔다.

해가 지자 산길은 캄캄했다. 방이는 바위 옆에서 노숙했다.

한밤중이 되었다. 달빛에 붉은 옷을 입은 아이들이 모여서 노는 것이 눈에 띄었다.

한 아이가,

"너, 뭐 갖고 싶니?"

라고 말하자 다른 아이가,

"술이 있었으면 좋겠다."

라고 대답했다. 그 아이는 금방망이 한 개를 꺼내어 바위를 내리쳤다. 그러자 술과 술을 담은 그릇이 모두 갖추어졌다.

또 한 아이가,

"나는 음식이 있었으면 좋겠다."

라고 하자 다시 바위를 쳤다. 그러자 떡과 국, 고기가 바위 위에 차려졌다. 아이들은 오랫동안 먹고 마시면서 금방망이를 바위틈에 감춰둔 채 흩어졌다.

방이는 크게 기뻐하며 그 금방망이를 가지고 돌아왔다. 가지고 싶은 것은 그것을 외치며 금방망이를 두드리기만 하면 무엇이든지 금방 나왔다. 그렇게 해서 방이는 온나라의 부(富)에 필적할 만한 부자가 되었다.

그는 항상 진주라든가 보석 따위를 동생에게 주었다. 동생은 전에 누에씨와 곡물로 형을 속였던 일이 후회스러웠지만 여전히 방이에게 이런 말을 했다.

"시험삼아 누에씨와 곡물로 나를 속여 주십시오. 나도 어쩌면 형처럼 금방망이를 얻게 되는지 모르잖습니까?"

방이는 그 어리석음을 알고, 동생을 타일렀지만 막무가내여서 동생이 원하는 대로 해주었다.

동생은 누에를 길렀는데 보통 누에나 다름없는 누에 한 마리가 자라났다. 곡물은 씨앗을 뿌렸던바 역시 싹이 한 개만 텄다. 그런데 그 싹이 자라났을 때 새가 와서 부러뜨렸고 그것을 물고 달아났.

방이의 동생은 크게 기뻐하며 그 새의 뒤를 따라 산으로 들어갔다. 새가 날아간 장소에 가보니 도깨비들이 화를 버럭 내며 말했다.

"이놈이 우리 방망이를 훔쳐간 놈이다!"

그리고 방이의 동생을 붙잡고 말했다.

"너는 우리를 위해 왕겨 벽을 세 개 만들래? 아니면 네 코를 1장(丈)이나 늘여줄 것인데 그렇게 할래?"

방이의 동생은 왕겨 벽을 세 개 쌓게 해 달라고 사정했다.

사흘이나 지났지만 왕겨 벽을 쌓을 수는 없었다. 그래서 방이의 동생은 도깨비들에게 용서해 달라고 애원했다. 그러나 도깨비들은 그의 코를 잡아당겼다. 방이의 동생은 코가 코끼리처럼 길게 늘이닌 채 집으로 돌아왔다.

사람들이 해괴하게 생각하고 구름처럼 모여들었고 그것을 구경했다. 방이의 동생은 부끄러움과 분노를 참지 못하여 그만 죽고 말았다.

그후 아이들이 장난삼아 금방망이를 두드리며 이리 똥이 나오라고 외치자 갑자기 천둥 번개가 치면서 금방망이는 어디로 갔는지 감쪽같이 없어졌다.

파란 학(鶴)

 당나라 때, 어느 호부(戶部) 영사(令史)의 아내는 재주가 많은 요괴에 씌워 있었는데 그녀는 그것을 모르고 있었다.
 이집에는 준마(駿馬)를 기르고 있었는데 언제나 먹이를 특별히 듬뿍 먹였는데도 불구하고 점점 더 여위어가는 것이었다. 그래서 영사는 이웃에 사는 호인(胡人 : 페르시아인 또는 아랍인)에게 물어보았다. 호인도 역시 마법(魔法)을 터득하고 있었던 사람으로서 껄껄 웃으며 대답했다.
 "아무리 좋은 말이라 하더라도 백리 길을 달리면 지치는 법입니다. 그런데 그 말은 천리 이상이나 달려왔으니 지치지 않을 수 있겠습니까?"
 영사가 말했다.
 "우리 말은 밖에 나간 일이 절대 없소. 우리집에는 그 말을 탈 사람이 없다오. 그런 일이 있을 리 만무하다니까요."
 그러자 호인은 아리송한 말을 했다.
 "영사께서 숙직을 할 때마다 부인이 외출을 하십니다. 영사께서 모르고 계실 뿐이지요. 내 말이 거짓으로 생각되시거든 숙직하실 때 확인해 보십시오. 그러면 알게 될 것입니다."
 영사는 호인의 충고대로 숙직하는 날, 밤에 돌아와서 숨어 살폈다.

  1경(一更 : 밤 7시~9시)이 되었다. 아내는 일어나서 몸단장을 하더니 계집종에게 명하여 말에 안장을 올려놓게 하였고, 문앞 계단까지 끌어오게 하더니 말 위에 올라탔다. 계집종은 빗자루에 타고 그 뒤를 따르는데 서서히 하늘 위로 올라갔고 마침내 안보이게 되었다.
  영사는 경악했고, 그 이튿날 호인을 만나러 갔다. 그리고 겁에 질리어 물었다.
  "요괴의 짓이 틀림없었소. 어떡하면 좋겠소?"
  호인은 하룻밤 더 상태를 살펴보라고 일렀다.
  그날 밤, 영사는 안마당 장막 속에 숨어서 엿보았다. 잠시 후 아내가 나타나, 계집종을 부르더니,
  "어찌하여 모르는 사람이 와있는 기색이 있는 게냐?"
라고 물었다. 그리고 계집종에게 명하여 빗자루에 불을 붙이라 했고 그것을 들고 앞마당과 그 주변의 복도를 샅샅이 비춰 보라고 했다. 영사는 엉겁결에 앞마당 모퉁이에 있는 큰 독 속으로 들어갔다.
  그러자 아내는 잠시 후 또 말을 타고 나갔다. 계집종은 빗자루가 타버렸으므로 타고 갈 것이 없었다. 그것을 보고 아내가 말했다.
  "탈 것이 없으면 아무 거나 타고 와라. 꼭 빗자루를 타야 하는 것은 아니니까."
  계집종은 순식간에 큰 독을 집어타고 주인의 뒤를 따랐다. 영사는 그 독 안에 있었는데 두려워서 꼼짝도 할 수 없었다.
  잠시 후, 어떤 장소에 도착했다. 그곳은 산 정상에 있는 숲속으로서 천막과 휘장 등이 즐비하게 쳐져 있었고 성대한 연회가 열리고 있었다.
  참석한 사람은 7, 8명으로 각각 여인을 데리고 앉아서 술을 마시는 것이었다. 주연은 화기애애한 가운데 계속되었고 몇경(更)이 되

어서야 겨우 흩어졌다.

　부인은 말을 타고 계집종에게 타고온 독에 어서 올라타라고 명했다. 계집종이 깜짝 놀라며 말했다.

　"독 안에 누가 들어있습니다."

　부인은 취한 김에,

　"뭔지 모르지만 산 밑으로 밀쳐 버려!"

라고 명했다. 계집종 역시 취해 있었으므로 영사를 독 밖으로 끌어내어 밀쳐 버렸다. 영사는 아무 말도 못했고 계집종은 독을 집어탄 채 떠나 버렸다.

　영사는 새벽녘에 사방을 둘러보았지만 사람이라고는 그림자도 안 보였고 타다 남은 잿더미에서 실낱 같은 연기만 피어오를 뿐이었다.

　오솔길을 더듬으며 험준한 곳을 수십 리나 내려와서 겨우 산자락에 당도했다. 그곳이 어디냐고 묻자 낭주(閬州)라고 했다. 경사(京師)에서 1천여 리나 떨어진 곳이다.

　그는 구걸을 하면서 고생끝에 한 달 남짓 걸려서야 겨우 자기집에 찾아올 수 있었다.

　아내는 남편의 모습을 보고 기겁을 하며 이렇게 여러 날 동안 어디를 갔다 왔느냐고 물었다. 그러나 영사는 적당한 말로 둘러대는 것이었다.

　그리고 곧 호인에게로 가서 사실을 얘기하고 어떻게 해야 좋을는지 그의 의견을 물었다. 호인이 대답했다.

　"요괴는 완벽하게 붙어 있지만 잠시 떨어져 있을 때를 노리어 순식간에 묶어 버리고 불을 질러 태우십시오."

　영사는 호인이 시키는 대로 했다. 공중에서 살려 달라는 소리가 들려왔고, 잠시 후 파란 학(鶴)이 불속에 떨어져 죽었다.

　아내의 병은 이렇게 해서 완치되었던 것이다.

잉어가 된 사나이

설위(薛偉)는 촉주(蜀州)의 청성현(靑城縣) 주부(主簿)에 임명되었다. 동시에 임명된 사람이 승(丞)인 추방(鄒滂), 위(尉)인 뇌제(雷濟), 배료(裵寮) 등 세 사람이었다.

그해 가을, 설위가 병상에 누운 지 7일째 되던 날이다. 돌연 의식을 잃은 그는 죽은 것 같았다. 계속 그의 이름을 불러봤지만 아무 반응도 없었다. 그러나 가슴을 헤집고 보니 다소 온기가 있었으므로 가족들은 곧 입관(入棺)하지 않고 그의 곁에 빙 둘러앉아서 상태를 지켜보았다.

20일이 지났다. 설위는 갑자기 입을 크게 벌리며 하품을 하더니 몸을 일으켜 앉았다. 그리고 가족들에게 물었다.

"대체 인간계에서는 며칠이나 지난 거요?"

"20일이나 지났습니다."

"동료 관원이 지금 생선회를 먹고 있지 않은지, 가서 보고 오게. 내가 되살아났다고 말하고……. 아주 진기한 일이 있으니 여러분은 젓가락을 놓고 이야기를 들으러 와달라고 전하게."

하인이 달려가서 그의 동료 관원들을 살펴보니 과연 생선회를 먹고 있는 중이었다. 하인은 설위의 말을 전했고, 동료 관원들은 일제히 젓가락을 놓고 달려왔다.

설위가 말했다.

"여러분은 사호(司戶)의 하인인 장필(張弼)에게 명하여 생선을 구해 오도록 했지요?"

"그렇소."

설위는 장필을 불러놓고 물었다.

"어부 조간(趙幹)이 큰 잉어를 숨겨두고 작은 잉어를 내놓았지? 그래서 너는 갈대 속에 숨겨둔 잉어를 찾아내고 그것을 가지고 왔겠다! 현청(縣廳) 입구로 들어가고자 했을 때, 사호(司戶)의 관원이 문 동쪽에 앉아 있었고, 규조(糾曹)의 관원이 문 서쪽에 앉아서 장기를 두고 있었지? 안에 들어가 계단까지 가자 추군(鄒君)과 뇌군(雷君)이 박혁(博奕)을 하고 있었는데 배군(裵君)은 복숭아를 깎고 있었어.

네가 배군에게 조간이 큰 잉어를 숨겼더라고 고하자 배군은 '다섯 대의 매질을 하라'고 말했지? 요리사인 왕사량(王士良)에게 잉어를 넘겨주자 왕사량은 기뻐하며 잉어를 죽였어. 이런 일들이 있었지 않았느냐?"

사람들이 이것저것 또 물었고 설위는 그 질문에 대답을 했는데 그것은 모두 사실이었다. 사람들은,

"자네는 어떻게 그것을 다 아는가?"

라고 물었고 설위는,

"아까 죽인 그 잉어가 바로 나일세."

라고 대답했다. 사람들은 눈을 크게 뜨며 기겁을 했다.

"자세한 얘기를 들려주지 않겠나?"

그래서 설위는 이야기하기 시작했다.

나는 처음에 병이 악화되었고 열이 나서 어쩔 수가 없었어. 문득

가슴이 아파오더니 내가 있다는 것도 잊은 채 더워서 견디기 어려우므로 선선한 곳을 찾아 지팡이를 짚고 나갔지. 그것이 꿈을 꾸는 것이라고는 생각지도 않았고 전혀 모르는 상태에서 말일세.

현성(縣城)을 나가니 마음이 상쾌해지면서 즐겁더군. 새장 속의 새라든가 우리 속에 갇혀 있던 짐승이 도망을 쳐도 나보다 더 신나지는 않았을 거야.

산속으로 점점 들어갔는데 산길이 울창한 나무에 싸여 있기에 다시 내려가서 큰 강기슭으로 갔지. 강물은 깊고 아주 깨끗하더군. 가을의 풍광이 아름다운데 잔물결도 일지 않아 강 표면은 거울과 같았네. 먼 하늘이 그 강물 위에 비치더라구.

갑자기 헤엄을 치고 싶은 생각이 들기에 나는 그 강가에서 옷을 벗고 강물 속으로 뛰어들었지. 어렸을 때부터 물과 친숙해 있던 나였는데 성인이 된 이후로는 물놀이와 인연을 끊고 살았던 터라 마음껏 헤엄을 친다는 것은 실로 신바람이 나는 일이었어.

"인간의 몸으로 헤엄을 치는 것보다 물고기가 되면 더 멋지겠다. 물고기 몸이 되어 마음껏 헤엄을 칠 수는 없을까?"
라고 중얼거리자 옆에 있던 물고기가 이렇게 말하는 거야.

"그것은 당신이 싫어했기 때문입니다. 정식으로 물고기가 되는 것은 지극히 간단합니다. 인간의 몸 대신 물고기 몸이 되겠다고 생각을 할 필요가 없습니다. 진짜 물고기가 되는 것입니다. 내가 당신을 위해 그렇게 만들어 드리겠습니다."

그러더니 그 물고기는 재빨리 헤엄쳐 사라지더군.

잠시 후 물고기 머리를 하고, 몸길이가 몇 척(尺)밖에 안되는 사람이 고래 등에 타고 나타났지. 수십 마리의 물고기를 거느리고 말야. 그리고 하백(河伯 : 황하의 水神)의 조서(詔書)를 선포했어.

"성읍의 거주(居住)와 물속의 유영(遊泳)은 그 부침(浮沈)의 길이 다르도다. 결코 그것을 좋아하지 않으면 물결 사이를 왕래하기란 쉽지 아니할 것이야. 설주부(薛主簿 : 설위)는 부침하기를 좋아하고 대범한 생활을 동경하고 있어. 호대광활(浩大廣闊)한 수역(水域)을 즐기고 맑은 강물에 마음을 열라. 험준한 인간세계를 미워하고 환상의 현세에서 벼슬을 버리라. 그러나 비늘있는 물고기로 화(化)할 뿐 서둘러 그 몸이 되고자 하지는 말라. 그러면 동쪽 소(沼), 적리(赤鯉)로 명해 주겠다.

아아, 큰 파도를 만나 배가 전복되고 명부(冥府)에서 죄를 얻으며 날카로운 낚시를 무시하고 미끼를 먹다가 현세에서 상처를 입도다. 그렇게 함으로써 행동에 오류를 범하고 그 동료들에게 수치를 당하지 말라. 그대는 조심하라."

이 조서를 들으면서 내 몸을 둘러보니 이미 나는 물고기 옷을 입고 있었네.

그런 다음 몸이 움직이는 대로 유영을 했지. 가고자 하는 곳이면 어디든지 갔고, 파도 위, 소(沼)의 바닥, 어디든지 자유자재였어. 하지만 동쪽 소(沼)에 배속되어 있는 처지이므로 날이 저물면 반드시 그곳으로 되돌아오곤 했지.

어느 날, 나는 돌연 아주 따분해졌다네. 먹이를 찾았지만 얻을 수 없어서 배 뒤를 따라 헤엄을 쳤지.

그런데 뜻밖에도 조간(趙幹)이 실을 늘어뜨리고 낚시질을 하고 있는 게 아니겠나. 그 미끼에서는 먹음직한 냄새가 나더군. 경계해야 한다는 것은 잘 알고 있었지만 나는 어느새 나도 모르게 미끼에 입을 대려고 했지. 그러다가,

'나는 인간이다. 잠시 물고기가 된 것뿐이야. 먹이가 궁하여 찾아다닌다 해도 어찌 저 녀석의 미끼를 먹을 수 있단 말인가?'
라며 미끼를 뱉고 헤엄쳐 갔네.

그리고 잠시 후, 나는 점점 더 배가 고파왔어. 그래서,
'나는 관원이다. 변하여 물고기 옷을 입고 있을 뿐이라구. 비록 낚시를 삼킨다 하더라도 조간이 나를 죽이지는 못할 것이다. 나를 현성에 보내 달라고 하면 보내줄 것이야.'
라는 생각을 하던 끝에 그 미끼를 그만 덥석 먹고 말았네.
조간은 낚싯줄을 잡아당겨 끌어올리더군. 그리고 손을 내 몸에 대려고 하기에 나는 자꾸 소리를 질러 보았지만 조간은 못들은 체하며 꿰미를 내 턱에 꿰더니 갈대 속에 감추더라구.
이윽고 장필(張弼)이 그곳에 왔어.
"배료나리께서 생선을 사오라고 하시는데 큰놈이 필요하오."
그러자 조간은,
"큰놈이 걸리지 않아. 큰놈은 아직 잡지 못했고 잔챙이라면 한 열 근쯤 있네."
라고 대답하더군. 장필은,
"큰 고기가 필요하다니까요. 작은 것은 필요치 않소."
라며 자기 멋대로 살내밭을 뒤지다가 나를 발견하고 집어드는 거야.
나는 이번에는 장필에게,
"나는 너희 현(縣) 주부(主簿)이다. 모습을 바꾸어 물고기가 되었고 강물 속을 헤엄쳐 다니고 있었을 뿐이야. 너는 어찌하여 나에게 인사도 하지 않느냐?"
라며 소리쳐 보았지만 장필은 들으려고조차 하지 않았어. 그리고 나를 들고 갔는데 아무리 욕을 해대도 막무가내였다구.
현청 안으로 들어오자 현청의 관원들이 둘러앉아서 장기와 박혁 놀이를 하고 있더군. 나는 큰 소리로 외쳐봤지만 대답은 전혀 없었어. 단지,
"큼직한 잉어로군. 서너 근은 족히 나가겠는걸."

이라며 떠들 뿐이었어.

이윽고 계단 아래로 들어서자 추군(鄒君)과 뇌군(雷君)이 박혁을 하고 있었고, 배군(裵君)은 복숭아를 깎아먹고 있었어. 모두들 큰 잉어를 가져왔다며 기뻐하고 그 잉어를 어서 주방으로 가져가라고 명령했지.

장필이, 조간이 큰 고기를 숨겨놓고 작은 고기를 가져가랬다며 고자질을 하자 배군은 화를 내며 조간에게 매질을 하라고 했지.

나는 그대들에게 외쳐댔었어.

"나는 자네들의 동료야! 어서 풀어주지 않고 서둘러 죽이려고 하다니, 이것은 너무 잔혹하지 않은가!"

라고 —. 나는 절규하다가 눈물까지 흘렸건만, 자네들 세 사람은 모르는 체하고 나를 회치라며 주방으로 보냈지.

그 왕사량이란 놈은 식칼을 들고 있었네. 그리고 크게 기뻐하면서 나를 도마 위에 올려놓더군.

나는 또 그에게,

"왕사량! 너는 내가 언제나 회를 쳐오라고 시켰던 관원인 것을 모르느냐? 어찌하여 나를 죽이려고 하는 것이냐? 어서 나를 현령님께 데려가다오. 왜 꾸물대고 있는 거야?"

라고 외쳤지. 그러나 왕사량의 귀에는 아무 말도 들리지 않았던 것 같았어. 그는 내 목을 도마 위에서 싹둑 잘랐지. 그 머리가 잘리는 순간 나는 눈을 번쩍 떴네. 그래서 이렇게 자네들을 부른 것이야.

동료들은 모두 경악했고 인욕자비의 마음이 생겨났다.

하지만 조간이 낚시로 물고기를 잡았을 때, 장필이 손으로 들어올렸을 때, 현청 관원들이 장기와 박혁을 즐기고 있었을 때, 세 명의 동료들이 계단 아래서 보고 있었을 때, 왕사량이 죽이려고 했을 때

등등, 어느 경우에도, 그 물고기가 입을 벌리는 것은 보였지만 실제로 아무 소리도 들리지 않았던 것이다.

   그 이후로 세 사람의 동료들은 생선회를 평생 동안 먹지 않았다. 설위는 그런 이야기를 한 다음 병이 차츰 치유되었고 나중에는 완쾌되었다. 그리고 화양현(華陽縣)의 승(丞)으로 승진했다가 세상을 떠났다.

주막 여주인과 나귀

 당나라 때, 변주(汴州) 서쪽에 판교점(板橋店)이라는 주막집이 있었다.
 그 주막 여주인인 삼랑자(三娘子)란 여인은 신원이 확실치 않았으며 나이는 30세 남짓한 과부였는데 슬하에 자식이 하나도 없었고 가까운 친척도 없었다. 여러 칸이나 되는 집이 있어서 밥장사를 하고 있었는데 아주 유복하게 살았으며 나귀 따위, 가축을 많이 가지고 있었다.
 그 주막 앞을 왕래하는 말이나 나귀가 수레를 끌 수 없게 되면 싼값으로 나귀를 제공해 주어 화급한 손님을 도와주었으므로 사람들은 이 여주인을 인정 많은 사람이라며 상찬했다. 그래서 원근간에 나그네들은 이 주막을 이용하는 경우가 많았다.

 어느 날, 허주(許州)의 장돌뱅이인 조계화(趙季和)는 낙양(洛陽)에 가던 도중, 이곳에 묵었다.
 먼저 온 손님들이 예닐곱 명 있었는데 그들은 모두 간단한 침상에 자리를 잡았다. 늦게 들어온 조계화는 제일 안쪽에 있는 침상으로 갔다. 침상이 그것밖에 남아있지 않았던 것이다. 그 침상은 여주인의 방 바로 옆에 있었다.

잠시 후, 여주인 삼랑자가 들어와서 숙박객들을 따뜻하게 보살펴 주었다. 그리고 밤이 깊어지자 술을 내어 손님들과 함께 마시면서 실컷 즐겼다. 원래 술을 마시지 못하는 조계화도 그들의 담소에 끼어들었다.

이경(二更 : 밤 9시~11시)쯤 되자 숙박객들은 술에 취하여 각각 침상에 들었다. 삼랑자는 자기 방으로 들어갔고 문을 단단히 걸어잠근 다음 촛불을 껐다.

사람들 모두가 깊이 잠들었지만 조계화는 전전반측하며 잠을 이룰 수가 없었다.

그때 벽 하나 사이에 있는 삼랑자의 방에서 부스럭대는 소리가 들려왔다. 무언가 물건을 꺼내고 있는 것 같았다.

조계화가 살그머니 일어나 벽 틈으로 들여다보니 삼랑자가 뚜껑이 있는 그릇 속에서 초를 꺼내어 불을 밝히는 것이 보였다. 그런 다음 도구 상자에서 나무로 만든 소를 한 마리, 쟁기를 한 개, 그리고 나무인형 한 개를 꺼냈는데 그것들은 모두 6, 7촌(寸) 정도의 크기밖에 안되있다. 그녀는 그것들을 부뚜막 옆에 갖다놓고 물을 입에 물었다가 뿌리는 것이었다.

그러자 나무소와 나무인형이 그 자리에서 움직이기 시작했다. 난쟁이가 소에게 쟁기를 메우고 침상 앞의 좁은 토방을 갈았고, 그러기를 몇차례 왕복했다. 이어서 삼랑자는 상자 속에서 밀씨를 한 움큼 꺼내더니 난쟁이에게 주어 그곳에 뿌리도록 시켰다.

난쟁이가 밀씨를 뿌리자 곧 싹이 텄고 꽃이 피더니 밀이삭이 익어갔다. 삼랑자는 난쟁이를 시켜 그것을 수확케 했고 탈곡시켰던바, 7, 8되의 밀을 얻을 수 있었다.

삼랑자는 그 밀을 조그마한 돌절구 속에 넣고 찧어서 밀가루로 만들더니, 나무인형을 상자 속에 넣었다. 그리고 밀가루를 반죽하여 소병(燒餠)을 몇개인가 만들었다.

이윽고 닭이 울었다. 손님들은 길 떠날 채비를 차렸다. 삼랑자는 그들보다 먼저 일어나 등불을 밝히고 만들어 놓은 소병을 식탁 위에 꺼내놓았다. 손님들에게 점심(点心 : 차와 함께 나오는 과자)으로 내놓았던 것이다.

조계화는 가슴이 두근거렸다. 그는 허둥지둥 작별인사를 한 다음, 문을 열고 나갔고 얼른 문 뒤에 몸을 숨기고 집안을 엿보았다.

그런데 숙박객들은 식탁을 에워싸고 앉아서 소병을 먹는데, 그것을 다 먹기도 전에, 돌연 일제히 바닥에 쓰러졌고 나귀 울음소리를 내면서 순식간에 나귀로 변신했다.

삼랑자는 그 나귀를 한 마리도 남기지 않고 자기집 뒤꼍으로 끌고 갔다. 그리고 손님들의 짐과 돈꾸러미를 모두 뺏어 버리는 것이었다.

조계화는 이 일을 아무에게도 발설하지 않았다. 그러나 마음속으로 이 요술이 무척 부러웠다.

한 달 남짓 지난 다음 조계화는 낙양에서 돌아왔다. 판교점에 도착하기 전, 그는 밀로 삼랑자가 만들었던 크기만한 소병을 만들었다.

그는 판교점에 도착하자마자 이전과 마찬가지로 삼랑자네 주막에서 묵었다. 삼랑자는 지난번과 마찬가지로 환대했다. 그날 밤은 딴 손님이 없었으므로 대접은 한층 더 융숭했다.

밤이 깊어지자 삼랑자가 와서 필요한 것이 없느냐고 물었다. 조계화가 대답했다.

"내일 아침 일찍 출발합니다. 적당한 식사를 준비해 주십시오."

삼랑자가 쾌히 승낙했다.

"그런 것은 조금도 걱정하지 마시고 편히 쉬십시오."

밤이 이슥해졌을 때 조계화가 엿보니 모든 것이 그전과 똑같았다.
날이 밝은 다음 삼랑자는 큰 접시에 먹을 것을 담아가지고 들어왔다. 과연 그것은 소병 몇 개였다. 그런 다음 그녀는 무엇인가를 가지러 나갔다. 조계화는 그 틈에 준비해 온 소병과 접시에 담긴 소병 한 개를 바꾸어 놓았는데 삼랑자는 전혀 눈치채지 못했다.
조계화는 출발하기에 앞서 소병을 집어먹으려고 하다가 삼랑자에게 말했다.
"마침 준비해 온 소병이 있어서 먼저 먹었습니다. 이것은 한 개만 먹겠으니 나머지는 다른 손님에게 주십시오."
라며 자기가 만들어 온 소병을 집어먹었다. 식사하고 있을 때 삼랑자는 차를 가져왔다. 조계화는,
"아주머니, 이 소병은 내가 가지고 온 것인데 한 개 드시지 않겠습니까?"
라며 바꿔놓았던 소병을 그녀에게 먹였다.
그녀가 입에 소병을 넣는 순간, 삼랑자는 바닥에 거꾸러졌다. 그리고 나귀 울음소리를 내면서 순식간에 나귀로 변신했다. 아주 튼튼한 나귀였다.
조계화는 얼른 일어나 그 나귀를 집어타고 출발했다. 나무인형과 나무소 따위를 모두 수중에 넣었지만 그 사용법을 몰랐으므로, 시험하고 싶어도 할 수가 없었다.
조계화는 삼랑자가 변신한 나귀에 타고 여러 곳을 주유했는데, 사고를 내는 일도 없이 하루에 백리씩 갔다.

그로부터 4년이 지났다.
나귀에 타고 동관(潼關)에 들어가 화악묘(華岳廟) 동쪽 5, 60리 되는 곳까지 왔을 때 일이다.

갑자기 길가에 한 노인이 나타났다. 노인은 손뼉을 치면서 큰 소리를 내어 웃었다.
"판교의 삼랑자여, 어쩌다가 그런 몰골이 되었는가?"
노인은 말을 마치자마자 나귀를 붙잡고 말하기 시작했다.
"그토록 큰 잘못을 저지르긴 했지만 받은 벌이 좀 심하구먼. 안되었어 여인이여. 그만 나오도록 해주지."
노인이 나귀의 입과 코 부위를 두 손으로 찢자 삼랑자가 가죽 속에서 튀어나왔다. 그녀는 본디의 모습으로 돌아오자, 노인 앞에 엎드려 절했다. 그리고 어디론가 달려갔다. 그녀가 간 곳이 어딘지는 그 누구도 아는 사람이 없었다.

선술집 여인

조응지(趙應之)는 남경(南京)의 황족(皇族)이었다. 동생인 조무지(趙茂之)와 함께 경사(京師)에서 살며 부호인 오가(吳家)의 젊은이와 날마다 놀러다니며 세월을 보냈다.

어느 해 봄에 있었던 일이다. 금명지(金明池) 호반에 와서 옆길로 들어가자 선술집이 있었다. 꽃이 흐드러지게 피어 있고 대나무숲이 우거졌는데 줄기들이 나란히 놓여 있는가 하면 아주 조용하여 사람들의 이야깃소리도 들리지 않았다. 선술집 여인은 굉장한 미녀였다.

세 사람은 말을 내놓고 술을 청했다. 조응지가 여인을 기리키며 오생(吳生)에게,

"저 아가씨를 불러 대작을 하면 어떨까?"

라고 하니, 오생도 크게 기뻐하며 여인에게 청했다. 여인은 싫어하는 기색을 보이지 않으며 쾌히 승낙했고 세 사람의 술자리에 동석했다.

잔을 건네려고 했을 때 여인은 부모가 돌아오는 것을 보고 서둘러 자리에서 일어났다. 세 사람은 거나하게 취했으므로 모두 일어섰고 술집에서 나왔다.

봄도 다 갈 무렵이었으므로 다시 이 선술집을 찾지는 않았다. 그러나 그리워지는 마음은 꿈속에서 꿈으로 보이는 것이었다.

이듬해, 세 사람은 지난해에 놀던 곳을 찾아 그 선술집에 도착했

던바, 술집은 허름하게 낡았고 난로 옆에 있던 사람은 보이지 아니했다.

그들은 지난번처럼 쉬어가기로 하고 술을 청하면서 술집 주인에게 넌지시 물었다.

"작년에 이곳에 왔을 때는 젊은 여인이 있었는데 지금은 어디에 갔소?"

그러자 영감과 노파가 눈썹을 찌푸리며 말했다.

"그애는 우리 딸입니다. 지난 해 식구들이 성묘를 갔을 때, 그애 혼자 집을 보았지요. 내가 아직 집에 돌아오기 전, 치신사나운 세 젊은이가 딸아이와 함께 술을 마시고 있었습니다.

내가 시집도 안간 처녀가 그 무슨 행실이냐고 나무랐더니 시무룩해지더군요. 그리고 며칠 안가서 죽었답니다. 저쪽에 조그만 무덤이 있지요? 저것이 그애의 무덤이랍니다."

세 사람은 그 이상 얘기를 하지 않았고 술을 단숨에 마신 다음 술집을 나왔다. 그리고 돌아오는 도중, 여인의 죽음을 슬퍼하며 애석해했다.

해가 지고 성문에 도착하려 할 때, 웬 여인이 얼굴을 천으로 가린 채 조심조심 다가왔다.

여인이 말을 걸었다.

"저는 작년, 못가에서 만났던 사람입니다. 나리들은 우리집에까지 가셔서 물어보셨지요? 우리 아버지나 어머니는 저를 단념시키기 위해 죽었다고 거짓말을 하고 무덤까지 만들어서 속인 것입니다. 1년 동안 줄곧 찾아다녔답니다. 다행히도 만나뵙게 되었네요. 지금은 성안의 좁은 골목 술집에 몸을 의지하고 있습니다. 아주 넓직하고 깨끗한 술집입니다. 가보시지 않으렵니까?"

세 사람은 기뻐하며 말에서 내려 함께 갔다. 그곳에 가서 술을 마셨고 오생은 남아 하룻밤을 묵었다.

그리고 석 달 이상 왕래하는 사이에 오생의 안색이 차츰 야위어 갔다. 오생의 아버지는 조응지 형제를 나무랐다.

"너희는 전날 내 자식을 유혹하여 어디에 갔었더냐? 그애는 지금 병이 들어 이 지경에 이르렀다. 만약 소생하지 못하면 너희를 당국에 고소할 것이야!"

형제는 얼굴을 마주보며 식은땀을 닦았다. 그러면서 역시 그 여인이 수상하다는 생각을 했다.

황보법사(皇甫法師)가 귀신 퇴치를 잘한다는 말을 들은 그들은 법사에게 달려가서 만나보고 법사를 초빙하여 오생의 집에 동행했고 그를 진찰케 했다.

황보법사는 오생을 보자마자 경악했다.

"귀신의 기(氣)가 아주 왕성하여 앙화가 심하니, 서둘러 서쪽 3백 리 되는 곳으로 옮기어 이 앙화를 피해야겠소이다. 만약 120일이 지나게 되면 그것으로 인하여 반드시 죽게 될 것이오. 그때는 손을 쓸 수가 없소이나."

세 사람은 곧 수레와 말을 준비하여 서경(西京) 낙양(洛陽)으로 향했다. 그런데 식사 때는 반드시 그 여인이 방안에 있었고, 밤에는 긴 의자에 앉아서 버티고 있는 것이었다.

낙양에 온 지 며칠 안되어 벌써 120일의 기한이 찼다. 그 120일이 되는 날, 주루에서 이별연을 열고 있는데 모두가 걱정하고 또 두려워했다.

때마침 황보법사가 나귀를 타고 그 주루 아래를 지나갔다. 그들은 법사 앞에 엎드리며 도와줄 것을 호소했다.

황보법사는 오생을 위해 높직한 대(臺)를 쌓고 주법(呪法)을 행한 다음 검(劍)을 오생에게 주었다.

"그대는 살아나기 힘들겠소. 지금 돌아가서 문을 단단히 걸어잠그시오. 황혼 무렵 누가 와서 문을 두드리거든 그게 누구든간에 목을 치시오. 다행히 귀신에게 명중되면 그대는 살아날 수 있겠소이다. 불행하게도 실수하여 사람을 죽이게 되면 가령 생명은 연장시킬 수 있다 하더라도 죽은 것이나 다름없겠소."

오생이 황보법사가 시키는 대로 했더니 과연 황혼 때가 되자 문을 두드리는 자가 있었다. 오생이 검으로 내리치니 무엇인가가 바닥에 고꾸라졌다. 촛불을 밝혀 자세히 살피자 바로 그 여인이었다. 여인은 피투성이가 되어 쓰러져 있었다.

오생은 순찰중이던 순라군에게 붙잡혔고 조응지 형제와 황보법사도 체포되어 모두 투옥되었다.

재판은 좀처럼 결말이 나지 않았으므로 부(府)에서는 관원을 파견하여 못가에 있는 술집을 수색케 했다.

여인의 부모는,

"그애는 벌써 죽었습니다."

라고 말했다. 그래서 무덤을 파헤치고 검시(檢屍)하자 옷이 벗은 허물처럼 남아있을 뿐 유해(遺骸)는 없었다. 그래서 모두 석방되었던 것이다.

궁술(弓術)의 명인(名人)

옛날에 감승(甘蠅)이라고 하는 활의 명인이 있었다. 그가 활시위에 화살을 메기고 보름달처럼 활을 잡아당겨서 휘기만해도 짐승들은 땅에 엎드렸고, 새들은 하늘에서 떨어졌다.

감승에게는 비위(飛衛)라고 하는 제자가 있었는데 스승으로부터 궁술을 열심히 배웠다. 그래서 그 정교하고 오묘한 궁술은 스승 이상이라는 평을 받았다.

이 비위의 문하에서 공부를 하겠다며 찾아온 사람이 있었다. 그는 기창(紀昌)이라는 사나이였는데 비위는 그에게 말했다.

"먼저 눈을 깜박이지 않는 훈련부터 해야 된다. 눈을 깜박거리면 훌륭한 궁사(弓士)가 될 수 없어. 눈을 깜박이지 않아야 비로소 쓸만한 궁사가 되는 법이다."

"예, 알겠습니다."

이렇게 대답하고 집에 돌아온 기창은 아내의 베틀 밑에 누웠다. 아내가 발을 움직일 때마다 바디가 상하좌우로 왕복했는데, 그는 그 바디를 똑바로 쳐다보았다. 하루, 이틀, 사흘…… 이렇게 하기를 2년이나 하고 나니 날카로운 송곳을 눈앞에 갖다대어도, 그는 눈을 깜박이지 않게 되었다.

"좋다! 이만하면 되겠지."

기창은 베틀 밑에서 나왔다. 그리고 비위에게로 달려가 그동안 자기가 수련했던 일을 낱낱이 고했다.

"으음...... 애썼네. 그러나 그 정도로는 아직 불충분해. 다음에는 물체를 보는 방법을 배워야 한다. 작은 물체가 아주 크게 보이면 나에게 오라."

비위에게서 이같은 말을 들은 기창은 그날부터 창가에 이 한 마리를 머리카락으로 동여매어 매달아놓고 노려보기 시작했다. 그렇게 10일 정도 노려보고 있노라니, 기분탓인지 이가 좀 크게 보이는 것 같았다.

"음 그렇다. 이렇게 하면 되겠구나."

기창은 밝은 날도 흐린 날도, 온 신경을 집중시켜 이를 노려보았다. 이가 말라비틀어지면 다시 이를 잡아서 달아맸다. 이렇게 하기를 3년이란 세월이 흘렀다.

기창의 눈에는 이제 이가 수레바퀴만하게 보였다. 그는 다른 물체도 보았다. 모든 물체가 산더미만큼 크게 보였다. 기창은 기뻐하며 시험삼아 활시위에 화살을 메겨 매달아놓은 이를 쏘았다.

화살은 이의 염통에 명중했는데 그 이를 매단 머리카락은 미동(微動)도 하지 않았다. 기창은 곧 비위에게로 달려가서 이 사실을 낱낱이 말했다.

비위는 기창의 어깨를 두드리며 말했다.

"됐네. 잘 해냈어."

비위는 자신의 명령을 충실히 이행한 애제자(愛弟子)에게 심혼(心魂)을 기울여서 궁술의 비법을 전수했다. 기창은 백발백중의 명수가 되었다.

그러는 동안 스승의 비술(秘術)을 모두 배우게 된 기창은 엉큼한 생각을 하기 시작했다.

'천하가 넓다고는 하지만, 활로써 나를 대적할 수 있는 사람은 스승인 비위뿐이다. 그러니 비위만 죽여 버리면 나는 천하제일의 명궁이 될 거야.'

어느 날, 궁시(弓矢)를 메고 나간 기창은 들에서 사냥갔다가 돌아올 비위를 기다렸다. 그를 쏠 것이냐, 말 것이냐. 기창은 갈등을 일으키고 있었다.

'죽여야 한다.'

기창은 마음을 굳혔다.

이윽고 사냥한 짐승을 손에 든 비위가 다가왔다. 두 사람의 거리가 가까워졌을 때 비위는 기창의 오체(五體)에서 살기(殺氣)가 나는 것을 느꼈다. 그는 곧 사냥한 짐승을 팽개치면서 방어태세를 갖추었다. 그리고 활시위에 화살을 메겨서 쏘았다.

비위와 기창이 쏜 두 개의 화살은 동시에 시위를 떠났고, 두 사람의 중간 위치의 공중에서 격돌하였다. 쌍방의 화살이 똑같은 힘으로 날았고 서로가 서로의 힘을 상쇄(相殺)하여, 한순간 공중에서 멎어 있다가 조용히 땅 위로 떨어졌다.

두 사람은 또 화살을 쏘았다. 이번에도 두 개의 화살은 중간에서 맞부딪쳤고 땅으로 떨어졌다.

비위의 손에는 화살이 떨어졌다. 그러나 기창에게는 아직도 한 개의 화살이 남아있었다. 그 마지막 화살은 바람을 가르며 날아가 비위의 가슴에 맞는 것 같았다.

"해냈다!"

기창은 자신도 모르는 사이에 그처럼 외쳤으나 그보다 빨리 비위는 갈대를 꺾어서 그 화살을 내리쳤다. 화살은 땅바닥에 떨어졌다.

두 사람은 망연히 서있었다. 이윽고 두 사람은 활을 버리고 달려와 서로 부둥켜안았다.

궁술(弓術)의 명인(名人) 191

"감승 노사(老師)야말로 고금무쌍(古今無雙)의 궁술의 대가(大家)이시다. 그분의 실력에 비하면 우리 두 사람의 기량은 어린아이의 장난에 불과하지."

비위의 말에 기창은 곧 산속에 은거하고 있는 감승을 찾아갔다. 이미 100세가 넘은 감승이었다. 기창은 양(羊)처럼 유화한 눈의 이 노인 앞에서 가르침을 청했다. 그리고 자신의 궁술 솜씨를 숨김없이 말한 다음 화살 한 개를 쏘아 다섯 마리의 새를 떨어뜨렸다.

"흐음, 그런 대로 웬만한 재주는 익혔구나. 그러나 네가 한 것은 '사(射)의 사(射)'니라. 아직 '불사(不射)의 사(射)'에는 미치지 못하고 있어."

감승은 그렇게 말했다. 기창은 그 말의 의미를 이해할 수가 없었다. 멍청히 서있는 기창을 보고 감승은 껄껄 웃더니 20미터쯤 떨어진 절벽으로 다가가서 우뚝 섰다. 그리고 이런 말을 했다.

"어때? 이 위에서 아까 보였던 그 재주를 한번 더 보여주겠느냐?"

기창은 싫다고 할 수도 없는 형편이었다. 그는 그곳 바위 위에 서서 기력(氣力)을 집중시킨 다음 화살을 뽑았다. 발 밑의 바위가 부서지면서 흙이 굴러떨어졌다. 아래를 내려다보니 천길이나 되는 골짜기였다.

기창의 몸은 떨렸고 마침내는 서있을 수조차 없어서 바위 위에 엎드리고 말았다. 노인은 웃으면서 기창을 안아 일으킨 다음 바위 아래로 데리고 갔고, 그 대신 자기가 그 바위 위에 올라섰다.

"그럼 '불사의 사'를 보여주겠다."

아직도 떨리는 마음과 몸을 진정하지 못하고 있던 기창은 얼른 물어보았다.

"활이 없지 않습니까?"

감승은 빈손이었던 것이다.

"활? 그 따위 것은 필요없다."

그때 마침 두 사람의 머리 위 높은 하늘로 소리개 한 마리가 날고 있었다. 소리개는 워낙 높이 날고 있어 언뜻 보기에는 양귀비씨 정도의 크기였다. 그것을 노려보던 감승은 이윽고 안보이는 화살을 역시 안보이는 활에 메겨서, 보름달처럼 그 안보이는 활을 휘더니 공중을 향하여 쏘았다.

그런데 이게 웬일인가? 소리개는 날개조차 파닥거리지 못한 채 거꾸로 떨어지는 것이었다. 기창은 망연자실했다. 그는 비로소 예도(藝道)의 심연(深淵)을 들여다보는 것 같았다.

기창의 마음에는 일대 변혁이 일었다. 그로부터 9년 후, 감승 밑에서 수업을 끝내고 하산한 기창은 옛날의 기창이 아니었다. 즉 남에게 지기 싫어하는 기창이 아니었으며, 목우(木偶)처럼 어수룩한 기창으로 변하여 있었던 것이다.

그것을 본 옛스승 비위는 경탄해 마지않았다.

"이 사람이야말로 천하의 명궁(名弓)이요, 명인(名人)이로다. 내가 따를 바가 아니야."

무형(無形)의 지예(至藝)를 터득한 기창에게는 이제 유형(有形)의 활 따위는 필요치 않게 되었으며, 궁시(弓矢)를 버렸을 뿐 아니라, 그 명칭과 사용법 등도 모두 잊어버리고 말았다.

어느 날 밤, 기창의 집에 도둑이 몰래 담을 넘으려는 순간, 집안에서 웬 살기(殺氣)가 뿜어나오더니 그 도둑의 이마를 때리는 바람에 그는 담 아래로 푹 고꾸라지고 말았다.

기창은 감승 밑을 떠난 지 40년만에 세상을 떠났다. 그 40년 동안에 목우와 같은 얼굴은 더욱 그 표정을 잃어가게 되었다. 입밖으로 말을 내는 일도 거의 없었고, 마침내는 숨을 쉬고 있는 것인지 안쉬고 있는 것인지조차 알 수 없는 경지에까지 이르렀다고 한다.

흰옷 입은 여인

자사(刺史)인 위음(韋崟)은 젊었을 때는 제멋대로 놀며 지내던 모주꾼이었다.

그의 당고모는 정육(鄭六)이라는 사나이에게 시집을 갔다. 정육은 무예에 마음을 두었었지만 술과 여자가 좋아서 가난했다. 그는 집도 없어서 처가에 얹혀살았는데 위음과는 뜻이 통하여 언제나 왕래가 있었다.

어느 여름날, 위음은 정육과 함께 장안 거리로 나갔다. 신창리(新昌里)에서 같이 술을 마실 예정이었는데, 선평리(宣平里) 남쪽에 당도하자 정육은 볼일이 있다며 다녀오겠다고 말했다. 그리고 나중에 술자리로 오겠다는 것이었다.

위음은 백마를 타고 동쪽으로 향했다. 정육은 나귀를 타고 남쪽으로 향했으며 승평리(昇平里) 북문을 빠져나갔다.

정육은 문득 세 명의 여인들이 걸어가는 것을 보았다. 그 가운데 흰옷을 입은 여인은 눈부실 만큼 예뻤다. 정육은 이 여인을 보고 놀라는 한편 기뻐했다. 그는 나귀에 채찍을 가하며 여인들을 앞질렀다가 뒤처지는 등, 그녀들의 관심을 끌려고 노력했다.

흰옷 입은 여인은 힐끔힐끔 정육에게 시선을 주면서 추파도 던졌다. 정육은 그녀를 보고,

"아니, 이런 미인이 걸어서 가다니 대체 어찌된 일이오?"
하며 놀렸다. 흰옷 입은 여인은 방긋 웃으며,

"건장한 남자는 나귀를 타고 가면서 나귀를 빌려줄 생각도 하지 않으니 누군들 걷지 않고 어찌하겠소."
라며 대꾸했다.

"이런 나귀 따위는 미녀가 탈 것이 못되지만 그래도 좋으시다면 빌려드리리다. 나는 걸어서 가더라도 동행만 할 수 있다면 그것으로 만족하겠소이다."

그가 말을 마치자 두 남녀는 얼굴을 마주보며 소리내어 웃었다. 동행하던 여인들도 정육에게 요염한 시선을 보내며 유혹했다. 어색한 분위기는 차츰 사라져갔다.

정육은 여인들을 따라 동쪽으로 향했는데 낙유원(樂遊園 : 유원지)에 당도했을 때는 어둠이 깔려 있었다. 그곳에는 토담이 둘러쳐져 있고 수레가 지나갈 수 있는 문이 있는 저택이 있었다. 흰옷 입은 여인은 그 문으로 들어가려고 하다가 뒤돌아보며,

"잠시 기다려 주십시오."
라는 말 한마디를 남기고 안으로 들어갔다.

동행했던 몸종 한 명이 문 옆에 몸을 숨기고 정육에게 성명과 배행(輩行 : 형제자매간의 순서)을 물었다. 정육은 물음에 대답한 다음 흰옷 입은 여인의 성명과 배행을 물었다.

"임씨(任氏)라고 합니다. 배행은 스무 번째이고요."
몸종이 대답했다.

잠시 후, 정육은 안내되어 집 안으로 들어갔다. 그는 나귀를 문기둥에 매고 모자를 벗어서 안장 위에 놓았다. 그때 30세 남짓된 부인이 나와서 그를 찾았다. 임씨의 언니였다.

촛불이 환하게 켜져 있고 음식이 차려져 있었다. 술잔을 권하는데

흰옷 입은 여인 195

임씨가 옷을 갈아입고 나타났다. 그들은 실컷 먹고 마시며 아주 즐거운 시간을 보냈다.

밤이 깊어지자 잠자리에 들었는데 여인의 부드러운 용자(容姿)와 아름다운 육체, 그리고 노래하다가 웃곤 하는 태도 등등 모두가 화려하고 요염하여 이 세상 사람 같지가 않았다.

날이 샐 무렵이 되자 임씨는,

"돌아가시는 게 좋겠어요. 우리 형제는 교방(敎坊 : 궁정에서 연주·상연되는 가무와 음악 등을 관장하며 藝人·歌妓 등을 관리하는 기관)에 적(籍)이 있고 남아(南衙)에서 일을 한답니다. 새벽녘에 퇴청하므로 이곳에 오래 있으면 아니됩니다."

라며 재촉했다. 정육은 하는 수 없어서 다시 만날 날을 약속하고 떠났다.

그집을 나온 정육은 승평리 문에까지 왔는데 문은 아직도 굳게 닫힌 채였다. 문 옆에는 호인(胡人) 떡장수 집이 있었는데 등불을 켜고 화로에 불을 지피는 중이었다. 정육은 그 떡장수 집 추녀 밑에 앉아서 문이 열리는 북소리가 나기를 기다리다가 떡장수와 이야기를 나누기 시작했다.

정육은 하룻밤 지낸 그 장소를 가리키면서 떡장수에게 물었다.

"여기서 동쪽으로 꼬부라지는 곳에 문이 있지요? 그곳은 누구네 저택인가요?"

"그곳은 담장이 무너져 있고, 황폐된 땅이 있을 뿐일텐데요. 저택이라니요? 집 따위는 없습니다."

"아니, 그럴 리가 있습니까? 방금 내가 그곳에서 자고 오는 길인데요. 집이 없다니 말도 안됩니다."

정육은 우겨댔다. 그러자 떡장수는 비로소 짚이는 바가 있다는 눈치였다.

"아아, 알겠습니다. 그곳에는 여우가 산다고 하며 그 여우는 젊은 남자를 유혹해서 함께 잠을 잔다고 합니다. 세 번인가 나온 적이 있다나 봐요. 그런데…… 그럼 그대도 그 여우를 만났었단 말입니까?"

정육은 얼굴을 붉혔다.

"아니오."

그는 얼버무리며 부인했다.

날이 훤히 밝았다. 정육이 그 장소에 다시 가서 둘러보니 토담과 수레가 들어갈 만한 문은 그대로인데 그 안을 기웃거리자 그곳은 잡초만 무성한 채소밭밖에 없었다.

정육은 집에 돌아왔고 위음을 만났다. 위음은 약속을 지키지 않았다며 나무랐다. 정육은 자신이 겪었던 일 모두를 가슴속에 깊이 간직한 채 입밖에 일절 내지 아니했다.

그러나 여인의 그 고운 맵시를 생각하니 한번 더 끌어안고 싶은 생각이 들 뿐이었다. 그는 그 흰옷 입은 여인을 도저히 잊을 수가 없었다.

10여 일이 지났다. 정육은 거리로 나가서 옷가게에 들어갔다가 문득 그 여인을 보았다. 흰옷 입었던 여인과 그녀의 몸종들이었다.

그는 허겁지겁 쫓아가며 여인을 불렀다. 임씨는 몸을 잽싸게 움직이어 혼잡한 사람 틈으로 숨었다. 정육이 계속 소리치며 따라가자 여인은 등을 돌리며 우뚝 섰고 부채로 얼굴을 가렸다.

"다 알고 있으면서 왜 가까이 오는 겁니까?"

"알고 있건 모르고 있건, 그것은 상관없습니다."

"나는 부끄러워서 도저히 얼굴을 마주할 수 없습니다."

"이처럼 일편단심 그대를 생각하고 있는데…… 나를 버린다는 것은 너무 잔혹하지 않습니까?"

"버리다니요? 천만의 말씀입니다. 당신이 나를 싫어하지 않을까 걱정일 뿐입니다."

정육은 자기 마음은 절대로 변하는 일이 없을 것이라며 맹세했다. 그 말에는 정이 듬뿍 어리어 있었다. 임씨는 그제서야 돌아보며 부채를 내렸다. 여인은 처음 만났을 때와 마찬가지로 눈부실 만큼 예쁘고 매력적이었다.

여인이 정육에게 말했다.

"이 세상에는 나와 같은 자들이 얼마나 많다구요. 당신이 모르고 있을 뿐이지요. 나만 책망하지는 마세요."

정육은 지난날로 되돌아가 달라고 부탁했다.

"나 같은 것이 인간에게 미움을 받는 것은, 다름이 아니라 인간을 해치기 때문이지요. 그러나 나는 그렇지 않습니다. 싫어하지 않으신다면 한평생동안 곁에서 모시겠습니다."

정육은 승낙했고 살 집에 대해서 의논했다. 임씨가 말했다.

"이곳에서 동쪽으로 가면 큰 나무 밑에 지붕을 마주한 여러 칸 집이 있으며 아주 한적한 환경입니다. 그집을 빌려서 살도록 하지요. 일전에 선평리(宣平里)에서 백마를 타고 동쪽으로 가신 분은 당신 부인쪽 형제가 아닌지 모르겠네요. 그야 어쨌든 그분이 갔던 집에는 가구가 잔뜩 있던데 그것들을 빌려서 쓰도록 하지요."

그 무렵, 위음의 백부와 숙부들은 모두 도읍을 떠나 지방관으로 나가 있었으며 세 집안의 가구가 모두 그집에 쌓여 있었다. 정육은 임씨가 시키는 대로 그집을 찾아냈고 위음에게 찾아가 가구를 빌려 달라고 하였다.

"그 가구들은 무엇에 쓰려는 건가?"

위음이 묻자 정육이 대답했다.

"미녀를 하나 구했어. 집은 빌렸는데 살림에 필요한 가구가 없어서 좀 빌려 쓸까 하고……."

위음은 웃었다.

"자네 풍채로 미루어 짐작컨대 틀림없이 신통치 못한 여인일 거야. 특출한 미녀일 리 만무해."

위음은 방장(房帳)과 침대 침구 등 가구 일습을 빌려 주었고, 하인 가운데 머리회전이 잘되는 자에게 명하여 정육을 따라가서 그들의 상황을 살피게 했다.

얼마 후, 그 하인이 숨을 헐떡이며 돌아왔다. 땀을 뻘뻘 흘리면서 돌아온 하인을 보자 위음이 물었다.

"여자가 있더냐?"

"예, 있었습니다요."

위음은 재차 물었다.

"어떻게 생겼더냐? 그 여인은?"

"실로 불가사의한 일입니다. 이 세상에 그처럼 예쁜 여자는 없을 것입니다. 저는 아직 그렇게 아름다운 여자를 본 적이 없습니다요."

위음은 친척이 많은 데다가 젊었을 때부터 불장난을 많이 해왔다. 그래서 예쁜 여자를 많이 알고 있었다. 위음은 다그치듯 하인에게 물었다.

"아무개와 비하면 누가 더 예쁘더냐?"

"비교도 안되지요, 아무개는……."

위음은 미녀 4, 5명의 이름을 열거했는데 그때마다 하인은,

"비교도 안됩니다요."

라는 대답이었다.

당시 위음의 처제로서 오왕(吳王)의 여섯째 딸은 선녀처럼 예뻤다. 위음의 친계와 모계(母系) 중에서도 첫손가락을 꼽는 미녀였다.

위음은,

"오왕가의 여섯째 딸과 비하면 누가 더 예쁘더냐?"

라고 물었다. 그런데,

"비교할 것도 없습니다요."

라는 하인의 대답이었다. 위음은 놀란 나머지 손뼉을 치며 소리질렀다.

"세상에 그렇게 예쁜 여자도 있었더란 말인가!"

그는,

"어서 세숫물을 떠오너라!"

라고 시키어 목덜미를 씻고 두건을 쓴 다음, 입술에 연고를 칠하고 밖으로 나갔다.

그리고 정육네 집에 당도하니 정육은 외출중이었다. 위음이 문을 들어서자 어린 동자가 비를 들고 마당을 쓸고 있었으며, 몸종 계집아이가 문앞에 서있을 뿐 다른 사람은 보이지 아니했다. 동자에게 물으니 그는 미소를 지으며 이렇게 대답했다.

"아무도 안계십니다."

위음이 집안을 둘러보니 빨간 치마가 문짝 아래에 내비쳤다. 가까이 다가가 보니 임씨가 부채로 몸을 가리고 있는 것이 아닌가. 위음은 여인을 끌어냈고 밝은 곳에서 뚫어져라 바라보았다. 그녀는 과연 하인에게서 들은 것 이상으로 미녀였다.

위음은 정열에 이끌리어 미친 듯이 임씨를 포옹하려고 했지만 여인은 빠져나갔다. 위음이 다시 힘을 주어 끌어안으려고 하자 여인은,

"내가 졌습니다. 잠시 숨을 돌린 다음에……."

라며 사정을 했다.

그러나 위음이 팔의 힘을 빼자 그녀는 다시 저항하는 것이었다.

이렇게 몇번을 반복했다.

위음은 마침내 온힘을 기울이어 여인을 밀어붙였다. 임씨는 힘이 빠진 듯 땀만 뻘뻘 흘리고 있었다. 이제는 도저히 도망칠 수 없다고 포기한 듯 몸은 미동도 하지 않았으며 그 표정은 심하게 일그러져 있었다.

위음이 물었다.

"왜 그처럼 슬픈 표정을 짓고 있는 게요?"

그러자 임씨는 길게 한숨을 내쉬었다.

"정육나리가 가엾군요."

"왜?"

"정육나리는 키가 6척(尺)이나 되는 분이건만 여자 하나 지켜내지 못하시니 어찌 장부라고 할 수 있겠습니까? 하온대 나리께서는 어렸을 때부터 사치스러운 호강을 하시어 여러 미녀를 사귀셨고, 그래서 나와 같은 여인을 많이 알고 계실 것입니다.

그러나 정육나리는 가난한데다가 신분도 낮기 때문에 그분을 따르는 여인은 니밖에 없습니다. 니리께서는 주변에 숱한 미녀가 있는데도 불구하고 친구의 하나밖에 없는 여인을 가로채시려고 하십니다. 정육나리는 가련하게도 빈궁 속에 있으므로, 먹는 것이나 잠자리 등, 모두를 나리께 의지하고 있는 처지이니 나리의 말씀을 거역하지 못하겠지요. 그분에게 다소라도 힘이 있으셨다면 이런 지경이 되지는 않았을 것입니다."

위음은 호방한 성격에 의(義)를 중시하는 사람으로, 여인의 말을 듣자 여인을 껴안았던 팔을 풀고 정색하며 변명했다.

"나는 그처럼 도량이 좁은 사나이가 아니외다."

잠시 후, 정육이 돌아왔다. 정육은 위음과 얼굴을 마주하자 기쁜 표정을 지었다.

그후로 위음은 임씨가 일상에 사용하는 연료며 식량, 육류 등 모두를 제공해 주었다. 임씨는 이따금 외출하여 사람들을 방문했는데, 그녀가 출입할 때는 거마(車馬)·여(輿)·도보 등, 일정치 아니했다. 위음은 매일 그녀와 동행하면서 놀았는데 아주 즐거워했다. 두 남녀는 마음을 완전히 열고 친밀하게 사귀었는데 그것은 어디까지나 우정이었으며 그 이상의 선은 결코 넘지 아니했다.

이렇게 해서 위음은 임씨를 사랑했고, 소중히 다루었으며, 그녀를 위해서라면 무엇 한 가지 아끼는 일이 없었다. 음식을 먹을 때건, 술을 마실 때건 그녀를 생각하지 않을 때가 없었다.

임씨는 그가 자신을 진심으로 사랑하고 있다는 것을 알게 되자 그에게 미안한 생각이 들어서 이렇게 말했다.

"나리께서 이처럼 깊이 사랑해 주시다니 실로 감사합니다. 하지만 저는 용렬하여 나리의 사랑을 받아들일 자격이 없습니다. 그리고 정육나리를 배신할 수도 없은즉 나리의 뜻에 따르지 '못하는 것이 안타까울 뿐입니다. 저는 진(秦) 땅에서 태어났고 진성(秦城)에서 성장한 몸입니다. 관원의 집에서 태어났었지요. 친척들, 특히 종자매(從姉妹) 중에는 남의 첩이 된 여인이 많습니다.

그런 까닭에 장안의 홍등가에는 무상 출입을 하고 있답니다. 만약 마음에 두시고도 뜻을 이루지 못하신 미녀가 있으시면 나리를 위해 제가 발벗고 나서서 주선해 드리겠습니다. 그렇게라도 해서 나리의 은혜를 조금이나마 갚고자 합니다."

"그것 참 고맙구려."

위음이 대답했다.

장안 저잣거리에는 장십오랑(張十五娘)이라고 하는 옷장수가 있었다. 피부가 하얗고 자상한 이 여인을 위음은 사모해오던 터다. 그래서 위음은 임씨에게 장십오랑을 알고 있느냐고 물었다.

"예, 알고말고요. 제 사촌언니의 시누이랍니다."

임씨가 선선히 대답했다.

그로부터 열흘쯤 지나자 임씨는 과연 장십오랑을 데리고 왔다. 그러나 몇달 동안 그녀와 함께 지낸 위음은 싫증이 나고 말았다. 그것을 눈치챈 임씨가 또 말했다.

"저잣거리의 여인들은 쉽게 안을 수 있습니다. 그런 여인을 소개해 드리는 것으로는 제 수완을 제대로 보여드릴 수 없습니다. 깊숙한 규방에 있는 여인으로서 나리가 손을 대지 못하시는 여인이 있거든 말씀해 보세요. 제가 지혜를 짜내고 힘을 다해서 도와드리겠습니다."

위음은 잠시 생각하다가 입을 열었다.

"어제 두어 명의 친구와 절에 놀러갔었소. 마침 조면장군(刁緬將軍)이 당 위에서 음악회를 열고 있습디다. 그런데 생(笙)을 잘 부는 계집아이가 있는데 나이는 16세가량으로, 두 가닥 머리를 귓바퀴까지 늘어뜨린 매혹적인 모습이었는데 비교할 자가 없을 만큼 예쁩디다. 알고 있을 텐데……."

그러자 임씨가 선뜻 말을 받았다.

"장군이 총애하는 여종입니다요. 그 어머니는 바로 제 사촌언니구요. 가능성이 있습니다."

위음은 자리에서 내려가 고개를 숙이며 호소했다.

"꼭 이루어지게 해주오. 신신부탁하오."

그로부터 한 달 남짓 지났다. 위음이 아직도 멀었느냐며 재촉하자 임씨는 비단 두 필만 준비해 달라고 부탁했다. 위음은 곧 두 필의 비단을 임씨에게 건네주었다.

이틀 후, 임씨가 위음과 함께 식사를 하고 있을 때다. 조면장군의 명령을 받은 하인이 검은 말을 끌고 임씨를 데리러 왔다. 임씨는 장군이 부른다는 전갈을 받자 웃으면서 위음에게 말했다.
"잘 되어갑니다."
그보다 앞서 임씨는 계략을 써서 조면장군이 총애하는 여종을 아프게 하여 병석에 눕혔고, 더구나 침을 놓아도, 약을 먹여도 효험이 없도록 만들었다. 그 여종의 어머니와 조면장군은 걱정이 태산같아서 안절부절못하다가 무당에게 물어보기로 했다.
그런데 임씨는 이 무당을 은밀히 매수하되 무당으로 하여금 임씨가 살고 있는 쪽을 가리키면서 그쪽으로 환자를 옮겨놓으면 길(吉)하다고 말하게 했던 것이다.
무당은 환자의 병세를 살핀 다음 이렇게 말했다.
"집에 두어서는 아니되겠습니다. 이곳을 떠나 동남 방향 모처(某處)에 옮기시어, 그곳의 생기(生氣)를 들이마시도록 하셔야 합니다."
조면장군이 여종의 어머니와 함께, 무당이 지시한 장소에 가서 조사해 보니 그곳에는 임씨가 사는 집이 있었다. 조면장군은 자신이 총애하는 여종을 당분간 데리고 있어 줄 것을 부탁했다. 임씨는 집이 협소하다며 일부러 거절했는데 재삼 간청해 오므로 못이기는 척하고 승낙했다. 조면장군은 고맙다며, 옷과 가구류 등을 수레에 실어서, 여종과 그 어미를 임씨네로 보냈다.
도착하자마자 그 여종은 병이 깨끗이 치유되었다. 그후 며칠이 안되어, 임씨는 위음을 몰래 집으로 불러들여 그 여종과 통정케 하니, 채 한 달도 안되어서 여종은 임신을 했다. 여종의 어머니는 두려워하던 끝에 서둘러 조면장군네 집으로 딸과 함께 돌아갔고 그 이후 관계는 끊어졌다.
어느 날, 임씨는 정욱에게 은근한 말로 물었다.
"돈을 한 5, 6천 냥쯤 주선할 수 있겠습니까? 그것이 가능하다면 큰돈을 벌게 해드리겠습니다."

"그럽시다. 마련해 보겠소."

정육은 여러 사람에게 부탁하여 6천 냥의 돈을 꾸었다. 그러자 임씨가 말했다.

"저자에 나가면 말[馬]을 파는 사람들이 있을 것입니다. 다리에 흠집이 있는 말을 사십시오. 그리고 그 말을 집에 끌고 와서 기르십시오."

정육이 저자에 나가자 과연 말을 끌고 나와서 살 사람을 기다리는 자가 있었다. 다리를 살펴보니 그 말 다리에는 분명 흠집이 있었다. 정육은 두말 하지 않고 그 말을 샀다. 그리고 말을 끌고 집으로 돌아왔다. 처갓집 식구들은 그를 비웃었다.

"그 따위 쓸모없는 것을 사서 어쩌자는 게야?"

정육은 태연하게 있을 뿐, 아무 대답도 하지 않았다.

며칠이 지나자 임씨가 권했다.

"말을 끌고 나가서 파세요. 3만 냥을 받을 수 있을 겁니다."

정육은 임씨가 시기는 대로 말을 끌고 저잣거리로 나갔다. 어떤 사람이 와서 2만 냥을 주겠노라고 했지만 정육은 팔지 않았다. 저자 사람들은 고개를 갸우뚱거리며 이상하다고 수군거렸다.

"아니, 저 따위 말을 2만 냥이나 주고 사겠다니……. 미친 사람 아닌가?"

"사겠다는 자도 미쳤거니와 팔지 않는 자는 더 미친 자 같아."

그러나 정육은 개의치 않았다. 그는 말을 집어타고 집으로 돌아왔다. 그 말을 사겠다는 사람이 정육네 집에까지 따라왔다. 그는 뒤따라오면서 차츰 말값을 올려 불렀다. 말값은 마침내 2만 5천 냥이 되었다. 그래도 정육은 승낙하지 않았다.

"3만 냥을 주지 않으면 안 팔겠소."

정육의 처갓집 식구들은 정육을 비난했다. 정육은 하는 수 없이 말을 팔고 말았다. 결국 3만 냥을 다 받지는 못했다.

얼마 후, 말 사간 사람을 은밀히 조사해 보았다. 그렇게 비싼 값을 치르고 말을 사간 것이 하도 이상했기 때문이었다.

실은 현(縣)에서 기르고 있던 어마(御馬) 중 다리에 흠집이 있는 말 한 마리가 죽었는데 이 일로 인하여 말을 사육하던 관원이 해직당하게 되었다. 그 죽은 말의 값은 6만 냥을 호가하는 말로, 만약 그 반값으로 말을 사다가 보충해 놓는다면 도리어 막대한 돈을 벌 수가 있다. 그래서 다리에 흠집이 있는 이 말을 그토록 비싼 값에 사갔다는 것이었다.

그후 얼마 안되었을 때, 임씨는 입고 있던 옷이 낡아서 위음에게 옷 한 벌만 사달라고 부탁했다. 위음이 비단 천을 사주려고 하자 임씨는,

"기성복으로 사주세요"

라며 졸라댔다. 위음은 저잣거리의 장사꾼인 장대(張大)를 불러, 기성복을 여러 벌 사오게 했고, 임씨를 불러 마음에 드는 것을 고르라고 했다.

그런데 장대는 이때 임씨를 처음 보았다. 그는 위음에게 이렇게 말했다.

"그 여인은 틀림없는 선녀든가 신분이 고귀한 분이십니다. 나리께서 몰래 데려오셨지요? 제가 보기에는 인간세상에서 사는 분이 아니더라구요. 어서 돌려보내십시오. 안보내셨다가는 큰 재난을 당하실 것입니다."

임씨의 용모는 사람들마다 이렇게 말할 정도로 매혹적이었다.

그녀는 결국 기성복을 사입었다. 임씨는 스스로 바느질을 하려고 하질 않았는데 그 진의는 끝내 알아내지 못했다.

그후 1년 남짓되어, 정육은 무관(武官)에 임명되었고 부(府)의 과의위(果毅尉)가 되어 부임하게 되었다.

그 무렵 정육은 갓 장가를 들었기 때문에 낮에는 임씨와 동행하며 다닐 수가 있었지만 밤에는 집에 들어가 자야 했다. 따라서 임씨와 잠자리를 같이 할 수 없음을 심히 안타까워 했다. 그래서 임지에 부임할 때 임씨와 동행할 것을 권했으나, 임씨는 따라가려고 하지 않았다.

"한 달 동안이나 함께 지냈었지만 우리 두 사람에게는 아무런 소득도 없었습니다. 집을 비우실 동안의 생활비를 계산해서 주십시오. 조용히 살면서 나리가 돌아오시기만을 기다리겠습니다."

정육이 열을 올리면서 같이 가기를 청하면 청할수록 임씨는 반대했다. 그래서 정육은 위음에게 응원해 줄 것을 청했다. 위음 역시 두 번 세 번 권했다.

임씨가 승낙을 하지 않자 위음은 그 이유를 물었다. 임씨는 한참을 망설이다가 겨우 입을 열었다.

"어떤 무당이 말하기를 금년에는 서쪽으로 가는 것이 안좋다고 하더군요. 그래서 가기 싫습니다."

정육은 임씨에게 열을 올리고 있던 터라 별 생각없이 웃었고, 위음도 크게 웃었다.

"총명한 여인이 요부(妖婦)의 말에 넘어가다니…… 핫하하하. 대체 어찌된 일이오?"

그리고 같이 가기를 계속 졸라대는 두 사람이었다. 그러나 임씨는,

"만약 무당이 한 말이 적중되어…… 나리 때문에 내가 죽기라도 한다면 그게 무슨 꼴입니까?"

라며 주저했다. 두 사나이는,

"그런 일이 있을 수 있겠소? 그런 엉터리 같은 일은 없을 것이오." 라며 여전히 같이 갈 것을 졸랐다.

임씨는 하는 수 없이 따라나서기로 했다. 위음은 말을 타고 가라고 빌려 주었고 도읍 밖에까지 따라나와 송별연을 열어 주었다. 그리고 옷소매를 펼럭이며 작별을 고했다.

일행은 도중에서 이틀 밤을 묵은 다음, 마외(馬嵬)에 당도했다.

임씨는 말을 타고 앞서 나갔으며, 정육은 나귀를 타고 그 뒤를 따랐다. 그리고 여종이 다른 나귀를 타고 그 뒤에서 수행했다.

이 무렵, 서문(西門)에서 마필(馬匹)을 사육하던 담당관원이, 10여 일 전부터 낙천(洛川)에서 사냥개 훈련을 시작하고 있었다. 임씨 일행은 마침 노상에서 그들과 조우했는데 사냥개가 풀섶에서 달려 나왔다.

정육의 눈에 임씨가 돌연 말에서 떨어지더니 원래의 모습인 여우가 되어 남쪽으로 달려가는 것이 보였다. 사냥개가 그 뒤를 추적했다. 정육은 그들의 뒤를 쫓아가면서 소리쳐 보았지만 사냥개를 멈추게 할 수는 없었다. 10여 리쯤 달리던 임씨는 사냥개에게 붙잡히고 말았다.

정육은 눈물을 흘리면서 전대를 풀어 돈을 꺼냈다. 그리고 그 돈으로 임씨의 유해를 사서 매장했다. 나무를 깎아서 무덤 앞에 세워 표시를 해두었다.

임씨가 타고 오던 말을 돌아보니 길가에서 풀을 뜯고 있었다. 버선과 신발은 매미가 허물을 벗어놓은 것처럼 덤불에 걸려 있었다. 머리장식만이 땅바닥에 떨어져 있었다. 그것들말고는 아무것도 눈에 띄는 것이 없었다. 여종도 어디론가 사라지고 없었다.

그로부터 한 열흘이 지나, 정육은 도읍으로 돌아왔다. 위음은 그를 보자 크게 기뻐하며 반가이 맞았다.

"임씨는 무사한가?"

위음이 물었다. 정육은 눈물을 흘리면서 대답했다.

"죽었다네."

위음은 그 말을 듣자 통곡했다. 두 사람은 방안에서 두 손을 마주 잡고 진심으로 애도했다.

얼마 후, 위음은 정육에게 임씨의 사인(死因)을 물었다. 정육이 대답했다.

"사냥개에 물려 죽었다네."

위음은 또 한번 놀라며 재차 물었다.

"아무리 횡포한 사냥개라도 인간을 물어 죽일 리야……."

"그녀는 인간이 아니었네."

위음은 기겁을 했다.

"인간이 아니었다면 대체 무엇이었다는 건가!"

정육은 그제서야 비로소 임씨를 알게 된 전말을 이야기했다. 위음은 경탄해 마지않았고 계속해서 한숨을 내쉬었다.

다음날, 여장을 갖춘 위음은 정육과 함께 마외에 갔고 무덤을 파헤치어 임씨를 본 다음 슬픔에 싸여서 돌아왔다. 지난 일을 회상하니 임씨가 스스로 바느질을 하지 못했던 점만이 인간과 다를 뿐이었다.

그후 정육은 총감사(總監使)의 벼슬에 올랐고 집안도 부유해졌다. 그는 65세에 세상을 떠났다.

남가일몽(南柯一夢)

동평(東平)의 순우분(淳于棼)은 협사(俠士)였다. 술을 좋아하던 그는 혈기가 많았는데 대수롭지 않은 절조나 의리에 구애받지 않았고, 거부(巨富)를 쌓았으며, 무모할 만큼 식객(食客)들을 맞아들이고 있었다.

무예에 뛰어났으므로 회남군(淮南軍)의 비장(裨將 : 하급 장교)에 임명되었으나 술에 취하여 상사 장군의 비위를 거슬리어 파면당했고 실의에 찬 나날을 보냈다. 그는 술만 마시면서 자기 멋대로 행동함으로써 우울증을 해소하고자 했다.

그의 집은 광릉군(廣陵郡) 동쪽 10리에 있었다. 집 남쪽에 큰 괴목(槐木) 한 그루가 서있었는데 가지와 잎이 무성하여 수십 평 넓이에 선선한 그늘을 만들어 주었다. 순우분은 매일 식객들과 이 나무 밑에서 술을 마시고는 몹시 취했다.

정원(貞元) 7년(791년) 9월, 순우분은 몹시 취하여 정신을 차릴 수가 없었다. 그때 두 명의 친구가 그를 부축하여 데리고 갔고 거실 동쪽 방 추녀 밑에 눕혔다.

그 친구들은 순우분에게 주의를 주었다.

"잠을 자는 게 좋겠네. 우리는 말 여물을 주고 발 좀 씻고 오겠네. 자네가 정신을 차릴 때까지 우리는 여기 있을 거야."

순우분은 두건을 벗고 베개를 베고 눕자 정신이 몽롱해졌다. 그는 꿈속으로 빠져들었다.

순우분 앞에 자색 옷을 입은 사자(使者) 두 명이 나타나더니 무릎을 꿇고 고개를 주억거리며 말했다.
"괴안국(槐安國 : 가공의 나라이름) 왕의 칙명에 따라 모시러 왔습니다."
순우분은 자기도 모르는 사이에 자리에서 일어나 복장을 갖춘 다음 그 두 명의 사자를 따라 문에까지 갔다. 문앞에는 검은 칠을 한 수레가 기다리고 있었다. 수말 네 필이 끄는 수레로서 좌우에는 종자(從者) 7명이 있었다.
그들은 순우분을 부축해서 수레에 태우자 대문을 나섰고 고목인 괴목 밑의 구멍을 향하여 질주했다. 그리고는 곧 구멍 속으로 달려들어갔다. 순우분은 마음속으로 크게 놀랐지만 감히 질문을 할 수 없었다.
돌연 산과 강, 풍물, 기후, 초목, 도로 등이 나타났는데 그것은 인간세계의 것과 완전히 달랐다.
수십 리 길을 전진하자 외성(外城)과 낮은 성벽 등이 보였다. 수레와 가마, 통행인들이 줄을 잇고 있었다. 순우분의 좌우에서 수레를 수행하던 자들이,
"물러가라!"
벽제 소리를 요란하게 외치자 통행인들은 앞다투어 도로 양쪽으로 피했다.
그는 다시 큰 성안으로 들어갔다. 붉게 칠한 문 위에 여러 층의 고루(高樓)가 솟아있고 누상에는 '대괴안국(大槐安國)'이란 현판이 금(金)으로 쓰여 있었다. 대문을 경호하던 자들이 허겁지겁 나와서

엎드리며 굽실거렸다.
 한참 후 말을 탄 사람이 나타나더니 큰 소리로 외쳤다.
 "국왕폐하의 분부시오. ……부마(駙馬)전하께오서는 먼길을 오시느라 심히 피로하실 것인즉 일단 동화관(東華館)에서 휴식을 취하십시오."
 그리고 앞장서서 인도하며 나아가는 것이었다.
 잠시 후, 문이 활짝 열려져 있는 것이 보이므로 순우분은 수레에서 내렸다.
 오색이 영롱한 난간, 각종 조각이 아름다운 기둥과 들보 —. 아름다운 꽃을 피우고 있는 나무들, 진귀한 과실을 맺고 있는 나무가 안뜰에 가득 심어져 있었다. 그 안뜰을 면한 거실에는 차상(茶床)과 키가 나지막한 식탁, 의자 등이 놓여 있고 휘장이 쳐져 있는데 식탁에는 갖가지 요리가 차려져 있었다. 순우분은 매우 즐거웠다.
 그때 누군가가 안내하는 소리가 들려왔다.
 "우상(右相) 대감 도착하시었소!"
 순우분은 계단을 내려왔고 두손 모아 우상이 도착하기를 기다렸다.
 자색 옷을 입고 상아홀(象牙笏)을 든 사람이 종종걸음으로 다가왔다. 그 사람과 순우분은 주객간의 초면인사를 나누었다. 수인사가 끝나자 우상이 입을 열었다.
 "우리나라는 멀리 떨어져 있는 나라임에도 불구하고 우리 국왕폐하께서 귀하를 출영하라 하심은 혼인관계를 맺기 위함이옵니다."
 순우분이 대답했다.
 "나는 비천하고 어리석은 사람입니다. 그처럼 큰 희망을 가지고 있지 아니합니다."
 그러나 우상은 순우분에게 왕궁으로 동행할 것을 요청했다.
 대충 백 보쯤 걸어갔고 붉은 칠한 문으로 들어갔다. 문에는 창과 도끼를 든 근위 장사 수백 명이 길 양쪽으로 물러나서 도열해 있었다. 순우분은 평소에 자기와 같이 술을 마셨던 친구인 주변(周辨)도 그 근위 장사 속에 섞여 있는 것을 보고, 내심 기뻐했지만 함부로 다가가서 물을 수는 없었다.

우상은 순우분을 데리고 큰 거실로 올라갔다. 경호하는 사람들이 질서정연하게 엄히 경비하고 있는 것으로 보아 그곳은 황제의 옥좌가 있는 것 같았다.

키가 크고 위엄있게 생긴 사람이 그 옥좌에 앉아 있는 것이 보였다. 새하얀 비단옷을 입고 밝은 붉은색 관을 쓰고 있었다. 순우분은 몸이 마구 떨려서 감히 올려다볼 수가 없었다. 좌우에서 모시는 시종들이 순우분에게 배례하라고 명했다. 순우분은 공손히 배례했다.

그러자 왕이 말했다.

"이전에 춘부장께서는 우리나라가 작은 나라임에도 불구하고 청혼을 받아들이어 우리 둘째딸 요방(瑤芳)을 그대에게 하가시킬 것을 허락하셨소"

순우분은 허리만 굽히고 있을 뿐 입을 열 수도 없었다.

왕이 또 말했다.

"일단 영빈관으로 나가오. 그리고 혼례식 올릴 준비를 하겠소이다."

왕의 명에 따라 우상도 순우분과 동행하여 영빈관으로 나갔다. 순우분은 이 결혼에 대해서 곰곰이 생각해 보았다. 아버지는 변경 방위장군을 보좌했고, 그후 이적(夷狄) 속에서 생사불명이 되었지만 북방의 번속(藩屬) 사신이 내조(來朝)하는 기회에 이 건에 대해서 전해 준 일이 있었다. 어쨌든 생각하면 생각할수록 의문이 일었고 무슨 영문인지 도무지 알 수가 없었다.

그날 저녁때, 어린 양과 기러기, 옥(玉)·말[馬]·모피·비단 등

혼례용품들이 호화롭게 장중한 의장(儀仗)과 함께 진열되고 기녀들의 현악기·죽관(竹管)악기의 연주, 갖가지 요리와 밝은 등촉, 수레와 말[馬], 축하물품 등등…… 혼례에 필요한 물품 모두가 갖추어져 있었다.

그 자리에 있는 여성들 중 어떤 사람은 화양고(華陽姑)라 칭했고, 또 어떤 사람은 청계고(青溪姑)라 칭했으며, 어떤 사람은 상선자(上仙子)라 하고 어떤 사람은 하선자(下仙子)라 하였다. 이런 아가씨들이 여러 명 있었는데 각자 모두 여러 시녀들을 거느리고 있었다.

그녀들은 녹색 봉황관(鳳凰冠)을 쓰고 금실로 짠 운하(雲霞) 무늬의 피(帔 : 어깨에 걸치는 여자용 목도리)를 두르고 있었으며, 색색의 보석과 금화(金花) 상감이 들어있는 머리띠를 띠고 있어서 보기에도 눈이 부셨다. 그녀들은 영빈관 안을 오가며 놀고 있었는데 앞다투어 신랑 순우분을 놀려댔다.

그녀들의 자태는 요염했고 말투는 아주 교묘한데다가 매혹적이어서 순우분은 대답조차 할 수 없었다.

한 아가씨가 순우분에게 말했다.

"지난 음력 3월 3일, 저는 영지부인(靈芝夫人)을 모시고 선지사(禪智寺)에 갔었는데 석연(石延 : 미상)이 '바라문(婆羅門 : 악곡의 이름, 또는 무용의 이름)'을 추고 있는 것을 보았습니다. 제가 같이 간 여자들과 함께 북창 아래에 있는 돌의자에 앉아 있을 때 당신은 아직 젊으셨었고 말에서 내려 구경하러 오셨더군요. 당신은 우리와 친해지시기 위해 억지 농담을 하기도 했고 놀리기도 하셨습니다. 저는 궁영(窮英)과 빨간 건(巾 : 여성이 어깨에 걸치는 목도리)을 매어 대나무 가지에 걸어놓았습니다. 그것을 기억하고 계십니까?

그리고 7월 16일에 있었던 일입니다. 제가 효감사(孝感寺)에서 상진자(上眞子)님과 함께 있으면서 계현법사(契玄法師)의 《관음경(觀音經)》의 강론을 듣고 있었습니다. 저는 그 강론석에서 금봉황비녀 두 개를 바쳤고 상진자님은 수서(水犀 : 짐승이름) 뿔로 만든 상자 한 개를 바쳤습니다.

그때 당신께서도 그 강론석에 계시면서 법사님에게 비녀와 상자를 구경시켜 달라고 부탁하여 보셨고 몇번이고 칭찬하셨으며 아마도 오랫동안 감탄하셨을 것입니다. 그리고 우리를 바라보시면서 '인간도 물질도 인간세계에 있는 게 아니다'라고 말씀하셨지요. 제 이름을 물어보시기도 하고 사는 곳도 물으셨지만 저는 대답하지 않았습니다. 당신께서는 미련이 남으셨던지 자꾸만 뒤돌아보셨습니다. 그랬던 일을 설마 잊지는 않으셨겠지요?"

순우분이 대답했다.

"마음속에 간직하고 있으며, 단 하루도 잊은 일이 없소."

아가씨들이 입을 모아 말했다.

"오늘, 당신과 동류(同類)가 되다니 실로 뜻밖입니다."

그리고 의관속대를 당당하게 갖춘, 풍재 좋은 세 사나이가 다가오더니 순우분에게 절을 하고 말했다.

"국왕폐하의 명에 의해 부마전하의 집례(執禮) 일을 맡아보게 되었습니다."

그중 한 사람은 순우분과 안면이 있었다. 순우분은 그 사람을 향하여 물었다.

"그대는 풍익(馮翊)의 전자화(田子華)군이 아니시오?"

전자화가 대답했다.

"그렇습니다."

순우분은 그의 손을 잡고 잠시 동안 지난 이야기들을 나누었다. 순우분이 전자화에게 물었다.

"그대는 어찌하여 이곳에 있는 게요?"

전자화가 말했다.

"저는 각 지방을 한가로이 돌아다니며 구경하다가 이곳에 왔을 때 우상인 무성후(武成侯) 단공(段公)의 눈에 들어 이곳에서 자리를 잡게 되었습니다."

순우분이 다시 물었다.

"주변(周辨)이 이곳에 있는 것을 알고 있는가?"

"예, 주변님은 신분이 높은 분이십니다. 사예(司隷 : 치안과 도둑 체포의 책임을 지는 관원)를 담당하고 있으며 권세가 아주 대단하십니다. 저는 늘 그분의 비호를 받고 있습니다."

전자화가 대답했다. 두 사람은 웃으면서 즐겁게 얘기를 나누었다. 잠시 후 사람이 와서 명령을 전했다.

"부마전하께서는 어서 듭시라오."

세 명의 집례자는 검과 옥패(玉佩), 면복(冕服)을 꺼내어 순우분의 옷을 갈아입혔다.

전자화가 말했다.

"뜻밖에도 오늘 성대한 혼례를 보게 되었습니다. 앞으로도 저를 버리지 말으시기 바랍니다."

선녀들처럼 차린 수십 명의 시녀들이 갖가지 진기한 음악을 연주했다. 음악 소리는 맑고 깨끗한가 하면 또 애처롭게 슬픈 곡조로 이어졌는데 인간세계에서는 들어보지 못한 것이었다. 초를 받쳐들고 안내하는 사람만도 수십 명이나 되었다.

좌우 양쪽에는 금과 비취 색깔의 보장(步障 : 고관이나 귀족 여성이 외출할 때 대나무 삿갓으로 막을 쳐 바람이나 먼지를 막는 일종의 병풍)이 펼쳐져 있는데 색색으로 짜넣은 것이 아름답거니와 몇 리나 이어져 있었다.

순우분은 수레 속에 단정히 앉아있었는데 마음속으로는 황망하여 안절부절못했다. 전자화가 이따금 농담을 해서 기분을 풀어주었다.

아까 그 아가씨들과, 그들과 연배인 여인들도 각각 봉황 날개의 장식이 달려 있는 수레에 타고, 보장 사이를 오가고 있었다.

'수의궁(修儀宮)'이란 명칭의 문앞에 도착하자 아가씨들도 속속 옆에 모여들었고 순우분에게 수레에서 내려오라고 했고 혼례를 행했다.

의식의 순서는 인간세계의 의식과 똑같았다. 면사포를 벗기고 부채를 떼자, 젊디젊은 여인이 나타났다. '금지공주(金枝公主)'라 했고 나이는 14, 5세 정도로 마치 천녀(天女)와 같이 아름다웠다. 합방의 예도 아주 호화로웠다.

순우분은 그후 아내와의 애정이 점점 깊어졌으며 하루하루 영화를 더해갔다. 그가 출입할 때의 거마(車馬) 격식이라든가 연회 때 빈객을 접대하는 절차는 국왕 다음이었다.

어느 날, 국왕은 순우분과 관료들에게 명하여 무기와 호위를 준비시키고 수행케 하여 도읍 서쪽에 있는 영귀산(靈龜山)에서 대대적인 수렵대회를 열었다.

산은 높이 치솟아 있고 소택(沼澤)이 널리 퍼져 있으며 삼림이 무성한데, 새와 짐승들이 무수히 서식하고 있었다. 사냥꾼도 몰이꾼도 숱한 사냥감을 잡았는데 하늘이 캄캄해진 다음에야 귀환했다.

순우분은 어느 날, 국왕에게 아뢰었다.

"전날, 신이 결혼하던 날, 대왕께서는 신의 아비가 희망했던 대로 혼례를 올려주신다고 하셨습니다. 신의 아비는 전에 변경 방위장군을 보좌하고 있을 때 작전이 실패되어 이적(夷狄) 속에서 실종되었습니다. 그런 지 17, 8년 동안 소식이 끊어졌습지요. 대왕께서 아비의 거처를 아신다면 신은 당장 찾아가서 만나보고 싶습니다."
국왕이 서둘러 순우분에게 대답했다.
"그대의 아버지는 북방의 국토를 지키면서 끊임없이 소식을 전해왔어. 그대는 편지를 써서 알려드리도록 하는 게 좋겠다. 자신이 가고자 하는 생각은 하지 말도록."
순우분은 아내에게 부탁하여 아버지가 건재하심을 축하하는 선물을 준비시키고 편지와 함께 보냈다.
며칠 후 회답이 돌아왔다. 순우분은 편지를 확인하고 내용을 조사해 보았던바 모두가 아버지의 평소 필적이 분명했다. 그 편지에는 아들을 생각하고 교훈을 주며 애정이 넘쳐있어서 모든 것이 옛날의 아버지 그대로였다.
그리고 아들 순우분에게 친척과 친지들의 안부를 물었고 고향의 변천상도 물었다. 또 거리가 멀어서 소식을 못든는다고 하는 등 비통한 내용이 적혀 있었는데 그 한마디 한마디에 슬픔이 담겨 있었다. 그리고 아들 순우분을 만나러 오고 싶다며 이렇게 적고 있었다.
'정축년(丁丑年)에 너를 만날 수 있게 될 것이다.'
순우분은 편지를 끌어안고 흐느껴 울면서 복받쳐오르는 감정을 억제하지 못했다.
며칠 후, 아내가 그에게 말했다.
"당신은 왜 벼슬자리에 나가실 생각을 아니하시는 겁니까?"
"나는 자유로이 내 마음대로 사는 게 습관이 되어서 벼슬을 하고 싶은 생각은 없소."
"그래도 벼슬을 하셔야지요. 제가 도와드리겠습니다."
아내가 국왕에게 주청했고 국왕은 며칠 후 순우분에게 말했다.
"우리나라의 남가군(南柯郡)은 정치가 제대로 되지 아니하여 태수를 이미 파면시켰네. 그리고 자네의 재능은 그대로 썩히기가 아까운즉 자네가 태수로 취임하도록 하게. 어서 딸아이와 동행하여 취임하도록!"

순우분은 황송하다며 국왕의 분부를 받아들였다. 국왕은 관할 관리들에게 명하여 태수의 행리를 준비시켰다. 황금과 보옥, 수놓은 비단, 옷궤와 화장품 상자, 노복과 시녀, 수레와 말 등은 공주에게 선물로 하사되었다.

순우분은 젊어서부터 협객(俠客)의 무리에 섞여 살면서 벼슬할 생각은 없었으므로 난처하게 생각하는 한편 흡족하기도 했다. 그는 왕에게 상주문을 올렸다.

'신은 원래 무문(武門)에 태어나서 행정에 관한 소양이 결핍해 있사온데 뜻밖에도 대임(大任)을 맡게 되었사온즉 아무래도 조정의 위광에 손상을 끼칠 것만 같사옵니다. 스스로 화를 불러들이고 직무를 감당치 못해서 실수할 것이 슬퍼서 견딜 수 없나이다. 하온즉 널리 재능과 덕있는 인물을 구하여 신을 돕게 하고 싶사옵니다.

엎드려 생각하건대 사예로 있는 영천 출신인 주변(周辨)은 충정(忠正)하고 강직하여 법을 집행하는 자로서 적임자일 것이니이다. 그는 정무를 보좌할 인재이옵지요. 처사인 전자화(田子華)는 풍익 출신으로서 신중하고 청렴하며 사물의 변화와 도리를 파악하고 있을 뿐 아니라 정치 교화의 근원에 통달하고 있나이다. 이 두 사람은 신과 10년 지기의 교제가 있사오며 그 재간을 잘 알고 있는 터이옵니다. 그런즉 주변에게 남가군의 사헌(司憲)을, 전자화에게 사농(司農)을 담당케 해주시기 간청하옵니다. 그렇게 되오면 신의 행정도 양호한 성적을 올릴 수 있겠삽고 법령제도의 운용에도 지장이 없을 것으로 사료되나이다.'

국왕은 상주문대로 허가하여 세 명을 파견했다.

그들이 떠나기 전날 저녁때, 국왕과 왕비는 도읍 남쪽에서 잔치를 베풀어 송별을 아쉬워했다.

국왕이 순우분에게 경계의 말을 해주었다.

"남가군은 우리나라의 큰 군(郡)으로서, 토지가 비옥하고 백성들은 번영하며 물자도 풍요롭지. 인정(仁政)을 시행하지 않는 한 잘 다스려지지 않을 것임이야. 더구나 주·전 등 두 사람이 자네를 보좌하고 있은즉 자네는 정무에 힘써서 국가의 기대에 어긋나는 일이 없도록 각별히 유의하게."

한편 왕비는 공주에게 타일렀다.

"사위는 성격이 강한데다가 술을 좋아하고 또 아직 젊다. 아내로서 지켜야 할 길은 온화하고 유순함을 첫째로 꼽는다. 네가 그렇게 섬기기만 한다면 나는 걱정할 것이 없다. 남가군은 여기서 멀지는 않지만 조석으로 너를 만날 수는 없어. 오늘 너와 헤어질 생각을 하니 눈물이 앞을 가리는구나."

순우분은 아내와 함께 국왕과 왕비에게 깊이 머리 숙여 인사하고 남쪽을 향해 떠났다.

수레에 타고 기마의 호위를 받으며 부부는 즐겁게 얘기를 나누었다. 며칠이 지나 그들은 남가군에 도착했다.

남가군에서는 모든 관원들, 승려와 도사, 그리고 그 지방의 나이 많은 명망가, 가기(歌妓)와 악대, 수레와 말을 관리하는 자, 호위병 등이 앞다투어 출영했다. 사람들과 물품이 밀려오는가 하면 종소리, 북소리가 요란한데 그 행렬은 수십 리에 걸쳐 이어졌다. 성벽 위의 낮은 담과 대(臺), 고루(高樓)가 보이는 등, 모두가 화려했다.

큰 성문으로 들어가자 문에도 큰 현판이 걸려 있고 금자(金字)로 '남가군성(南柯郡城)'이라고 쓰여 있었다. 붉은 칠을 한 추녀, 문앞에 창을 세운 관저는 보기에도 정연하고 웅장했다.

순우분은 착임한 다음 그 지방의 풍속과 민정을 시찰하고, 환자와 가난한 자들을 위로했으며, 행정사무는 주변과 전자화에게 위임했다. 군내는 잘 다스려졌다.

남가군 태수에 취임한 지 20년에 걸쳐 전체에 교화가 보급되어 민중은 찬양의 노래를 부르며 공덕비를 건립하고 순우분을 살아있는 신(神)으로 추앙하며 제사지냈다.

국왕은 순우분을 중시하게 되었고 식읍(食邑)과 작위(爵位)를 내리어 재상으로 대우했다. 주변과 전자화 등 두 사람도 그 정치의 성과가 알려져서 차츰 고관으로 승진했다.

순우분에게는 5남 2녀가 있었는데 아들은 문음(門蔭 : 문벌의 특별한 연줄로 벼슬에 임명되는 일)에 의해 관직이 내려졌고 딸도 왕족에게 출가했다. 영화는 순탄했고 그 무렵 절정에 달했는데 당대에 그를 따를 자가 없었다.

이해에 단라국(檀羅國)에서 이 남가군을 공격해 왔다. 국왕은 순우분에게 명하여 장교와 부대를 훈련시키어 토벌토록 했다. 그래서 순우분은 글을 올려 주변에게 군사 3만을 지휘케 하여, 적의 대군을 방위하도록 했다.

주변은 자신의 용감함만 믿고 상대를 가볍게 보았기 때문에 패배했다. 주변은 단기(單騎)로 무기도 안든 채 은밀히 도망하여 한밤중에 성으로 돌아왔다.

적군은 전리품으로 치중(輜重)과 갑옷 따위를 거두어 가지고 물러갔다. 그래서 순우분은 주변을 옥에 가두고 자신도 처벌해 달라고 청했다. 그러나 국왕은 두 사람 모두 용서했고 그 직책에 그대로 두었다.

그달, 사헌인 주변은 등에 종기가 나서 세상을 떠났다. 순우분의 아내인 공주도 병에 걸렸는데 한 열흘쯤 앓다가 세상을 떠나고 말았다. 순우분은 남가군 태수직을 그만두고 영구를 호송하여 도읍으로 가고 싶다고 간청했다. 국왕이 그의 청을 허락했으므로 사농인 전자화에게 남가 태수의 직무를 집행케 했다.

순우분은 슬픔 속에서 영구를 호송하고 출발했다. 도중 남자와 여자가 호곡을 했고, 민중과 관리들은 음식을 갖다바쳤으며, 수레 가로대에 올라가 슬퍼했다. 그래서 길을 뚫고 나가기 어려웠다. 순우분은 그런 가운데서 도읍까지 갔다.

국왕과 왕비는 백의(白衣)를 입고 성밖에까지 나와 슬피 곡을 하며 영구가 도착하기를 기다렸다. 공주에게는 '순의(順儀)'란 시호가 내려졌고 의장대와 악대들까지 동원되어 공주의 영구를 도읍 동쪽 10리에 있는 반룡강(盤龍岡)에 매장했다.

이달, 세상을 떠난 사헌 주변의 아들 주영신(周榮信)도 영구를 호송하여 도읍에 왔다.

순우분은 오랫동안 지방 대군(大郡)에서 군정장관으로 재임했을 때, 도읍 중앙과 친교를 맺고 귀족과 세력있는 사람들과 모두 친하게 지냈다. 태수를 그만두고 귀환한 다음 그는 출입에 구애를 받지 않았고, 빈객들과의 교제가 많았으며 권세는 날로 더해갔다. 그러자 국왕은 순우분을 의심하고 미워하게 되었다.

때마침 도읍에 있는 자가 왕에게 상주했다. 그 글의 내용은 다음과 같았다.

'하늘 위에 견책의 징후가 나타났나이다. 이 나라에 큰 화가 일어나겠사옵니다. 도성(都城)은 이전할 것이고 종묘는 파괴될 것이니이다. 이런 재액은 그 발단이 타민족에게 있고 왕실 내부에 문제가 있사옵니다.'

당시, 일반에서는 순우분의 사치스런 생활이 화의 근원일 것이라는 비판이 일었다. 그리고 마침내 그의 경호는 박탈당했고 빈객과 교제하는 것도 금지되었으며 사저(私邸)에 갇혀 살게 되었다.

순우분은 오랫동안 태수로 있으면서 단 한번도 실정(失政)하지 않았다는 자부심을 가지고 있었으므로, 국왕을 원망하기에 이르렀다. 그는 국왕을 원망하는 말을 했고 우울했으며 외로웠다.

국왕은 그런 것을 알자 순우분에게 말했다.

"자네는 내 사위가 된 지 20여 년이 지났는데 불행하게도 딸아이는 일찍 죽었으니, 백년해로를 할 수 없게 되었어. 이는 실로 통탄스런 일일세."

왕비는 손자들을 맡아 기르고 있었는데 사위 순우분에게 말했다.

"자네는 오랫동안 집을 떠나 있었으니 잠시 고향에 돌아가서 친척들을 만나보는 게 좋겠네. 손자들은 이곳에 잘 있을 것이니 걱정하지 말고……. 앞으로 3년이 지나면 자네를 다시 맞아들이도록 하겠네."

순우분이 반문했다.

"이곳이 저의 집입니다. 어디로 가라시는 겁니까?"

국왕은 웃으며 말했다.

"자네는 원래 인간계의 사람일세. 자네 집은 여기에 있지 않아."

순우분은 마치 잠에서 갓 깬 사람처럼 오랫동안 망연자실하고 있었는데 한참 만에야 자기가 이곳까지 오게 된 경위를 알아차리고 눈물을 흘리면서 돌려보내 달라고 부탁했다.

국왕은 측근 시종에게 눈짓을 하여 순우분을 데려다 주라고 지시했다.

순우분은 깊이 고개 숙여 작별인사를 하고 떠났다. 지난날 그를 데리고 왔던 자색 옷 입은 두 명의 사자가 또 수행했다. 대문 밖에 나가자 자기가 타고 갈 수레가 있었는데 아주 허름한 것이었으며 좌우에서 호위할 종자며 노복이 없고 어자(御者)도 없는 것을 보고 그는 이상하다는 생각을 했다.

순우분은 수레에 올라타고 몇 리쯤 갔고 다시 큰 성밖으로 나왔다. 지난날 자기가 이곳에 올 때와 같은 길 같았으며 산천과 들, 그리고 풍물은 하나도 변한 것이 없었다. 그러나 따라오는 두 사자의 위세는 조금도 떨치지 못했다. 순우분은 점점 더 기가 꺾였다. 그래서 사자에게,

"광릉군에는 언제쯤 도착하는 거요?"

라고 물으니 두 사자는 노래만 부를 뿐 못 알아들은 시늉을 하다가 한참 만에야 대답했다.

"곧 도착합니다."

잠시 후 수레가 동굴에서 나왔다. 순우분은 자기가 태어났던 고향의 거리가 옛날과 하나도 변하지 않은 것을 보고 슬픔이 복받쳐올라 눈물을 뚝뚝 흘렸다.

두 명의 사자는 순우분을 데리고 수레에서 내렸다. 순우분의 집 문으로 들어가 계단을 오르자 자기 몸이 거실 동쪽 방 추녀 밑에 누워 있었다. 순우분은 무서워서 가까이 가려고 하지 않았다.

그러자 두 사자는 큰 소리로 몇차례 순우분의 이름을 불렀고, 순우분은 눈을 번쩍 떴다.

그의 집 하인이 안뜰에서 비를 들고 마당을 쓸고 있었고, 두 명의 친구는 의자에 앉아서 발을 씻고 있었다. 기울어진 해는 아직 서쪽 담장으로 넘어가지 않았고 동쪽 창문 밑에 있던 술통에는 아직 술이 남아있는 채였다. 다만 꿈속의 일은 마치 한 시대를 경험한 것 같았다.

순우분은 감개무량하여 자꾸만 탄식했다. 그는 친구를 불러놓고 이 이야기를 들려주었다. 두 친구는 기겁을 하며 놀랐고 순우분과 함께 밖으로 나와서 괴목 아래 구멍을 들여다보았다. 순우분이 그곳

을 가리키며 말했다.

"이곳이 내가 꿈속에서 지나갔던 곳일세."

두 친구는 여우에게 홀렸든가 아니면 괴목의 정령(精靈)에게 홀렸던 것이라고 판단하고 하인에게 명하여 도끼를 가져다가 나무 줄기에 나있는 혹 부분을 찍어내게 하고, 가지도 쳐내게 한 다음 구멍 속을 들여다보았다.

그리고 그 가장자리를 넓이 1장(丈)만큼 파보니 큰 구멍이 있었는데 그 구멍은 밝게 뚫려 있었고 침대가 들어갈 정도였다. 그 위에는 흙이 퇴적(堆積)해 있었는데 성곽과 고루(高樓), 대(臺) 등등 궁궐의 모습을 갖추고 있었다. 그 속에는 개미가 몇 말 정도나 우글거렸는데 무리지어 숨어 있었다.

중간에는 작은 대(臺)가 있었고 그 색깔이 주사(朱砂)처럼 빨갰다. 그리고 두 마리의 큰 개미가 대 위에 웅크리고 있었다. 하얀 날개에 빨간 머리로 몸길이는 3치 정도, 그 좌우에는 큰 개미가 수십 마리나 있으면서 이들을 보좌하고 있었고 그밖의 개미들은 감히 그 큰 개미 옆에 나가서지를 못했다. 이것이 국왕이었다. 즉 이곳은 괴안국(槐安國)의 도읍이었던 것이다.

또 한 구멍을 파보니 그 구멍은 남쪽으로 뻗은 가지와 통하고 있었다. 대략 4장(丈) 정도 길이로 구부러져 있었는데 중간은 방형(方形)이었고, 역시 토성과 작은 누각이 있었으며 개미 무리들이 그 속에서 살고 있었다. 즉 이곳은 순우분이 통치하던 남가군(南柯郡)이었다.

다시 또 한 개의 구멍이 있었다. 서쪽으로 2장(丈)쯤 들어간 곳에 있었으며 중간이 넓직한 사변은 진흙을 바른 벽처럼 되어 있었고, 지하실 같은 아주 기묘한 모양을 하고 있었다. 그 속에 썩은 거북 껍질이 있었으며 크기는 한 말[斗] 정도였다. 빗물이 고여 있고 작은 풀이 주변 가득 촘촘히 나있어서 거북 껍질을 거의 뒤덮고 있었다. 이곳은 순우분이 사냥을 하던 영귀산(靈龜山)이었다.

또 한 구멍을 파보았다. 동쪽으로 1장(丈)쯤 파들어가 보니 낡은 뿌리가 온통 뒤엉켜 구불거리고 있어서 마치 용이라든가 뱀과 같은 모양을 이루고 있는데 그 속에 높이 1척 남짓한 작은 흙덩어리가 있었다. 그곳은 순우분의 아내인 공주를 매장한 반룡강(盤龍岡)의 묘지였다.

지난일을 회상하니 순우분은 감개무량했다. 발굴한 흔적을 살펴보니 모두가 꿈에서 본 것들과 부합되었다. 두 친구는 유적을 파괴하기가 싫어서 원래대로 서둘러 묻어놓았다.

그날 밤 돌연 폭풍이 몰아쳤다. 그리고 다음날 아침, 그 구멍에 가보니 개미떼는 보이지 않았다. 어디로 가버렸는지 알 수가 없었다. 그러므로 이전에 '나라에 큰 화가 있을 것이니이다. 도읍은 이전할 것이옵고요'라고 했던 것이며 과연 그 예언은 적중한 것이다.

순우분은 또 단라국(檀羅國)을 정복했던 일을 떠올리며 두 친구에게 부탁하여 외출해서 그 흔적을 찾아가 보았다.

집에서 동쪽으로 10리쯤 간 곳에 이미 물이 마른 실개천이 있었다. 그 한쪽에 커다란 참빗살나무[檀]가 한 그루 서있었는데 등나무덩굴과 담쟁이덩굴[羅]에 싸여 무성하게 자라나 있어서 태양도 보이지 않았다. 나무 옆에 작은 구멍이 있었는데 역시 개미떼가 그곳에 집을 짓고 살았다. 단라(檀羅)라는 나라는 이곳 이외에는 없었다.

그 무렵 순우분의 술친구인 주변과 전자화는 모두 육합현(六合縣)에 살고 있었는데 열흘가량 왕래가 없었다. 순우분은 하인을 보내어 그들의 안부를 알아오게 했다. 그러나 주변은 이미 세상을 떠난 다음이었고, 전자화도 병상에 누워 있다는 것이었다.

순우분은 남가(南柯)의 허무함을 곱씹으며 인간세상의 덧없음을 깨달았다. 그리고 그 이후로 도교(道敎)의 가르침을 열심히 배우면서 술과 여색을 끊었다.

  그로부터 3년 후인 정축년(丁丑年), 순우분은 그의 집에서 세상을 떠났다. 향년 47세 —. 일찍이 아버지와 약속했던 기일과 부합했다.

흰원숭이 요괴

　평남장군(平南將軍) 인흠(藺欽)이 남방 원정에 나섰을 때의 일이다.
　별장(別將)인 구양흘(歐陽紇)은 장락(長樂)까지 점령하고 굴속에서 살던 각 부족들까지 모두 평정한 다음 험준한 오지를 모조리 뒤지며 진입했다.
　구양흘의 아내는 피부가 하얗고 아주 예쁜 미녀였다. 그 지방 사람들은 고개를 갸우뚱거리며 구양흘에서 충고했다.
　"장군, 장군은 어쩌자고 예쁜 부인을 이곳까지 데려오셨나요? 이곳에는 젊고 예쁜 여자를 납치해 가는 귀신이 있답니다. 예쁜 여자는 남겨두지를 않지요. 사람을 붙이어 경계를 철저히 해야겠습니다."
　구양흘은 그 말을 듣고 경악을 금치 못했다. 그래서 그는 아내를 깊숙한 안방에 숨겨두고 밤이면 경호원을 집 주위에 배치했다. 방문을 굳게 잠그고 여자 노예 10여 명으로 하여금 철저히 감시토록 하는 것도 잊지 않았다.
　그날 밤, 세찬 바람이 불어왔고, 하늘은 칠흑 같았다. 5경쯤 되었을 때다. 방안은 조용했고 아무 소리도 들려오지 않았다. 밖에서 경비하던 호위군사는 너무 지친 나머지 꼬박꼬박 졸고 있었다.

그때 갑자기 무슨 소리가 들려오는 듯하여 구양흘은 잠을 깼다. 그런데 아내는 이미 어디론가 사라진 다음이었다. 문이며 창문은 하나같이 굳게 잠겨 있었다. 어디로 나갔는지 영 감조차 잡을 수가 없었다.

구양흘은 밖으로 뛰쳐나갔다. 험한 산길로 접어드니 한치 앞도 보이지 않았다. 그는 추적할 수가 없었다. 날이 밝았건만 아내가 끌려간 흔적은 그 어디에서도 찾아볼 수가 없었다.

구양흘은 격분했다. 그의 마음은 갈기갈기 찢어지는 듯 아팠다.
"아내와 함께 왔다가, 나 혼자만 돌아갈 수는 없지."
이렇게 되뇌이던 그는 몸이 아프다는 핑계를 댔고, 휘하 군사들과 함께 그곳에 주둔하면서 매일 사방으로 아내를 찾아다녔다. 그 길은 실로 험준하기 짝이 없었다. 그런 산길을 걸어서 넘었고, 인적이 닿았던 일조차 없는 곳에까지 돌아다니며 열심으로 아내를 찾아보았다.

몇달이 지났을 때 그는 거처로부터 1백 리나 떨어진 대나무 숲속에서 수를 놓아 만든 아내의 비단 신발 한 짝을 찾아내는 데 성공했다. 신발은 비에 흠뻑 젖어 있었지만 그것이 아내의 비단신임을 확인할 수는 있었다.

구양흘은 신발을 보자 슬픔이 복받쳐올랐지만 아내를 꼭 찾아야겠다는 의지는 점점 더 굳어졌다. 그는 건장한 병사 30명을 선발하고 그들에게 식량을 지운 다음 각자 무기를 들게 하여 수색을 계속했다.

바위틈에서 노숙을 하고 야외에서 식사를 하며, 다시 10여 일 동안 수색을 계속했는데 주둔지로부터 약 2백 리 떨어진 곳에서 남쪽에 높은 산이 솟아 있는 것이 보였다. 그 산은 다른 산들보다 훨씬 더 높았다.

산기슭에 당도해 보니 깊은 골짜기에 물이 흐르고 있었다. 그는 뗏목을 만들어서 그 골짜기 물을 건넜다. 치솟은 바위들 사이로 푸른 대나무가 우거져 있는데, 살펴보니 빨간 옷을 걸친 사람들이 오가고 있으며 이따금 웃음소리가 들려왔다.

칡덩굴을 붙잡고 굵은 동아줄을 늘어뜨리면서 단애를 기어오르자 아름다운 수목이 빼곡하게 들어서 있는 사이사이에 진기한 꽃들이 피어 있었다. 그리고 그 밑에는 융단처럼 부드러운 녹색 잔디가 펼쳐져 있었다.

그곳은 조용하고도 상쾌하여 이 세상에 존재하는 곳이라고는 도저히 믿겨지지 아니하는 이상한 경지였다. 바위굴 동쪽 문앞에서는 수십 명의 여인들이 화려한 의상을 걸치고 노래부르다가는 웃으며 문을 들락날락하고 있었다.

그러다가 그 여인들은 낯선 사람들을 발견하고는 수상쩍다는 눈초리로 바라보며 문앞에서 기다리고 있었다. 구양흘 일행이 문에까지 다가가자 여인들은 물었다.

"어떻게 이곳에까지 오시었소?"

구양흘은 이곳까지 오게 된 이유와 경위를 자세히 설명했다. 여인들은 서로 얼굴을 마주보며 탄식했다.

"부인은 한 달쯤 전, 이곳에 왔습니다. 지금은 몸이 안좋아서 자고 있는 중이지요. 사람을 보내어 상태를 알아보고 오라겠습니다."

그러나 구양흘은 직접 보고 싶었다. 여인을 뒤따라간 구양흘이 나무 문을 들어서자 그 안은 광장처럼 넓은 공간이 세 개의 구획으로 나뉘어져 있었다. 그리고 사방 벽쪽으로 비단 금침이 깔려 있는 침대가 놓여 있었다.

구양흘의 아내는 돌로 만든 긴 의자 위에 누워 있었는데 요를 깔았고 그 밑에는 짚도 깔려 있었다. 그리고 진귀한 음식이 그 앞에 가득 차려져 있었다.

구양흘이 가까이 다가가서 아내를 바라보니 아내는 고개를 돌리며 힐끗 바라보다가, 곧 손짓을 하여 돌아가라는 시늉을 했다.

그러자 그 자리에 있던 여인들이 말했다.

"우리들 가운데는 댁의 부인보다 10년이나 전에 이곳으로 끌려온 사람도 있답니다. 이곳은 불가사의한 곳이지요. 그놈은 인간을 죽이는 힘을 가지고 있습니다. 백 명의 인간이 무기를 들고 맞선다 해도 그놈을 당해낼 수는 없을 것입니다. 다행하게도 그놈이 아직 안돌아왔으니 어서 돌아가십시오. 그러는 것이 좋을 겁니다. 단, 미주(美酒)를 2곡(斛 : 용량의 단위)과, 안주로 개 10마리, 그리고 삼베 수십 근을 준비해 가지고 오신다면 우리가 계략을 써서 그놈을 죽일 수 있도록 해드리겠습니다. 10일 후에 반드시 정오(正午)가 지나서 와주십시오. 너무 일찍 오지 않도록 주의하셔야 합니다. 그럼 10일 후까지 기다리겠습니다."

그러면서 여인들은 어서 돌아가라고 재촉했다. 구양흘은 서둘러 그곳을 빠져나왔다.

그로부터 구양흘은 향기 좋은 술과 삼베, 그리고 개를 구해 가지고 약속한 날을 기다렸다가 그곳으로 갔다. 여인들은 말했다.

"그놈은 술을 좋아하여 과음하고 취하는 일이 많습니다. 그런데 술에 취하기만 하면 그놈은 우리에게 힘자랑을 하기 위하여 침대 위에 누워서 오색 비단 끈으로 제 손발을 묶으라고 합니다. 우리가 시키는 대로 놈을 꽁꽁 묶어놓더라도 그놈이 벌떡 일어나면 그 끈이 모두 갈래갈래 토막이 나 버리지요. 그래서 언젠가 우리가 끈을 세 겹으로 꼬아서 묶어놓았더니 그것은 끊어지지가 않더라구요. 그래서 말인데 이번에는 장군이 가져온 그 삼베를 비단 속에 넣어서 숨겨가지고 그놈을 묶을 생각입니다. 그러면 그놈은 그 끈을 끊지 못하겠지요.

그놈은 온몸이 철갑(鐵甲)과 같아서 칼이나 창으로 어느 곳을 찔러도 들어가지를 않습니다. 그런데 단 한 군데, 배꼽 밑 몇치가량 되는 곳을 그놈은 언제나 방어하고 있는 것으로 볼진대 그곳이 급소일 것입니다. 그곳을 무기로 찌르도록 하십시오."

그런 다음 옆에 있는 바위를 가리켰다.

"저곳이 바로 그놈이 음식물을 저장해 두는 곳입니다. 그곳에 숨어서 조용히 기다리고 계십시오. 술은 저 꽃 아래에, 그리고 개는 숲속에 풀어놓으시고요. 계획대로 되면 장군을 부를 것이니 즉시 나오십시오."

구양흘 일행은 여인들이 시키는 대로 숨을 죽이고 기다렸다.

오후가 되었다. 새하얀 비단과 같은 것이 저쪽 산에서 날아오듯 내려오더니 곧장 동굴 속으로 들어갔다.

그리고 잠시 후 키가 6척 남짓하고 수염을 아름답게 기른 장부가 새하얀 옷을 입고 지팡이를 짚으며 여인들에 에워싸여 걸어나왔다. 그는 개를 발견하고는 멈칫하며 놀라는 기색이더니 몸을 솟구쳐 그 개를 잡자마자 죽였고, 피를 빨아먹었으며 고기를 찢어먹고는 배가 부른 듯 배를 쓰다듬었다.

여인들은 옥잔에 술을 따라 그놈에게 권하는 한편 상냥한 웃음도 웃어보였다. 몇 말의 술을 들이킨 그는 여인들의 부액을 받으며 문안으로 들어갔다. 문안에서는 또 깔깔대는 웃음소리와 이야기소리가 들려왔다.

그리고 잠시 후, 한 여인이 나와서 구양흘이 있는 쪽을 향하여 어서 들어오라는 손짓을 했다. 구양흘 일행이 무기를 손에 들고 들어가 보니 몸집이 커다란 흰원숭이가 침대 위에서 손발이 묶인 채로 누워 있었다. 그는 낯선 사나이들을 보자 몸을 비틀면서 용틀임을 했지만 묶어놓은 끈을 끊을 수는 없었다. 그놈의 눈빛은 마치 번개처럼 번쩍였다.

구양흘과 그 부하들이 무기를 들고 놈의 목을 베려고 했지만 철갑 또는 바위 덩어리와 같은 그의 목은 꿈쩍도 하질 않았다. 그래서 여인들이 일러준 그놈의 배꼽 아래를 찌르자 칼끝이 푹 들어갔고, 피가 솟구쳐 나왔다.

흰원숭이는 길게 한숨을 내쉬었다.

"이는 하늘이 나를 죽이심이야. 너는 나를 죽일 수 없어. 그러나 네 아내는 이미 임신을 하고 있다. 그 아이만큼은 죽이지 마라. 그 아이는 자라면 위대한 군주를 만나게 될 것이고, 틀림없이 그의 일족(一族)은 번영하게 될 것이다."

말을 마친 흰원숭이는 숨을 거두고 말았다. 원숭이가 죽은 다음 그의 소장품들을 찾아보니 고급품들이 잔뜩 있었는데 그것들은 하나같이 인간세상에서는 구경하기 어려운 것들이었다. 이름난 향(香)만 해도 여러 곡(斛)이나 나왔고 보검(寶劍)도 한 쌍이 있었다. 그리고 그가 잡아온 30여 명의 여인들은 모두 빼어난 미녀늘이었다.

어떤 여인은 이곳에 온 지 10년이나 지난 사람도 있었다. 여인들의 이야기에 의하면 여인의 미색(美色)이 쇠해질 경우 그 흰원숭이는 그 여인을 끌고 나가서 어디엔가에 버리곤 하는데, 어떤 조치를 취하고 오는지는 아무도 알지 못했다.

이 흰원숭이에게는 동료가 하나도 없었고 물론 혼자 다니면서 여인들을 납치해오곤 했단다. 그놈은 매일 아침 몸을 씻었고, 모자를 눌러썼으며, 새하얀 윗도리를 걸치고 나갔는데 추위와 더위 따위는 문제도 되지 아니했다. 몸 전체에 하얀 털이 나있는데 그 털은 한 자 가까이나 자란 부위도 있었다.

평소에는 목간(木簡)을 읽고 있었다. 그 목간의 글씨는 부적 따위에 기록되어 있는 전서(篆書)와 비슷했는데 무슨 뜻을 나타내는 것인지 전혀 식별할 수 없었다. 그는 이 목간을 다 읽고 나면 돌계단 아래에 그것을 놓아두곤 했다.

맑은 날에는 두 자루의 보검을 들고 검무를 추는데 그 보검들은 마치 번갯불이 번쩍이듯 그의 몸 주변을 맴돌면서 달빛과 같은 원을 그려내는 것이었다.

식사 시간은 일정하지 않았다. 좋아하는 것은 나무열매인데 특히 밤을 즐겨먹었고 개를 잡아서 그 피를 마시고 고기를 씹어먹었다.

날마다 한낮이 지나면 갑자기 어디론가 나갔는데 한나절 만에 수천 리를 갔다 왔다. 날이 저물면 반드시 돌아오곤 했는데 그것이 습관적으로 하는 그의 일과였다.

필요한 것이면 무엇이든지 손에 넣을 수 있었다. 밤에는 이 침대 저 침대에 들어가서 즐겼는데 밤새도록 여인들을 두루 찾아다니며 잠을 자는 일이 없었다.

화제는 광범위했으며 아주 자상했다. 또 그 사고방식은 참신했고 투철했으며 그리고 예리했는데, 겉모습은 거대한 원숭이류였다.

그가 죽던 해 나뭇잎이 떨어질 무렵, 그는 돌연 우울한 표정이 되어 힘없이 말한 바 있었다.

"나는 이번에 산신령으로부터 고소당했다. 아마 사형 언도를 받게 될 것이리라. 그러나 정령(精靈)들에게 부탁을 해놓았으니까 어쩌면 사형을 면할는지도 모르지."

그런데 그가 죽기 전월(前月) 16일, 돌계단에서 불이 났고 그 목간 책이 불에 타버렸다. 흰원숭이는 망연자실했다.

"나는 나이 천세(千歲)가 되었건만 슬하에 자식이 없었다. 그런데 이제는 자식이 생겼어. 그것은 곧 내가 죽음을 맞게 됨을 뜻하는 것이기도 하지."

그리고 여인들을 둘러보며 잠시 동안 눈물을 흘렸다.
"이 산은 아주 깊어서 길이 나있지 아니했기에 아직까지 이곳에 들어온 인간이 없었다. 산꼭대기에서 내려다보아도 나무꾼 하나 발견되지 아니해. 그리고 저 아래에는 호랑이와 이리 등 각종 짐승과 괴물들이 많이 있어. 하늘의 도움이 없는 이상 인간이 어찌 올 수 있으리요."
그리고 약 한 달 뒤에 흰원숭이는 죽어갔던 것이다.

구양흘은 숱한 보옥(寶玉)과 보석, 값비싼 물품들을 수거한 다음, 미녀들을 데리고 돌아왔다. 여인들 가운데는 그래도 자기가 살던 곳을 아직까지 기억하고 돌아간 사람도 있었다.

구양흘의 아내는 그로부터 1년 뒤에 아들을 낳았다. 그 아이는 흰원숭이와 용모가 비슷했는데, 성장하자 과연 문장과 능서(能書)로 이름을 드날렸다.

배고픈 유령(幽靈)

 죽어서 갓 유령이 된 사나이가 있었다. 배가 고프고 지쳤기 때문에 바싹 말라 가지고 휘청휘청 걸어가고 있었는데 마침 생전에 친구였던 유령과 만나게 되었다.
 그 친구는 20년쯤 전에 죽었는데도 살이 포동포동 쪄있었고 아주 건강해 보였다. 그래서 배고픈 유령은 친구에게 물어보았다.
 "자네는 건강해 보이는군."
 "나야 이렇게 건강하지만 대체 자네는 그 꼴이 뭔가? 왜 그러고 다니는 게야?"
 친구의 말에 배고픈 유령은 자신의 신세를 한탄했다.
 "말도 말게. 배가 고픈데다가 이제 아주 지쳐서 걸을 수도 없을 지경일세. 자네에게 묻겠는데 그렇게 건강해지는 비결을 좀 가르쳐 주게나."
 "비결? 뭐 비결이랄 것까지는 없지만 인간들에게 겁을 주어서 그 인간들이 우리 유령을 떠받들게 하는 거지. 그러면 인간들은 먹을 것을 잘 내놓더라구."
 배고픈 유령은 친구와 헤어져 어떤 마을로 들어갔다. 그 마을 동쪽에는 집이 한 채 있었는데, 그 가족들은 신앙심이 두터운 불교도(佛敎徒)였다.

배고픈 유령이 그집에 들어가 보니 서쪽 헛간에 절구가 놓여 있었다. 그는 그 절구를 끄집어냈다. 망령이 절구를 끄집어내면 그집 식구들이 무서워서 벌벌 떨며 먹을 것을 내줄 줄 알았던 것이다.

그런데 그집 주인은 조금도 무서워하지 않고 아들들에게 말했다.

"저것 좀 봐라. 부처님이 우리를 불쌍히 여기시어 유령으로 하여금 절구질을 하도록 명하셨나 보다. 정말로 고마운 일이로구나. 자아, 어서 보리를 가져오너라. 유령에게 보리방아를 찧어 달라고 부탁해야겠다."

아들들은 보리를 가져다가 절구에 부었다. 유령은 저녁때까지 쉬지 않고 열심히 방아를 찧었다.

'그래, 이것만 찧으면 나중에 먹을 것을 듬뿍 줄 거야.'

그러나 몇 섬이나 찧었는지 모를 만큼 방아를 찧었건만 음식은 나오지 않았다. 마침내 방아를 다 찧었는데 그집 주인은 아무것도 내놓지 않았다.

유령은 지친 몸을 끌며 그집을 나섰다. 그는 문밖에서 예의 유령 친구를 또 만났다.

"자네 나를 속였지?"

"그럴 리가 있나? 다시 한번 해보게나. 틀림없이 먹을 것을 줄테니."

그래서 다음날은 마을 서쪽에 있는 집으로 들어가 보았다. 그집 사람들은 도교(道敎) 신자로서 문옆에는 돌로 된 디딜방아가 놓여 있었다. 유령은 그 디딜방아 위에 올라가서 힘껏 밟아보았다.

"어제는 유령이 저기 동쪽 집에서 방아를 찧어 주었다고 하더니 오늘은 우리집에 와주었구나. 믿음이 좋으면 이런 일이 있는 법이야. 자아, 어서 보리를 가져와라. 우리도 유령에게 방아를 찧어 달라고 부탁하는 거야."

식구들은 보리를 잔뜩 운반해 왔다. 유령은 또 저녁때까지 열심히 방아를 찧었건만 이집에서도 먹을 것은 내놓지 않았다.

유령은 피로감과 공복감으로 이제는 서있을 수조차 없게 되었다. 그때 또 예의 친구 유령을 만났다.

"자네는 나에게 무슨 원한이 있기에 이처럼 나를 속이는 건가? 이틀씩이나 얻어먹은 것 없이 일만 실컷 했단 말일세! 이제는 지쳐서 눈도 뜨기가 어렵네그려."

"그것은 자네가 운(運)이 없기 때문이야. 신앙심이 두터운 사람에게 겁을 주기란 아주 어려운 일이라네. 이번에는 믿음이 없는 집을 찾아가 보게나. 틀림없이 먹을 것을 내놓을 거야."

그래서 다음날은 다른 집으로 가보았다. 집에 들어가 보니 몇 명의 아가씨가 식사를 하는 중이었다. 그리고 마당에는 흰 개가 한 마리 있었는데, 유령은 이 개를 번쩍 안았다. 사람들은 그것을 보자 눈을 동그랗게 뜨며 소동이 벌어졌다.

"아니 저 개 좀 봐. 공중에 떠서 걷고 있네. 어떻게 된 일이야?"

유령은 다른 날과 달리 모습을 나타내지 않고 개를 안아올렸던 것이다. 그러니까 개가 공중을 걸어다니는 것처럼 보일 수밖에 — .

소동을 떨던 그집 식구들은 무당을 불러다가 점을 쳐보게 되었다. 무당은 점괘를 뽑아 본 다음 말했다.

"이것은 객귀(客鬼)가 된 망령이 먹을 것을 달라는 행위입니다. 먹을 것을 주지 않으면 재앙이 이집에 미칠 것입니다. 어서 고기와 밥과 술을 저 마당에 놓고 망령을 공양하십시오."

그집에서는 곧 무당이 시키는 대로 했다. 그 덕택에 유령은 배불리 얻어먹을 수가 있었고, 그후로는 신앙심이 없는 집만 두루 돌아다니며 얻어먹었다. 얼마 안 가서 그 유령도 친구 유령처럼 통통하게 살이 쪘다고 한다.

호랑이가 되어 버린 사나이

　감숙성(甘肅省)의 이징(李徵)은 황족의 자제로서 어렸을 때부터 박학하고 문장이 뛰어났다. 젊은 나이에 선발되어 경사(京師)의 대학(大學)에서 유학하게 되었다. 즉 수재(秀才)였던 것이다.
　그는 후에 국가시험에까지 급제하여, 강남(江南)의 사법 검찰관이 되었는데 구속받기를 싫어하는 성격으로서 자기 재능만 믿고 오만했다. 신분이 낮은 동료들에게 뒤지는 것을 견디지 못하는 그는 언제나 우울했다. 즐거워하는 일이 없었다.
　언제나 회합이 있고 자리가 무르익어 술이 거나하게 취하면 동료 관원들을 보고,
　"이 세상에 태어나 그대들과 어깨를 나란히 하다니……."
라며 깔보았다. 그럴 때면 동료들은 그를 질시했다.
　그렇게 관리 생활을 하자니 재미도 없고 해서 그는 관직을 사퇴하고 고향에 돌아와서 유유자적하며 지냈다. 그러자니 이번에는 생활하기가 어려웠다. 수입이 없었기 때문이다.
　생활에 쫓기던 그는 하는 수 없이 여장을 차려가지고 양자강(揚子江) 하류로 내려갔다. 그리고 그곳 지방관들을 찾아다녔다. 그들은 이징의 명성을 익히 듣고 있던 터라 그가 도착하는 곳마다 숙사를 제공하고 연회며 행락이며 융숭하게 대접했다. 그리고 떠날 때면

선물을 두둑히 내주어 그의 행리를 가득 채워 주었다.

　이징은 그곳에서 만 1년쯤 머물면서 아주 많은 선물을 받고, 고향으로 돌아가기 위해 서쪽으로 향했다. 그는 가던 도중 여분(汝墳)의 여인숙에 묵었다.

　그런데 돌연 질병에 걸린 그는 그만 발광을 했고, 하인을 채찍으로 때렸다. 하인은 그 고통을 견뎌낼 수가 없었다. 이렇게 10여 일을 계속했다. 질병은 점점 더 심해졌다.

　그러더니 어느 날 밤, 캄캄한 어둠 속으로 달려나갔는데 어디로 갔는지 알 수가 없었다. 시중들던 소년이 그가 간 곳을 찾아나섰고 행방을 수소문하기 한 달이 지났지만 이징은 끝내 돌아오지 않았다. 그래서 하인은 주인이 타던 사두마차(四頭馬車)를 몰고 주인의 행리를 모두 실은 다음 먼곳으로 도망치고 말았다.

　이듬해, 진군(陳郡) 태수였던 원참(袁傪)은 감찰어사에 임명되어 영남(嶺南)으로 파견되어 가던 도중 여분에서 하룻밤을 묵었다.

　이른 아침, 그가 출발하려 할 때 역의 관원이 아뢰었다.

　"앞으로 가시는 길에 호랑이가 출몰하는데 그 호랑이는 어찌나 난폭한지 사람을 잡아먹습니다. 그러므로 그곳을 지나가는 통행인은 대낮이 아니면 가지 않습니다. 지금은 아직 이르니 잠시만 더 수레를 멈추고 계십시오. 절대로 출발하시면 안됩니다."

　그러나 원참은 버럭 화를 냈다.

　"나는 천자(天子)의 사자(使者)이며 동행하는 자가 많다. 산천(山川)의 짐승 따위를 두려워할까 보냐?"

　그는 이렇게 말하며 말을 타고 출발했다.

　10리도 채 가기 전에 과연 호랑이 한 마리가 풀숲에서 갑자기 뛰어나왔다. 원참은 놀라 그 자리에서 멈추었다.

　호랑이는 풀숲 속에 몸을 숨기고 사람의 목소리로 말했다.

"큰일날 뻔했네. 하마터면 옛친구를 상하게 할 뻔했어."

원참이 그 목소리를 유심히 들으니 그것은 이징의 목소리와 비슷했다.

원참은 지난날, 이징과 함께 진사에 급제했으며 두터운 교우관계를 맺고 있었는데 그후 헤어진 지 1년이 넘고 있었다. 그러다가 돌연 그의 목소리를 듣고 놀란 것인데 그 정체를 알고 싶었다. 그래서 호랑이에게 물었다.

"그대는 누구인고? 혹 옛친구인 이징이 아닌가?"

호랑이는 두 번, 세 번 신음했다. 자세히 들어보니 호랑이는 흐느껴 우는 것 같았다. 그리고 잠시 후 원참에게 말을 하는 것이었다.

"나는 이징일세. 그대는 잠시 이곳에 있으면서 나와 이야기하지 않겠나?"

원참은 얼른 말에서 내렸고 다시 물었다.

"이군! 이군! 어쩌다가 그런 몰골이 되었나?"

호랑이가 말했다.

"그대 곁을 벗어난 후로 소식이 두절되었었네. 그동안 무사했던가? 지금은 어디로 가는 길인가? 아까 보아하니 두 명의 관원이 말을 달리어 앞서갔는데 역의 파발꾼이 인수(印綬) 주머니인 듯한 것을 휴대하고 그대 길을 인도하는 것 같더군. 그대는 어사가 되어 출장중인 게 아닌가?"

호랑이의 물음에 원참이 대답했다.

"최근에 다행스럽게도 어사를 배명받았다네. 그리고 지금은 영남으로 출장가는 중일세."

"자네가 시문(詩文)으로 입신하고 조정에 출사한 것은 실로 잘한 것이야. 더구나 감찰어사는 어려운 직무로서 모든 관리들을 감찰하는 신분이 아니던가. 성상께서도 그 인물의 전형을 하실 때면 다른 자리와는 달리 아주 신중하게 하시지. 옛친구가 그런 자리에 오른 것은 정말로 기쁜 일일세. 대단한 일을 해냈네그려."
"지난날 나는 그대와 같은 해에 진사에 급제했고 우정은 깊고 밀접했지. 보통 친구와는 달랐어. 만나지 못한 후로 세월은 유수와 같이 흘렀는데 그대 모습을 보고 싶어도 그럴 기회가 없었어. 그런데 뜻밖에도 오늘 옛일이 잊혀지지 않는 목소리를 들을 수 있었네. 그렇건만 어찌하여 나를 만나려 하지 않고 스스로 풀숲에 숨는 것인가? 옛친구의 정의로 볼 때 이럴 수는 없는 일이지!"
"나는 지금 인간이 아닐세. 어찌 얼굴을 마주할 수 있겠는가?"
원참은 그 까닭을 물었다. 호랑이가 대답했다.
"나는 지지난해, 양자강 하류로 내려갔다가 작년에서야 겨우 돌아왔다네. 오던 도중 여분까지 왔을 때 갑자기 질병에 걸려 발광했고 산골짜기로 달려갔지. 그리고 곧 두 팔을 땅에 짚고 걸었으며, 그때부터 마음이 점점 거칠어지면서 힘이 점점 세지는 것을 느꼈다구. 그래서 내 팔과 허벅다리를 살펴보니 자디잔 털이 나있었고, 더구나 예복을 입고 걸어가는 자, 짐을 지고 걸어가는 자, 날개로 공중을 나는 것, 모피를 걸치고 다니는 것을 보면 붙잡아서 먹고 싶어지는 게야.

한음(漢陰) 남쪽까지 오자 배가 고파서 화살이나 창 따위는 눈에 보이지도 않더군. 마침 살이 통통하게 찐 사나이를 만났기에 그놈을 붙잡아서 물어 죽이고 그 자리에서 다 먹어치웠어. 그런 후로는 이런 일이 대수롭지 않아지는 게야. 처자를 걱정하고 친구 걱정을 하지 않은 것도 아니지만 그 행위가 신(神)들에게 패하면서, 어느 날 갑자기 이상한 짐승으로 변화했지 뭔가. 그후로는 사람들을 만날 염치가 없어서 하는 수 없이 안 만나는 것일세.

아아! 나는 그대와 같은 해에 진사에 급제하였고 우정은 아주 두터웠었지. 지금 자네는 조정의 법령을 집행하게 되어 친척과 친지들에게 위광을 떨치고 있건만 나는 숲속에 몸을 숨기고 인간 세상에서 이처럼 떠나 있네. 뛰어올라 하늘을 향하여 탄식하고, 고개를 숙이어 땅에 눈물을 흘린들 무슨 소용이리요. 몸뚱이는 이처럼 쓸데없는 무용지물이 되었으니 이것도 과연 운명의 장난인가?"

그리고 소리 높여 울부짖고 탄식하더니, 체면이고 뭐고 돌보지 않고 울어대는 것이었다.

원참이 또 질문했다.

"자네는 지금 이상한 모양을 하고 있다면서 어찌하여 이야기는 할 수 있는가?"

호랑이가 대답했다.

"나는 지금 모습은 변했지만 마음은 도리를 판단할 수 있다네. 그러므로 덤벼들고는 후회하고 혹은 두려워 몸을 움츠리는 등 그 괴로움이란 이루 말로 표현할 수가 없네. 바라건대 옛친구가 언제까지나 나를 잊지 말고 내 무례한 죄를 용서하시게. 그것이 내 소원일세.

그러나 그대가 남쪽에 있다가 귀환하여 내가 다시 자네를 만나게 될 때는 나는 내 자신의 일생에 대해서 아무것도 모르게 될 것이야. 그때는 자네 몸이 올가미에 걸려든 사냥감으로밖에 안보일 것일세. 그러니 그대도 단단히 경호하는 것이 좋을 게야. 나로 하여금 죄를 짓게 하여 사군자들의 웃음거리가 되지 않도록 말일세."

그리고 다시 이렇게 덧붙였다.

"나와 그대는 허물없는 친구야. 부탁할 것이 있는데 괜찮겠나?"

원참이 대답했다.

"자별한 옛친구 사이에 괜찮고 말고가 있겠나? 무슨 용건인지 유감스럽게도 나는 알 수가 없으니, 속마음을 털어놓게나."

호랑이의 부탁이란 이런 것이었다.

"그대가 들어주지 않겠다면 어찌 말할 수 있으리오. 이제 승낙해주겠다니 숨김없이 이야기하겠네. 원래 내가 여인숙에서 질병에 걸려 발광하고 날뛰다가 들어왔는데, 하인놈이 내 사두마차와 의복이며 행리 등을 한가지도 남겨두지 않고 모두 가지고 도망을 쳤다네. 내 처자는 감숙성에 그냥 살고 있을 것이야. 내가 이 모양이 되었다는 것은 상상도 못할 일이고 ―. 그대가 남쪽에 갔다가 돌아오거든 편지를 가지고 가서 내 처자를 만나주지 않겠나. 단 나는 이미 죽었다고 말하고 오늘 있었던 일은 말하지 말아주게. 명심하여 내 부탁을 잊지 말기 바라네."

그리고 호랑이는 이렇게 덧붙였다.

"나는 인간세상에 있을 때 재산도 없었는데다가 자식은 아직 나이가 어리니 당연한 일이지만 스스로 살아나갈 수 없을 것이야. 자네는 관계(官界)에 있으면서 영달의 길을 걷고 있으며 일찍부터 옛날의 도의를 지켜왔던 터일세. 왕년의 정의는 타인의 추종을 불허했었지. 그런즉 아비 없는 어린 내 자식을 잊지 말고 곤경에 처한 그애를 이따금 구해 주어, 들판에서 죽는 일을 면하게 해준다면 큰 은혜가 될 것으로 생각하네."

말을 마치자 호랑이는 또 슬피 울면서 눈물을 쏟았다. 원참도 그만 울고 말았다.

"나는 그대와 운(運)도 불운도 함께해야 할 몸일세. 그런즉 그대의 자식은 곧 내 자식이기도 하지. 힘을 다하여 그대 명령에 따르는 것은 당연한 일일세. 조금도 걱정하지 말게."

호랑이가 말했다.

"내가 지난날 지었던 글이 수십 수(首)가 있는데 아직 세상에 유포되지 않았던 것일세. 유고(遺稿)가 있었지만 모두 흩어지고 말았어. 자네가 나를 위해 그것을 받아 써주게. 실은 인간세계에서는 이해되지 못할는지 모르겠으나 그것을 자손에게 전해주는 것이 중요해서일세."

원참은 얼른 하인을 불러 지필묵을 준비케 하고 호랑이가 부르는 대로 받아썼다. 그 글은 20장(章) 정도나 되었는데 문장이 아주 고상했고, 논지는 대단히 심원했다. 원참은 그 문장을 교열하면서 새삼 감탄해 마지않았다.

호랑이가 말했다.

"이것은 내 생애를 통하여 느낀 진심일세. 전해지기를 바랄 수는 없는 일이지만……."

그리고 또 이렇게 덧붙였다.

"하늘에는 친소후박(親疎厚薄)의 차이란 있을 수가 없지. 내가 왜 이 지경이 되었는지는 알 필요도 없겠지만 만약 궁금한 점이 있다면 자네에게 고백함세. 지난날 나는 하남(河南) 땅에서 어떤 미망인과 정을 통한 일이 있었는데 그집 사람들이 이 사실을 알고는 나를 죽이려고 했었네. 그래서 나는 바람이 몹시 불던 날 그 집에 불을 질러서 온 가족 모두를 죽게 한 일이 있지. 내가 몹쓸 죄를 지은 것은 바로 이때 저지른 그 일이야.

자네는 여기서 백 보(步)가량 떨어진 곳에 있는 언덕 위에 올라가서 이쪽을 바라보게나. 그럼 내 모습을 볼 수가 있을 것이야. 내 용자(勇姿)를 자랑하고 싶어서 그러는 것은 결코 아니네. 두번 다시 이 길로 오지 못하게 하기 위하여 자네에게 공포심을 심어주기 위함일세. 그럼 이제 자네와 영원히 이별을 해야겠군. 갈 길이 다르니 그 섭섭함은 어찌 다 입으로 말할 수 있겠나?"

원참은 눈물을 흘리면서 말에 올라탔다. 숲속에서도 흐느껴 우는 소리가 들려왔다. 말을 달려 언덕 위에 올라가서 돌아다보니 숲속에는 한 마리 큰 맹호가 이쪽을 바라보고 포효하고 있었다. 그 소리는 산마루와 골짜기를 따라 크게 메아리치고 있었다.

원참은 남쪽에서 돌아오자 특별명령을 내리어 글 쓴 것과 장례식에 도움이 될 거마와 재화 등을 들리어 이징의 아들에게 보냈다.

그후 한 달 남짓 지났을 때 이징의 아들은 원참의 집을 찾아왔다. 그리고 망부(亡父)의 시체를 찾아 달라고 했다. 원참은 하는 수 없어서 사건의 전말을 자세히 설명해 주었다.

그후 원참은 자신의 녹봉을 이징의 처자에게 균등히 나누어 주었다. 그리하여 그들의 배고픔과 추위를 면하게 해주었다.

용녀(龍女)의 시회(詩會)

　허한양(許漢陽)은 여남(汝南) 사람으로 이름을 상(商)이라고 했다. 그는 홍주(洪州)와 요주(饒州) 일대에서 뱃사공으로 일해왔다.
　어느 날, 해가 저물고 풍파가 거세게 일었으므로 그는 작은 포구로 들어가는 수로(水路)를 찾아들었고, 어느 사이에 3, 40리나 나아가서 어느 호수에 당도했다. 넓직한 호수였는데 수심은 불과 2, 3척(尺)에 지나지 않았다.
　북쪽으로 10리쯤 더 들어가자 호숫가에 대나무가 무성하게 나있는 것이 보였으므로 배를 정박시키기 위해 그곳을 목표로 배를 저어 나갔다. 차츰 가까워지자 멋있는 정자와 좋은 집들이 보였다.
　두 명의 하녀가 각각 까마귀 같은 검은 머리를 두 갈래로 따서 뒤에 묶고 따르는데 옥같이 하얀 얼굴의 여인이 생글생글 웃으면서 배를 맞아주었다. 허한양은 이상하다는 생각이 들었으나, 그녀들은 농담까지 곁들이며 소리내어 웃었다. 그리고 그를 자기 집까지 데리고 가는 것이었다.
　허한양은 옷매무새를 바로잡고 뭍에 올랐고 그녀들의 집으로 갔다. 대문을 들어서자 하녀가 안내하여 거실로 들어갔다. 그들은 인사를 나누고 좌정했다.
　"우리 아가씨께서는 옷을 갈아입으시고 나오실 것입니다."

그리고 잠시 후 하녀들은 허한양을 중문(中門)으로 들어가자고 했다.

안뜰에는 큰 연못이 있었다. 연못에 가득 핀 연꽃에서는 향기가 물씬 풍기고 사방 연못가에는 벽옥과 같은 돌들을 깔아놓았는데, 두 개의 무지개 모양 다리를 놓아 남북으로 건너다니게 만들었다.

북쪽에 큰 전각이 있고 그 앞의 계단 위, 1층 꼭대기에 '야명궁(夜明宮)'이란 글씨가 은(銀)으로 쓰여 있었다.

주위의 나무들은 구름을 뚫고 높이 솟아 있는데 진기한 꽃이 피어 있고 과실이 달려 있었다.

하녀는 그를 데리고 전각 1층으로 올라갔다. 그곳에는 또 6, 7명의 하녀들이 있었는데 허한양을 보자 한 사람씩 나와서 정중하게 인사를 했다. 그리고 이번에는 2층으로 안내했는데 그곳에는 젊은 아가씨들이 6, 7명 있었다. 지금까지 어디에서도 본 일이 없는 미녀들로서 그녀들도 인사를 했는데 허한양에게 이곳까지 오게 된 연유를 물었다.

허한양은 뜻밖에도 이곳에 오게 된 전말을 자세히 이야기했다.

젊은 아가씨들은 자리를 권하면서,

"여행중인 분은 하룻밤밖에 묵어갈 수 없습니다만 마실 만한 술도 조금은 있으니 즐겁게 쉬어 가십시오."

라고 말했다.

수인사가 끝난 다음 하녀들이 식사 준비를 하였다. 식탁에 올라온 그릇들은 하나같이 인간세계에서는 보지 못한 진귀한 것들이었다. 식사가 끝나자 술을 내오라고 시켰다.

뜰에는 높이가 몇 장(丈)이나 되는 진기한 나무가 심어져 있는데 그 줄기는 오동나무와 비슷했지만 잎이 파초잎 같았다. 빨간 꽃이 나무에 가득 피어 있고 큰 쟁반만한 크기의 꽃봉오리가 주연석 정면에 있었다.

젊은 아가씨가 술잔을 들고 권하자 하녀가 앵무새 비슷한 새를 한 마리 가지고 와서 주연석 앞 난간에 놓았다. 그 새가 한 번 울자 그 나무의 꽃이 동시에 피면서 향기를 사방에 뿜어냈다.

꽃 하나마다 키가 1척(尺)가량 되는 미녀가 있었다. 예쁘고 한들한들거리는 자태, 길게 늘어뜨린 옷이 잘 어울리는 아가씨들이었다.

악기란 악기는 모두 갖추어져 있었다. 그 새가 재배하자 젊은 아가씨가 술잔을 바쳤고, 모든 악기가 일제히 울리는 게 틀림없이 신선의 세계에 들어온 것 같았다.

술이 한 순배 돌았는데 벌써 밤이 되어, 달빛이 휘황찬란하게 비쳤다. 아가씨들은 인간세계에는 있지도 않은 이야기만을 지껄였다. 허한양은 그것이 무엇을 의미하는지 추측조차 할 수가 없었다. 이따금 허한양이 인간세계의 일을 이야기하면 그녀들은 한마디 응답도 하지 않았다.

즐거운 주연은 이경(二更)이 지나서야 끝이 났다. 그 나무의 꽃은 연못 속에 모두 떨어졌고 금방 어디론지 사라지고 말았다.

아가씨들은 한 권의 문서를 꺼내다가 허한양에게 내밀었다. 그것을 들여다보니 강해(江海)의 부(賦)였다. 아가씨들은 허한양에게 그것을 읽어 달라고 했다. 허한양은 단숨에 읽어 주었다. 아가씨는 자기가 한번 낭독할 것이니 들어 달라고 했다. 그리고 그것을 읽고 나자 하녀에게 갖다 두라고 했다.

다른 아가씨가 허한양에게 말했다.

"〈감회(感懷)〉한 장(章)을 낭독하고 싶습니다."

허한양과 그 옆에 있던 아가씨들은,

"그것 참 재미있겠어요"

라며 찬성했다.
그러자 그 아가씨가 읊어 나갔다.

하구로부터 동정호까지
삼천 리는 된다고 하는데
10년에 한 번 돌아온다는
소상 근처에서 고생을 한다.

아가씨는 하녀에게 명하여 두루마리와 붓, 벼루 등을 내오게 하고 허한양에게 시를 초록(鈔錄)해 달라고 부탁했다.

허한양이 두루마리를 펼쳐놓고 보니 금꽃이 점철되어 있는 하얀 비단으로서 그 위에는 은글자가 서사(書寫)되어 있었다. 두루마리는 둥근 말[斗]만큼 컸으며, 이미 반쯤은 쓰여 있었다. 그 붓을 보니 붓대는 백옥(白玉)으로 되어 있었다. 벼루는 벽옥으로 되어 있었고 유리 상자 속에 들어 있는데 벼루 속에는 은(銀)물이 들어 있었다.

쓰기를 다한 허한양은 서명을 했다. 그리고 두루마리 앞쪽을 펼쳐 보니 시가 몇 수 적혀 있었는데 어느 시에나 서명이 되어 있었다. 중방(仲方)이란 이름, 무(巫)란 이름, 조양(朝陽)이란 이름 등이 적혀 있었는데 그 성(姓)은 보이지 않았다.

젊은 아가씨가 두루마리를 말기 시작하자 허한양이 말했다.

"한 수 지어 화답하고 싶습니다. 이 시 바로 뒤에 써도 되겠습니까?"

그 아가씨는 대답했다.

"안됩니다. 이 두루마리는 돌아갈 때마다 아버지와 어머니, 그리고 형제에게 보여준답니다. 섞이는 것은 싫습니다."

허한양은 반문했다.

"방금 내 이름을 서명했는데 그것은 괜찮습니까?"
"그것은 별문제입니다. 당신하고는 상관이 없습니다."
사경(四更)이 되었을 때 필연(筆硯) 등을 치우라고 명했다. 아가씨가 그런 지시를 했을 때 두 명의 하녀가 말했다.
"젊은 나리, 배로 돌아가시지요."
허한양은 일어섰다. 아가씨는,
"이런 나그네길에 계신 분을 영접할 수 있어서 기뻤습니다만 대접을 충분히 해드리지 못하여 송구합니다."
라며 아쉬움을 표했고, 그들은 헤어졌다.

돌아오는 배는 뜻밖에도 큰바람을 만났고 날씨가 몹시 사나워서 한 치 앞을 분별할 수 없을 만큼 캄캄했다. 그러나 밝아진 다음 다시 돌아와 간밤에 술마셨던 곳을 돌아보니 인기척은 없고 수림만 빽빽했다.

허한양이 배를 매어둔 동아줄을 풀고 다시 출항하여 어젯밤, 작은 포구로 통하는 수로(水路)에 접어들었던 곳에 있는 인가(人家)에 도착했다. 그곳에는 10여 명의 사람들이 옹기종기 모여 있었다. 심상치 않은 사건이 있었던 것 같아서 허한양이 묻자 그들 중 한 사람이 대답했다.

"강 어구에서 네 명이나 물에 빠졌다오. 이경(二更)이 지나 구출해 냈는데 세 사람은 이미 죽어 있었고, 나머지 한 사람은 살아 있는 것 같은데 심히 취해 있더군요. 우리는 무당을 불러왔지요. 그 무당이 버드나무 가지에 물을 묻혀서 온몸에 물을 뿌리며 주문(呪文)을 읽답니다. 한참 만에야 겨우 입을 연 그 사람은 이런 말을 하더군요. '어젯밤 해룡왕(海龍王)의 딸들과 그 종자매(從姉妹) 등 6, 7명이 동정호(洞庭湖) 가장자리에 왔었소. 그곳에서 밤에 연회를 열었는데 우리 네 명은 만취했지요. 손님은 젊은이였는데 술을 그다지 마시지 않았으므로 우리만 마셨다가 이렇게 취했던 거랍니다'라고 말예요."

이 말을 듣고 허한양은 기이하게 생각했다. 그래서 그들에게 물었다.

"손님이란 대체 누구였나요?"

"보통 남자였답니다. 성명은 기억하지 못하고요."

그리고 다시 말을 이어나갔다.

"하녀 이야기로는 아가씨들이 인간세계의 필적(筆蹟)을 가지고 싶어하는데 그것을 구하기 어려웠다는 겁니다. 그래서 언제나 서생(書生)의 필적을 얻고자 했는데 그럴 기회가 없었던 것 같고요."

그 말을 듣자 허한양은 다시 물었다.

"지금 그 사람은 어디 있습니까?"

"이미 떠났습니다."

그래서 허한양은 전날 밤의 일과 감회의 시편(詩篇)은 모두 이 이야기를 증명해 주는 것이라고 생각했다.

허한양은 잠자코 배로 돌아왔다. 그는 속이 메스꺼워서 고생하다가 선혈(鮮血)을 몇되나 토해냈다. 그리고 그제서야 비로소 그녀들이 인간의 피로 술을 만들었다는 것을 알아냈다. 3일이 지나서야 겨우 그는 평온을 되찾을 수 있었다.

여인의 한(恨)

농서(隴西)의 이익(李益)은 20세 되던 해에 진사(進士)에 급제했다. 그리고 이듬해 이부(吏部)에서 실시하는 임관시험을 기다리게 되었다.

여름 6월, 장안에 도착한 그는 신창리(新昌里)에 숙소를 정했다. 그는 높은 가문 출신으로 나이는 적었지만 재사(才思)가 있고 문재(文才)에 있어서는 그 시대 사람들이 따를 자가 없었다. 그리하여 선배와 연장자들도 모두 그를 추천했던 것이다.

그는 평소부터 재모(才貌)와 풍류를 사부하면시 예쁜 배우지를 얻고 싶어했다. 그래서 이름 높은 기녀(妓女)를 널리 찾은 지 오래되었지만 찾지 못하고 있었다.

장안에 포십일랑(鮑十一娘)이라는 여인이 있었는데 남녀의 중매를 업으로 삼고 있었다. 원래는 부마도위(駙馬都尉)의 비녀(婢女)였는데 10여 년 전에 몸값을 지불하고 자유의 몸이 되었으며 남편을 구하여 시집간 여인이었다. 상냥한 데다가 재치가 있고 말솜씨가 좋아서 대가(大家)나 귀족, 왕실과 얽힌 집들을 찾아다니며 중매를 했는데 그 분야에서는 수단을 발휘하고 있었다.

이익이 결혼 상대를 구하기 위해 값비싼 선물을 했으므로 이 포십일랑은 상당히 호감을 가지고 있었다.

어느 날, 이익이 자기 거처인 남정(南亭)에서 한가하게 앉아 있는데 돌연 문을 두드리는 소리가 났다. 포십일랑이 왔다는 것이다. 이익은 옷소매를 걷어올리고 나가서 물었다.

"오늘은 무슨 바람이 불었기에 갑자기 나타난 거요?"

포십일랑은 방긋 웃으며 대답했다.

"도련님은 좋은 꿈을 꾸셨는지 모르겠습니다. 어떤 선녀가 하계(下界)로 내려왔답니다. 돈 따위에는 눈길도 주지 않고 풍류객만을 좋아한다나요. 그런 사람이니 도련님에게는 안성맞춤이지요."

이 말을 들은 이익은 크게 기뻐했다. 그는 들뜬 마음으로 포십일랑의 손을 덥썩 잡으며 허리를 굽히고,

"한평생 동안 자네의 노예가 되어도 좋네. 죽어도 좋다고는 하지 않았어."

라며 감사의 말을 했다.

"돌아가신 곽왕(霍王)의 막내따님인데 아명을 소옥(小玉)이라고 하는 분입니다. 곽왕께서 아주 귀여워하셨지요. 생모는 정지(淨持)라 하여 곽왕의 총비(寵婢)였습니다. 곽왕께서 작고하셨을 때 그 아드님들은 소옥 아가씨 어머니의 신분이 천하다 하여 집에 남아있는 것을 몹시 꺼렸다고 합니다. 그래서 재산을 어느 정도 나누어 주고 외부에서 살게 한 것이지요. 소옥 아가씨는 성을 정(鄭)으로 바꾸었기 때문에 사람들은 그 아가씨가 곽왕의 따님이란 것을 알지 못한 것이구요.

그런데 어찌나 예쁘던지 나는 지금까지 이 세상에서 그런 분을 본 적이 없을 정도의 미녀였습니다. 그런데다가 기품이 높고 우아하며 모든 일을 남보다 뛰어나게 잘한다는 것입니다. 음악은 말할 것도 없고,《시경》《서경》등 고전을 좋아하여 깊이 알고 있다지 뭡니까. 어제 아가씨가 나에게 좋은 분을 구해 달라고 하면서 자

기와 어울리는 사람을 원한다기에 나는 도련님 이야기를 자세히 했습니다.

아가씨도 도련님의 존함은 일찍부터 들어 알고 있다며 크게 기뻐하더군요. 고사리(古寺里)에 집이 있는데 골목으로 조금 들어가서 거마(車馬)가 통행할 수 있는 넓은 문이 있는 집이 바로 그 집입니다. 그쪽과는 만날 날을 약속해 두었습니다. 내일 오시(午時)입니다. 막다른 골목에서 계자(桂子)라는 하인을 찾으십시오. 그럼 금방 나타날 것입니다."

포십일랑이 돌아간 다음 이익은 약속 장소에 갈 준비를 하기 시작했다. 그는 하인 추홍(秋鴻)을 보내어 종형인 경조부(京兆府) 참군(參軍) 상공(尙公)의 황금 재갈을 물린 갈색 털의 망아지를 빌려오게 했다.

그날 저녁에 옷을 빨고, 목욕한 그는 뛸 듯이 기뻤기 때문에 밤새도록 잠을 이루지 못했다.

밝을녘에 두건을 쓰고 거울을 들여다보면서 옷매무새를 바로잡았다. 그리고 서성거리는데 정오가 되었다. 그는 말을 준비시키고 곧 달려가서 고사리에 도착했다.

약속한 장소에 가보니 과연 하인이 서서 기다리고 있었다. 하인은,

"이도련님이십니까?"

라며 물었다. 그는 곧 말에서 내렸고 말을 뒤꼍으로 끌고 가도록 했고, 얼른 문을 걸어잠그었다.

포십일랑은 약속한 대로 안채 쪽에서 나왔다. 그녀는 미소를 지으며 말을 걸어왔다.

"아니 어떤 분이 남의 집에 함부로 들어오신단 말입니까?"

이익도 농담하며 그녀를 따라 중문으로 들어갔다. 안뜰에는 앵두나무가 네 그루 심어져 있었고 서북쪽 모퉁이에 앵무새 새장이 한

개 걸려 있었다. 못보던 사람이 들어오는 것을 본 앵무새가 조잘대기 시작했다.

"누가 들어옵니다! 어서 발을 내리세요!"

젊은 이익은 원래 문아(文雅)하며 조용한 성품이어서 속으로는 의혹과 두려운 마음이 가득했는데, 돌연 새가 지껄여대자 그만 그 자리에 우뚝 서고 말았다. 그러나 곧 포십일랑이 소옥의 생모인 정지를 데리고 계단을 내려와서 맞았고, 그를 방안으로 안내하여 마주 앉게 했다.

정지는 나이가 40세 남짓 되었으며 조용한 사람이었다. 그녀의 화술(話術)과 웃는 얼굴은 아주 매력적이었다.

정지가 이익을 향하여 입을 열었다.

"일찍부터 도련님의 인품과 풍류에 대해서는, 익히 들어왔소. 이제 본인을 만나 보니 과연 평판대로구려. 나에게 딸이 하나 있소. 충분한 교육은 시키지 못했지만 과히 추하게 생기지는 않았으니 훌륭한 도령이 데려가 준다면 잘 어울리는 부부가 될 것 같소. 포십일랑이 이따금 출입하면서 쌍방의 의향을 전해주었소만 이제 딸아이를 오래 두고 시중이나 들게 해주었으면 하오."

이익은 감사의 말을 했다.

"저는 보잘것없는 자로서 이렇게 안목에 드시리라고는 생각하지 못했습니다. 인정해 주신다면 평생의 영광입니다."

정지는 술과 안주를 준비하라더니 곧 소옥을 동쪽 거실에서 불러오라고 했다.

이익은 서둘러 사례하며 맞아들였다. 소옥이 들어서자마자 방안에 아름다운 옥의 숲이 비취는 것처럼 환해졌고 그녀와 시선이 마주치자 눈이 멀 정도였다.

소옥은 어머니 정지 옆에 앉았다. 어머니가 딸에게 말했다.

"네가 늘 암송했던 '발이 걷히고 대나무가 속삭인다. 낯익은 친구가 오는 거겠지'란 시 있잖니. 이 시는 바로 도령이 지은 시란다. 너는 이 시를 온종일 읊으면서 좋아했는데 이제는 그분을 직접 만나게 되었구나. 어떠냐?"

소옥은 고개를 숙이고 미소지으며 소근거렸다.

"만나뵙는 것보다 소문으로 듣고 있는 편이 더 좋습니다. 재능이 있는 분이라면 미남일 리가 없을 텐데요."

이익은 일어서서 다시 예를 했다.

"아가씨는 재능을 사랑하시는 것 같은데 소생은 미모를 존중합니다. 둘이서 함께하면 재능과 미모가 결합되는 것입니다."

어머니와 딸은 얼굴을 마주하고 미소지었다.

잔을 들어 술을 마셨고 몇 순배 돌았다. 이익은 일어서서 소옥에게 노래를 청했다. 처음에는 싫어했지만 그녀의 어머니가 억지로 권하여 노래를 부르게 했다. 맑은 목소리로 부르는 절묘한 곡조였다.

주연이 끝나갈 무렵에는 벌써 날이 어두워졌다. 포십일랑이 이익을 안내하여 서쪽 별채로 갔고 그곳에서 쉬도록 했다. 소용한 뜰 깊숙이 있는 별채는 발도 휘장도 아주 호화로웠다.

포십일랑은 하녀 계자와 완사(浣紗)에게 이익의 신발을 벗겨주게 했고 띠도 풀어주게 했다. 잠시 후 소옥이 방안으로 들어왔다.

조용히 이야기를 하는데 그 목소리는 감미로웠다. 얇은 비단옷을 벗었을 때 그 모습은 너무 고왔고 발을 드리우고 휘장을 내린 다음 베개를 나란히 하고 누우니 한없이 즐거웠다. 이익은 무산(巫山)이나 낙수(洛水)의 신녀(神女)도 이토록 아름답지는 못할 것이라고 느꼈다.

한밤중이 되자 소옥은 돌연 눈물을 흘리면서 이익에게 하소연했다.

"저는 본디 창가(娼家) 출신으로 신분이 다르다는 것을 잘 알고 있습니다. 지금은 그런 대로 재주가 있고 솜씨가 있어서 훌륭한 분을 모시게 되었습니다. 일단 색향(色香)이 시들고 애정이 식어서 인연이 끊어지게 되면 의지할 상대를 잃고, 가을 부채처럼 버림받게 될 것입니다. 이렇게 즐거운 때도 그런 생각을 하면 나도 모르는 사이에 슬픔이 복받쳐오릅니다."

이익은 여인의 말을 듣자 애달퍼서 견딜 수가 없었다. 그는 팔을 내밀어 베개로 삼아주며 부드럽게 말했다.

"내 한평생의 소원이 오늘 이루어졌소. 나에게 무슨 일이 있든간에 결단코 버리지 않을 것을 맹세하겠소. 왜 그런 말을 하는 게요? 하얀 비단을 주시오. 거기에 맹세의 글을 써주리다."

소옥은 눈물을 문지르며, 몸종 앵도를 불러 휘장을 걷고 촛불을 들게 했다. 그리고 이익에게 붓과 벼루를 내밀었다. 그녀의 문갑과 붓, 벼루 등은 모두가 곽왕 왕가에서 하사한 것들이었다. 또한 수를 놓은 염낭에서 검은 실로 격자무늬를 엮은 월(越) 땅 산품인, 하얀 비단 석 자를 꺼내어 이익에게 주었다.

이익은 본디 문재(文才)가 있었으므로 붓을 잡자 얼른 써나가기 시작했다. 산과 강을 넘은, 높고 깊은 애정에 비유하며, 일월(日月)에게 성실성을 맹세하는 한 구절 한 구절이 적혀 있어서 보는 이, 듣는 이의 마음을 움직였다. 쓰기를 다하자 보석 상자 속에 넣어, 잘 간직하라고 했다.

그런 다음 두 사람은 오손도손 사랑을 나누었는데 한 쌍의 물총새가 구름 사이에서 춤추며 노는 듯했다. 이렇게 해서 2년이란 세월 동안 밤낮 떨어지는 일 없이 사랑을 속삭이며 지냈다.

그런데 3년째 되던 해 봄, 이익은 이부(吏部) 시험에 급제하여 정현(鄭縣)의 주부(主簿)를 제수받았다. 4월에 부임할 때 낙양(洛陽)

고향에 돌아와 부모를 뵙기 전, 장안의 친척·친지들은 송별연을 열어주었다.

때마침 봄철의 풍광과 여름철의 풍광이 어우러지는 계절인데 술을 마시고 손님들이 돌아가자 두 사람은 이별의 아쉬운 정으로 가슴속이 착잡했다.

"당신의 그 재능과 가문·명성에 숱한 사람들이 찬사를 보내며 부러워하고 있습니다. 당신과 결혼하고 싶어하는 사람들도 물론 많겠지요. 더구나 댁에는 부모님이 계시어 아직 며느리를 맞아들이지 않고 계십니다. 당신이 이번에 가시면 틀림없이 아내를 맞아들이셔야겠지요. 나에게 맹세하신 것은 허사가 될 것입니다. 그래서 부탁하겠습니다. 어른들께 말씀드리시고 언제까지나 나를 당신의 가슴속에 새겨두셨으면 합니다. 들어주시겠습니까?"

소옥이 이렇게 말하자 이익은 깜짝 놀라며 이상하게 생각하고 되물었다.

"내가 당신에게 섭섭한 짓이라도 했다는 거요? 왜 갑자기 그런 말을 하는 거요? 당신이 생각하고 있는 바를 솔직하게 말해 보오. 반드시 당신이 원하는 대로 해주겠소."

"저는 이제 열여덟살이 되었을 뿐입니다. 당신은 겨우 스물두살이시고요. 남자가 아내를 맞아들이는 적령기까지는 아직도 8년이 남았습니다. 그 8년 동안에 내 일생의 사랑과 기쁨을 연소시키고 싶습니다. 그런 연후에 고귀한 가문에서 훌륭한 신부감을 택하시어 결혼하신다 해도 늦지 않을 것입니다. 그때 나는 속세를 떠나 머리를 깎고 검은 옷을 입겠습니다. 내가 소원하는 바는 이것으로 만족할 것입니다."

이익은 오로지 고마웠고 또 감동했다.

"밝은 해님을 걸고 맹세한 약속은 생사(生死)에 관계없이 변하지 않을 것이오. 그대와 같이 이 머리가 백발이 되도록 살아간다 하더라도 평생의 소원을 이루지 못하는 게 아닐까 하여 걱정될 정도외다. 두 마음 따위를 가질 리 만무하오. 제발 의심을 하지 마시오. 집에서 조용히 기다려 주오. 8월이 되면 틀림없이 화주(華州)에까지 와서 사람을 보내어 맞아오도록 하리다. 곧 만나게 될 것이오."

며칠 후 이익은 작별을 고하고 동쪽으로 떠났다.

임지에 도착한 지 열흘 후, 이익은 휴가를 얻어 낙양 고향으로 돌아왔다. 그가 집에 돌아오기 전, 이익의 어머니는 이미 그의 고종사촌 여동생 노씨(盧氏)와 결혼시키기 위해, 언약을 해놓았었다.

이익의 어머니는 원래 엄격한 사람이었으므로 이익은 거절 한마디 못한 채 곧바로 노가(盧家)에 가서 약혼식을 했고, 머지않아 혼례를 올리기로 했다. 노가 역시 명문가였으므로 다른 가문에 딸을 시집보낼 경우, 납폐금(納幣金)을 1백만 금 받는 것이 통례였는데, 1백만 금에 미달할 경우는 관례상 혼례는 성립되지 않았다.

이익의 집은 원래 가난했기 때문에 남에게서 빚을 내지 않으면 안되었다. 그는 이 일을 구실삼아 먼 친척과 친구들을 찾아 여름부터 가을까지, 회수(淮水)·장강(長江) 유역을 편력했다.

그는 자신이 소옥에게 한 맹약을 배반하고 약속 기일이 지나게 되자, 서신 연락도 딱 끊고 소옥으로 하여금 단념토록 하고자, 멀리 있으면서도 친척과 친구들에게 부탁하여 비밀이 누설되지 않도록 말조심할 것을 요구했다.

소옥은 이익이 약속 기일이 지나도 돌아오지 아니하자, 재삼 편지를 써보냈지만 이렇다 할 내용도 없는 답장, 그리고 앞뒤가 맞지 않는 답장만 오는 것이었다. 그래서 여러 무당을 찾아다니고 역자(易者)도 찾아가 상담했는데 그처럼 근심과 걱정 속에서 1년 남짓 세월이 흘러갔다.

그러다가 바싹 여위고 만 그녀는 병석에 눕게 되었고 그 병세는 점점 심해졌다. 이익으로부터의 소식은 단절되고 말았지만 소옥의 사랑은 변하지 않았다. 그녀는 이익의 친구에게 선물을 보내어, 소식을 알아보게 하기도 했다.

이처럼 온갖 수단을 강구하고 시행하다 보니, 가지고 있던 돈도 다 써버렸다. 그래서 은밀히 몸종에게 말하여, 오래 간직해왔던 의복과 장신구 등을 남몰래 내다 팔게 하였다. 이 물건들은 서시(西市)의 위탁판매점 후경선(侯景先)에게 맡겨두고 대신 팔아 달라고 했다.

어느 날, 몸종 완사에게 자옥(紫玉) 비녀 한 쌍을 들리어 후경선의 집에 팔러 보냈다. 그런데 도중 궁정에서 일하는 옥 세공장(細工匠) 노인과 만났다. 완사가 들고 있는 비녀를 본 그 노인은 다가오더니 이렇게 말했다.

"그 비녀는 내가 만든 거야. 옛날 곽왕의 막내따님이 머리에 꽂기 위해 주문하실 때 내가 그 주문을 받아서 만들었고 1만 선(錢)의 수수료를 받았었지. 나는 내가 만든 것을 잊는 법이 없어. 그대는 누군고! 누구에게서 이것을 손에 넣게 되었는고?"

완사는 대답했다.

"우리 주인이 바로 곽왕전하의 따님이십니다. 그런데 집안이 기울었고 남자에게 정조를 뺏기셨지요. 그 남편 되는 사람이 지난날 낙양으로 떠났는데 소식이 없는 것입니다. 우리 주인아씨께서는 날마다 탄식하시다가 그만 병이 드셨고 벌써 2년이나 지났습니다. 그래서 이것을 팔아가지고 다른 사람에게 선물을 사주어 그분의 소식을 알아오게 하려는 것입니다."

옥 세공장 노인은 슬픈 듯 눈물을 흘리면서 말했다.

"존귀하신 분의 자손이 운수나쁘게도 그토록 영락하였단 말인가? 나는 늙어서 살 날이 얼마 안남았지만 이런 부침(浮沈)을 보니 슬퍼서 견딜 수가 없구나."

노인은 곧 완사를 연광공주(延光公主)에게로 안내했고 이 사실을 자세히 이야기했다. 공주도 그만 슬퍼져서 완사에게 전(錢) 2만 관(貫)을 내주었다.

한편 이익은 납폐금을 마련한 다음 정현으로 돌아왔다. 그해 섣달, 휴가를 얻어가지고 혼례를 올린 이익은 조용한 곳에 주거를 마련했는데 사람들에게는 비밀로 했다.

명경과(明經科)에 급제한 최윤명(崔允明)은 이익의 외종사촌 동생이다. 그는 온후한 성격으로 일찍부터 정가(鄭家 : 소옥의 집)에서 이익과 어울리어 술을 마시며 지내던 사이였으므로 주연이나 담소하는 자리에는 늘 함께 있었다.

최윤명은 이익에게서 편지가 오면 이를 소옥에게 고하곤 했으므로 소옥은 언제나 식량과 연료, 의복 등을 보내어 최윤명을 도왔다. 최윤명은 그녀에게 깊이 감사하고 있었다.

이익이 귀경했으므로 최윤명은 이 사실을 소옥에게 자세히 이야기했다. 소옥은 심히 괘씸하게 생각하며 소리쳤다.

"세상에 이런 일이 있을 수 있을까?"

그녀는 친척·친지들에게 모두 부탁하고 이리저리 손을 써서 그를 불러오라고 했다. 이익은 언약했던 기한에 늦어 약속을 깬 일도 있는데다가 여인의 병세가 심하다는 것을 알게 되었으므로 부끄럽기도 하려니와 늑대 같은 마음이 들어 만나러 가지 않았다. 그는 아침에 외출하면 늦게 귀가하곤 했으며 누가 만나자고 해도 피했다.

소옥은 밤낮으로 울기만 할 뿐 잠도 제대로 못잤고 식사도 하지 못했다. 이익을 한번 만나보고 싶다는 생각이 간절했지만 끝내 기회가 오지 않았다. 무도한 취급을 받은 분노가 점점 더해진 그녀는 힘이 쇠진하여 자리에 누웠다.

그후로 장안에서는 이 이야기가 어느 정도 알려지게 되었다. 풍류를 아는 사람은 모두 소옥의 다정다감함에 감격했고, 의협심이 있는 사람들은 이익의 배신에 분노를 터뜨렸다.

그때는 이미 3월로 접어들고 있었다. 사람들이 봄철의 산책을 즐기는 계절이다. 이익은 동료 5, 6명과 어울리어 숭경사(崇敬寺)에 나가 모란을 구경했다. 서쪽 낭하를 걸으면서 서로 시구(詩句)를 읊조렸다.

경조(京兆)의 위하경(韋夏卿)은 이익의 친구였는데 역시 그때 동행했다. 그는 이익에게 충고했다.

"실로 아름다운 경치로군. 풀도 나무도 온통 꽃투성이야. 안타깝게도 정낭자(鄭娘子 : 소옥)는 원한을 잔뜩 품고 방안에 혼자 틀어박혀 있어. 자네는 어찌하여 그녀를 버렸단 말인가? 실로 무정한 사람일세. 사나이는 그렇게 계산적이어서는 안되네. 자네 다시 생각해봐!"

위하경이 한숨을 내쉬면서 책망하고 있을 때 갑자기 어떤 호걸한 사람이 나타났다. 가벼운 노란색 모시 겉옷을 입고 탄궁(彈弓)을 옆에 낀 그는 용모도 풍격도 아주 멋졌는데 머리를 깎은 호인(胡人) 소년을 종자로 거느리고 있었다. 은밀히 이익 등의 뒤를 밟으며 따라왔던 것이다. 두 사람의 대화를 듣자마자 그는 뚜벅뚜벅 걸어와서 이익에게 인사를 했다.

"이익 선생이 아니십니까? 나는 산동(山東) 사람입니다. 제실(帝室)과도 연줄이 있지요. 문재(文才)는 시원치 못합니다만 현인(賢人)들과의 교제를 좋아합니다. 선생의 명성과 시재(詩才)를 동경하여 한번 만나뵙기를 원했습니다.

오늘 다행스럽게도 이렇게 존안을 뵙게 되었습니다. 내 누추한 집이 이곳과 가까운 곳에 있고, 또 거느리는 악사(樂士)들도 있는데 선생 일행을 대접하고 싶습니다. 미녀가 8, 9명 있고 준마(駿馬)가 10여 마리 있는데 선생의 마음에 들 것입니다. 같이 가시기를 청합니다."

이익과 동행했던 친구들은 그 말을 듣자 모두 기뻐했다. 그래서 호걸과 함께 말머리를 나란히 하고 갔다. 그리고 말을 달려 고사리에까지 도착했다. 이익은 소옥의 집이 그 근방에 있다는 것을 생각하고 더 가까이 가기가 싫었다. 그는 볼일이 있다며 말머리를 돌리려고 했다. 그러나 호걸은,

"제 집은 바로 저기입니다. 여기까지 오셨다가 돌아가신다는 것은 말도 안되지요."

라며 이익이 타고 있던 말고삐를 잡았고, 그것을 끌며 앞서나갔다. 서로 실랑이를 벌이며 가다가 소옥의 집이 있는 골목길 입구에까지 왔다. 이익은 허둥지둥 말에 채찍을 가하며 돌아가려고 안간힘을 썼다.

그러자 호걸은 여러 명의 노복에게 명하여 이익을 말에서 안아 내리게 했고 골목 안으로 데려갔다. 그리고 종종걸음으로 소옥네 대문까지 그를 데려간 호걸은 대문 안으로 이익을 밀어넣고 문을 걸어잠갔다.

"서방님이 오셨습니다."

이 소리에 집안식구들은 환호했다. 그 소리가 밖에까지 들려왔다.

그 전날 밤 소옥은, 노란 겉옷을 입은 남자가 이익을 안고 오는 꿈을 꾸었다. 그리고 자리에 앉자마자 그녀에게 혜(鞋 : 신발)를 벗으라고[脫] 했던 것이다. 소스라치게 놀라 꿈을 깬 그녀는 어머니에게 꿈이야기를 했다. 그리고 스스로 해몽을 해보았다.

"혜(鞋)란 글자는 해(諧)로서 부부가 다시 합하는 것이야. 탈(脫)이란 글자는 해(解)이고……. 합치고 해(解)한다는 것은 역시 영원히 떠난다는 것인즉 이 꿈을 해몽할진대 나는 틀림없이 가까운 장래에 그 사람을 만났다가 영원히 떠날 것이야. 죽는다는 것이겠지."

날이 밝을 무렵, 소옥은 어머니에게 부탁하여 화장을 했다. 어머니는 딸이 오랫동안 병석에 누워 있었기 때문에 헛소리를 하고 있다는 생각을 하면서도 화장을 대충 해주었다. 화장이 끝나갈 무렵에 이익이 뜻밖에도 온 것이다.

소옥은 오랫동안 자리에 누워 있던 터라 돌아눕는데도 남의 부축을 받아야 했는데, 돌연 이익이 왔다는 말을 듣자 뜻밖에도 혼자 일어섰고 옷을 갈아입더니 밖으로 나갔다. 마치 다른 영(靈)이 든 사람 같았다. 그리고 이익을 보자마자 분노에 찬 눈길로 응시하면서 한마디 말도 하지 않았다.

바싹 여위어 한들거리는 모습은 바람에도 견디지 못할 상태였는데 옷소매로 자꾸 얼굴을 감싸며 이익을 노려볼 뿐이었다. 그 정경은 실로 감동적이었고, 또 비통하여, 그 자리에 있던 사람들은 모두 울었다.

조금 있으니까 술이 들어왔고 안주가 수십 접시나 들어왔다. 사람들은 깜짝 놀라며 물었다. 알고 보니 그 음식들은 아까 그 호걸이 주문한 것이었다.

연석이 마련되었고 각자 자리를 정하고 앉았다. 소옥은 굳은 표정의 얼굴을 돌리고, 이익을 잠시 곁눈질로 보더니 마침내 술잔을 들고 바닥에 술을 쏟아 버렸다.

"나는 여자입니다. 그래서 이런 불행을 당하고 있습니다. 남자인 당신은 잘도 배신을 하는군요. 아직 젊고 예쁜데 이처럼 원한을 품고 죽어야 하다니요. 어머니가 계시건만 돌봐드릴 수도 없습니다. 아름다운 옷과 그리고 음악과도 이것으로 이별을 해야겠네요. 저세상에서 지옥불에 떨어지는 것도 모두 당신 탓입니다. 이서방님, 이서방님, 자아, 이제 긴 이별을 해야겠어요. 죽은 다음에는 틀림없이 귀신이 되어 부인이든 첩이든 단 하루도 편안하게 살지 못하도록 할 것입니다."

그리고 왼손을 치켜들더니 이익의 팔을 잡고, 술잔을 바닥에 쏟았으며, 몇 차례 소리내어 통곡하다가 숨이 끊어졌다. 어머니는 시체를 끌어안고 이익의 발치에 놓고 그 이름을 부르도록 했는데 소옥은 끝내 소생하지 못했다.

이익은 그녀를 위해 상복을 입었고, 조석으로 곡을 하며 심히 슬퍼했다. 장례를 지내기 전날, 이익은 빈소 휘장 안에 돌연 소옥이 나타난 것을 보았다. 용모는 아름답고 살아있을 때와 조금도 다른 것이 없었다. 석류색 치마를 입고 보라색 적삼을 입었으며 붉은색과 초록색의 어깨걸이를 걸쳤는데 몸을 굽히며 휘장 안으로 들어왔다. 그녀는 수를 놓은 띠를 손에 들고 만지작거리면서 이익을 바라보며,

"나를 보내주어서 고맙습니다. 또 마음을 써주셨군요. 명토(冥土)에 있으면서도 감동하지 않을 수 없습니다."

라고 말했는데, 문득 바라보니 그녀는 사라졌고 두번 다시 나타나지 아니하였다.

다음날, 장안의 어숙원(御宿原)에 장사지냈다. 이익은 묘소에 따라갔고 진심으로 애도했다.

그후 한 달 남짓 지난 다음, 이익은 노가(盧家)에 가서 결혼식을 올렸다. 그러나 보는 것, 듣는 것 모두가 슬프고 답답하고 쓸쓸했다.

여름 5월, 이익은 부인 노씨와 함께 정현(鄭縣)으로 돌아왔다. 집에 돌아온 지 10여 일 후, 이익이 노씨와 함께 자고 있는데 돌연 휘

장 밖에서,

"여보시오, 여보시오!"
라고 부르는 소리가 들려왔다.

이익이 깜짝 놀라서 바라보니 20여 세 된, 온화하고 곱게 생긴 사나이가 휘장 뒤에 몸을 숨기고 있으면서 노씨에게 계속 손짓하고 있었다. 이익은 기겁을 하며 일어서서 휘장 근방을 몇번이고 돌아보았지만 어디로 갔는지 금방 사라지고 말았다.

이익은 그로부터 의혹과 증오심에 불탔다. 모든 점에 의심을 품으니 아내와의 사이가 벌어질 뿐이었다. 그러나 어떤 친구가 이익을 완곡하게 설득했으므로 그의 기분도 어느 정도 진정되어갔다.

다시 한 열흘쯤 지났을 때다. 이익이 밖에서 들어왔는데 노씨는 의자에 앉아서 금(琴)을 뜯고 있었다. 그때 돌연 문밖에서 얼룩무늬가 있는 물소뿔에 나전 세공을 한 상자가 날아들었다.

대략 사방 한 치쯤 되는 작은 상자인데 비단끈으로 묶어놓은 그것이 노씨의 무릎 위에 떨어졌다. 이익이 열어보니 상사자(相思子 : 紅豆를 가리키는데 여기서는 戀情을 의미함) 등 미약(媚藥) 효과가 있는 것들이 들어 있었다.

이익은 그것을 보고 화가 치밀어 소리쳤다. 그는 호랑이처럼 포효했고 금(琴)을 들어 아내 노씨를 두들겨 패면서 사실대로 대라고 다그쳤다. 그러나 노씨는 끝내 누명을 벗을 수 없었다. 그후 이익은 툭하면 아내를 매질하는 등 잔혹하게 학대했다. 그러다가 마침내 법정에 서게 되었고 아내 노씨와 이혼하고 말았다.

노씨가 친정으로 돌아간 다음 이익은 노씨가 시집올 때 데리고 왔던 여종 중 자기와 동침한 일이 있었던 여자, 또는 첩들도 의혹의 눈길로 바라보게 되었다. 그러다가 죽인 여자도 있었다.

이익은 광릉(廣陵)에 여행했을 때 영십일랑(營十一娘)이라는 명기(名妓)를 손에 넣었다. 얼굴과 자태 모두 색기가 넘치는 여인으로서 이익은 그녀를 무척이나 좋아했다. 언제나 그녀와 마주앉아서,

 "지난날 어느 곳에서 어떤 여인을 손에 넣었었는데, 그 여인이 어떤 일을 범했으므로 나는 어느 방법으로 죽이고 말았다."

라고 말하곤 했다. 매일 이와 비슷한 이야기를 하여 영십일랑이 자기를 두려워하게 함으로써 바람을 피지 못하게 하였다.

외출할 때면 침대에 영십일랑을 편안히 눕혀놓고 욕조(浴槽)를 뒤집어씌운 다음 그 주위를 봉했다. 그리고 돌아오면 자세히 점검하고 나서야 봉한 것을 뜯어 주었다. 또 아주 예리한 단검 한 자루를 지니고 다니면서 그녀에게,

 "이것은 신주(信州) 갈계(葛溪)의 쇠로 만든 칼이야. 부정을 저지르는 사람의 목을 베기 위한 칼이지."

라고 말하곤 했다.

이익은 자기와 살거나 만나는 여자를 모두 의심했다. 그는 세 번 장가를 들어 아내를 맞아들였는데 모두 첫번째 결혼과 마찬가지였다고 한다.

멀고 험한 선인(仙人)에의 길

두자춘은 아마도 북주(北周)에서 수(隋)나라에 걸쳐 살았던 인물일 것으로 생각된다. 젊었을 때부터 방탕하여 재산 관리 등은 염두에도 없었다. 그는 인사불성이 되도록 술을 마시고 도락에 몸을 맡기고 살았으므로 재산을 모두 탕진하고 말았다. 친척이나 친구에게 몸을 의지해 보았지만 두자춘이 일정한 직업을 가지기 싫어했기 때문에 그에게 등을 돌리고 말았다.

어느 겨울날, 두자춘은 떨어진 옷을 걸치고 잔뜩 허기가 진 채, 장안 거리를 타박타박 걷고 있었다. 해는 저무는데 아무것도 먹지 못했다. 그리고 갈 곳도 없이 그냥 무작정 걷고 있었다.

동시(東市 : 만년현에 있던 상공업의 중심지) 서문에서 허기와 추위에 지친 그는 하늘을 우러러 길게 한숨을 내쉬었다. 그때 한 노인이 지팡이에 몸을 의지하고 코앞에 다가오더니 묻는 것이었다.

"왜 한숨을 내쉬는 거요?"

두자춘은 생각하던 바를 털어놓으면서 친척이 너무 무정하다고 분개했다. 그 분개하는 표정이 얼굴에 역력했다.

"몇 민(緡 : 화폐 단위)이나 있으면 되겠소?"

"3, 4만쯤 있으면 되겠습니다."

그러나 노인은,

"그것 가지고는 부족할 것이오. 더 올려서 부르시오."
라고 말하는 것이었다.
"10만."
"그 정도로도 안되겠소이다."
그래서 1백만을 불렀는데 역시,
"그래도 모자랄 것이오."
하는 것이었다. 두자춘이,
"3백만!"
이라고 하자 그제서야,
"그 정도면 되겠구려."
라면서 소매 속을 뒤지더니 1민(緡)을 꺼내주며,
"이것은 오늘밤에 쓸 돈이오. 내일 정오에 서시(西市) 파사인(波斯人 : 페르시아인)의 집에서 기다리고 있겠소이다. 시간에 늦지 않도록……."
라고 말했다.

그 시각에 두자춘이 약속 장소에 가보니 노인은 그에게 3백만 금의 돈을 주었고, 이름조차 밝히지 않은 채 어디론가 사라졌다.

한편 부자가 된 두자춘은 허랑방탕한 마음이 다시 일어났고 돈을 물쓰듯 하기 시작했다. 그는 두번 다시 거지꼴이 되어 거리를 방황하는 일은 없을 것이라는 확신을 가지고 있었다.

그러나 그는 우선 준마를 사들이고 사치스런 복장을 갖춘 다음 술친구들을 불러모은 다음 기방(妓房) 출입을 하며 가무음곡의 환락을 추구했다. 그에게는 이미 재산의 운용 따위는 염두에도 없었다.

그렇게 1, 2년이 지나는 사이에 그는 돈을 다 써버렸다. 옷과 수레, 타고 다니는 말은 이미 값싼 것으로 바뀌었다. 말을 팔아서 나귀를 샀고, 나귀를 판 다음에는 걸어다녀야 했다. 어느 사이에 두자춘은 알거지가 되고 말았다.

이윽고 다시 거지꼴이 되고 만 두자춘은 시(市) 문에서 자신의 운명을 한탄하고 있었다. 그 한탄 소리가 입에서 튀어나오자마자 노인이 나타났고 두자춘의 손을 잡아주었다.

"그대는 또 이꼴이 되었구려! 실로 희한한 일이로군. 다시 한번 도와주리다. 몇 민(緡)이나 있으면 되겠소?"

두자춘은 부끄러워서 대답을 할 수 없었다.

노인이 어서 필요한 만큼의 돈을 요구하라고 재촉했지만 감사하다는 말말고는 할 말이 없었다.

"내일 정오에, 지난번 약속했던 장소로 나오시오."

두자춘은 부끄러움을 씹어삼키며 그곳으로 갔고 1천만 금을 그 노인에게서 받았다.

돈을 받기 전에는 허랑방탕했던 그도 굳게 다짐을 했었다. 앞으로는 이 돈을 밑천삼아 땅과 집을 사고 장사를 시작하여 석계륜(石季倫)이나 의돈(猗頓 : 석계륜이나 의돈 모두 서대한 부를 쌓은 사람임) 따위와 비교도 안될 만큼 큰돈을 벌 것이라고 결심했다.

그러나 막상 돈이 손안에 들어오자 그런 생각이 순식간에 바뀌고 말았다. 방탕하고 환락에 빠지는 낭비벽은 여전했던 것이다. 그는 1, 2년이 지나기도 전에 옛날과 같은 가난뱅이로 전락하고 말았다.

두자춘은 그 노인을 같은 장소에서 세 번째 만났다. 그는 부끄러워서 도저히 노인을 대할 수가 없었다. 그래서 손으로 얼굴을 가리며 도망치려고 했다.

노인이 그의 옷소매를 움켜잡으며 말렸다.

"아아, 그대는 살아나가는 방법이 아주 서투르구려."

그렇게 말하면서 노인은 두자춘에게 3천만 금을 내주었다.

"이것으로도 고치지 못한다면 그대의 빈곤병은 고칠 수 없을 것이외다."

두자춘은 생각했다. 자기는 방탕하여 평생을 두고 재산을 모두 날렸지만 친척이라든가 호족(豪族)은 누구 한사람 자기를 돌봐주지 아니했다. 이 노인만이 세 번씩이나 자기를 도와주었다. 그 신세를 어떻게 갚아야 좋단 말인가?

그렇게 생각한 두자춘은 노인에게 말했다.

"이 돈을 받는다면 이 세상에서 제가 하고 싶은 일 모두를 할 수 있습니다. 고아와 과부를 구제할 수도 있고 또한 천하의 빈궁한 사람들을 돌볼 수도 있습니다. 노인이 제게 베푸신 후의는 깊이 감사드립니다. 모든 일이 성취된 다음에는 노인께서 명하시는 일 모두를 이행하겠습니다."

"그 점이 내가 바라는 바요. 그대의 일이 끝나거든 내년 중원(中元)에 노군묘(老君廟) 옆, 두 그루 향나무 밑에서 만나도록 합시다."

두자춘은 일족(一族)의 고아라든가 과부들이 회남(淮南) 땅에 많이 살고 있었으므로 노인에게서 받은 돈을 양주(揚州)로 운반해 갔다. 그리고 그곳에서 1백 경(頃)의 논밭을 사고 교외에 저택을 지은 다음 도처에 1백여 칸의 점포를 열었다. 그는 고아와 과부들을 한 사람 남기지 않고 모두 불러다가 고루 방을 주어 살게 했다.

그리고 조카·조카딸들을 결혼시키는 한편 이미 고인이 되어 타향에 묻혀 있는 일가붙이들은 이장을 하여 조상의 묘지에 합장했다. 은혜를 입은 자에게는 따뜻하게 보은했고 원수에게는 복복도 했다.

이런 일들을 끝낸 두자춘은 지정된 당일 노군묘로 갔다.

노인은 두 그루 향나무 밑에서 모르는 체하고 있었다. 그는 두자춘을 데리고 화산(華山) 운대봉(雲臺峰)으로 올라갔다.

40리쯤 걸어가자 으리으리한 집이 있었는데, 보통사람의 집이 아니었다. 빛을 발하는 구름이 하늘 높이 두둥실 떠다니고 무엇에 놀란 학이 그 일대를 날고 있었다.

집 안에 들어가니 정면의 거실에 높이 9척 남짓한, 선약(仙藥)을 만드는 노(爐)가 있었다. 자줏빛 불꽃이 활활 타오르는데 그 빛이 창과 문에 비추고 있었다. 9명의 옥녀(玉女)가 그 노를 둘러싸고 서 있고, 청룡과 백호가 앞뒤에서 호위하고 있었다.

그때 해가 뉘엿뉘엿 지고 있었다. 노인은 세속의 옷을 벗고 누런 관과 큼직한 붉은색 어깨걸이를 둘러쓰고 도사 복장으로 갈아입었다.

노인은 하얀 돌 환약 세 알과, 술 한 잔을 가지고 와서 두자춘에게 주었고 어서 먹으라고 했다. 두자춘이 그것을 먹자 노인은 호피(虎皮) 한 장을 가져다가 거실 서쪽 벽 옆에 깔아놓고 동쪽을 향하여 앉으라 했다.

"신중히 있으면서 한마디 말도 하지 말도록!"

그는 두자춘에게 경고를 주었다.

"신(神)들과 악귀·야차(夜叉)·맹수·지옥…… 그리고 그대의 육친이 묶이어 갖가지 고초를 받는다 하더라도 그 모두가 진실이 아니오. 함부로 움직이지도 말고 말하는 것도 삼가도록 하오. 두려워 말고 침착하게 있도록 하오. 결국에는 아무런 위해(危害)도 받지 않을 것이니……. 오로지 마음속으로 내가 한 말을 되뇌이며 서있기만 하면 되오."

노인은 그런 말을 남겨놓고 사라져 버렸다.

두자춘이 안뜰을 둘러보니 찰랑찰랑 물이 가득 담긴 큰 항아리가 있을 뿐이었다.

도사가 자리를 뜨자마자 기치창검이 눈앞에 가득한데 창을 번쩍이며 갑옷과 투구로 무장한 수만 기의 기마무인들이 수천 대의 수레와 함께 언덕에서 밀려왔다. 그들의 고함 소리가 하늘을 뒤흔들었다.

대장군이라고 칭하는 사람은 키가 1장(丈) 남짓하고, 인마(人馬) 모두 황금 갑옷과 투구였는데 눈이 부실 정도로 빛을 발하고 있었다. 호종하는 위사(衛士)가 수백 명인데 모두가 칼을 뽑아들고 활시위에 화살을 메워 든 채 뚜벅뚜벅 거실 앞으로 다가왔다.

"네 놈은 누구냐? 감히 대장군 앞에 나타나다니!"

위사가 질책했다. 좌우에서 위사들이 칼을 빼들고 앞으로 나와 성명을 물었고, 또 무엇을 하고 있는 게냐고 질문했다. 일체 대답을 하지 않자 그들은 열화와 같이 화를 냈다.

"칼로 쳐죽여라!"

"활로 쏘아 죽여라!"

그들이 외치는 소리가 우레와 같이 울려왔다. 그러나 두자춘은 한마디 말도 하지 않았다. 대장군이란 자는 노기충천하여 그대로 돌아갔다.

잠시 후, 이번에는 맹호와 독룡(毒龍), 준예(狻猊 : 호랑이라든가 표범을 잡아먹는 맹수), 사자 등과, 수천 마리나 되는 살무사와 전갈 따위가 혹은 포효하며 혹은 기어와서 달려들었고 두자춘을 물려고 했다. 그러나 두자춘은 표정을 바꾸지도 아니했다. 그것들도 잠시 후에는 모두 사라져 버렸다.

이윽고 토사(土砂)가 휘몰아치면서 장대 같은 비가 쏟아졌다. 칠흑 같은 어둠 속에서 우레가 치고 번개가 번쩍였다. 두자춘의 좌우를 온통 불덩어리가 원을 그으며 돌았고 앞뒤에서는 번갯불이 번쩍이어 도저히 눈을 뜰 수조차 없었다. 금세 안뜰은 깊이 1장(丈) 남짓의 물이 괴었고 홍수에 떠밀리어 산이 무너지는 것 같았는데 그것을 제지할 수가 없었다.

그리고 잠시 후, 파도가 치면서 앉아 있는 장소에까지 물이 밀려왔는데 두자춘은 단정하게 앉은 채 그것에는 눈길도 주지 않았다. 그러자 그 홍수도 물러가고 말았다.

장군이란 자가 다시 찾아왔다. 쇠머리 모양을 한 옥졸과 기괴한 용모의 귀신들을 거느리고 온 그는 펄펄 끓는 물이 가득 담긴 무쇠솥을 두자춘 앞에 걸어놓았다. 그리고 긴 창과 쌍날 창을 든 그는 두자춘의 주위를 빙글빙글 도는 것이었다.

장군이 호령했다.

"성명을 밝히면 곧 석방시키겠다. 그러나 이름을 밝히지 않으면 심장을 창으로 찌르고 떼내어 끓는 물에 집어넣을 것이야!"

그러나 두자춘은 대답을 하지 않았다. 장군은 어느 사이에 두자춘의 아내를 붙잡아왔고 계단 아래에 무릎꿇렸다. 그리고 그녀를 가리키면서 소리쳤다.

"성명을 대면 네 아내를 풀어주겠다!"

그러나 이번에도 두자춘은 입을 다문 채 있었다.

그들은 두자춘의 아내를 매질했고 그녀의 몸에서는 피가 줄줄 흘렀다. 어떤 졸개는 그녀에게 활을 쏘기도 했고 칼로 치기도 했으며 무쇠 가마솥에 넣어서 삶기도 했다. 또 불에 굽기까지 했으니 그녀는 견디기 어려운 고초를 당하고 있었다.

두자춘의 아내는 눈물로 호소했다.

"나는 비록 옹졸한 몸이지만, 그래서 당신과는 어울리지 않는 몸이지만, 다행스럽게도 당신 곁에서 시중을 들어드리기 10년이나 되었습니다. 지금 귀신들에게 붙잡힌 몸이 되어 이처럼 고초를 당하고 있습니다.

 당신이 저들 앞에 엎드리어 간청하기를 바라는 것은 아닙니다. 다만 한마디 말씀만 하신다면 나는 목숨을 구할 수가 있습니다. 인간은 어느 누구나 정이 있는 법인데 당신은 그렇지가 않으시군요. 그 말 한마디 해주시기가 그토록 힘드신가요?"

그녀는 비오듯 눈물을 뿌리면서 독을 품고 남편을 비난했다. 그러나 두자춘은 그녀의 말을 끝내 무시해 버렸다.

장군은,

"내가 네 아내를 처치하지 못할 줄 아느냐?"

하더니 좌(剉 : 뼈・뿔・銅鐵 등의 튀어나온 부분을 깎아내는 도구)와 대(碓 : 곡물을 찧는 용구)를 가져오게 했고, 그녀의 다리살을 한 치쯤 떼내어 마구 찧어댔다. 아내는 고통스런 나머지 울부짖었는데 두자춘은 의연히 모르는 척하고 있을 뿐이었다.

"이런 악당은 우리 요술을 이미 터득하고 있는 것이야! 이 세상에 오래 내버려둘 수 없지."

장군은 좌우에 명하여 두자춘의 목을 치게 했다.

 참수당한 두자춘의 혼백은 염라대왕 앞에 끌려갔다.

"이 자가 운대봉(雲臺峰)의 요술사(妖術使)인가?"

염라대왕은 그렇게 말하더니 서둘러 그를 옥 속에 가두었다. 이렇게 해서 그는 녹인 동즙(銅汁)을 마셔야 했고, 쇠몽둥이로 얻어맞고, 절구 속에 들어가 찧음을 당하는 등 찢길대로 찢기어 불구덩이 속에 던져졌고, 펄펄 끓는 물이 담긴 가마솥에 들어갔다가 칼산 위에 올라갔고, 칼날 나무 위에 기어오르는 등 그 고초는 이루 말할 수 없었다.

그러면서도 그는 도사의 계명을 마음속에 새기어 견디어 냈고, 끝내 입을 열지 아니했다.
옥졸이 모든 고문을 다 가한 연후에 보고하니 염라대왕이 말했다.
"그놈은 음침한 악당이야! 남성으로 남겨둘 수 없는 놈이다. 이제 그놈을 여성으로, 송주(宋州) 단보현(單父縣) 현승(縣丞) 왕근(王勤)의 집에 태어나게 하라!"
그래서 두자춘은 여성으로 다시 태어났다. 그러나 병골이어서 침과 뜸, 약과 의사 등에게 시달림을 받지 않는 날은 단 하루도 없었다. 노(爐) 속에 떨어져 들어갔던 적도 있고, 침상에서 거꾸로 떨어진 적도 있으며, 별의별 고생을 다했건만 그는 끝내 입을 열어 말하지 아니했다.
두자춘은 차츰 성장하여 절세미인이 되었는데 말을 한마디도 하지 않았으므로 그녀의 가족들은 벙어리일 것으로 생각했다. 친척인 남성들이 허물없이 다가와서 갖가지 방법으로 모욕을 했지만 그녀는 시종 반박하지 않았다.
같은 고향 사람으로서 노(盧)라는 진사 지망생이 그녀의 미모를 전해 듣고 사모하던 나머지 중매인을 내세워 청혼을 했다. 그녀의 가족들은 그녀가 벙어리란 이유로 청혼을 거절했다.
그러나 노생은,
"아내로서 현명하다면 그것으로 족하지 말을 해야 할 필요는 없습니다. 말을 하지 못한다는 것은 수다쟁이 여편네들에게 좋은 본보기가 될 것입니다."
라며 뜻을 굽히지 않았으므로 혼인을 승낙하였다. 노생은 혼인 절차를 격식에 따라 마치고 그녀를 맞아 아내로 삼았다.
부부는 남이 부러워할 정도로 금슬이 좋았는데 몇년 후에는 아들을 낳았다. 그 아이가 두 돌이 되었을 때 누구와 비할 수 없을 만큼 총명했다.

　노생이 그 아들을 안고 그녀에게 말을 걸어봤지만 대답이 없었다. 온갖 수단을 다 동원하면서 그녀의 입을 열도록 시도해 봤지만 끝내 말을 하지 않는 아내였다.

　노생은 그만 버럭 화를 냈다.

　"옛날 가대부(賈大夫)의 부인은 남편을 경멸하는 나머지 한번도 웃지 않았다던가. 그런데도 불구하고 남편이 활을 쏘아 꿩을 떨어뜨리자 그것을 보고는 남편에 대한 불만을 잊고 웃었다고 합디다. 나는 그 가대부만큼 추하지도 않으려니와 문재(文才)와 기예(技藝)는 꿩을 잡는 기술보다 낫소이다. 그런데도 한마디 말도 하지 않는구려. 대장부가 이처럼 아내에게 경멸을 당하는 처지에 그 아내가 낳은 아들 따위가 무슨 소용이리요!"

　그런 말을 하자마자 노생은 그 아이의 양 다리를 번쩍 들어올리더니 그 머리를 돌에 짓이겼다. 머리는 부서졌고 흐르는 피가 멀리까지 튀었다.

　그것을 본 두자춘의 마음에 돌연, 자식에 대한 애정이 싹텄다. 그녀는 도사와 한 약속을 잊고, 자기도 모르는 사이에 소리를 질렀다.

　"아아!"

　그 소리가 아직 사라지기도 전에 두자춘은 본디 있던 곳에 앉아 있는데 도사도 그 앞에 있었고 시각은 오경(五更)에 이르러 있었다.

　노(爐) 속의 자줏빛 불꽃이 지붕을 향하여 활활 타오르다가 큰 불길이 사방으로 퍼지더니 그 집은 기둥 하나 남기지 않고 모두 타 버렸다.

　도사가 외쳤다.

　"이 못난이 서생놈아! 나를 이꼴로 만들다니!"

　그는 두자춘의 머리채를 휘어잡고 물독 속에 집어넣었다. 잠시 후

불이 꺼졌다.

　도사는 다가와서 말했다.

　"어서 나오구려. 그대는 마음속의 기쁨, 분노, 슬픔, 미움, 두려움, 욕심은 모두모두 끊어 버릴 수 있었소. 끊지 못했던 것은 사랑 한 가지였소. 만약 그대가 '아아!'란 말을 하지 않았더라면 내가 처방한 약도 완성되었을 것이고 그대도 선인(仙人)이 되었을 것이외다. 실로 선인이 될 사람을 얻기란 어렵구려. 내가 약은 또 한번 만들어 보겠소이다만 육신인 그대는 인간세상으로 돌아가지 않으면 안되겠소. 열심히 살아가시오."

　노인은 저멀리 두자춘이 가야 할 길을 손가락질해 주었다.

　두자춘은 가까스로 건물 축대 위에까지 올라가 보았다. 사방을 둘러보니 노(爐)는 망가져 있었다. 그 속에 사람 팔만한 굵기에, 길이가 몇자는 됨직한 철주(鐵柱)가 있는데 도사가 옷을 벗고 그 철주를 장도로 깎아내고 있었다.

　두자춘은 돌아온 후로 맹세했던 바를 잊었던 일이 부끄러웠다. 그는 스스로 노력하여 다시 시도해 보았다. 즉 두번 다시 실수하지 않겠노라며 운대봉에 가보았으나 그곳에는 사람 그림자도 없었다. 그는 분했으나 한숨만 길게 내쉬고 돌아오지 않을 수 없었다.

일수쟁이의 딸

대통(大桶)이란 별명을 가진 장가(張家)는 도읍 변경(汴京)에서 재산가의 첫손가락으로 꼽혔다.

대부분의 부자들은 돈을 다른 사람에게 위탁하여 꾸어주게 하고 그 이자를 계산하고 반액을 취하되 이것을 일수라고 했다. 부자는 일수놀이하는 자를 마치 부곡(部曲 : 私人에 소속하는 천민을 가리키는 말이나, 당나라 때는 그 신분이 평민보다 낮아서 노예에 가까웠음)으로 간주했었다.

부자가 일수놀이하는 사람 집에 가면 특별한 잔칫자리를 마련하고 아내와 딸까지 나와서 술을 따르며 부자를 접대했다. 이럴 때면 부자가 억지로 자리에 앉히지 않는 한 일수쟁이는 스스로 자리에 앉지도 아니했다.

장가의 아들은 젊었을 때 부모를 다 여의고 가사를 관리해 왔었는데 아직 장가를 들지 않았었다. 그는 변경성 서쪽의 사당을 참배하고 돌아오던 중 자기네 일수쟁이인 손조교(孫助敎)의 집에 들렀다.

손조교는 술상을 마련하고 여러 잔의 술을 권한 다음, 아직 미혼인 딸을 불러내어 술을 권하라고 했다. 그 딸은 보기 드문 미녀였다. 장은 손조교의 딸을 힐끗힐끗 바라보다가,

"내 아내가 되어 줬으면 좋겠소."

라고 말했다.
　손조교는 송구하여 어쩔 줄 몰라했다. 그러다가,
　"저는 나리댁의 노예입니다. 제가 어찌 나리의 장인이 될 수 있겠습니까? 동네에서 웃음거리가 될 것입니다."
라며 사양했다.
　그러나 장은 웃으면서 말했다.
　"그렇지 않소. 나에게 돈이 적다고 해서 거절하는구려. 나는 그대를 노예라고 생각한 적이 없소이다."
　장은 원래 사치하기를 좋아해서 의복이라든가 장신구를 화려하게 차리고 다녔다. 그는 즉석에서 팔목에 끼고 있던 고옥(古玉)의 팔찌를 끌러 그 처녀에게 끼워 주었다.
　"길일을 택하여 납폐(納幣)를 보내리다."
　그리고 주연이 끝나자 장은 돌아갔다. 동네 사람들은 앞다투어 찾아와서 축하인사를 하였다.
　"이제 따님은 백만장자의 여주인이 되셨군요."
　그후 장에게 다른 곳에서 혼담이 들어왔다. 손조교는 사사네와 지체가 안맞는다고 생각했기에, 장을 찾아가서 납폐 날짜를 감히 재촉하지 못했다. 장 역시 취한 김에 내뱉은 농담이었을 뿐 본심에서 나온 의사가 아니었던 것이므로 문제시하지 않았다.
　해가 바뀌어, 장은 다른 집 여인과 결혼했는데 손조교의 딸은 장과의 혼담을 믿었고, 다른 곳에서 들어오는 청혼을 모두 거절했다.
　그 처녀의 어머니가,
　"장은 벌써 장가를 갔단다."
라며 타일렀지만, 딸은 대답도 하지 않고 입속으로 중얼거렸다.
　"그토록 굳은 약속을 했으면서 딴 여자와 결혼할 리 없어."
　그래서 손조교는 장과 그의 아내가 사당 참배를 하고 돌아가는 길에 자기네 집으로 초대하여 향응을 베풀면서 딸에게 살며시 그 두 사람의 모습을 보게 했다.

장 부부가 떠난 다음 손조교가 딸에게 말했다.

"네가 본대로 상대방에게는 아내가 있어. 그러니 너도 어서 시집 가도록 해라."

딸은 입을 다물었다. 그리고 자기 방에 들어가 이불을 푹 뒤집어 쓰고 누웠는데 얼마 안되어 죽고 말았다.

부모는 비탄에 빠져 어쩔 줄을 몰라하다가 이웃집 사람 정삼(鄭三)을 불러 사건의 앞뒤를 이야기하고 장례식 준비를 해 달라고 부탁했다.

정삼은 장례식 치르는 것을 직업으로 삼고 있던 자로서 세간에서 말하는 검시관(檢屍官)도 겸하고 있었다.

정삼이 말했다.

"젊은 사람이 죽었을 때는 그 시체를 집안에 놓아두면 안됩니다. 그날 안으로 벽에 구멍을 뚫고 그곳으로 시체를 내다가 매장해야 합니다."

손조교는 딸이 죽게 된 이유에 대해서 자세히 설명했다.

정삼은 장례식 지낼 도구 일습을 준비하다가 처녀의 팔목에 옥팔찌가 끼워져 있는 것을 발견했다. 그는 마음속으로 횡재했다고 생각했고 이렇게 말했다.

"내 땅이 변주(汴州) 서쪽에 있습니다."

손조교는 정삼에게 고맙다고 말했다.

"그것 참 잘 되었군요."

그리고 수고비를 듬뿍 내주었다.

손조교 부부는 소리내어 울었다. 그들은 딸의 시체를 보고 있을 수 없어서 친척들과 함께 딸의 시체를 담은 관을 떠나보내고 돌아왔다.

한밤중이 되었고 달이 밝았다. 정삼은 관을 열고 팔찌를 취하려고 했다. 그때 그 처녀가 벌떡 일어났다. 그리고 정삼을 돌아보며 묻는 것이었다.

"나는 왜 이곳에 와있는 겁니까?"

어렸을 때부터 정삼과 이웃에 살아온 그녀는 정삼을 잘 알고 있었던 것이다.

그녀의 말을 들은 정삼은 무서워서 쩔쩔맸다.

"부모님께서 아가씨가 장씨만 생각하며 시집가지 않으려고 하니까, 가문의 수치라며 화를 내시더니 나에게 아가씨를 이곳에 생매장하라고 하셨지. 솔직히 말해서 나는 그럴 수가 없었어. 그래서 살그머니 관을 열어보니 아가씨는 의외로 살아 돌아온 거라구."

"저를 어서 집에 데려다 주세요."

처녀가 말하자 정삼은 엉겁결에 대답했다.

"지금 이대로 돌아가면 아가씨는 틀림없이 죽게 돼. 나도 죄짓게 되고……."

처녀는 하는 수 없이 정삼이 시키는 대로 따를 수밖에 없었다.

정삼은 그 처녀를 다른 곳에 숨겨두고 아내로 삼았으며, 관을 묻었던 묘는 원래대로 봉분을 만들어 놓은 다음 변경성 동쪽으로 이사했다.

정삼에게는 어머니가 있었다. 어머니도 아들이 장가든 것을 기뻐했으나, 신분이 낮은 터라 며느리가 시집오게 된 연유를 물어볼 여지도 없었다.

그로부터 몇해가 지났다. 그런데 장씨에 대한 이야기만 나오면 정삼의 아내는 화를 버럭 내며 찾아가서 이전에 했던 약속을 안지킨 이유를 캐묻겠다고 외쳐댔다. 그럴 때면 언제나 정삼은 아내를 달랬고 외출을 못하도록 엄금했던 것이다.

숭녕(崇寧) 원년(元年 : 1102년), 신종(神宗)의 비(妃)가 세상을 떠났다. 정삼은 영구(靈柩)를 수행하며 영안(永安)까지 가야 했다. 그는 출발하기에 앞서 어머니에게 아내의 외출을 금하도록 신신당부했다.

정삼이 떠난 다음날, 그의 어머니가 낮잠을 자고 있었다. 손조교의 딸은 밖에 나가 말을 빌려 타고 장가네 집으로 달려갔고 그집 하인에게 말했다.

"손씨네 딸이 만나고 싶어서 찾아왔습니다."

하인은 주인에게 가서 이 말을 전했다. 장은 기겁을 했고, 또 화를 냈다. 하인이 자기를 놀려대는 것으로 생각한 그는 하인을 야단쳤다.

"이놈아! 누가 네 놈에게 그 따위 말을 하라고 가르치더냐?"

하인은 대답했다.

"실제로 밖에 그 사람이 있습니다요."

장은 하인과 함께 밖으로 나갔고 여인을 자기 눈으로 직접 보았다. 손씨는 장을 보자마자 달려들었고 장의 옷을 붙잡고 엉엉 울면서 욕설을 퍼부었다. 하인은 주인과 여자와의 관계이므로 말리지 않았.

장은 여자가 귀신일 것으로 생각하고 간이 콩알만해져서 도망쳤다. 여인이 장의 옷을 잡고 더욱 힘을 주자 장은 그 손을 뿌리쳤다. 그녀의 손에는 상처가 났고 피가 흘렀다. 장은 여인을 땅바닥에 밀어붙였는데 여인은 금방 죽고 말았다.

말을 빌려준 사람은 이 일이 사건화되는 것을 두려워하며 정삼의 어머니에게 가서 보고했고, 정삼의 어머니는 당국에 호소했다. 당국에서는 정삼을 잡아다가 추궁한 끝에 법정에 출두시키어 증인과 대질시키어 진실을 진술토록 만들었다.

이윽고 신종 비(妃)의 원릉(園陵) 매장이 끝났다. 정삼이 묘지를 파헤친 죄는 유형(流刑)에 해당했지만 때마침 대사(大赦)가 있어서 벌을 면할 수 있었다.

그러나 장은 실제로 여자를 떠밀어 죽였기 때문에 사죄(死罪)에 해당한다. 조정에 상주하여 사죄는 면했지만 볼기를 잔뜩 얻어맞은 그는 걱정과 공포에 떨던 나머지 옥중에서 죽고 말았다.

세 사람의 여행자

당나라의 측천무후(則天武后)가 어느 해 한겨울에 꽃이 보고 싶어지자 백화(百花)에게,

"즉시 꽃을 피우라!"

라고 명했다. 화신(花神)은 무후의 위광(威光)에 겁을 집어먹고 그 명령에 따라 백화를 피게 하였다. 이것을 본 천제(天帝)는,

"사시(四時)의 순서를 문란하게 만들었다."

며 노하여 화신을 처벌하고 백화는 인간세상으로 추방당하여 백 명의 인간으로 태어나게 했다. 그 중 한 사람이 당오(唐敖)이다.

당오는 하원(河源)의 수재(秀才 : 과거의 향시 수험 자격자, 생원)인 당민(唐敏)의 집에서 태어났다.

당오는 일찍이 상처하고 임씨(林氏)를 후처로 맞아들였는데 다행히도 부모가 물려준 밭이 몇 경(頃)이나 있었으므로 생활에는 그다지 어려움없이 유유자적하며 살았다.

이윽고 임씨는 딸을 낳았는데 소산(小山)이란 이름을 지어 주었고 애지중지 길렀다. 소산은 태어나면서부터 영리한데다가 용모도 단정하고 아름다웠으며 학문을 좋아하여 집에 있는 책을 모두 다 읽었다.

그녀는 또한 무도(武道)까지 좋아하여 항상 창(槍)과 봉(棒)을

휘둘렀으니 문무(文武)를 겸비한 아가씨로 성장했던 것이다.

　어느 해, 당오는 과거에 응시했던바, 평소에 공부도 하지 않았건만 어찌된 일인지 합격했고, 최종시험인 전시(殿試)에서는 3등으로 급제하였다.

　그런데 어느 간관(諫官)이 다음과 같이 상주하였다.

　"당민은 지난날 반란을 일으켰다가 진압당한 서경업(徐敬業)·낙빈왕(駱賓王) 등과 의형제를 맺은 일이 있사옵니다. 당민 자신은 직접적으로 반란에 가담하지는 않았습니다만 불평분자의 한사람이었으므로 그 아들이 조정에 기용되면 도당(徒黨)을 만들 우려가 다분히 있사옵니다. 그의 자격을 박탈해서 서인(庶人)으로 만드심이 가할 줄로 사려되나이다."

　무후가 조사를 해보았던바, 당민에게는 그런 일이 없었으므로 자비를 베풀어서 본디 취득하고 있었던 수재 자격은 그대로 존속시키도록 조처했다.

　이 사건은 당오에게 있어 큰 충격이 아닐 수 없었다. 그는 세상이 싫어졌으므로 해외여행이나 마음껏 해야셌나고 생긱했다. 이때 그의 처남 임지양(林之洋)이 해외무역에 종사하고 있었으므로 당오는 다행스럽게 생각했다. 마침 임지양은 화물을 배에 가득 싣고 돛을 올리려 하고 있었다. 당오는 억지로 부탁해서 그 배에 동승하기로 했다.

　5월 중순경에 돛을 올린 배는 순풍을 받아 평온한 항해를 계속하고 있었다. 그러던 어느 날, 바로 눈앞에 큰 산이 보였다.

　임지양이 말했다.

　"저 산은 동구산(東口山)이라고 하지요. 동황(東荒 : 세계의 동서남북은 四荒으로 나눔) 제일의 산으로, 산꼭대기에서 내려다보면 경치가 아주 훌륭하답니다. 나도 올라가 본 일이 있으니 배를 대고 한번 올라가 볼까요?"
"저것이 동구산이라면 군자국(君子國)과 대인국(大人國)이라는 나라는 바로 이 근방에 있겠구면?"
당오가 묻자 임지양이 대답했다.
"그렇습니다. 전에 내가 대인국에 가보았더니 주민들은 모두 걷는 일이 없었고 구름이나 안개를 타고 왕래하더군요. 또 군자국에는 주민 모두가 배움이 높고 겸양의 정신이 넘쳐흘렀습니다. 이 두 나라를 지나면 무장국(無腸國), 여인국(女人國), 양면국(兩面國), 돈훼국(豚喙國), 결흉국(結胸國), 수마국(壽麻國), 염화국(炎火國), 익민국(翼民國), 장비국(長臂國), 백려국(伯慮國) 등등 이상한 나라가 있습니다. 기대하십시오. 앞으로 그 나라들을 두루 돌면서 즐겨 보시도록 하십시오."
배가 도착하자 두 사람은 배에서 내려 산에 올랐다. 과연 그 관망은 아름다웠다. 감탄의 말을 하며 사방을 돌아보고 있노라니 웬 괴수(怪獸) 한 마리가 뛰어나왔다.
그 괴수는 모양은 돼지와 비슷하고 키는 6척(尺), 높이는 4척, 온몸이 파랗고 귀가 크며 입에는 네 개의 큰 엄니가 마치 상아(象牙)처럼 나있었다.
임지양이 말했다.
"저렇게 진기한 짐승은 나도 본 일이 없어요. 내 동료 중에 키잡이가 있는데 이름은 다구공(多九公)이라고 하며 아는 게 많은 사람이 있습니다. 이번에는 같이 오지 못했지만, 그 사람이라면 저 짐승이 무슨 짐승인지 알 수 있을 겁니다. 그는 80세쯤 되었는데 공부를 열심히 하여 과거를 본 일도 있으나 낙방한 다음, 과거를 단념하고 장사를 하러 나섰지요. 그러나 손해만 보고 지금은 남의 배를 타는데 키잡이로 일을 하고 있답니다. 나하고는 호흡이 맞지요. 지금은 어디서 무엇을 하고 있는지 모르겠군요."
두 사람이 이야기를 나누고 있는데 웬 사람이 그들에게 다가왔다. '호랑이도 제말하면 온다'고 했던가. 그 사람은 바로 다구공이었다.
임지양은 반가이 맞으면서 인사를 대충 한 다음 그 괴상한 짐승에 대해 물어보았다.
"저것은 '당강(當康)'이라 하여 그 우는 소리를 따서 이름을 지은 것이지. 금상왕(今上王)의 대(代)에 나라가 번영하게 되면 모습을 나타내는 기린(麒麟)과 같은 성스러운 짐승이라네. 지금 저놈이 나타난 것을 보니 태평천하로군."
다구공의 이야기가 채 끝나기도 전에 당강은 '당강' 소리를 내며 어디론지 사라져 버렸다. 임지양과 당오가 같이 가자고 권하자 다구공은,
"좋소, 동행합시다."
라고 대답했다. 이렇게 해서 세 사람의 여행자가 탄생한 것이다.

1. 군자국(君子國)

해가 아직 높다랗게 있을 때 배는 군자국에 도착했다. 임지양은 장사차 상륙했다. 당오는 이 군자국에서는 서로 겸양을 잘한다는 이야기를 듣고 있었으므로 다구공을 앞세우고 상륙하는 길로 시장에 가보았다. 시장은 많은 사람들로 붐볐다.
당오는 한 노인을 붙들고 물어보았다.
"이곳 사람들은 왜 서로 양보를 잘하는 건가요? 서로 싸우는 일이 없다면서요?"
그러자 노인은 고개를 갸우뚱거리며 말했다.
"우리는 그저 당연한 일을 하고 있을 뿐인걸."
당오는 다시 물어보았다.

"군자국이란 무슨 뜻입니까?"

노인은 또 고개를 갸우뚱거렸다. 이때 마침 임지양이 왔다. 임지양이 말했다.

"군자국이라는 이름은 이웃나라에서 붙여준 이름이며, 이 나라 사람들은 예부터 내려오는 습관을 지키고 있을 뿐이랍니다. 우리 중국에서 말하는 '군자(君子)'가 자기네들을 가리키는 말인지조차 모른다니까요."

한참 걸어가자니 웬 병사(兵士)가 가게에서 물건을 사고 있었다. 그는 가게 주인과 옥신각신하고 있었다.

"이렇게 좋은 물건을 싼값으로 팔다니 말도 안돼요. 내 체면 좀 살려주는 뜻으로 비싸게 받으시오."

그 말을 듣고 있던 당오는 임지양에게 속삭였다.

"물건을 사고팔 때는 파는 쪽에서 값을 올려 부르고 사는 쪽에서는 그 값을 깎게 마련인데, 여기서는 파는 쪽에서는 값을 싸게 부르고 사는 쪽에서는 값을 더 주겠다고 싸우는군. 나는 이런 얘기를 들어본 적이 없네."

그때 가게 주인이 말했다.

"아니 손님 체면만 생각해 달라는 겁니까? 천만의 말씀입니다. 나는 이익을 충분히 붙여서 값을 불렀는데 그래도 싸다고 하시면 어떡합니까? 값을 더 올리라니요? '값은 하늘만큼 높게 부르고 땅만큼 깎으라'는 말이 있는데 손님은 그 반대로군요. 하는 수 없습니다. 옆가게에 가서 사세요."

당오는 미소를 지었다.

" '값은 하늘만큼 높게 부르고 땅만큼 깎으라'는 말도, 그리고 '이익을 충분히 붙였다'는 등의 말은, 물건을 사는 쪽에서 하는 말인데 여기서는 파는 쪽이 그런 말을 하다니⋯⋯. 정말 재미있는 곳이군."

그러자 물건을 사려던 병사도 한마디 했다.

"주인양반! 이렇게 고급품을 싸게 팔면서 나에게 욕심이 없다고 말씀하시는 겁니까? 이렇게 하시면 공자(孔子)의 '충서(忠恕)의 도(道)'에 어긋나는 것이 아닐까요? 만사에 거짓말을 하지 않는 것이 공평무사(公平無私)한 것이고 주인양반도 그것을 이해하신다면, 남에게 봉변을 주지 않으셔야 할 게 아닙니까?"

얼마동안 언쟁은 그치지를 않았는데 주인 쪽에서는 아무래도 값을 올리려고 하지 않았다. 병사는 화가 나서 물건값을 치르자 물건을 반만 가지고 돌아가려고 했다.

그러자 주인은,

"이렇게 하시면 안돼요!"

라며 가려는 병사를 붙잡고 물건 전부를 집어서 억지로 안겨주었다. 마침 지나가던 노인이 이 모습을 보고 중재에 나섰고 상품의 80퍼센트를 가져가라는 절충안을 내어 사태는 겨우 수습되었다. 당오와 다구공은 감탄했다.

그리고 다시 몇 발짝 걸어갔는데 이번에는 하사관(下士官)이 역시 물건을 사고 있었다. 그 하사관은 투덜거리고 있었다.

"아니 누구를 놀리는 겁니까? 값을 물어보니까 '마음대로 정하라'고 하다니요. 그리고 내가 값을 정하자 이번에는 '너무 비싸게 매겼다'고 하시니 도대체 어떻게 하라는 말입니까? 나는 값을 꽤 싸게 매긴 거라구요. 사람을 놀려도 분수가 있지."

이번에는 주인이 항의했다.

"여보시오, 이 물건은 중고품입니다. 낡았기 때문에 다른 상품보다 싸게 팔아야 한단 말입니다. 손님이 내신 돈의 반만 받는다 하더라도 비싼 편이니 제발 이러지 마십시오."

"나는 장사에 대해서는 문외한(門外漢)이올시다마는 상품이 좋은지 나쁜지는 알 수가 있소. 좋은 상품을 반값에 판다는 것은 사람을 놀리는 것이오. 상도(商道)에 어긋난다고 생각하지 않으십니까?"

"아닙니다. 반값이면 적당합니다. 만약 너무 싸다고 생각되시거든 옆가게로 가보십시오. 그러면 내가 거짓말을 하는 것인지 아닌지 알 수 있을 것입니다."

두 사람은 옥신각신하던 끝에 여기서도 역시 하사관은 물건값을 내고 물건의 반만 가지고 가려고 했다. 가게 주인은 하사관을 붙잡고 통사정을 했다.

"이렇게 나쁜 물건을 왜 반만 가지고 가려는 겁니까? 나보고 좋은 상품을 갖다놓고 팔라며 비웃는 것은 아니겠지요. 그런 뜻이라면 안됩니다. 이렇게 비싸게 주고 물건을 사려면 어디 가서도 살 수 없을 겁니다."

"주인양반이 자꾸 싸게만 팔려고 하니 반만 가지고 가려는 겁니다. 내 잘못이 아니라니까요."

"중고품에는 중고품의 값이 있는 법입니다. 그것을 비싸게만 사시려고 하면 안됩니다."

지나가던 사람은 모두 입을 모아,

"사는 쪽이 잘못이군."

"좀 비싸게 사려고 하는 것 같다."

라고 말했다. 그래서 하사관은 하는 수 없이 신품과 중고품을 반씩 받아가지고 돌아갔다.

"우리나라에서는 짜기로 유명한 군인들까지 이곳에서는 저러니, 일반인들이야 오죽하리오."

당오와 다구공은 또 한번 감탄하지 않을 수 없었다. 두 사람은 또 걸어갔다. 얼마쯤 걸어가니 이번에는 한 농부(農夫)가 물건을 사고 은(銀)을 준 다음 돌아서려고 했다. 가게 주인은 그 은을 받더니 저울에 달아 본 다음 농부에게 항의했다.

"여보시오 손님, 이 은은 이곳에서 거래하고 있는 은보다 고급품이므로 그만큼 덜내셔야 합니다."

"아니오. 약간밖에 차이나지 않을 것이니 그대로 받아 두시오. 만약 남거든 다음에 물건을 사러올 때 계산하자구요."

"그렇게는 할 수 없습니다. 작년에도 똑같은 경우가 있었는데 후일에 계산하자고 해놓고서 그 손님은 다시 나타나지 않았었다구요. 그래서 그 손님을 찾으려고 애를 썼지만 영 못 찾고 말았습니다. 이렇게 되면 나는 자꾸 빚만 지게 되는 셈이니 곤란합니다. 다음에 보자는 말씀하지 마시고 깨끗이 계산을 하고 가세요."

역시 이곳에서도 물건값 때문에 옥신각신하고 있었다. 얼마 후, 농부가 물건을 조금 더 가져가기로 하고 해결이 났다. 가게 주인은 그래도,

"은을 내가 더 받았어요. 공평하시 못합니다."

라며 불만을 토로했는데, 마침 거지가 지나가자 남는 분량의 은을 그 거지에게 주고서야 얼굴을 펴는 것이었다.

"양보도 도가 지나치니 오히려 싸움이 되는구려."

"무엇보다도 매사가 잘 진척되지 않겠어요. 그리고 어쩐지 위선(僞善)의 냄새도 풍기고요."

두 사람은 느낀 바를 말하며 배가 정박해 있는 곳으로 돌아왔다.

2. 대인국(大人國)과 무장국(無腸國)

배는 대인국에 도착했다. 모든 것이 군자국과 비슷한데 소문으로 들은 것처럼 키가 큰 사람은 한사람도 없었다. 당오가 이상하다는

눈치를 보이자 다구공이 말했다.

"키가 큰 사람이 있는 곳은 장인국(長人國)이지 대인국이 아니라오."

군자국과 다른 점이 있다면 이곳 사람들은 모두 구름을 타고 다니는 일인데, 그 구름의 색깔과 모양은 사람에 따라 모두 달랐다.

한 거지가 오채(五彩)의 구름을 타고 지나가는 것을 본 당오가 말했다.

"오채 구름을 타고 다니는 사람은 존귀한 사람이고, 흑색 구름을 타고 다니는 사람은 비천한 사람이라고 하던데 거지가 오채 구름을 타고 다니다니 이상한 일이로군요."

다구공이 설명했다.

"당신이 말하는 대로 구름의 색깔에 따라 그 인격의 고하존비(高下尊卑)가 있는 것은 사실이지만, 그것에 타는 것은 부귀빈천(富貴貧賤)에 관계없이, 그 사람의 마음가짐과 행실에 따라서 탈 수 있는 것이라오. 그러므로 마음속에 엉큼한 것이 없으면 스스로 채운(彩雲)이 그 발 아래에 오게 되려니와, 이와 반대로 마음이 검으면 흑운(黑雲)이 오게 되지요.

그리고 구름의 색깔은 마음의 움직임에 따라서 변화하는 까닭에 잠시도 마음을 놓을 수가 없다오. 다시 말해서 이 세상에서의 부귀영달(富貴榮達)을 하는 자리에 있다 하더라도 마음이 공명정대하지 못한 사람은 흑운을 타게 되고, 비록 거지일지라도 마음이 깨끗한 사람은 채운을 타게 되지요.

더구나 구름의 색깔은 그 사람의 그때그때의 마음을 나타내는 까닭에 이 나라 사람들은 언제나 자기 마음을 정결케 하기 위해 경계하고 있는데, 그래서 흑운을 타는 사람은 거의 없다오. 그러므로 풍속은 순박하고 인정이 두텁지요.

채운을 최상(最上)의 구름, 황색을 그 다음의 구름으로 칠 뿐 그 이외에는 별로 구별을 하지 않는데 흑운은 최악최저(最惡最低)의 구름으로 치며 심히 부끄러워한다오. 그리고 채운을 얻기 위하여, 또는 잃지 않기 위하여 모두들 착한 일은 앞다투어 실행하지만 악한 일은 서로 없애려고 애쓴다오. 그러므로 이웃나라에서는 이 나라를 '대인국(大人國)'이라고 부르게 되었지요."

그들은 슬슬 걸어가는 동안, 풀로 지붕을 이은 암자에 이르렀다. 한 노인이 술병과 돼지머리를 손에 들고 그 암자 안으로 들어가는 중이었다.

당오가,

"이 암자의 이름은 무엇이며 주지스님은 계십니까?"

하고 묻자 그 노인은 대답했다.

"이 암자는 관음원(觀音院)이라 하며 내가 바로 주지올시다."

당오는 깜짝 놀랐다.

"스님이시라면 어찌하여 삭발을 하지 않았습니까? 그리고 고기와 술을 드시다니, 그럼 부인도 계신가요?"

"물론 마누라도 있습니다. 마누라도 비구니인데 중국처럼 삭발을 하지는 않으며 육식(肉食)도 허용된답니다."

스님의 발 밑을 보니 채운이 깔려 있으므로 당오는 또 한번 놀랐다. 노승은 당오의 마음을 꿰뚫어보았다는 듯이 이렇게 말했다.

"졸승(拙僧) 부부는 마음속으로 경건하게 부처님을 모시고 있으며, 모든 계율을 다 지키고 있으므로 흑운을 타고 다니는 일은 없답니다."

두 사람은 감탄하며 그 암자를 떠났다.

잠시 걸어가자니 돌연 마을 사람들이 큰길 양쪽으로 모두 비켜선 것이 보였다. 그것은 대관(大官)의 행렬이 지나가기 때문이었다. 최고위(最高位)임을 상징하는 관(冠)을 쓰고 대례복(大禮服)을 입었으며 빨간 우산을 받고, 앞뒤로는 수많은 시종들을 거느리고 가는 그 행렬은 실로 위풍당당했다.

그런데 어찌된 일인지 발 밑에는 빨간 천이 둘러져 있어서 구름 색깔이 무슨 색인지 알 수가 없었다.

당오가 다구공에게 물었다.

"저 높은 관리는 구름이 싣고 다니기 때문에 수레나 말을 탈 필요가 없을 텐데, 왜 발 밑을 천으로 둘러싸고 다니는 것일까요?"

"발 밑에 흑운이 있기 때문이겠지요. 틀림없을 겁니다. 아까도 이야기했지만 남이 안보는 곳에서 양심에 찔리는 짓을 한 것이겠지요. 사람은 속일 수 있을는지 모르나 구름은 속일 수가 없다오. 천으로 감출 수는 있지만 그것은 마치 '귀를 가리고 종(鐘)을 훔치는 것'과 같은 것이지요. 하지만 저지른 비행(非行)을 뉘우치고 선을 행한다면 구름의 색깔도 금방 바뀌게 된다오."

"그러나저러나 하늘은 실로 불공평하군요. 이런 구름을 대인국에서만 일게 할 것이 아니라, 다른 나라에서도 일게 하면 얼마나 좋을까. 만약 천하 모든 사람이 이런 구름을 타고 다니게 된다면 남이 안본다고 해서 나쁜 짓을 할 수는 없을 것이니 그 얼마나 좋은 일입니까."

"그러나 다른 나라에서는 나쁜 일을 하는 사람에게는 그 발 밑에 흑운이 일지야 않지만 머리 위에 흑기(黑氣)가 소용돌이치는 까닭에 잘 식별할 수가 있지요."

다구공의 말에 당오는 머리를 갸우뚱거렸다.

"나는 그런 것이 안보이던데요?"

"인간에게는 보이지 않을는지 몰라도 하늘은 다 보고 계시다오. 그러기에 '하늘의 그물은 크고 거칠지만 빠져나가지를 못한다'는 말도 있지 않습니까."

"하긴 그렇군요. 나도 이제 하늘은 불공평하다는 불평을 하지 말아야겠습니다. '악(惡)이 성하면 하늘에 이길 수도 있지만 하늘은 반드시 그 악을 징벌한다'는 말도 있으니까요."

이야기를 나누는 사이에 해가 뉘엿뉘엿 지기 시작했으므로 그들은 배로 돌아왔다. 닻을 올리고 배는 다시 출범(出帆)했다. 그리고 얼마 후에는 무장국(無腸國)에 도착했으므로 당오는 그곳에 상륙하려고 했다.

그러자 임지양은,

"상륙할 필요가 없으니 배에서 내릴 생각은 하지도 마세요."

하고 말렸다. 당오가,

"왜? 왜 그러는 건가?"

라고 묻자, 박식한 다구공이 옆에 있다가 입을 열었다.

"나는 전에 이 무장국 사람들은 먹은 음식이 배 속을 그대로 통과한다는 말을 들은 일이 있어서 알아보았던바 다음과 같은 사실을 알아냈소. 즉 이 나라 사람들은 음식을 먹기 전에 먼저 대변을 볼 수 있는 장소를 찾는다는 것이오. 먹고 나서 볼일 볼 장소를 찾다가는 늦는다는 것이지요. 마치 술에 만취한 사람이 소변을 못 참는 것과 같다고나 할까요.

왜 그러느냐 하면 입으로 넘어간 음식은 배 속에서 괴어 있는 일이 없이 그대로 배설되기 때문이랍니다. 그래서 이 나라 사람들은 무엇을 먹을 때에는 의젓한 자세로 먹을 수가 없고, 남몰래 숨어서 먹는다고 합니다."

"배 속에 음식이 괴어 있지 못하면 시장기를 면할 수가 없을 게 아닙니까? 그렇다면 무엇하러 먹는단 말이오?"

"배 속에는 괴어 있지 않더라도 음식이 속을 지나가기만 하면 우리네가 식사를 한 것처럼 만복감(滿腹感)을 느끼는 것 같더군요. 그런 까닭에 배 속은 비어 있지만 자신은 만족하는 거랍니다. 재미있는 일은 음식을 먹지 않은 사람은 배 속에 아무것도 들어 있지 않건만 배가 잔뜩 부른 시늉을 내는 일이지요. 이 나라에는 극빈자(極貧者)도 없으려니와 큰부자도 없답니다. 다소 돈이 좀 있는 자가 있기는 한데 그들은 음식물을 적당히 변통해서 그렇게 된 것이구요."

"적당히 재산을 모았다면 '검약(儉約)' 두 글자밖에 더 있겠소? 보통사람으로는 여간 힘든 일이 아니지요."

당오의 말에 다구공이 말했다.

"쓸 때는 쓰고 아낄 때는 아끼는 것이 진짜 '검약'인데 이 나라 사람들은 많이 먹더라도 금방 배가 고파지기 때문에 매일 음식비가 많이 들게 되지요. 그래서 돈을 모으려는 사람은 특별한 방법을 쓴답니다. 즉 먹은 음식이 그대로 배 속을 통과하는 까닭에 말만 대변이지 아무 냄새도 나지 않아요. 그래서 그것을 하인에게 먹이고 그만큼 식사비를 절약한답니다."

"자기 대변을 자기가 먹기도 하나요?"

"물론 먹지요. 아무렇지도 않다는 듯 태연히 먹는답니다."

당오는 얼굴을 찌푸리며 말했다.

"자기 대변을 자기가 먹는 것이야 뭐라 할 수 없지만, 하인에게 먹인다는 것은 좀 심하군요."

다구공이 말했다.

"그것도 배불리나 먹으면 좋죠. 절대로 많이 주지는 않는답니다. 또 주기는 주어도 세 번, 네 번 똑같은 것을 나눠서 줌으로써 밥과 대변을 구별하지 못하게 하는 등 그 방법이 아주 교묘하다지 뭡니까."

"그런 주인은 만약 자기가 토한 것을 보면 너무너무 아까워서 남에게 주지 않고 자기가 먹겠군요?"

임지양이 사이에 끼어들자 당오는 생각나는 것이 있다는 듯 이렇게 말했다.

"중국에는 '도청도설(道聽塗說)'이니 '구이학(口耳學)'이니 하는 말이 있는데 이 나라의 식습관(食習慣)과 비슷한 말이오. 즉 선(善)한 말을 들으면 자신의 마음속에 새겨두고, 자신이 수양할 생각은 하지 아니하고 남들 앞에서 자랑삼아 떠들어 대기만 하지요. 몸속에 그 선(善)한 말이 머무르기는 귀에서 입까지 불과 세 치 사이밖에 안되지. 그렇다면 정신의 영양이라는 점과 육체의 영양이라는 차이는 있을지언정, 자기 것이 되지 않는다는 점으로 볼 때는 꼭 같은 것이 아닌가. 이 나라 사람들을 비웃을 게 아니로군. 음식보다도 선언(善言)은 한번 내뱉어서 남에게 주는 것이 아니라, 몇번이고 내뱉고 있으니 말이오."

3. 여인국(女人國)

세 사람은 다시 배를 타고 가다가 여인국에 당도했다. 이 여인국은 여자만이 사는 나라가 아니라 남성과 여성의 역할이 정반대인 나라였다. 즉 여자는 남장(男裝)을 하고 살며 정치를 비롯해서 사회의 제일선에 나선다. 그와 반대로 남자는 여장(女裝)을 하고 가사(家事)를 돌보는 등 여자가 하는 일은 모두 하는 나라였다. 따라서 나라의 왕도 물론 여자였다.

세 사람은 중국에서 가져온 진귀한 선물을 듬뿍 들고 왕궁을 찾았다. 여왕(女王)은 보좌에 앉아 있다가 이 낯선 이국인(異國人)들을 만나 보았다.

여왕의 눈이 세 사람 중 제일 잘생긴 임지양에게로 쏠렸다. 그러더니 시립(侍立)한 중신에게 속삭였다.

"저기 저 사람을 귀비(貴妃)로 책봉토록 하오."

당오와 다구공은 쫓겨나서 배로 돌아갔고, 임지양은 그날로 여인국 여왕의 귀비가 되기 위한 절차를 밟아야 했다.

귀비가 되어야 하는 신분이니 먼저 전족(纏足)을 해야 한다. 임지양은 여관(女官)들에게 끌려갔다. 여관이라고는 하지만 실은 험상궂게 생긴 여장(女裝) 남자들이었다. 그들은 임지양을 데리고 가서 먼저 귓불에 구멍을 뚫고 귀고리를 끼워 주었다.

이제 전족을 할 차례이다. 수염이 텁수룩하게 난 여관이 임지양의 오른쪽 발을 자신의 무릎 위에 올려놓고 명반(明礬)을 발가락 사이에 뿌리더니 다섯 발가락을 단단히 동여맸다. 다음에는 임지양의 발등을 무서운 힘으로 활처럼 구부리고 하얀 천으로 재빨리 감아놓았다. 천으로 둘둘 감기를 몇 바퀴나 감았을까? 그때 다른 여관이 나타나서 실과 바늘로 그 천을 단단하게 꿰맸다.

네 명의 힘센 여관들이 앞뒤에서 꼭 붙잡고 동여매니 임지양은 몸을 움직일 수조차 없었다. 발은 숯불을 얹어놓은 것처럼 쑤시고 아팠다. 그는 닭똥 같은 눈물을 뚝뚝 떨어뜨리면서 울었다.

그러나 여관들은 그러한 임지양에게는 조금의 동정도 하지 않았다. 자기네들의 할 일을 다 끝낸 그들은 임지양의 발에 가죽신을 신겨놓고 밖으로 나가 버렸다.

한참 동안 울부짖던 임지양은 아무리 생각해도 묘안이 떠오르지 않았다. 그는 소리쳐서 여관을 불러 말했다.

"제발 상감마마께 아뢰어 주시오. 나는 우리나라에 처자가 있는 몸이므로 상감마마의 왕비(王妃)가 될 수 없는 몸이라고 말이오. 그리고 나는 여러 나라를 돌아다녔기 때문에 발이 클 뿐 아니라 뼈도 굳어 있소. 어린 소녀의 발처럼 부드럽지 않으므로 전족을 만든다는 것은 실로 무리라구요. 상감마마께 제발 좀 전해 주시오. 저를 용서해 줍시사고요."

그는 머리를 숙여 애원했지만 여관들은 코웃음을 칠 뿐이었다.

"우리는 상감마마께서 시키시는 대로 할 뿐입니다. 전족을 만들되, 그것이 완성되면 곧 내전(內殿)으로 모시라는 분부가 계셨습니다."

여왕은 임지양에게 홀딱 반했던 것이다.

잠시 후 등촉이 밝혀지더니 진수성찬, 산해진미의 저녁 식탁이 차려졌다. 임지양은 처음 보는 그런 음식상이었다. 그러나 임지양은 그것을 먹을 수가 없었다. 발의 통증은 그만큼 심했던 것이다.

"못 먹겠소. 그대들이나 들구려."

결국 그 산해진미는 우락부락하게 생긴 여관들이 모두 먹어치웠다.

임지양은 소변이 보고 싶었다.

"나 좀 변소에까지 데려다 주지 않겠소?"

그의 말이 떨어지기가 무섭게 여관들은 금방 변기(便器)를 가져왔다. 임지양은 일어서서 소변을 보려고 했는데 발이 쑤시고 다리까지 아파서 일어설 수가 없었다. 그런 임지양을 본 여관늘은 양쪽에서 부축해 주었다. 임지양은 가까스로 소변을 보았다. 그리고 그들의 부축을 받으며 침대에 가서 누웠다.

발의 통증은 점점 심해졌다. 그는 옷을 걸친 채 엎드려서 잠을 청해 보려 했지만 잠은 오지 않았다. 거친 숨을 몰아쉬는 임지양에게 한 여관이 말했다.

"귀비마마, 몹시 지치신 듯한데 그래도 잠을 청하셔야죠."

그러더니 양칫물과 세숫물을 떠다가 바쳤다. 그뿐이 아니었다. 여러 명의 여관이 덤벼들어서 머리도 빗겨 주고, 짙은 화장까지 시켜 주었다. 한 여관은 임지양의 옷을 벗겼고, 잠옷으로 갈아입혀 주었다. 임지양은 어이가 없어, 그저 나무인형처럼 시키는 대로 가만히 있을 뿐이었다.

밤화장까지 시켜 준 여관들은 차례로 그의 침실에서 나갔다. 임지양이 사방을 둘러보니 아무도 없었다. 그는 살그머니 일어나서 발을 동여맨 하얀 천을 풀기 시작했다. 다 풀고 나서 보니 열 발가락에는 피가 맺혀 있고 보기에도 흉칙했다. 그러나 아픔은 사라졌다. 그는 피곤했던지라 스르르 잠이 들었다.

다음날 아침, 임지양이 아직 단꿈을 꾸고 있는데 누군가가 그를 흔들어 깨웠다. 그리고,

"귀비마마, 마마께서는 상감마마의 명을 위반하고 마음대로 전족을 푸셨기 때문에 형벌에 처하게 되었습니다."

라고 말했다. 뒤이어 들어온 저승사자와 같은 남자가 네 명의 부하를 데리고 들이닥치더니 임지양의 하반신을 벗겨놓고 매질을 하기 시작했다.

큰 몽둥이가 임지양의 엉덩이와 허벅다리를 사정없이 내리치는데 그들은 교대로 쳐대었다. 살은 찢어지고 유혈이 낭자했다. 임지양은 매에 못 이기어 그만 실신하고 말았다. 그들은 정신을 잃은 임지양을 침대에 엎어놓고 다시 전족을 만들기 시작했다.

정신을 차린 임지양은 이번에는 발의 통증을 그다지 느끼지 못했다. 매맞은 통증이 더 컸기 때문이었다.

그럭저럭 밤이 되었다. 어젯밤과는 달리 그날은 여관들이 교대로 불침번을 섰다. 임지양이 또 전족을 풀지 못하도록 경계하기 위함인 것 같았다.

매맞은 부위의 통증이 가라앉기 시작하자 이번에는 발의 통증이 심해졌다. 임지양은 여관들에게 소리쳤다.

"차라리 나를 죽여 주오. 죽는 편이 훨씬 낫겠소."

그러나 여관은 짜증스럽다는 말투로 대답했다.

"죽고 사시는 것은 어명에 따를 뿐입니다. 어명을 어길 수는 없으니 조용히 하십시오."

다시 날이 밝았고 임지양은 통증을 못 이겨 고래고래 소리질렀다. 이런 고통 속에서도 시간은 흘러 그럭저럭 반 달이 지났다. 신음하며 묶인 발을 손으로 더듬으니 통증도 어느 정도 가라앉았다.

여관들이 흰 천을 갈아 줄 때 보니, 그의 발등은 완전히 구부러져 있었고 열 발가락에서는 고름이 줄줄 흘렀으며 발은 뼈만 앙상하게 남아있었다. 그러는 동안 임지양은 몇번이나 자살을 할 생각도 해보았으나 감시가 워낙 심해서 그것조차 마음대로 되지 않았다.

보통 소녀라면 10여 년간을 두고 완성하는 전족인데 임지양의 경우는 반 달 안에 완성하려고 하니 그 고통이야 오죽했겠는가. 어쨌든 전족이 완성되자 여관들은 마치 자기네들의 일인 양 기뻐했다. 그리고 임지양에게 고운 옷을 입혀 주고 짙은 화장을 시켜 주었으며 작은 신발을 신긴 후 여왕 앞으로 데리고 갔다.

여왕은 만족하며 크게 기뻐했다. 그리고는 임지양의 손을 잡고 어깨를 나란히 하여 앉더니 조그마한 전족을 유심히 내려다보았다. 여왕은 그의 몸을 애무하며 킁킁 냄새를 맡았다.

"여봐라, 당장 내일 중에 예식을 올릴 준비를 하여라!"

여왕은 약간 떨리는 음성으로 명령했다.

'흥, 웃기지 말라구. 나는 마누라도 있고 자식도 있는 몸이야.'

임지양은 속으로 그렇게 생각하면서 어떻게든 도망갈 궁리를 했으나 경계가 너무 삼엄하여 도망칠 수가 없었다. 그는 탄식하며 다시 여관들에게 끌려갔다.

그후 뜻밖의 해프닝이 벌어졌고, 임지양은 무사히 이 여인국을 탈출하여 당오와 다구공이 기다리는 배로 돌아갈 수 있었다. 전족은 불행 중 다행으로 속성(速成)이었기 때문에 다시 어느 정도 시간이 지나자 회복되어 그런 대로 걸을 수가 있었다.

4. 양면국(兩面國) · 돈훼국(豚喙國) · 결흉국(結胸國)

배는 다시 항해를 했고 이번에는 양면국(兩面國)에 도착했다.

언제나 당오와 함께 상륙했던 다구공이었는데 이번에는 상륙할 수가 없었다. 일전에 폭풍우가 심하던 날, 비틀거리다가 그만 발을 삐어서 걸을 수가 없었던 것이다. 그래서 이번에는 당오와 임지양 두 사람만 상륙했다.

20여 리쯤 걸어가니 처음으로 마을이 나타났다. 두 사람은 양면국이라는 이름에서 두 얼굴, 즉 양쪽에 얼굴을 가진 사람들일 것이라고 상상했으며, 그 괴이한 모습을 보고 싶었다.

그런데 모든 사람이 호연건(浩然巾)이라고 하는 방한용(防寒用) 두건을 쓰고 머리 뒷부분을 감추고 있었기 때문에 정면밖에 볼 수가 없었다. 다시 말해 궁금하던 양면은 볼 수가 없었다.

어쨌든 사람들은 모두 언행이 공손하였고 싱글벙글 웃고 있었으므로 두 사람은 이 나라 사람들에게 친근감을 가지게 되었다.

그날 임지양은 정신없이 상륙했기 때문에 입고 있던 헌옷을 그대로 입었고, 당오는 유가(儒家)들이 입는 정장(正裝)을 하고 있었다.

임지양이 투덜거렸다.

"이런 옷차림이고 보니 거지와 임금님같군요. 권력과 재산을 탐내는 자들은 그 누구도 나를 상대해 주지 않겠습니다."

그 말에 당오가 대꾸했다.

"그런 때는 이렇게 말하게나. '나에게도 호사스런 옷이 있는데 서둘러 상륙하느라고 입을 틈이 없었다'고 말일세. 그러면 상대방은 틀림없이 태도를 바꿀 것일세."

"상대방에서 만약 태도를 바꾼다면 '나는 비단옷도 있을 뿐더러 돈도 많고 일가친척 중에는 높은 벼슬을 하고 있는 사람도 있지'라며 큰소리를 쳐야겠습니다. 그러면 진수성찬을 대접할 자도 있을 것임에 틀림없을 테니까요."

임지양의 예견은 적중했다. 지나가는 행인을 붙들고 당오가 말을 걸자 상대방은 공손히 응대했는데, 임지양이 옆에서 입을 열자 그의 모습을 아래위로 훑어볼 뿐이었다. 공손한 태도는 어디론가 가버리고 차가운 태도로 잠자코 있더니 무뚝뚝하게 한마디 툭 뱉을 뿐이었다.

배로 돌아온 임지양은 괘씸하다는 듯 투덜거렸다.

"그자는 단 한마디를 대답이라고 했는데 그것도 내키지 않는 대답이었다구요. 더구나 입속으로 중얼거리고 있었으므로 내 귀에는 잘 들리지도 않았다구요. 그자뿐만 아니라 모두가 그런 식이기에 나는 매부(당오)와 옷을 바꿔 입었습니다. 내가 좋은 옷을 입고, 매부가 헌옷을 입었지요. 그리고 다시 양면국을 한바퀴 돌아보았습니다. 그랬더니 아니나다를까. 이번에는 매부에게 냉담한 태도를 보이고, 나에게는 아주 공손하게 대해 주더라니까요. 세상에 원……"

그 말을 듣고 있던 다구공이 물었다.

"상대방의 복장에 따라 그 태도를 바꾸는 것은 이 양면국뿐이 아니라오. 모든 나라가 다 그렇지요. 양면이란 그런 것이었나요?"

그러자 당오가 대답했다.

"아니올시다. 정말로 얼굴이 두 개가 있는 양면이었다구요. 실은 호연건으로 감추고 다니기는 했지만 그 속에 또하나의 얼굴이 있었답니다."

그리고 다음과 같은 이야기를 했다.

임지양이 한 사나이와 이야기를 나누고 있을 때 당오는 슬그머니 장난기가 동하여, 그 사나이의 뒤쪽으로 돌아가서 호연건을 살짝 벗겨 보았다. 그러자 그 속에는 세상에서 보기 드문 추악하고 사나운 얼굴이 숨겨져 있었다. 눈은 쥐눈 같고, 코는 매의 부리 같았으며 그 흉측스러움은 표현하기 어려울 정도였다.

그의 눈이 당오의 얼굴을 보자마자 빗자루 같은 눈썹은 일그러지며 주름이 잡혔고, 피를 담은 접시와 비슷하게 생긴 입은 크게 벌어졌으며, 기다란 혀를 빼고 독기(毒氣)를 내뿜었다. 그러더니 금방 음침한 숨소리와 함께 바람이 일고 검은 안개가 피어올랐다.

당오는 자기도 모르는 사이에,
"사람 살려!"
라고 큰 소리를 질렀다. 그리고 앞쪽을 바라보니 임지양은 땅바닥에 엎드려서 빌고 있는 것이었다.

"당오씨가 '사람 살려'라고 소리를 질렀다는 것은 그런 대로 이해가 가지만, 임지양씨까지 엎드려서 빌었다고 하니 그건 무슨 까닭이오?"
다구공이 당오의 말을 듣고 물었다. 임지양이 대답했다.
"내가 그 사나이와 부드럽게 이야기를 나누는데 매부(당오)가 그의 뒤로 돌아가더니 그 사나이의 호연건을 들어올리고 그 사람의 숨은 얼굴을 보았기 때문에, 그자는 갑자기 본성(本性)을 나타낸 것이지요. 그때까지는 부드러운 표정으로 말을 주고받았는데 갑자기 악귀(惡鬼)처럼 변했고, 칼처럼 생긴 기다란 혀를 날름거리며 대드는 겁니다.

나는 그가 때려죽일 것만 같아서 무서웠어요. 그래서 얼른 엎드리고 그자에게 빌었어요. 그러다가 틈만 생기면 도망칠 생각이었습니다. 그토록 무서웠던 일은 생전 처음 당했습니다. 지금도 그 생각만 하면 온몸이 사시나무 떨리듯 떨리는걸요."
"세상에는 그런 일이 얼마나 많다구요. 그렇게 놀랄 일이 아니랍니다. 나는 두 분보다 무위도식한 지가 오래되어서 잘 알고 있소이다. 두 분이 상대를 고르지 아니하고 이야기를 걸었으니 그런 일이 일어날 수밖에요. 어쨌든 큰 해를 입지 않고 끝났으니 다행스런 일입니다. 앞으로는 이야기할 때, 상대방을 잘 골라서 이야기하도록 하시오."
다구공의 이같은 말이 끝나자 당오와 임지양은 고개를 끄덕였다.
"그 말씀을 듣고 보니 그 사람과 비슷한 무리들이 이 세상에는 참으로 많이 있을 것 같군요. 두 얼굴을 가지고 있지 않을 뿐 '소리장도(笑裏藏刀)'란 말도 있듯이 군자(君子)연하면서 그 내면에는 추악한 마음을 품은 자가 많다는 말이 아닙니까. 이 나라에서는 그것을 구체적인 실례(實例)로 배웠을 뿐이로군요."
당오와 임지양이 내린 결론은 바로 이것이었다.
일행은 그날 중으로 돈훼국(豚喙國)에 도착했고, 그곳에서 잠시 쉬다가 배로 돌아왔다.
당오가 다구공에게 물었다.
"이 나라 사람들은 왜 그 입이 돼지 주둥이처럼 생겼을까요? 그리고 하는 말이 모두 뒤죽박죽이어서 알아들을 수가 없습니다. 마치 이 세상 모든 나라 사람들이 모여서 사는 것 같은데 그건 대체 왜 그러는 겁니까?"
"나도 최근에서야 다른 사람에게 들은 이야기인데, 그 사람 말에 의하면 옛날에는 이곳에 나라가 없었답니다. 그런데 주(周)나라 시대 이후 사람들의 마음이 악하게 되면서부터 거짓말을 하는 자가 늘어났다는 거지요. 거짓말쟁이는 죽은 후에 아비지옥(阿鼻地

獄)으로 떨어지기 마련인데 거짓말쟁이가 늘어났기 때문에 아비지옥에서는 그들을 도저히 수용할 수가 없게 되었다는 거예요. 그래서 그들을 다시 생환(生還)시킬 수밖에 없게끔 되었는데 명도(冥土)의 관원들은 거짓말쟁이 중에서도 비교적 가벼운 자를 뽑아가지고 이 나라에 사람으로 환생시키게 된 것이지요.

그런데 그들은 생전에 거짓말을 한 죄의 형벌로 돼지 주둥이 모양의 입을 가지고 태어나며, 평생을 두고 쌀겨를 먹어야 한답니다. 그리고 온 세상의 거짓말쟁이들 모두가 이곳에서 환생하는 까닭에 이곳 주민들의 말은 각기 다를 수밖에 없지요. 그리고 이 나라 사람들의 입이 돼지 주둥이[豚喙]와 비슷하다 하여 외국에서는 이 나라를 '돈훼국'이라고 부른다지 뭡니까.”

“그렇다면 세 치 혓바닥을 놀려서 밥을 벌어먹는 장사꾼인 임지양도 이곳에서 환생할 가능성이 높네요.”

“어디 임지양씨뿐인가요? 큰 거짓말을 하지 않지만 더러 작은 거짓말을 하고 있는 우리도 그 후보자 중의 한 사람이지요.”

두 사람은 얼굴을 마주하고 웃었다. 배는 다시 출발했고 그곳에서 멀지 않다는 결흉국(結胸國)으로 갔다.

나선 김에 가보자고 해서 결흉국에 와보니, 이 나라 사람들은 모두 가슴 부분이 불룩하게 튀어나와 있었다. 이상하다는 생각이 들어서 물어보자 다구공이 해설을 곁들였다.

“그들은 태어나면서부터 게으른데다가 먹기를 아귀처럼 먹어댄다나 봐요. 즉 '태만한 식도락가(食道樂家)'들이란 말이지요. 그들은 날마다 먹고 나서는 자고, 자고 나서는 또 먹는답니다. 그러니 먹고 마신 것이 소화가 될 턱이 없고, 소화가 안되니까 비장(脾臟)이 차츰 비대해져서 가슴이 불룩하게 튀어나온 것입니다. 오랜 세월 그렇게 지내다 보니 그만 지병이 되고 몸 전체까지 변형

된 것입니다."

"다구공 선생은 그것을 고쳐 주실 수 있습니까?"

"글쎄요, 만약 나보고 고쳐 달라고 해도 약을 줄 수는 없소. 이완된 근육과 골격에 자극을 주도록 해야지요. 그렇게 하기 위해서는 먼저 과식을 피하고 적당한 운동이나 노동을 해야 합니다. 치료법은 그것밖에 없을 것입니다."

"그것은 이 나라 사람들뿐만의 일이 아닌 것 같군요. 모든 나라의 놀기 좋아하고 먹기 좋아하는 사람, 그리고 게으름을 피우며 포식만 하는 사람도 마찬가지일 것입니다. 그런 사람들에게는 그런 건강법밖에 없을 테니까요."

"그렇소. 특히 몸 움직이는 것을 싫어하고 노동을 가볍게 여기며 먹는 것만을 최상의 기쁨으로 생각하는 우리 중국 사람들에게는 머지않아서 이 나라 사람들처럼 가슴이 튀어나오게 될 염려가 있습니다. 정신 바싹 차려야지요."

세 사람은 얼굴을 마주하고 껄껄대며 웃었다.

5. 수마국(壽麻國) · 염화국(炎火國)

일행이 선교(船橋)에 서서 경치를 구경하고 있노라니 날씨가 점점 무더워졌다.

"이상한데. 가을이 왔는데 왜 이렇게 덥지?"

당오가 고개를 갸우뚱거리자 다구공이 말했다.

"수마국(壽麻國)에 가까이 왔기 때문이라오. 옛사람은 말했지요. '수마국에서는 똑바로 서있어도 그림자가 지지 않고, 큰 소리로 외쳐도 그 방향이 없다. 이렇게 더우므로 그곳에 갈 수조차 없다'고요."

"이렇게 더운 나라에 사는 주민들은 대체 어떤 생활을 하고 있을

까요?"

"들리는 바에 의하면 수마국에서는 한낮이 제일 더운 까닭에 주민들은 해가 뜨자마자 물속에 몸을 담그었다가 해가 지고 선선해지면 비로소 나온다고 합니다. 또 어떤 사람은 이런 말을 하더군요. 이곳 사람들은 아주 어렸을 때부터 더위에 길들여져 자기 나라를 떠나면 여름이라도 얼어죽지 않을까 몹시 겁을 집어먹는다는 겁니다.

어쨌든 내 생각에는 온종일 몸을 물에 담그고 있다는 것은 좀 과장된 이야기 같소이다. 자기 나라를 떠나면 추위를 견딜 수 없으리라고 생각한다는 것은 있을 수 있는 일이지만……. 꽃이나 나무도 더운 지방에서 추운 지방으로 옮겨 심으면 살지 못하고 얼어죽는 예가 많지 않습니까?"

다구공의 설명을 듣고 난 당오가 말했다.

"그와 반대일 수도 있지요. 냉량건조(冷凉乾燥)한 북쪽 지방의 중국인은 습윤온난(濕潤溫暖)한 남쪽을 장려(瘴癘)의 땅이라며 무서워하고 있으니까요. 어쨌든 사람의 몸은 태어나 자라난 곳의 기후풍토에 적합하도록 되어 있는 것 같아요. 학문과 사상(思想)에도 풍토성(風土性)이 있으며, 따라서 다른 곳으로 이식(移植)하는 데도 나름대로 변용(變容)을 시키지 않으면 안되지요. 불교(佛敎)도 중국에 들어와서는 많이 변했지요.

이런 말도 들었습니다. 선인(仙人)은 허(虛)와 합체(合體)했기 때문에 햇볕 속에서도 그림자가 지지 않는다던가요. 단 그 아비가 늙은 후에 낳은 자식은 선천적으로 정기(精氣)가 부족되는 까닭에 남들과 똑같이 햇볕 속에 서있어도 그림자가 지지 않는다고 하더군요. 수마국 사람들이 그림자가 없는 이유는 도대체 무엇일까요?"

"다 같은 이유입니다. 그들은 태어날 때 처음으로 받는 양기(陽氣)가 모자랐던 것입니다. 그것이 대대로 이어지기 때문에 그렇게 되었을 것으로 생각됩니다. 그들은 이처럼 더운 곳에서 사는 까닭에 양기가 부족될 것임을 쉽게 상상할 수 있지요. 그들의 양기가 너무 강하다면 양(陽)과 양(陽)이 맞부딪쳐서 도리어 살아나가기가 더 어려워질 것입니다.

음기(陰氣)를 많이 지님으로써 도리어 음양의 기(氣)가 조화를 이룰 수 있고, 그렇게 되는 편이 살아가기 수월할 테니까요. 그러므로 햇볕 속에 있어도 그림자가 지지 않는 것은 조금도 이상할 게 없습니다. 자연이란 오묘하게 이루어져 있는 것이지요."

"음양의 조화, 그것이 만사를 해결해 주는 요소로군요."

이때 갑자기 배 위가 시끄러워졌다. 배에서 일하는 사람 한 명이 더위에 못이겨서 그만 졸도하고 만 것이다. 이 말을 들은 다구공은 서둘러 약상자 속에서 약을 꺼냈다.

"이 약과 마늘 몇쪽을 먹이되 같은 분량으로 빻아서 우물물 한 대접에 녹이도록. 그리고 찌꺼기는 먹이지 말고 약물만 먹이면 금방 효과가 있을 것이오."

다행히도 탱크에 우물물을 저장해 놓았던 것이 있었으므로 다구공이 시키는 대로 했더니 그 사람은 금방 한숨을 쉬며 깨어났고 기운을 되찾았다.

임지양은 감탄해 마지않았다.

"다구공 선생, 그 약은 효과가 참 좋군요. 약 이름이 뭡니까?"

다구공이 어색해하며 말했다.

"저어, 아무것도 아니예요. 동네에 흔히 있는 흙[街心土]이라구요."

"아니, 흙 속에 그런 효능이 있단 말입니까?"

"글쎄요. 나도 그 이유는 알 수가 없는데 어쨌든 잘 들어요. 나는 벌써 이것을 가지고 여러 사람의 생명을 구했답니다."

그러는 동안에 더위는 점점 더해졌다. 수마국의 난바다를 지나서 염화국(炎火國)에 가까이 온 것이다. 뒷바람을 받았기 때문에 배가 빨리 온 것 같았다.

이때 다구공이 당오에게 말했다.

"염화산(炎火山) 바로 옆에까지 왔소이다. 옛사람이 '염화산에 물건을 던지면 금방 타버리고 만다'고 한 산이 바로 이 산입니다."

"《서유기(西遊記)》에 화염산이 나오는데 이곳에도 염화산이 있단 말입니까? 그렇다면 해외(海外)에는 화산이 두 개가 있는 셈이로군요."

"당신은 천하를 너무 작게 보십니다. 기박국(耆薄國) 동쪽에 화산국(火山國)이 있는데 그 화산은 비록 큰비가 오더라도 불길이 잡히는 일이 없다오. 불속에는 흰쥐가 살고 있는데 먹이를 찾으러 내려오지요. 사냥꾼이 그것을 붙잡아 그 털로 천을 짜는데 그것이 '화한포(火澣布)'라오. 또 자연주(自然州)에서는 화산에 나무가 나는데 그 나무껍질을 벗겨서 천을 짜지요. 그것을 '화완포(火浣布)'라고 합니다.

서역(西域)의 차미산(且彌山)은, 낮에는 화구(火口)를 들여다보면 연기와 같은데 밤이 되면 등불을 켜놓은 것 같다오. 엄자(奄玆) 북쪽에는 산에 돌이 있는데 그 돌멩이 두 개는 맞부딪치면 금방 불을 일으키지요. 또 염주(炎州)에는 화림산(火林山)이, 화주(火州)에는 화염산(火焰山)이 있으며, 바다속에 솟아 있는 옥초산(沃焦山)은 물이 괴면 금방 불이 일어난다오. 그밖에도 많은 화산이 있어요. 중국에 없다고 해서 화산이 두 개밖에 없다고 생각하는 것은 잘못이오. 세상은 넓으니까요."

"과연 그렇겠습니다. 천하에는 오호사해(五湖四海) 등 물이 많으니 그것에 대응하여 옥초(沃焦)·화염(火焰) 등 많은 불도 있습니다. 이것은 자연의 이치인즉 이렇게 됨으로써 조화가 될 뿐만 아니라 《역경(易經)》에 있는 '수화기제(水火旣濟)' 즉 물과 불로써 조화가 잡히게 되는 것이로군요. 너무너무 더워서 내 머리가 어떻게 된 것 같네요. 그런 것을 미처 생각하지 못했다니. 아까 그 '가심토(街心土)'를 한 봉지 주십시오. 그것을 먹어야 할까봐요."

"그 정도로 더위먹은 데에는 이 '평안산(平安散)'을 맡기만 해도 나을 겁니다."

다구공은 작은 병을 꺼내서 내밀었다. 당오가 그것을 받아가지고 병 속에 있는 가루를 손바닥에 덜어내어 냄새를 맡자 기분이 훨씬 상쾌해졌다.

"이것은 참으로 묘약(妙藥)입니다. 처방을 가르쳐 주시지 않겠습니까? 남을 도와주는 것이야말로 공덕(功德)을 쌓는 일입니다."

"이 약의 처방은 서우황(西牛黃) 4푼, 용뇌향(龍腦香) 6푼, 사향(麝香) 6푼, 두꺼비기름 1전, 초석(硝石) 3전, 활석(滑石) 3전, 석고(石膏) 2냥, 대소(大小) 금박(金泊) 40장을 빻아서 고운 가루로 만드는데 가루는 고울수록 좋다오. 그것을 밀폐된 자기병(磁器瓶)에 담지요. 절대로 공기가 들어가서는 안됩니다. 더위먹은 사람, 설사 복통을 일으킨 사람에게 코를 통해 불어넣으면 금방 기사회생(起死回生)하는 약이지요. 더위에 졸도한 말까지도 살아난다 하여 '인마평안산(人馬平安散)'이라고도 한답니다."

다구공은 처방을 종이에 적어서 당오에게 건네주었다.

"실로 초근목피(草根木皮), 수엽종실(樹葉種實), 조수충어(鳥獸蟲魚)로부터 암석토사(岩石土砂), 광석금속(鑛石金屬)에 이르기까지 각 처방에 따르기만 하면 약이 안되는 것이 없군요. 놀랍습니다."

당오는 감탄할 뿐이었다.

6. 익민국(翼民國) · 장비국(長臂國)

그후 몇날이 걸려서 익민국(翼民國)에 도착했다. 세 사람은 상륙하여 수십 리를 걸었지만 사람 그림자가 눈에 띄지 않았다. 임지양은 배에서 너무 멀리 가는 것이 걱정되어 돌아가자고 했다.

그러나 이 나라 사람들은 머리통이 길고, 날개가 있어서 날아다닐 수 있으며, 태생(胎生)이 아니라 난생(卵生)이라는 말을 들은바 있는 당오는, 이 나라 사람을 꼭 한번 구경하고 싶다며 우겼기 때문에 임지양도 하는 수 없이 동의했다.

또다시 몇십 리 길을 가자 드디어 인가(人家)가 있었고 마을이 보였다. 마을 사람들을 자세히 살펴보니 키가 약 5척이었는데 머리통의 길이도 그와 비슷하여 5척이다. 그리고 새의 부리처럼 생긴 빨간 눈이 두 개, 머리 전체는 백발이고, 등에는 두 개의 날개가 달려 있었다. 몸 전체는 짙은 녹색인데 언뜻 보기에는 마치 나뭇잎을 입고 있는 것 같았다.

걸어다니는 사람이 있는가 하면 날아다니는 사람도 있었는데, 날아다닌다고는 하지만 지상(地上)에서 불과 2장(丈) 정도의 높이였다.

임지양이 다구공에게 물었다.

"목을 중심으로 상하(上下)가 모두 5척 정도로군요. 어떻게 이렇게 긴 머리통을 가지게 되었을까요?"

"이 나라 사람들은 아첨하기를 좋아하기 때문이라오. 북방지대에 '아첨하는 자는 까마귀 모자 쓰기를 좋아한다'는 속담이 있는데 매일같이 까마귀 모자를 쓰고 아첨을 떨다가 머리통 전체가 저처럼 길어지게 된 것이지요."
"그건 그렇다치고 난생(卵生)이란 것도 재미있군요. 그렇다면 네 발 달린 새가 아닙니까?"
당오가 말하자 다구공이 이상한 제안을 했다.
"난생인즉 이 나라 여인들은 모두 알을 낳을 것이니 우리 그 알을 사가지고 갈까요? 우리나라에 가지고 가서 곡마단(曲馬團) 같은 곳에 비싼 돈을 받고 파는 게 어때요. 장사가 될 것같지 않습니까?"
"여자라 하더라도 늙은 여자와 젊은 여자가 있을 것입니다. 그러므로 늙은 여자가 낳은 알은 노란(老卵)일 것이고 젊은 여자가 낳은 알은 소란(少卵)일텐데 어쨌든 곡마단에서 군침을 흘릴 것은 틀림없겠군요. 아무래도 노란보다는 소란 쪽이 비싸게 팔리겠지요."
"그 알 속에는 노른자위가 들어있는 것이 아니라 노래가 들어있는 것이 아닐까? 그밖에 좋은 목청과 솜씨 좋은 춤 따위가 들어 있는지도 모를 일이지요."
"다구공 선생은 결코 노른자위는 들어있지 않을 것이라고 말하는데, 내 생각에는 은화(銀貨)가 들어있을 것 같아요. 잘 찾아보면 금팔찌 따위 장식품이 들어있는 것도 있을 것 같고……."
"그야 어쨌든 저것 좀 보라구요. 저렇게 날아다니니까 걸어다니는 것보다 훨씬 빠르지 않아요. 우리는 지금 배에서 너무 많이 떨어져 있소이다. 그런데 아까 어떤 노인을 보니 사람을 고용했는지 젊은이의 어깨 위에 타고 날아갑디다. 우리도 사람을 사서 그 사람 어깨에 타고 날아서 갑시다."
임지양은 마침 다리가 몹시 아프던 터였는지라 그 말에 찬성했다. 그리고 곧 세 명의 젊은이를 고용했고 모두 그들의 어깨 위에 올라

세 사람의 여행자 315

탔다. 그러자 날개를 한번 펼치더니 기분 좋게 날아올랐고 눈 깜짝할 사이에 배가 있는 곳에까지 실어다 주었다.

다음에 세 사람은 장비국(長臂國)에 도착했다. 배 위에서 바닷가를 바라보니 몇몇 사람이 고기잡이를 하고 있었다.

당오는 고개를 갸우뚱거리며 다구공에게 물었다.

"이곳 사람들은 두 팔을 뻗으면 2장(丈)도 넘겠네요. 자기 키보다도 더 길군요. 정말로 이상한 모양을 하고 있는데 그건 왜 그럴까요?"

"무엇이든 억지로 끌어당기면 못쓰는 법이라오. 예컨대 이곳에 돈이 있다고 합시다. 그것이 자신의 것이라든가 자신이 집어도 되는 것이라면 손을 뻗어서 집는 것이 당연하겠지만 가져서는 안되는 것임에도 불구하고 무리를 해서 손을 뻗으면 어떻게 될까요? 그런 짓을 오래 하면 팔만 길어져서 저렇게 기묘한 몸이 되고 만답니다."

"과연 그렇겠네요. 몸의 모양, 다시 말해서 팔의 길이는 기형적으로 길어지지 않더라도 그 마음의 팔은 아주 길어진 사람이 이 세상에는 무척이나 많을 것 같습니다."

당오는 고개를 끄덕이며 말했다.

7. 백려국(伯慮國)

이틀 후, 그들은 백려국(伯慮國)에 도착했다. 다구공은 약을 조제하느라고 동행하지 않고, 당오와 임지양만 상륙했다. 다구공은 설사와 학질에서부터 절상(切傷)에 효험이 있는 많은 약을 조제했는데 작업이 끝났을 때 두 사람은 배로 돌아왔다.

당오가 말했다.

"다구공 선생이 따라가지 않은 것도 무리가 아니지. 이 나라는 아주 이상한 풍습을 가진 나라였어요. 아까 나는 그들이 졸면서 말뚝잠을 자는 것을 보고 정말로 흥미진진했답니다. 눈을 감고 어슬렁어슬렁 걷더군요. 그렇게까지 피로하다면 집에서 푹 쉬면 될텐데 말이죠. 아니면 잠을 실컷 자든지……. 무리를 하면서까지 외출을 할게 뭐람? 다구공 선생, 도대체 왜 그러는 겁니까, 이 나라 사람들은?"

그러자 임지양이 옆에서 맞장구를 쳤다.

"다른 나라에서는 '기(杞)나라 사람은 하늘이 무너질까 걱정을 하고, 백려(伯慮) 사람은 잠을 잘까 걱정한다'고들 하던데 이 나라에서 왜 잠을 잘까 걱정하는지는 나도 잘 모르겠는데요……."

임지양의 말이 끝나자마자 언제나 그랬듯이 박식한 다구공이 입을 열었다.

"옛날 기나라의 어떤 사람은 하늘이 무너지면 압사(壓死)하는 것이 아닐까하여 걱정을 했다고 합니다. 이것이 '기우(杞憂)'란 말의 어원이라는 것은 누구나 다 아는 사실이지요. 그런데 이 백려국 사람들은 하늘이 무너질까 걱정하지는 않시만, 삼이 드는 깃을 몹시 두려워한다는 겁니다. 잠들었다가 눈을 뜨지 못한 채 그냥 죽는 것이 아닌가 해서죠.

그러므로 두려워하고 잠을 자지 못하는 것이랍니다. 따라서 이 나라에서는 이부자리도 필요없고, 베개도 필요치 않다는 겁니다. 침대가 있기는 하지만 그것은 휴식용이지 수면용은 아니래요. 1년 내내 졸려도 꾸벅꾸벅 졸 뿐이지 절대로 잠을 자지 않으며, 졸음을 참고 견딥니다.

몇년씩이나 잠을 자지 않고 참다보면 피로곤비(疲勞困憊)하여 참을 수 없게 되며 마침내는 잠이 들어 버리는 수가 있습니다. 그런데 일단 잠이 들게 되면 아무리 깨워 봐도 눈을 뜨지 않는 거죠. 그러면 집안식구들은 모여서 울며불며 야단법석을 떱니다. 이제는 죽었다고 생각하는 거지요. 비록 그 잠에서 깨어난다 해도 몇달씩이나 걸린답니다. 그도 그럴 게 아닙니까? 몇년분의 밀린 잠을 자야 하니까요.

그러므로 친구들은 잠자던 사람이 잠에서 깨어났다는 말을 들으면 모두 몰려와서 크게 잔치를 벌이지요. 죽었다가 살아났다면서 온 집안이 떠나갈 듯이 환호한답니다. 이 나라 사람들이 잠을 두려워하는 것은 분명 묘한 일이기는 하지만, 잠이 들었다가 그만 영영 깨어나지 못한 채 죽어가는 사람도 있으므로 무리가 아닙니다."
"잠이 들었다가 깨어나지 못하다니 그건 좀 이상한 일이 아닙니까?"
"그들이 만약 보통사람들처럼 낮에는 일어나서 열심히 일을 하고 밤이 되면 잠을 푹 자는 그런 생활을 한다면 잠을 자다가 깨어나지 못하고 죽는 일은 없겠지요. 그러나 1년 내내 잠을 자지 않고 지쳐 있으니, 정신은 몽롱하고 머리는 욱신욱신 쑤실 겁니다. 또 눈은 게슴츠레해질 것이고 손발은 힘이 없어서 축 늘어질 것이며 기분은 초조하고 마음속에는 걱정이 태산같을 것이 분명합니다.

그런 상태에서 일단 잠이 들면 기름이 마른 등불이 꺼지는 것과 마찬가지여서 정력도 정기(精氣)도 모두 사라지고 말 것이 아닙니까. 그처럼 흐트러진 정력과 정기를 긁어모으려고 안간힘을 써보았자 그것은 마음처럼 되지 않지요. 그래서 혼백(魂魄)까지 사라지고 생명이 끊기며 결국 저세상으로 가게 되는 것이지요."
"그럼 이 나라 사람들은 얼마나 오래 살 수 있나요?"
"철이 들면서부터 근심걱정만 하고 사는 이들은 단 하루도 마음이 편안할 때가 없으며, 기쁨이라는 것을 모르고 살지요. 당신네들도 보았지요? 그들은 온종일 미간을 찌푸리고 괴로운 표정으로 다니는 것을요. 어른이 되기도 전에 머리도 수염도 하얗게 세고,

그저 한숨만 쉬면서 살아간다오. 그러니 살아있다고 할 수 없지요. 이런 사람들이 오래 살 수 있겠습니까?"
"그렇다면 근심걱정을 많이 하는 것도 양생(養生)의 도(道)에 어긋나는 것이로군요. 다구공 선생에게서 좋은 말씀을 많이 들었습니다. 나도 이제 근심걱정을 뿌리치고 여유있는 생활을 해야겠습니다. 오래 살아야 할 테니까요."

그뒤에도 세 사람은 여러 나라를 돌아다녔는데 당오는 선초(仙草)를 먹은 덕택에 '입성초범(入聖超凡)'의 경지에까지 이르렀고 산에 들어가더니 나오려고 하지 않았다.

일단 귀국한 임지양과 다구공은 당오의 딸인 소산에게 사연을 말한 다음, 그녀를 데리고 세 사람이 다시 배를 타고 나가서 당오의 행방을 찾았다. 여러 나라를 두루 돌면서 수많은 것들, 그리고 이상한 것들을 구경하기는 했지만 끝내 당오를 만날 수는 없었다.

그러던 어느 날, 소산은 산속에서 웬 나무꾼이 전해 주는 아버지의 편지를 받았다. 그 편지에는,

'재녀(才女) 시험에 합격한 다음 만나도록 하자.'
라고 쓰여 있었다.

소산이 더 깊은 산속으로 들어가니 경화총(鏡花塚)이라는 고총(古塚)이 있었으며, 더 깊이 들어가니 읍홍정(泣紅亭)이라는 곳에 비석이 서있었다. 그 비석에는 1백 명이나 되는 여성의 이름이 쓰여 있었는데 그 이름들은 그 여인들의 전생(前生)이었던 꽃의 이름과 함께 새겨져 있었다. 소산은 그 열한 번째였다.

아버지와 만나지 못하고 귀국한 소산은 측천무후가 실시한 여성과거(女性科擧)에 합격하여 재녀(才女)가 되었다. 그후 그의 아버지 당오와 만났는지 어쨌는지는 알 수 없다.

중국의 괴담

初版 發行●2000年	4月	25日	
再版 發行●2004年	1月	20日	

編譯者●安 吉 煥
發行者●金 東 求
發行處●明 文 堂
서울특별시 종로구 안국동 17~8
　대체　010041-31-001194
　전화　(영) 733-3039, 734-4798
　　　　(편) 733-4748
　FAX 734-9209
　Homepage　www.myungmundang.net
　E-mail mmdbook1@myungmundang.net
　등록　1977. 11. 19. 제1~148호

●낙장 및 파본은 교환해 드립니다.
●불허복제・판권 본사 소유.
정가는 표지에 표기되어 있습니다.
ISBN 89-7270-612-4 03820